폭낭의 기억 1
떠나간 사람들

폭낭의 기억 1
떠나간 사람들

박 산 지음

간디서원

폭낭의 기억을 새기며

나의 외할머니는 아흔아홉 나이에 돌아가셨다. 충청북도 청원군 가덕면 고령 신씨 집안에서 태어나 이웃 마을 인차리 파평 윤씨 집안으로 시집을 오셨다. 나중에 집안 어른들한테서 들어서 알게 된 사실이지만 시집을 오실 때 외할머니 집안은 호적이 없는 집안이었다고 한다. 외가 어른들은 이 문제를 굳이 입에 올리려 하지 않고 살아왔다고 한다. 두 세대 아래인 손자 세대들이야 외가 집안 먼 과거의 이야기인지라 굳이 외할머니 집안 내력에 대해 관심을 두고 살아올 리 없었다. 외조부고께서는 슬하에 1남 4녀가 있었다. 외아들인 외삼촌은 한국전쟁에 한미연합사 소속으로 참전하여 스물하나의 꽃다운 나이에 전사하셨다. 그리고 얼마 안 있어 외할아버지께서 요절하셨다. 딸들이 차례로 시집을 가고 나서 막내딸이 시집을 가며 막내딸과 막내사위가 외할머니께서 돌아가실 때까지 모셨다. 외할머니께서 돌아가시기 전 해인 1989년도에 막내딸에게 이렇게 얘기하셨다고 한다.

'가덕면 낭성면 고령 신씨 집안 어른들 다수가 3.1만세운등에 관련이 된 연유로 일본 통치자들이 집안 족보를 모두 없애버렸다. 우리

집안은 독립운동가 집안이다.'

　자신의 외가가 독립운동가 집안이었다는 이야기를 살아오면서 처음 들었던 막내딸은 나에게 막내이모다. 나의 어머니 자매들도 모두 돌아가시고 지금은 막내이모 내외만 남아 살아계신다. 몇 년 전 여든을 훌쩍 넘기신 막내이모께서 외할머니로부터 들었던 얘기를 조카들에게 전해주셨다. 근 30년에 이르도록 막내이모께서는 외할머니께서 전해주셨던 집안 내력을 홀로만 간직하고 있었던 것이다. 백 년 전에 있었던 3.1운동에 우리 집안이 관련되었다는 사실이 자칫 집안 바깥에 알려져서 자손들이 누군가에 의해 언제 어디서 끔찍한 보복을 당할지도 모른다는 걱정과 공포가 곡절 많은 세월을 살아온 순박한 외할머니와 막내이모에게 침묵을 강요해왔던 것이다. 독립운동가 집안이라는 자긍심은 보복의 공포 속에서 참으로 보잘것없는 것이었으리라.

　피해자는 여전히 순한 양으로 살아가고 가해자가 여전히 늑대로 살아가는 세상에서 한번 눈을 부릅뜨고 일어섰던 피해자의 저항이 무력화되었을 때는 예전에 비해 몇 배 이상의 가혹한 보복이 돌아온다. 그 보복은 맹수들 세계보다 인간 세계에서 더욱 가혹하다. 특히 그 가해자가 권력일 경우에는 더더욱 체계적이고 광범위하고 지속적이며 악랄하다. 그 보복은 연좌제라는 이름으로 가족, 친지, 친구들에게로 확대되고 대를 잇는다. 육체적 박해, 재산 강탈, 사회 활동 제한, 나아가서 집중적인 감시와 사상교육을 거쳐 자식과 동생, 친구로 하여금 권력에 저항했던 아비와 형과 친구를 지탄하도록 만들며 가해자 집안에 자발적으로 충성하도록 인간을 개조한다. 개조된 인간은 가해자들에 의해 모범으로 치켜세워진다. 가해자는 이렇게 해서 칼 한 자루 없이도 영원한 지배권력을 완성한다.

　한국 현대사에서 숱하게 발생한 권력에 의한 폭력은 인류 역사에서 나타났던 지극히 조직적이고 지속적이며 악랄한 모든 요소들을 아주 제대로 갖춘 최고의 절정판이었다.
　지금으로부터 70여 년 전 광란의 무대로 바뀐 제주에서 시작된 '피의 춤'의 광기가 나에게 다가온 것은 1980년 「순이 삼촌」을 통해서였다. 더러는 이런 일로 더러는 저런 일로 세상사에 쫓기며 40년간을 살아오던 중에도 나는 이런 광기로부터 벗어나지를 못했고, 더 다가가지도 못했다. 나는 그 광기의 안으로 들어가고 싶었다. 그리고 쓰고 싶었다. 나의 문제의식이 옅어지기 전에, 나의 열정이 식기 전에 쓰고 싶었다. 내가 느낀 것들을.

　　제주는 왜 저토록 아름다운가
　　오름과 유채밭과 너럭바위와 보리밭
　　제주는 왜 그토록 예쁜가
　　올레와 밧담과 도대불과 검은여
　　제주말은 왜 이토록 정겨운가
　　옵서 햇저 수다 라게
　　저토록 아름답고 그토록 예쁘고 이토록 정겨운 터가
　　잔인한 죽임과 억압과 굴종의 현장이었음을 떠올릴 때마다

아름다워서 더욱 슬프고

예뻐서 몸이 떨리고

정겨워서 어쩔 줄 몰라 하게 된다.

이것이 내가 느낀 것들이다.

나는 서울에서 태어났다. 제주 사람이 아니다.

제주인의 곱고 소박하고 반듯한 심성을 드러내 주는 제주어에 익숙하지 못하다.

제주는 나에게 엄마 배 속에서 태어났던 곳, 이곳이 아닌 그곳일 것이다.

그래서 제주는 나에게 낯선 곳이고, 제주인에게 나는 타자일 것이다.

그래도 나는 쓰고 싶었다.

그것도 아주 욕심을 내서 쓰고 싶었다.

마치 나의 이웃, 나의 가족, 그리고 나의 경험인 것처럼 쓰고 싶었다.

결국은 소설의 형식이겠지만.

제주 섬 누군가의 아픔을 잘못 이해하고 잘못 표현하였다면,

혹시 아물어가는 그 누군가의 상처를 다시 헤집는 거라면 하는 두려움이 따르기도 한다.

허구 형식 속에 나의 한계와 두려움을 감추려 하는 것은 아닌지 하는 생각이 들기도 한다.

우영팟에서
맞다 빼앗기다 배가 고파서
유채밧에서
속다 울다 서러워서 화가 나서
오름에 올라
눈 부릅뜨고 한라를 바라보고
올레길 따라
단 한 번 핏대 세우고 주먹 휘두른 대가로
함덕 흰모래밧에서
부러지고 마멸되고 쾌워지고 매장되고
관덕정에서
살아있던 것들이 사라지고 남은 자리에
일주동로에서 일주서로까지
살아있는 것들이 또다시
오름마다 너럭바위마다
꺾이고 베이고 묶여서 재갈 물리며
다랑쉬에서 빌레못에서
울 수도 없고 울지도 못하고
북촌 포구 천지연 낭떠러지
마지막 남은 기억함
차마 그 기억함으로 가을마다 폭낭이 몸서리쳐져
육지에서 불어오는 하늬바람 소리에
행여 그 몸서리 누가 볼까 두려워

올망졸망 보리밧 사이로 한낮의 햇볕 그믄새들이
뜬 눈으로 가위눌린 유전자
지슬마다 감저마다
대를 이으며
살다보면 살암진다 반백 년 넘어
서럽고 그리울 땐
누군가에 기대어 눈물 흘리고 싶던
아프고 분노할 땐 동굴에 소리쳐
메아리라도 듣고 싶던

그 세월 기억의 파편 한 조각에
폭낭의 기억을 새겨보고 싶었다.

가깝고도 먼 실재와 허구 사이에서

4.3수난의 근원과 끝을 알고 싶었다.

4.3수난이라는 급류를 거슬러 올라가 물살이 빨라지기 시작하는 지점을 만나고 싶었다. 물줄기가 굽이치거나 경사가 급해지거나 서로 다른 곳에서 흘러온 물들이 만나서 부딪치거나 하나가 되거나 하는 곳. 그곳에서 더 거슬러 올라가면 한라 백록담 깊은 곳 물줄기가 흐르고 있을 것이다.

4.3이라는 급류가 흘러 내려가는 곳을 걷고 싶었다. 걷다 보면 걷다 보면 그곳은 바다일 것이다. 그 바다로 흘러간 급류가 어디쯤에선가 제주인의 염원과 인류의 이상이 만나 한 송이 꽃을 피울 것이다. 나는 아직 그 근원과 끝을 만나지 못했다. 나는 더 거슬러 오르고 더 따라 내려갈 것이다. 끝내 못 만날지라도.

나는 4.3이라는 급류의 위아래를 오르내리는 도정에서 작은 물줄기 하나를 만날 수 있었다.

그 물줄기 위로 구름이 떠가고 바람이 불고 계절이 바뀌며 눈도 내리고 비도 내렸다. 대한해협 건너 히로시마에 내리는 '검은 비'도 볼

수 있었다.

『폭낭의 기억』은 그 작은 물줄기와 구름과 바람과 눈과 비와 '검은비'의 이야기다.

지난 9년간 그 물줄기를 따라 오르내리다 보니 내가 물줄기 속에 있거나 나와 그 물줄기가 하나가 되는 상상에 빠지기도 했다. 내가 만난 물줄기와 나의 상상들은 내 인생에서 소중한 것들이다. 나는 그 소중한 것들을 정성스럽게 그려보고 싶었다. 그 속에는 슬픔과 좌절, 고통과 염원이 뿌리 뽑힌 채 나뒹굴고 마모되고 신기루처럼 증발하고 해체되어버린 그 누군가의 기억도 있을 것이다.

역사소설 『폭낭의 기억』은 역사적 사실에 입각하여 재구성한 창작물이다. 4.3수난을 역사적 사실에 입각하여 재구성하는 과정은 곧 긴 세월의 실재를 찾아내고 상상의 옷을 입혀 소설이라는 형식 속에 형상화하는 과정이었다.

「제주4.3사건진상조사보고서」와 증언, 기사, 논문, 사진, 토론자료집, 소설, 시, 판화를 읽고 보았다. 일본 측 논문과 증언, 기사, 사진, 그리고 미국 측 사료와 자료 사진들도 읽고 보고 검토했다. 해안 올레를 걸었고, 중산간지대를 때로는 차로 때로는 걸으며 보고 또 보았다. 제주 탐사여행을 할 때마다 시간과 경비를 아끼기 위해, 주어진 시간에 한 곳이라도 더 가보기 위해 끼니는 차 안에서 주로 빵으로 때웠다. 특히 중산간지대를 다닐 때는 모든 끼니를 그렇게 해결했다. 그래도 나는 '잃어버린 마을'에서 살아 숨쉬는 원혼들의 격려를 받으며 내가 가보고 싶었던 대부분의 곳을 가서 볼 수 있었다.

갔던 곳도 다시 가서 보고 또 보았다. 기왕이면 실재를 확인하는 과정에서 바람결에 실려 오는 원혼들의 이야기도 듣고 싶었다.

역사적 실재를 확인하는 과정은 허구를 재구성하기 위한 상상과 메모의 과정과 겹치며 새로운 창작물을 빚어내는 과정이기도 했다. 나에게 느낌을 주고 영향을 끼친 모든 역사적 소재들은 그것이 인물이던 말 없는 무기물이던 나의 작품 속에서 허구적인 존재로 재탄생되었다. 그리고 그 하나하나의 존재들 속에는 빠짐없이 나의 생각과 감정이 들어있다. 작든 크든 옅든 진하든.

아일랜드 골롬반외방선교회 선교사 도슨 신부는 4.3수난이라는 급류를 거슬러 올라가 물살이 빨라지기 시작하는 지점에서 만난 역사적 실재 인물이다. 신홍연 스님, 오이화 스님, 윤종선(실명 고정선) 스님도 마찬가지다. 작품 속의 실재 인물들은 그밖에 김익렬, 김달삼 등 십여 명 남짓 된다. 실재 인물의 삶을 왜곡하지 않는 범위 내에서 상상의 옷을 입혔다.

김율, 김건, 고바랑, 고매랑, 주에스더 등 작품 속 대부분의 인물들은 나의 상상력으로 창조된 가공인물들이다.

하귀국민학교, 하귀중학원, 대정중학권, 수산사, 외꼴절, 개수동(지금의 학원동), 비해기동산, 서우봉 해안동굴, 제주농업학교, 히로시마 미쓰비시중공업 에바조선소, 오키나와 야카(屋嘉) 포로수용소, 하와이 호노울리울리 포로수용소 등지는 당시 실재했던 장소들이다. 그 외에 작품 속에 등장하는 대부분의 장소는 경우에 따라서 지금도 그 자리에 그대로 있거나, 빈터로 남아 있거나, 명칭이 바뀌었거나, 명칭은 그대로인 채로 멀지 않는 곳으로 이전해 있다.

하귀국민학교 부근 골목 안 오십여 평 남짓한 하귀중학원(세 번째 교실) 옛터에 덩그러니 자리한 두 동의 창고 건물을 보았을 때는 착잡한 마음이 들기도 했다.

'에스더의 집'은 전적으로 상상 속의 장소이다. 하귀중학원(세 번째 교실) 옛터 맞은편 언덕에 자리한 하귀성당을 보며 나는 마음속으로 그곳에 '에스더의 집'을 지었다.

나는 급변하는 혹독한 환경 속에서 변화해 나가는 인물상을 그리고 싶었다.

아마도 그 변화의 종착점에서 대한민국을 살아가는 각 개인이 시련을 딛고 희망을 실현해가는 과정을 그리고 싶었다. 그러나 이는 터무니없이 환상적이고 비약하는 과정이 아니라 어디까지나 엄연한 현대사 속에서 전진과 후퇴를 거듭하며 세대를 이어 한 걸음 한 걸음 나아가는 인물상일 수밖에 없다. 때문에 그러한 인물상을 그리는 과정은 자연 장편 역사소설일 수밖에 없었다. 길다면 길고 짧다면 짧은 세월 동안 우리는 적지 않은 것들을 이룩해 내었으나 우리를 둘러싼 환경은 여전히 녹록지 않다. 그래서 '변화의 종착점'이라는 나의 작품 속 어딘가에서 형상화되는 인물은 가시나무에 피어나는 꽃일 것이다.

슬플 때 그립고

기쁠 때 고맙고

고될 때 참아내고

즐거울 때 못내 아쉬워하게 되는 형상의 인물들을 그려내기 위해 정진할 것을 독자 여러분들께 약속드린다.

등장인물

파트리치오 도슨 아일랜드 출신 가톨릭 골롬반외방선교회 선교사. 제주성당 주임 신부. 일제하 1941년도에 군사 기밀을 유출하였다는 혐의로 일제에 체포되어 광주 감옥에 투옥된다.

주에스더 골롬반외방선교회 제주성당 수녀.

목단야 광주형무소 형무관. 가톨릭 신자.

김철주 광주형무소에 수감된 국사범.

주소지 광주형무소 재소자. 징역형을 받아 소지 사역을 하는 기결수.

고산지 바랑, 서랑, 우랑, 매랑의 부친이자 양신애의 남편. 제주 애월면 하귀리에 거주. 제주농업학교 출신. 해방되기 전 오사카로 건너가 재일조선인들을 위한 언론 활동에 종사한다.

정성돈 고산지의 동무이자 제주농업학교 동기생. 제주 부산 오사카를 오가는 무역활동을 하며 고산지의 활동을 돕는다.

장을수 제주 애월면 신엄리에 거주. 강제 징용을 피해 제주를 떠난다.

문영박 제주 애월면 구엄리 구장. 일제시대 구장 출신.

문세주 문영박의 둘째아들. 김건의 동무. 사립일신학교 동기.

문정박 문영박의 동생.

소구 문영박 집의 하인.

양반석(베드로) 제주읍 도립병원 의사. 고산지의 처남. 고산지의 제주농업학교 동기. 제주성당 신자.

서마리아 제주 도립병원 간호사.

김율 제주 애월면 신엄리 거주. 열일곱 살 되던 해인 1944년도 가을에 강제 징
용된다.
최천동 경성 출신. 미쓰비시중공업 히로시마조선소 조선인 노동자.
나영미 경상남도 합천 출신. 미쓰비시중공업 히로시마조선소 조선인 노동자.
한부길 안산 출신. 미쓰비시중공업 히로시마제작소 조선인 노동자.
김건 애월면 신엄리 거주. 김율의 형. 문세주와 사립일신학교 동기. 스물두 살
되던 해인 1944년도 가을에 강제 징병된다.
오(翁) 오키나와인 승려. 일본군에 의해 강제 징병되어 오키나와 전투에 참전했
다가 미군의 포로가 된다.
고바랑 제주 애월면 하귀리 출생. 고산지의 맏아들. 하귀국민학교 졸업생.
강우(강비) 바랑의 동무. 고바랑의 하귀국민학교 동기.
도리우찌 오사카 이카이노 히타노카와 천변의 중년사내.
경상도 노무자들 제주도 서우봉 동굴 갱도 작업에 강제 동원된다.
광주형무소 소장, 보안과장, 형무관들
永津佐比重(나가쓰 사히쥬) 중장
일본군 58군 장교
일본군 58군 장교 부관

등장인물 17

차례

폭낭의 기억을 새기며 …… 5
가깝고도 먼 실재와 허구 사이에서 …… 11
등장인물 …… 16

해방은 되었어도 …… 21
아일랜드 선교사 파트리치오 도슨 …… 24
이카이노(猪飼野)로 날아온 가시아방(장인)의 부고 …… 44
도슨의 첫 접견 …… 59
공출 …… 88
찬미 예수 주님의 종 …… 99
엉뚱한 앙갚음 …… 110
문정박 南平正博 미나미히라 마사히로 …… 125
파랑비둘기 …… 134
강제징용 …… 150
벼랑 끝 …… 171
격리 차단 고립 …… 181
자살 특공보트 '신요(震洋)' 자살 특공어뢰 '가이덴(回天)' …… 192
1945년 6월 미군 제주도 산지항과 주정공장 폭격 …… 198

제주성당 본당 58군 야전 병원 …… 203
파랑머리 빨강꼬리 비둘기 …… 213
푸른 빛 붉은 화염 검은 비 …… 253
언제 다시 만날까 …… 314
집 …… 346
오키나와의 포로들 …… 360

제주어 찾기 …… 377

해방은 되었어도

해방은 되었어도 한반도에는 여전히 일본군 무장병력이 주둔하고 있었다. 제주도에도 일본군 제58군 무장병력 4만 8천여 명이 주둔을 계속하고 있었다. 1945년 9월 28일이 되어서야 미 점령군이 제주에 입항하여 일본군을 무장해제시키고 항복을 받았다. 일본군 제58군 무기와 폭발물들은 제주 앞바다에 폐기되었고 군용기들은 폭파되었다. 항복문서를 접수한 미군은 일본군이 제주의 치안을 계속 유지할 수 있도록 자위용 소총 휴대를 허락했다. 그리고 미 점령군 항복접수팀과 무장해제팀은 제주를 떠났다.

제주읍에서 시작된 인민위원회 결성이 조천, 애월, 대정에 이어 전 섬에서 속속 조직되었다. 이어서 민주주의민족청년단과 부녀단이 결성되었다. 마을마다 청년 치안대도 결성되어 자율적인 치안 유지에 나섰다. 그럼에도 제주 전체에 대한 치안은 소총으로 무장한 58군의 몫이었다. 58군은 4개월 분량의 군량미를 보유하고 있었다. 제주도민들이 50일 동안 소비할 수 있는 양이었다. 1945년 10월 말에야 제주에 진주한 미군에 의해 58군은 미 LST함에 실려 규슈 사세보(佐世保)항으로 송환되었다. 58군은 송환되기 직전에 이 군량미들을 깡그리 불태웠다.

　해방 후 한반도에 몰아닥친 심각한 기근은 제주도 예외가 아니었다. 강제징병, 강제징용이나 일자리를 찾아 일본이나 뭍으로 떠났던 젊은이들 6만여 명이 속속 섬으로 귀환했다. 흉년이 든 섬에는 먹거리도 일거리도 없었다. 게다가 섬을 빙 돌아가며 전염병 콜레라까지 창궐하였다. 모리배들의 매점매석은 식량난을 더욱 부채질하였다. 일본으로부터 귀환하는 섬 동포들의 휴대품 반입을 밀수라는 명목으로 단속하여 압수한 물품을 밀매하다 적발되는 모리배 사건이 터지자 섬의 민심은 극도로 악화되기 시작하였다. 귀환자들의 휴대품 대부분은 섬이나 뭍에서 조달할 수 없는 생활필수품들이었다. 압수한 생활필수품들을 단속기관원들인 세관 관리들과 군정경찰, 모리배들이 짜고 불법적으로 뒤로 빼돌려 막대한 잇속을 챙겼다. 이 모리배 사건에는 심지어 제주도 미군정청 최고위 미군 간부인 패트리치 대위까지 연루되어 있었다. 이 사건을 계기로 기근과 전염병, 생필품 궁핍, 관의 부정부패에 대한 불만이 언론을 중심으로 터져 나오기 시작했다.

　곧 이어 제주도에까지 식량 강제 공출이 시작되었다. 38선 이남 육지에서는 기근과 식량 강제 공출에 대한 불만이 들끓기 시작했다. 대구로부터 시작한 항의 파업과 시위가 영남과 호남, 그리고 전국으로 퍼져나갔다. 1946년 말, 미군정을 흔들었던 육지의 대규모 소요 속에서도 고요를 유지했던 섬에서도 서서히 동요가 일기 시작했다.

　해가 바뀌고 1947년에 들어서서 겨울의 찬 북풍이 불어대는 제주 시내에서는 북제주 일대 중학생들이 연대하여 미국 초콜릿 불매 운동이 일어났다. 생필품 부족으로 고통받던 섬은 흉년, 식량난에 이어 미군정의 강제 공출로 부글부글 끓는 도가니가 되어 갔다.

아일랜드 선교사 파트리치오 도슨

1942년 10월 광주지방법원

"파트리치오 도슨을 군사기밀보호법 위반죄로 징역 5년에 처한다."

1941년 12월 8일, 일본은 미국령 하와이 진주만 해군기지와 공군기지를 기습적으로 공습하면서 태평양전쟁을 일으켰다. 그날 밤 제주 본당 주임신부 파트리치오 도슨이 전쟁 대책을 마련하기 위해 전라남도 광주에 모였던 다른 신부들과 함께 긴급 체포되었다. 그를 체포한 이유는 제주 대정면 모슬포의 일본 비밀군사기지인 알뜨르 비행장과 구좌면 우도의 비밀 해군 군사시설인 망루에 관한 정보를 해외로 빼돌렸다는 혐의 때문이었다. 도슨은 10개월간의 구금과 취조, 재판 과정을 거쳐 징역 5년의 실형을 언도받았다. 징역 5년을 언도받는 데는 불과 5분이 걸리지 않았다.

언도가 끝나고 도슨은 형무관들의 계호를 받으며 법정 측면으로 난 쪽문을 나섰다. 쪽문은 형무관과 죄수들만이 출입하는 통로였다. 쪽문 밖 복도에서 형무관들이 죄수들을 호송줄로 묶기 시작했다. 하나의 긴 호송줄로 여러 명을 줄줄이 굴비 엮듯이 묶어 호송되는 다른 죄수들과는 달리 도슨은 홀로 분리되어 포박되었다. 그는 요주의 인물 죄수였다. 형무관이 앞으로 내민 도슨의 두 손목을 호송줄로 한데 묶어 매듭을 짓고는 이어 두 갈래의 호송줄을 각각 좌우의 겨드랑이로 넣어 양 팔득을 빙빙 둘러 묶고는 다시 등 뒤로 돌려 허리춤에서 마지막 매듭을 지어 늘어뜨렸다. 그리고는 형무관이 도슨의 두 손목에 다시 두 개의 고리로 이어진 은색 수정을 채웠다. 좌우 각각의 쇠고랑의 반쪽은 테두리 안으로, 다른 반쪽은 밖으로 톱니들이 나 있었다. 형무관이 손바닥을 쫘악 벌려서는 양손에 채워진 두 개의 수정 고리 바깥으로 한 차례씩 악력을 가했다. 벌어진 골반처럼 잠금장치가 느슨하게 조여 있던 반원의 쇠고랑들이 하나는 안쪽으로 하나는 바깥쪽으로 서로 맞물려 스쳐 지나가며 조여졌다. 수정이 조여지는 동안 '찌리르릭 찌리리릭' 소리를 냈다. 빡빡하게 조여진 수정이 살가죽 밖으로 윤곽을 드러낸 도슨의 굵은 손목 통뼈를 심하게 압박했다. 죄수들과 도슨이 형무관들의 계호를 받으며 줄을 지어 복도에서 마당으로 나왔다. 법원 현관 입구 양쪽에 시뻘겋게 충혈된 광견의 두 눈알 같은 일장기가 게양되어 있었다. 마당에는 호송차가 대기하고 있었다. 태양은 서쪽으로 기울고 있었다.

　형무소에서 포박당한 채 호송차를 타고 법원에 도착했을 때는 해가 중천에 떠 있었다. 호송차에서 내리고 나서 곧바로 법정으로 출두하기에 앞서 포박된 몸으로 반 평도 안 되는 비좁은 독방 대기실에서 네 시간 남짓 되는 시간을 보내야 했다. 그리고 포박을 풀고 두 손목에 수정만 채워진 채 법정으로 들어갔다. 5분간의 언도 공판이 끝나고, 다시 포박을 당하고, 재판소 마당으로 나왔을 때는 해거름이 되어 있었다.

  포승과 수정으로 겹겹이 포박당한 도슨이 상체를 구부려 간신히 몸의 균형을 유지하며 가장 먼저 호송차의 출입구 계단을 올랐다. 형무관이 곧 바로 그의 뒤를 따라 올라서는 맨 뒷좌석으로 유도했다. 이어서 다섯 명이 한 조가 되어 굴비묶음처럼 포박된 죄수들이 줄줄이 호송차에 올랐다. 법원 마당을 나온 호송차가 북쪽 방향으로 도심의 샛길을 달렸다. 죄수들의 탈출을 방지하고, 외부의 시선을 차단하기 위하여 차창에 덧댄 얇은 철판에는 담배 굵기만 한 작은 물방울 문양의 구멍들이 사선으로 줄을 지어 뚫려 있었다.

  창가에 앉아 철판의 작은 구멍 하나에 눈을 붙인 도슨의 시야에 차창 밖의 풍경들이 지나간다. 도심의 이면도로에는 9년 전 처음 광주에 왔을 때보다 단층이나 2층 일본식 목조집들이 기와지붕 한옥에 섞여 즐비하게 늘어서 있다. 샛길이 끝나자 호송차가 우회전하여 한길로 들어서서는 해가 지는 반대 방향으로 달린다. 건너편으로 광주욱공립고등여학교 담장이 이어지고 정문이 나타나고 다시 담장이 이어진다. 오른편 길에는 2층집 일본식 목조집들 사이사이로 회색 벽돌 건물들과 붉은 건물들이 들어서고 가로나 세로로 간판들이 걸려 있다. 한길에는 바지저고리보다는 양복을 입은 남자들이 더 많다. 근 10년 사이에 조선 거리의 색채는 적잖이 변화하고 있었다. 길이 네 갈래로 갈라지는 로타리에서 호송차는 다시 좌회전하여 샛길을 달리는가 싶더니 멎춘다.

　광주형무소는 법원과 한길을 사이에 두고 지근거리에 있는 이웃 동네에 있었다. 운전석 앞의 창문 밖으로 담장 정면의 흑색 쌍여닫이 철대문이 버티고 서 있다. 성인키의 서너 배 높이는 됨직한 높은 흰색 담장이 길게 펼쳐져 있다. 담장 밖 정문 오른쪽에 이름과 쓰임새를 알 수 없는 기와 누각이 청초한 모습으로 자리하고 있다. 잿빛 감옥 담장과는 어울리지 않는 돼지 목의 진주목걸이다. 이윽고 거대한 쌍여닫이 철대문이 담장 안쪽으로 벌어지며 열린다. 호송차가 철대문을 통과하는 동안 도슨은 창가의 철판 구멍을 통해 밖을 살폈다.

　철대문 기둥 콘크리트 벽에 세로로 '광주형무소'라고 양각된 청동제 문패가 박혀 있다. 마당 안으로 들어서니 붉은 벽돌로 지어진 감옥의 건물들이 나타나기 시작한다. 호송차는 건물 사이사이를 이리 돌고 저리 돌며 빠져 간다. 미로다.

　호송줄에 줄줄이 묶인 죄수들이 몸의 중심을 잃지 않으려고 고개와 허리를 앞으로 숙이고 주춤 주춤 기우뚱거리며 하나씩 하나씩 호송차 계단을 내려선다. 호송차 앞문 바로 밖에서부터 좌우로 도열해 있는 형무관들의 눈초리를 받으며 죄수들은 그 사이를 걸어간다.

　가장 늦게 내린 도슨은 담당 형무관의 계호를 받으며 제일 뒤에서 일행들을 쫓아갔다. 도슨이 붉은 벽돌로 지은 2층 건물 정문의 문턱을 넘을 무렵 어느새 해가 기울며 형무소에 어둠이 깔리기 시작했다.

　"파트리치오 도슨(Patricio Dawson), 애란(愛蘭, Iland) 선교사, 골

롬반(Columban) 외방선교회(外邦宣敎會) 제주성당 신부 맞습니까?"

도슨이 입소자들 대기실에서 짙은 청색 죄수복으로 갈아입고 신고실로 들어서자 철제 책상을 앞에 두고 앉아 있는 형무관이 도슨의 신분을 확인했다. 조선인 형무관은 영어를 읽기는 했으나 말을 할 줄 몰랐다. 그는 도슨이 사용하는 언어가 무엇인지를 몰라 조선어를 사용했다. 감색 겨울 제복을 입은 형무관 어깨의 견장에는 흰색 다이아몬드 계급장 세 개가 붙어 있었다.

"그렇소."

도슨은 형무관 앞에 서서 조선어로 대답했다. 제대로 닦지 못한 안경알 때문에 도슨의 시야 안으로 형무관의 얼굴이 흐리게 다가왔다.

"조선말을 할 줄 아십니까?"

"그렇소. 허나 심한 지방 사투리는 알아듣지 못하오."

"일본어는 하시나요?"

"겨우 읽는 수준이오."

도슨은 의도적으로 일본어 실력을 감추었다. 자신과의 소통은 조선어로 하라는 뜻이기도 했다.

"수번은 1941번. 받으세요. 입방하면 상의 왼쪽 가슴에 다십시오. 바늘과 실을 넣어줄 것입니다."

형무관은 도슨에게 죄수 번호가 찍혀 있는 붉은 헝겊을 내밀었다. 가로 10cm 세로 3cm 크기의 헝겊에는 1941이라는 숫자가 검정 잉크로 인쇄되어 있었다.

"이거 받으세요."

옆에서 대기하던 젊은 형무관이 도슨에게 얇은 국방색 담요 두 장과 홀치기주머니, 양식기 다섯 개, 그리고 수저가 담긴 대바구니를 도슨에게 건넸다. 마로 만든 홀치기주머니는 신발주머니 크기였다. 아가리 끝에 줄을 대고 감침질하여 손잡이용 줄을 당기면 줄이 조여들며 아가리가 닫히고, 아가리에 손을 넣어 쫘악 벌리면 열리게 고안되어 있었다. 조그마한 물품들을 넣어 벽에 걸어두거나 이동시에 어깨에 걸치고 다니기에 안성맞춤이었다. 도슨이 대바구니를 받아 들고는 우두커니 서서 내용물들을 살폈다.

"그릇은 밥그릇, 국그릇, 물그릇, 그리고 반찬그릇 두 개입니다. 그릇들과 수저를 홀치기주머니에 넣고 담요로 싸서 들고 따라오세요. 바구니는 그 자리에 두시고."

도슨은 대바구니를 바닥에 내려놓고 그릇들과 수저를 주섬주섬 홀치기주머니에 넣고는 아가리를 당겼다. 그리고는 국방색 담요 위에 얹어 동그랗게 말아 가슴에 안았다.

형무관이 앞장서고 도슨이 뒤를 따랐다. 젊은 형무관의 견장에는 다이아몬드 계급장 하나가 붙어 있었다. 앳돼 보이는 얼굴로 아마도 가장 낮은 계급의 형무관인 듯했다.

"애란이 어디 있는 나라입니까?"

"아일랜드라고 하오. 영국 옆에 있는 섬나라요."

"형무소 내의 높은 사람들 앞에서는 조선말 쓰는 거 조심하셔야 합니다. 그들이 수시로 사동을 살피러 돌아다닙니다. 우리도 그들이 가까이 있을 때는 조선말을 쓰지 않으니까요. 수번이 붉은색인 재소자의 경우에는 특히 감시가 더 심합니다."

"붉은 수번은 무슨 표시요?"

"사상범이나 정치범 같은 보안사범 표식입니다."

형무관은 사뭇 공손하게 도슨을 대하며 계호했다. 복도가 비교적 짧은 건물을 나섰다.

건너편에 똑같은 크기의 창문마다 쇠창살이 박혀 있는 2층짜리 육중하고도 긴 붉은 벽돌 감옥이 나타난다. 창마다 누리끼리한 불빛이 새어 나오는 건물은 흡사 밤새 불이 켜져 있는 닭장 같다. 죄수들 수용소다.

수용소 안으로 들어섰다. 복도를 따라 걸었다.

건물 내부도 미로다. 모퉁이를 몇 번인가 돌더니 복도 전체를 가로막고 있는 쇠창살 울타리가 나타난다. 울타리 중앙에는 어른 몸집 두 사람이 드나들 수 있을 정도 크기의 여닫이문이 설치되어 있다.

쇠창살 울타리를 지키던 형무관이 열쇠로 자물쇠를 풀고는 쇠창살 여닫이문을 열었다.

'철커덩!'

도슨이 계호 형무관을 따라 여닫이문을 통과하자 문이 닫히는 소리가 복도의 적막을 뒤흔들며 메아리친다. 복도를 지나 모퉁이를 돌자 다시 긴 복도가 나타난다.

복도 입구의 철제 책상 의자에 앉아 있던 형무관이 일어섰다.

"1941번, 패트릭 도슨. 방 번호는 1사 하 1방입니다. 일본어가 서투르다고 합니다."

계호하던 형무관이 사동 담당 형무관에게 적색 번호가 새겨진 갈색 목판 패찰과 함께 도슨을 인계하였다.

"따라오시지요. 제일 끝방입니다."

계호 형무관이 떠나고 도슨이 사동 담당 형무관을 따라 복도를 걷는 동안 저편에서 '철커덩' '철커덩'하며 쇠창살 문이 열렸다 닫히는 소리가 들려온다.

"신입이다. 신입."

"노란 머린디."

"코쟁이여."

"와-. 코 졸라게 커블어."

"코가 크면 거시기도 큰디. 크크크크."

"끄끄끅."

"담당이 뽈건 색 패찰얼 들고 가는디."

"뽈갱이 코쟁인가?"

"뽈갱이가 뭐시여? 임마. 독립투사지."

"코쟁이가 머땀시 조선에 와서 독립운동얼 헌당게라?"

"독립운동얼 혔는지 안 혔는지넌 모르겄다만서도 뽈간 색인 거 봉게 분명 사상범은 사상범인디. 저 코 큰 양반이 머땀시 광주감옥에 꺼정 들어와분지는 너 같은 도둑넘덜이 멀 알긋냐?"

"머시여? 시방 도둑넘덜이라 혔다고라?"

"나가 머 틀린 말 혔냐? 절도가 도둑질 아니당가?"

"허믄 니넌 머시냐? 절도나 간통이나 그기 그거 아니고 머시당가? 니나 나나 모다 넘의 거시기 슬쩍헌 거신디 머시가 달브당게라?"

복도에서 인기척이 있자 방들마다 문 위쪽에 달린 눈꼽째기창문 쇠창살에 얼굴들을 빼꼼히 내밀고 복도를 지나가는 도슨을 구경한다. 으레 신규 재소자들이 입방하는 저녁시간이 되면 재소자들은 신규 입소자들을 보고는 한마디씩 품평하거나 조롱하며 단조롭고 지루했던 하루를 잠시라도 이렇게 때우고 지나갔다.

"시끄러. 들어갓!"

형무관이 소리를 지르자 재소자들의 면상이 일제히 창살에서 사라졌다.

'철커덕!'

방문이 열린다.

도슨은 방안으로 들어섰다.

한 평 남짓한 마루방이다. 도슨 키의 두 배는 족히 되는 높이의 천장에서 투명한 백열전구가 빛을 내려쏘고 있다.

전구를 올려보던 도슨은 순간 눈이 부신 나머지 눈을 꾹 감고 안경을 벗어들었다. 잠시 어지럼증이 일었다.

"고무신 들여놓으세요."

형무관은 아직 문을 닫지 않고 있었다. 문밖에는 도슨이 벗어놓은 검정 고무신이 놓여 있었다.

"아, 네."

어지럼증이 가신 도슨은 허리를 숙여 고무신을 집었다.

'쿵!'

한 뼘 정도의 굵은 각목으로 만든 틀에 두꺼운 널빤지를 안팎으로 댄 묵직한 나무 문이 닫힌다.

'철컥!'

밖에서 자물쇠를 잠그는 소리가 들린다.

"조선말을 할 줄 아십니까?"

형무관이 눈꼽째기창문의 가로 쇠창살을 통하여 얼굴을 맞대고 물었다.

"그렇소. 전라도 사투리는 못 알아듣소만."

"어느 나라 사람입니까?"

"아일랜드."

"아일랜드요? 혹시 신부님이십니까?"

"네. 그렇소만."

도슨은 적잖이 놀랐다. 아일랜드라는 나라를 아는 조선인도 드물었지만 아일랜드라고 하니 바로 신부인가를 묻는 것이 아닌가.

"아 그저 혹시나 해서 한번 물어본 겁니다. 그럼 편히 쉬십시오."

담당 형무관은 손에 쥐고 있던 패찰을 문 위 벽에 걸려 있는 문패틀에 끼워 넣고는 자리를 떠났다. 피로가 밀려왔다. 도슨은 차가운 마룻바닥으로 올라오는 냉기를 차단하기 위하여 담요를 두 겹으로 접어서 깔았다.

체포되자마자 맞이한 지난해 첫 겨울에 유치장 생활이 시작되었다. 잠자리는 오직 얇은 담요 두 장뿐이었다. 담요 한 장으로 방바닥의 찬 기운을 견뎌낸다는 것은 참으로 참기 힘든 고통이었다. 긴 겨울밤을 나머지 담요 한 장으로 몸을 덮고 최대한 웅크린 채 이리 뒤척 저리 뒤척 하다가 충혈된 눈으로 아침을 맞이해야 했다. 밤마다 찾아오는 잠자리는 휴식이 아니라 곧 고통이었다. 그래서 피로가 최대한 밀려올 때까지 잠을 미루었다. 미루고 미루다가 도저히 견딜 수 없는 졸음이 몰려올 때가 되어서야 잠자리에 들어서는 최대한 깊고 짧은 수면을 취하는 것으로 한기의 고통을 줄여야 했다. 몸이 수

척해질수록 뻣뻣해지고 써늘한 방바닥 속으로 꺼질 듯이 무거워져 갔다.

　이제 곧 겨울이 올 것이다. 도슨은 자리에 누워 나머지 담요를 덮었다. 눈을 감아도 천정의 백열전구가 내리쏘는 빛으로 인해 눈이 부셨다. 밤이 깊을수록 강렬한 빛을 발하는 전구를 피해서 도슨은 몸을 모로 돌렸다.

　'5년. 60개월. 겨울 봄 여름 가을, 다시 겨울 봄 여름 가을, 다시 겨울 봄…….'
　예비구금 기간 10개월은 이미 지나갔다. 앞으로 50개월은 결코 정들지 못할 이곳이 나의 집인 것이다. '그래, 내 집이라고 생각하자. 아니면 또 어쩔 것인가? 만일 전쟁이 끝나지 않고 그 무슨 예상치 못할 사태가 생긴다면 과연 이곳을 살아서 나갈 수 있을 것인가? 스스로 답을 낼 수 없는 부질없는 의문이다. 60개월 후든, 아니 그 언제가 되었든 간에 언젠가 세상으로 나가 보고 싶고 그리운 사람들을 다시 만날 수 있을 것인가? 부질없는 상상이다. 의미 없는 꿈이다. 이제부터는 그저 이곳에 정 들이고 하루하루를 살아가야 하는 것, 살아가는 것, 살아있는 것, 선택은 오직 그것뿐이지 않은가?' 도슨은 스스로를 위안했다. 체념을 거부하려면 실낱같은 자기 위로에라도 의지해야 할 것이다. 물끄러미 벽을 바라보던 도슨의 눈꺼풀이 스르르 내려앉았다. 백열전구가 한낮처럼 빛을 내리쏟는 마룻바닥 한가운데 누워 도슨은 깊고 어두운 잠 속으로 빠져들었다.

산비탈 숲에 깊숙이 내려앉은 어둠 속에서도 달빛을 받은 성판악 오름이 성벽처럼 우뚝 솟아있다. 입김에 젖은 눈썹이 얼어붙기 시작한다. 한라 정상이 가까워지면서 새벽이 깊어져 가고 기온이 빙벽처럼 차갑게 떨어진다. 곧 해돋이가 시작될 것이다. 눈 덮인 겨울 산길을 오르는 사람들의 숨소리가 거칠어지고 발걸음이 바빠진다. 잠시 뒤돌아보니 동해바다는 희끄무레한 구름에 가려 보이질 않는다. 새해 해돋이는 구름바다에서 맞이하는 것이다. 성판악 능선을 넘어 남원으로 넘어가는 된바람이 나뭇가지에 쌓여 있는 눈을 휘날린다. 눈송이들이 이마에 달라붙고 콧등에 내려앉아 얼어붙는다. 어둠에 싸이고 찬바람이 몰아치는 설산에 단련되며 혹독한 역경을 이겨낸 자들만이 해맞이 자격을 얻게 되는 것이리라. 별빛이 점점이 빛나는 검은 하늘 아래 백색 한라의 동쪽 암벽이 동살에 비치며 또렷하게 두둥실 떠오르기 시작한다. 일출이 시작된다.

어디선가 기상나팔 소리가 들려온다.

여기까지 왔는데 해돋이를 놓치지 말고 봐야지. 해맞이객들이 가쁜 숨소리를 내며 미끄러운 산길을 줄달음질치며 오른다. 벅록을 둘러싼 구름바다의 동쪽 끝머리에서 붉은 빛을 내뿜으며 새 해가 떠오른다. 백색의 구름바다 위로 붉은 물감이 번지며 밀물처럼 벅록의 해안으로 몰려온다. 주울산에 하얗게 핀 야생화처럼 해맞이객들의 얼굴에 환희가 가득 차며 탄성이 터져 나온다.

"와―."

"야호―."

더러는 고개를 숙이고 합장하고, 짝인 듯한 젊은 남녀가 껴안고는 가볍게 입맞춤을 한다. 구름바다 위로 해가 불쑥 떠오르며 어둠의 자취가 말끔히 사라지고 산과 하늘이 눈부시다.

"어디 몸이 불편하십니까?"
"엇."
도슨은 눈을 떴다. 천정에 달려 있는 백열등은 꺼져 있었다. 날이 밝은 지 오래되었는지 화장실 창살을 통해 들어온 빛으로 방은 훤해져 있었다. 눈꼽째기창문 밖에서 형무관이 근심스러운 표정으로 도슨을 내려다보고 있었다.
"소리를 지르시던데."
"내가요?"
"네. 야- 야- 하며 소리를 지르지 않으셨나요?"
"꿈을 꾸었소."
도슨은 자리에서 일어나 앉았다.
"다행이군요. 무슨 일이 난지 알았습니다."
형무관의 낯이 편안한 표정으로 돌아왔다.
"지금 몇 시나 되었소?"
"열한 십니다."
"아무리 형무소라 해도 사람들이 사는 낮시간인데 너무 조용하군요."
"모두 사역을 나갔습니다. 징역형을 받은 기결수들이 대부분이라 낮에는 일하러 각자의 일터로 나갑니다."
"그럼 나도 사역을 나가야 하는 것이오?"

"아닙니다. 신부님은 요주의 관찰자라서 사역이 금지되어 있습니다. 어디 불편하시면 더 누워 계시지요."

"아, 그래요. 무척 고맙소만 잠시 일어나겠소. 뭣 좀 물어봐도 되겠소?"

"그러시지요."

"아침 기상이 몇 십니까?"

"일곱 십니다."

"기상나팔이 울렸소?"

"그럼요."

'그럼 무려 네 시간 동안 성판악을 오르는 꿈을 꾸었다는 건가? 깊고도 춥고 어두우면서도 빛을 향해 오르는 꿈. 꿈속에 기상나팔 소리가 들렸는데 그럼 그 소리였구먼.'

"혹시 사람들이 우르르 몰려나갔습니까?"

도슨은 꿈속의 해맞이객들이 백록담을 향해 줄달음질치며 올라가던 기억을 떠올렸다.

"운동시간에는 모두 방에서 나와 밖으로 이동하니까요."

"으음. 그랬겠군. 그런데 기상시간에 왜 깨우지 않았소? 형무소에도 규율이 있을 텐데."

형무관은 대답하지 않고 잠시 머뭇거렸다. 그는 입가에 웃을 듯 말 듯한 미소를 머금고 있었다.

"신부님은 제주성당 신부님이 맞지요?"

"그렇소만."

"그곳에 주예스터 수녀님도 있질 않나요?"

"아니, 어찌 주에스더 수녀를 아시오."

"저의 처가 목포 출신입니다. 골롬반 신부님들이 세운 학교를 다녔는데 그때 주에스더 수녀와 함께 공부를 했다고 합니다. 주에스더 수녀가 제주로 떠난 이후 서로 만나지는 못하였으나 제주성당에서 도슨 신부님을 모시고 선교활동에 종사하고 있다는 소식은 듣고 있었다고 하는군요."

"아하, 그래요? 세상에 이런 인연이. 그래서 나를 기상시간에 강제로 깨우지 않고 봐준 것이요?"

이번에도 형무관은 대답하지 않고 엷은 미소를 지었다.

"혹시 그쪽 성함을 알 수 있겠소?"

"목단야라고 합니다. 신부님, 곧 점심시간이 다가옵니다. 소지*들이 밥을 날라 올 겁니다."

"소지?"

"네. 기결수들 중에서 사동에서 징역 사역을 하는 재소자를 일컫는 말입니다. 밥 배식도 하고 형무관 심부름도 하곤 하지요. 찬이 변변치 않더라도 꼭꼭 씹어서 천천히 드십시오. 앞으로 도울 일 있으면 돕겠습니다. 그럼 이만. 오랜 시간 요주의 관찰자 재소자와 대화를 나누면 소문이 나서 의심을 받기도 해서. 아 참, 저는 이틀에 한 번씩 스물네 시간 단위로 교대 근무를 합니다. 편히 쉬십시오."

"고맙소."

---

* 징역형이 확정되어 감옥의 각 사동에 배치되어 청소나 음식 배급 징역을 하는 재소자.

도슨은 목단야에게 정중하게 감사함을 표했다. 그러면서도 그의 정체에 대한 경계를 풀지는 않았다. 크지도 작지도 않은 키. 살찌지도 마르지도 않은 몸집. 비록 잘생긴 얼굴은 아니면서도 반듯한 이마와 유난히 오똑한 코. 살짝 마른 뺨. 경성 말씨에 정중한 말투. 외모에서 풍기는 첫인상간으로는 이렇다 저렇다 느낄 수 없는 서른 전후의 청년이다.

'혹시 첩자? 끄나풀? 방심하면 안 된다.'

그의 친절함을 액면 그대로 다 받아들이기에는 조선에 와서 산전수전을 다 겪으며 너무도 험한 세상의 한복판을 지나고 있는 와중이었기 때문이었다.

'그래도 고마운 건 고마운 거다.'

그러나 그렇다 해도 노약자, 병든 자 가리지 않고 인정사정없이 혹독한 규율을 들이대는 유치장의 생활에 비하자면 오늘 자신을 대하는 단야의 배려에 대해서는 일단 충분히 감사해야 마땅할 것이었다.

'드르르르륵'

수레를 끄는 소리가 점점 가까이 들려왔다.

"配食準備。"(배식 준비!)

머리를 빡빡 밀은 까까머리 젊은이가 눈꼽째기창 안으로 도슨을 내려다본다. 도슨이 일어나 창가로 갔다. 까까머리는 감색 죄수복에 검정 고무신을 신고 있었고, 그가 끌고 온 수레에는 밥과 찬과 국이 담긴 커다란 드럼통이 실려 있었다.

"밥 먹을 준비하라는 말이오?"

"네. 신부님. 이놈 받으씨오. 배식판이요. 이놈이 밥상이요 밥상."

그가 얇은 나무판자 두 개를 쇠창살 사이로 넣어 건네는 것을 도슨이 받았다.

"식사 끝나고 나면 뽀독뽀독 닦아서 보관허씨요 잉. 식기 요짝 밑에 식구통*으로 내미씨요."

소지가 손가락으로 가리키는 데를 바라보니 문설주 옆 벽 허리 높이에 가로 두 뼘 세로 두 뼘 크기의 사각형 구멍이 나 있었다. 성인의 어깨가 빠져나갈 수 없는 정도의 크기였다. 구멍 바깥으로 여닫이 철판 문이 닫혀 있었다. 평소에는 구멍문 가장자리에 달려 있는 고리를 구멍문설주에 박아놓은 걸쇠에 걸어 문을 잠가놓는 것이다. 소지가 걸쇠에 걸려 있는 고리를 젖히고 함석판 문을 열어 젖혔다.

"여그요, 여그. 식기 하나씩 올려놓으씨요."

식구통 위에 세 개의 식기를 하나씩 올려놓자 보리밥, 콩나물국, 무짠지가 차례로 들어왔다. 주먹만 한 보리밥 덩어리. 콩나물 몇 줄기가 둥둥 떠 있는 멀건 콩나물국. 희멀겋게 말라비틀어진 무짠지 세 조각.

"신부님, 아침도 안 자셨는데 밥 많이 드씨요 잉."

"고맙소."

"운동도 안 내보내주고 땁땁하것소. 방안에서라도 일어났다 앉았다 해야 헐 것이오. 허벅지에 근육이 빠져불면 추위도 잘 타고 감기도 잘 든게로. 글고 필요한 거 있으면 말씀허시요잉."

---

* 감옥 방문 바로 옆 허리 높이에 성인 어깨 폭보다 조금 작은 너비와 높이로 낸 사각구멍. 벽의 두께가 두터워 그릇 등을 올려놓을 수 있다.

"필요한 거? 같이 징역 사는 처지에 소지가 무슨 재주로 내 필요한 걸 해결해 줄 수 있겠소?"

"아따, 그리 말씀허시면 섭하지라. 같이 징역을 살아도 소지는 아무나 허는 게 아닌게르. 군대로 치면 보급부대라 말이시. 아튼 필요한 거 있으면 말씀하씨요. 여자 빼놓고는 엔간한 거 다 들어온 게?"

"아하. 그렇소. 그럼 소지 능력 믿고 성경책 한 권 부탁합시다."

"성격책이라 혔소? 아따, 신부님답소. 우리 같은 도둑넘덜언 허연 건 죙이고 시꺼먼 건 글잔디 글자만 보면 갑자끼 멀쩡허던 눈알이 뱅뱅 돌아불고 궁뎅이가 배겨싸요. 나가 잠 안 올 때넌 수면제넌 구헐 수도 없고 혀서 성경책을 읽으요. 성경책 읽는 순간 딱이요, 딱. 1분 안에 잠들어분당게로. 아브라함이 이삭을 낳고 이삭은 야곱을 낳고 야곱은 음, 거 머시냐. 암튼 계속 낳아부러. 날 사람언 낳고, 잠잘 사람언 자불고. 아 그런디, 예수님의 친아부지는 하느님이고, 요셉은 의붓아부지같던디요. 그니까 예수님 핏속에넌 아부지 요셉의 피가 한나토 안섞였다는디 요셉의 아부지가 누구고, 요셉으 하랍씨, 증조하랍씨가 누군게 아, 그 머시냐, 거시기 그 족보가 머시가 그리 중요허데요?"

"허허허."

도슨은 절로 웃음이 터져 나왔다. 성경을 수면제에 비유함은 일종의 모독일 수도 있을 것이었으나, 감로주가 목구멍을 넘어가듯이 악의 없고 재치 있는 소지의 감칠맛 나는 언변에 친근감을 느꼈다. 이 얼마만의 웃음인가. 의도했던 아니든 간에 의표를 찌르는 순수하고도 거침없는 질문에 웃음 말고는 달리 대답할 방법이 없기도 했다.

"통방하지 말고 싸게 싸게 움직여라."

복도 저편에서 형무관의 고함소리가 들려왔다. 도슨의 신분이 신부이고 조선말이 통한다는 걸 형무관이 알려주지 않고서야 재소자들이 도슨에게 신부님이라고 부를 리가 없었을 것이다. 신부님이라는 호칭과 어감에는 친근감과 존경심이 배어 있음을 도슨도 직감적으로 느끼고 있었다. 아마도 형무관 목단야가 일러주었을 것이다. 도슨은 목단야에 대해 경계보다는 호의 쪽으로 기울어 보기로 했다.

"아이고, 신부님, 밥이고 국이고 다 식겠소. 식기 전에 싸게 드씨요. 성경책은 내 방에 있는 거 갖다드리겠소. 나는 다시 구하면 된게."

소지는 식구통 문을 '철컥' 닫고는 수레를 밀며 다음 방으로 향했다. 비록 일시적으로 법을 어기고 들어왔으나 사람 사는 세상의 정을 나누고자 하는 재소자들에게 도슨은 훈훈한 인간의 냄새를 맡을 수 있었다. 감옥 속에서의 이러한 소통도 일종의 적응일 것이다.

"으윽."

속을 달래려고 먼저 콩나물 국물로 입술과 목을 살짝 적셨다. 이어 보리밥 한 숟가락과 무짠지 한 조각을 입 안에 넣는 순간 지독한 짠맛이 혀에 퍼지며 뇌를 자극했다. 도슨은 콩나물국 식기를 통째로 들어 벌컥벌컥 마셨다. 그래도 순식간에 혓바닥에 침투한 소금기는 쉽게 가시지 않았다.

'으음, 이래서 무짠지 세 조각이었군.'

엄지손가락만 한 무짠지 한 조각을 세 입으로 나누어 먹으면 한 덩어리의 보리밥 끼니 분량에 적당하도록 무짠지 세 조각은 간이 맞추어져 있었다.

　광주형무스는 벼농사의 고장인 호남에 있음에도 쌀밥은 구경조차 할 수 없었다. 일제 식민지의 악랄한 수탈은 어느 한순간도 쉼 없이 조선 백성들의 살로 갈 쌀을 약탈하는 대신 혀를 짠맛으로 물들여놓고 있었다.

이카이노(猪飼野)로 날아온 가시아방(장인)의 부고

고산지가 심란한 집안 사정을 뒤로 하고 오사카로 떠나온 지 일 년이 다 되어가던 한겨울이었다. 1942년 섣달그믐을 앞두고 오사카 시내 변두리에 자리 잡은 재일교포신문사 편집실은 재일 오사카 조선인들의 근황, 전쟁 소식, 고국 소식을 동포들에게 알리거나 오사카를 오가는 동포 지인들에게 일본 소식을 알리는 데 여념이 없었다. 중일전쟁은 일본이 진주만을 공습하면서 태평양전쟁으로 확대되었다. 개전 초기에 진주만, 말레이시아, 필리핀 전투에서 승승장구하던 일본의 기세는 1942년 들어 미드웨이 해전 패배와 과달카날섬 방어전의 거듭되는 패배로 일본 본토 분위기도 한풀 꺾여 있었다. 오사카 교포사회도 언제 어떤 재앙과 봉변이 닥칠지 모른다는 불안감과 긴장감에 싸여 있었다.

"산지!"

"엇. 아니, 느 떠난 지가 보름밖에 안 뒈신디(되었는데)."

가장자리가 낡아져서 결이 일어나고 흠이 난 목제 책상에서 원고 작성에 몰두해 있던 산지가 자신을 부르는 성돈의 목소리에 흠칫 놀라며 고개를 돌렸다. 성돈이 오사카 교포 소식지 『다리』 편집실에 불쑥 나타난 것이다. 산지에게 성돈은 매일 보아도 또 만나보고 싶은 고향 애월의 동무이자 제주농업학교 동기생이었다. 그는 일찍이 부산으로 건너가 터를 잡고 일본과 제주를 오가면서 무역에 종사하고 있었기에 한두 달에 한 번꼴로 오사카에 올 때마다 빼놓지 않고 산지를 찾았다. 지난번에 만나고 떠난 지 불과 보름이 안 되었는데 불쑥 오사카 잡지사로 찾아온 성돈의 출현에 산지는 반가우면서도 의아해할 수밖에 없었다. 성돈의 얼굴 표정은 굳어 있었다.

"느네 가시아방(장인) 죽엇덴 햄저(돌아가셨다네)."

성돈이 부고를 전하면서 소매 속에 똘똘 말아 감추어온 편지를 꺼내어 건네었다. 발신자는 고향 동무이자 처형인 양반석이었다. 반석 역시도 성돈과 마찬가지로 제주농업학교 동기생이기도 했다.

"아이고! 이거 무슨 소리고?"

자리에서 벌떡 일어선 산지는 선 채로 편지를 펼쳐 들고 읽어 내려갔다.

아방이 음력 섯달 브름날에 운명하셨네. 고문 후유증을 이겨 내지 못하고는 결국 가버리셨어. 그리고 도슨 신부님은 징역 5년을 언도 받고 광주형무소에 수감되었네.

그동안 신부님에 대한 면회도 불가능하다 보니 사건의 전모를 알 수가 없었는데 재판과정과 언도를 통해 알 수 있게 되었네. 죄목은 군사기밀 보호법 위반. 구체적인 내용은 군사기밀을 탐지하여 해외에 누설했다는 거지. 군사기밀이라면 대정 모슬포의 알뜨르비행장과 우도에 설치된 일본 해군 망르를 가리키는 거고. 이 군사기밀들을 아방을 비롯

한 신도들이 신부에게 제공했다는 건데, 모든 게 사실이 아니고 조작일세. 신도들에 가한 고문으로 자백을 강요받은 거지. 자네도 알고 있다시피 도손 신부는 미사 전에 궁성요배를 하라는 저들의 강요를 거부하지 않았었나. 신도들에게 일본어를 배우되 사용하지는 말라고 했었고. 이에 대한 저들의 보복이라고 짐작되네. 미국을 상대로 전쟁을 개시하면서 제주의 주요 군사시설 정보가 유출될 걸 미연에 방지하기 위해 서양 신부들을 억지로 가둔 이유도 있는 거 같고.

경찰들의 감시 속에 나와 신애, 미사, 세 형제가 장사를 치르고 고향 뒷산에 모셨네. 저들이 비석도 세우지 말라고 하여 묘 주위에 석담만 둘렀네.

이 편지를 받아보고 섬으로 들어올 생각은 하지 말게. 자칫하면 자네까지 감시를 받게 되고 일본으로 돌아가기도 어려워질 테니. 더구나 강제징용이 시작되고 그 대상 범위도 해가 바뀌고 달이 바뀔수록 점차 넓어져 가고 있네. 거기서도 조심하게. 신애와 조카들은 내가 잘 돌볼 것이니 걱정하지 말게.

이 편지는 태워버리게. 성돈이도 혹시 뒤를 밟히고 있을지도 모르니 그와 깊은 얘기를 나누지 말게나. 최악의 경우 그에게도 피해가 갈 수 있으니. 좌우간 모르는 게 약인 세상이니.

건투를 비네.

편지를 다 읽은 산지는 걸상에 풀썩 주저앉았다. 이 시국에 고향에서의 무소식이 희소식이라는 단순한 기대는 얼마나 순진하고도 헛된 희망인 것인가.

'어르신. 신애.'

산지는 망연자실하여 두 팔꿈치를 책상 위에 괴고는 깍지를 낀 두 손 위에 이마를 숙였다. 성돈이 산지의 어깨 위로 살며시 손을 얹어 위로했다. 산지가 천천히 일어나 서쪽으로 난 창가로 걸음을 옮겼다. 그가 내뿜는 콧김으로 창에 뿌옇게 김이 서렸다. 손바닥으로 김이 서린 창을 닦아내자 이카이노 골목의 2층 목조주택과 가게들이 시야에 들어왔다. 바지저고리 차림에 목에 목도리를 두르고 털실 모자를 쓴 한 사내가 리어카를 끌고 지나가고 있었다. 창에 가시아방의 얼굴과 아내 신애의 얼굴이 어른거렸다. 그는 서쪽 제주를 향해 합장하고는 고개를 숙여 가시아방의 명복을 빌었다.

'어르신, 아무것도 허지 못 허는 이 사위럴 용서해줍서. 신애, 곁에 고치(같이) 잇지 못헤연 촘말로 미안허다.'

산지의 몸이 부르르 떨리고 눈물이 왈칵 솟으며 눈가로 번졌다.

"느 이 소식얼 전하젠(전하려고) 역부로(일부러) 먼 질얼 또시(또) 와져냐(왔구먼). 고맙다이."

산지는 억지로 마음을 고쳐잡고는 자신이 편지를 다 읽을 때까지 숙연한 자세로 기다리고 있는 성돈의 손을 잡았다.

"무슨 소리라게. 우리 어디 강 약주나 혼잔 허게."

성돈은 산지의 곁으로 붙어 서서는 어깨 위에 손을 얹었다.

둘은 사무실을 나왔다. 한겨울의 습기를 머금은 찬바람이 벌겋게 충혈된 산지의 눈자위를 식히며 옷깃을 파고들었다. 눈가의 채 마르지 않은 눈물이 쩍 하며 얼어붙었다.

"잠깐, 저 골목드레 들엉글라(들어가자)."

이카이노(猪飼野)로 날아온 가시아방(장인)의 부고   47

산지는 성돈을 이끌고 골목으로 들어섰다. 마침 골목에는 아무도 오가는 자가 없었다.

"내 앞을 가로막아 주게."

산지는 벽에 붙어 서서 성돈을 마주 보게 했다.

"뭐허젠 햄시(뭐 할려고)?"

성돈은 산지가 하자는 대로 주춤주춤 자리를 잡았다. 산지가 품속에서 편지를 꺼내고 외투 주머니 속에서 성냥을 꺼내어 픽, 긋더니 편지에 불을 붙였다. 찬바람이 골목 안으로 파고들며 편지 상단에 붙은 불길을 이리저리 흔들었다. 불길이 아래로 내려오자 산지가 편지를 위로 휘익 뿌렸다. 허공에서 타버린 편지는 재가 되어 날리고 손톱만큼 남은 조각이 땅에 내려앉았다가 바람에 실려 날아갔다.

"뒛저, 이제 글라."

"엉."

둘은 골목을 빠져나와 '이카이노(猪飼野)' 길을 걸었다. 길 양쪽은 2층 목조난간을 허름한 창문으로 막은 일본식 나무집들로 줄지어 이어져 있었지만 오가는 행인들은 흰색 저고리에 검은 치마나 흰 바지 차림의 조선인들이 더 많았다.

"올 저슬(겨울)은 보름(바람)이 잘도(매우) 쎄다."

"기여(그래). 전쟁 보름(바람)이여."

중년 남녀가 낮고 조그만 목소리로 제주 사투리를 주고받으며 지나갔다.

"우리도 호꼼(좀) 걸으카?"

"좋코(좋지)."

일본제국 제2의 도시 오사카에서 이카이노 길은 조선말을 나직하게나마 주고받으며 걷기에는 안성맞춤이었다. 조선어에 대한 통제와 감시가 심한 판국임에도 워낙 제주인들이 많이 몰려와 사는 동네이다 보니 그 일대를 오가는 일본인 거주자들도 조선말을 쓰는 선인이라 하여 굳이 적대하거나 신고하는 경우는 없었다. 그럼에도 언제 순사나 밀정이 나타날지, 누가 앙심을 품고 해코지하려는 목적으로 고자질할지 모르기에 항상 작은 목소리로 조심스럽게 조선어를 쓰는 게 습관이 되어 있었다. 두 사내는 히라노가와(平野川) 천변까지 말없이 걸었다. 천변이 가까워져 오자 인근 마치코바 철공소들에서 나온 쇳가루 냄새가 바람에 실려와 씨잉 하니 콧속으로 파고들어 왔다. 휑하게 트인 개천을 따라 세찬 바람이 휘잉휘잉 불어왔다. 키가 크고 마른 두 사내의 외투 자락이 풀럭거렸다.

"이제 숨통이 호꼼 트염쪄(트이네)."

산지가 히타노가와(平野川) 천변의 난간에서 개천을 내려다보며 숨을 크게 내쉬었다.

"씬 보름이 폐로 들어가난 시원허냐?"

산지 옆에 나란히 선 성돈도 큰 소리로 화답했다.

"기여(그래). 보름(바람)소리는 사람의 말소리를 지워주는 마력이 잇지."

주변에 인적이 없음을 다시 한번 확인한 산지가 목소리를 높였다.

"뿐인가. 저 주말은 브름소리럴 타야 제멋이 나주. 보름에 쇳가루와 톱밥 호꼼 섞여시민 어떵허여(어떤가)? 이카이노영 히라노영 재일조선인덜 땀이 배인 가루 아니가."

이카이노(猪飼野)로 날아온 가시아방(장인)의 부고　49

"기여(그래). 제주말 자체가 보름이난. 기억의 저편에서 오름덜얼 건녕 불어오는 상처 입은 보름, 머무르지 못행 준비 어시 섭얼 떠나사 허는 바람, 먹돌밧(먹돌밭)에 남은 자덜의 가슴얼 저미게 허는 보름. 그 보름엔 언제나 탐라의 어멍덜과 아방덜의 땀과 손때가 묻어 이서노난."

산지 눈앞에 바람에 실려 오는 가시아방과 아내와 아이들, 그리고 도슨 신부의 얼굴이 물결처럼 차례로 어른거렸다. 둘은 잠시 천변 쇠난간에 서서 히라노가와를 내려다보았다. 벌목되어 물에 쓸려내려 온 통나무들이 운하 곳곳에 둥둥 떠 있거나 가장자리에 쏠려 있었다. 한복 두루마기를 입은 노인 셋을 태운 한 척의 나룻배가 역풍을 맞으며 물결을 거슬러 올라갔다. 선미에 서서 노를 젓는 젊은 사공 역시도 추위에 아랑곳없이 바지저고리를 무릎 위에까지 접어 올리고는 상체를 앞으로 굽혔다 뒤로 제쳤다 하며 힘차게 노를 저었다.

'웨에에-엥. 웨에에-엥.'

천변 도로변에 위치한 제재소에서 전기톱이 돌아가며 통나무를 자르는 소리가 들려왔다.

"이듸가(이곳은) 백제 유민덜 천년의 한이 서린 구다라가와(百済川)여. 사람이영 도새기(돼지)영 나무영 쇠영 온통 잘령(잘리고) 깎영(깎기어) 생채기투성이가 뒈연(되어서) 모이는 듸라(곳이라)."

"이제랑(이제는) 제주천(濟州川)이렌 불러사 허키여(불러야 하겠지). 경해도 볼품은 어시다만 사름이영 도새기영 나무영 쇠영 서로덜 섞여그네(섞여서) 그럭저럭 살암시난(살아가니) 얼마나 다행인가? 겐디 무신 근심거르가 또 이시냐?"

성돈은 산지의 말을 받아주면서도 화제를 돌렸다.

"으음. 가시아방 부고는 느도 이미 알 테고."

"것(그것) 말고 또 뭐꼬?"

"징용이 확대뒌덴(된다는) 소문이 이신거 닮은디(같던데). 느가 아는 거 이시민 자세히 골아보라(얘기해 주게)."

산지는 반쓰의 당부에 따라 도슨 신부의 수감 사유인 군사기밀 문제에 대해서는 성돈에게 꺼내지 않기로 했다. 성돈에게까지 자칫 화가 미치게 해서는 안 된다는 배려이기도 했다. 자칫 그가 무언가를 알고 있다는 것 자체가 후환을 불러들일 수도 있을 것이기에.

"아하, 그 이야기라민 나도 해주젠(해주려고) 헛저. 애초에는 기능공얼 모집핸텐 하더니 얼마 안 강(가서) 모집이 아니라 강제로 끌고 감시네(끌고가고 있네). 머지않아 일제가 미쓰비시영 미쓰이영 허는 군수업체덜에게 징용 궐한얼 위임헤연 일본 기업 놈덜이 직접 조선에 건너왕 면 서기영 슨사영 고치 돌아댕기멍 젊은 사름덜얼 끌고간덴 햄저."

"경 하영(많이) 끌고 강 다 어드레 데려 가젠 햄신고?"

"건 나도 자세히 모트켜마는(모르겠다만) 홋카이도 탄광이영, 규슈 탄광이영, 히로시마 조선소영, 도야마 광산이영 데려갈 딘 많텐 골아라(말하더라. 남양군도까지 강 비행장얼 건설허는 디 동원뒌덴 허는 이야기도 싯고(있고). 특히 비행장 징용은 비밀이렌 허더라."

"기여? 비항장 징용은 비밀?"

"징용 목적이영 목적지영 알려주지도 않고 끌어가는 거주."

멀지 않은 곳으로부터 발자국 소리가 들려왔다.

"우리 걸으카? 저듸 인기척 이신 디로 눈 돌리지 말앙."

산지는 인기척을 가까이에서 느끼면서 대화를 끊고는 걸음을 천천히 내디뎠다. 눈치를 챈 성돈도 산지를 따라서 나란히 걸었다. 맞은편에서 도리우치를 쓴 장년의 키 작은 남자가 걸어왔다. 도리우치와의 거리가 점점 좁혀졌다.

"お酒一杯どう。"(술 한잔 어때?)

산지가 의도적으로 목소리를 높였다.

"酒。いいね。"(술? 좋지.)

산지의 큰 소리 못지않게 성돈도 순발력을 발휘하여 크고 호쾌하게 호응했다. 도리우치가 바로 앞으로 다가왔다. 그는 담배 한 개비를 손에 들고 있었다.

"すみませんが火はありませんか。"(미안합니다만 불 좀 있습니까?)

허리를 살짝 숙이며 불을 빌리는 도리우치는 말투는 공손했지만 날카로운 눈길을 번득이며 산지와 성돈의 얼굴을 훑었다.

"하이."(네)

산지가 주머니에서 성냥갑을 꺼내자 도리우치가 담배개비를 입에 물고 바람을 막으려 두 손으로 담배개비 끝을 둘러쌌다. 산지가 몸을 웅크려 불어오는 바람을 팔과 가슴으로 가리고 상자 속의 성냥개비 하나를 집어서는 성냥갑 측면 발화판을 그었다. 갈색 마찰재에 흰 마찰선이 그어지며 성냥개비에 불이 붙었다. 샛노랗게 타오르는 성냥불이 바람에 가물거렸다. 산지는 재빠르게 두 손으로 불길을 감싸 도리우치가 물고 있는 담배개비에 불을 붙였다. 불길을 빨아대는 도리우치의 톱이 옴폭 들어갔다. 키 작은 도리우치 얼굴이 산지 시야에 들어왔다. 광대뼈 바로 아래 세로로 흉터가 나 있고 뭉툭한 코에 일자로 뻗은 눈썹 숱이 제법 두텁고 진했다. 담배에 불길이 옮아붙으며 사내는 눈길을 올려 산지의 얼굴을 다시 한번 살폈다. 그러나 성냥불을 감싼 두 손으로 산지의 얼굴은 가려지고 자신의 얼굴을 향해 내리쏟는 산지의 눈빛과 마주치자 도리우치는 반사적으로 고개를 숙였다.

"아리가또오."

"도이따."

피차의 상투적인 인사가 짧게 오가는 동시에 산지가 도리우치를 등지며 발걸음을 옮겼고, 성돈도 곧바로 산지를 따랐다. 두 사람은 등 뒤에 꽂히는 도리우치의 시선을 느끼면서도 아랑곳하지 않고 천천히 걸었다.

"お酒一杯どう。"(술 한잔 어때?)

"酒。いいね。"(사케? 좋지.)

바람이 정면에서 불어와 '사케' '사케' 소리를 도리우치 쪽으로 실어갔다. 둘은 히라노가와의 다리를 건너 바람이 불어가는 방향으로 몸을 돌렸다. 천변 건너 도리우치의 모습은 보이지 않았다.

"첨 보는 넘이가?"

"응."

산지가 대수롭지 않지 대답했다.

"밀정인가?"

"확실하진 않지만 그럴 수도."

성돈의 긴장된 말투에 비해 산지의 대답은 여전히 짧았다.

"조심허라 이-."

"이곳 이카이노의 낯선 자덜은 태반이 밀정이고 끄나풀이렌 생각 허멍 사는 게 익숙해졌네. 차라리 저영(저렇게) 얼굴 까놓고 먼저 접근해오는 게 오히려 쉽기도 허지."

산지의 표정은 여전히 긴장을 풀지 않고 있었다.

"이럴 때 일본말 못 알아듣고 대답 못허민 어떵 뒈카?"

"관동대지진 때 닮으민(같으면) 바로 조센징으로 지목되엉 그 자리에서 죽창에 찔령 죽는 거지."

"관동대지진보다 더 엄혹한 상황이 닥칠 수도 이실 텐디."

"이미 닥쳣다고 봐야지. 비행장 징용은 비밀이렌 거 보난게 군사기밀 공사장에 동원된 자덜은 돌아오지 못할 거여."

"기여. 경헐 거 닮아."

"하나 실수한 거 닮아."

산지의 표정은 여전히 어둡고 진지했다.

"뭐?"

성돈이 고개를 돌려 산지의 표정을 살폈다.

"나가 아까 왼손으로 성냥을 긋는 걸 도리우치가 눈여겨본 거 닮다."

"겐디?"

그게 무슨 문제가 되냐는 뜻으로 성돈이 반응했다.

"유사시에는 신체나 동작상의 특징덜도 다 분석이 되고 표적이 뒈난(되니까)."

"으음."

"앞으로는 오른손으로 밥 먹고, 오른손으로 성냥 불 켜는 훈련을 해사 허켜."

"듣고 보난게 단 일분일초도 편안하게 숨을 쇠멍 살아갈 수 어신 세상이여. 조심하게."

성돈은 그저 이 말밖에 해줄 수 있는 말이 없었다. 등 뒤에서 불어오는 찬바람이 목덜미를 파고들었다. 거센 바람에 히라노카와의 물결 무늬가 상류 쪽으로 일며 마치 거꾸로 물이 흐르는 듯한 착각을 일으키게 하였다.

"전쟁이 일본에 불리하게 돌아갈수록 세상을 거꾸로 돌리는 야만적인 광풍이 더욱 거세게 불 것 닮은디."

"산지, 말 나온 김에 마무리허주. 너랑 귀국허지 말라. 느처럼 항일운동하다 감옥 경력이 이신 자는 어느제(언제) 강제 징용될지 모르난이. 너네 가족덜언 나와 반석이가 알아서 허커매."

"고맙네."

둘은 다시 길을 돌아 '이카이노(猪飼野)' 시장길로 향했다. 조선시장 길목으로 들어서자 입구부터 현해탄을 건너와 노점상 가판대에 놓인 고향의 냄새들이 물씬 풍긴다. 붉디붉은 몸뚱이들이 산산이 으깨지고 부서져 멱둥구미에 수북하게 담긴 고춧가루가 발산하는 매운 향이 눈과 코를 반갑게 찌른다. 긴 겨울 눈알을 부릅뜬 채로 허공에 널려 바닷바람에 맞서던 명태들이 마저 하고 싶은 말들이 아직 남아있는 듯 주둥이들을 벌리고 있다. 조선어 간판들은 오래 전에 강제로 철거되어 사라지고, 일본어 입간판들이 통로 저편 끝의 소실점을 향하여 좌우로 어지럽게 매달려 있다. 식당 입구마다 목제 미닫이문 눈높이의 격자유리창에는 하얀 종이에 작게 쓴 한글 상호들이 붙어 있다. '칠성통 해장국', '추자도 멜국', '서귀포외돌개 전복', '산지천 각재기', '섭지코지 은갈치'. 마치 제주도에 와 있는 착각을 일으키게 한다. '홍남 개장국'이라는 간판도 눈에 띄었다. 시장 식당이라고 해봐야 식당에 들어서면 대개 탁자가 서너 개 있는 경우가 보통이었다. 식당 입구에는 노점처럼 제주산 해물들이 가판대 위에 진열되어 있었다. 둘은 '산지천 각재기' 식당 안으로 들어섰다.

"혼저 옵서(어서 오세요)."

산지와 성돈을 알아본 여주인이 활기 있게 두 손님을 맞았다.

"그동안 펜안헙디가?"

두 남정네도 큰 소리로 인사를 건넸다. 고산지의 부친이 제주읍 산지천에서 이름을 빌어와 아들에게 '산지'라는 이름을 지어준 산지는 자신과 이름이 같은 '산지각재기' 식당 단골이었다. 저녁이라고 하기에는 아직 이른 늦은 오후라 식당 안은 한산했다.

"각재기탕?"

산지가 즐겨 먹는 단골 식단을 알고 있는 여주인이 친근하게 미소 짓는 표정으로 눈을 반짝 떴다.

"술도 고치."

"마침 아척(아침) 배로 막걸리 들어완(들어왔는데)."

"기? 막걸리부터 한 주전자 줍서."

각재기탕이 끓여지는 동안 미역국과 멜(멸치) 조림 반찬과 막걸리가 먼저 나왔다.

"자, 먼저 가시아방신디 올리게."

"기여. 고맙네."

산지는 두 손으로 잔을 받들었다. 성돈이 따르는 약주를 탄자 위에 공손히 올려놓고 멜 조림 위에는 젓가락을 올려놓았다. 그는 눈을 감고 합장을 했다.

'가시아방, 이렇게 누추하게 모심을 용서해줍서. 펜안히 들여싸불엉(마시고) 갑서. 영전여 곧 가쿠다.'

기도를 끝낸 산지는 잔을 들어 음복을 하고는 잔을 성돈에게 건넸다.

"혼잔 하게."

"아니네. 나도 혼잔 올려사뒈켜. 느 가시아방 부고는 받앗주마는 나도 못가시녀. 순사님덜 와이시난(와있으니) 오지 말렌 헤연."

"귓것덜(귀신이 잡아갈 것들). 장례까장(까지) 감시럴."

성돈도 잔을 올리고 음복을 마치자 각재기탕이 나왔다.

"식개(제사) 지냄수과? 술얼 떠놓고 무사 합장얼."

여주인이 각재기탕을 내오며 묻는다.

"아. 이 양반 가시아방 어른이 죽엇덴 헤영 술 올렴수다."

성돈이 대신 알려주었다.

"아이고. 졷 햄수과? 난 것도 몰르고 농담해신디. 아 게믄 첨부터 경 골아시민 나가 식개상 출령(차려) 가져와실 건디."

"말만 들어도 고맙수다. 식개 끝나시난 뒛수다. 이제랑 각재기 먹어 봐사쿠다."

"게거들랑 산 사름덜이라도 잘 먹읍서. 오늘 밥값 안 받으커매."

이카이노(猪飼野)로 날아온 가시아방(장인)의 부고   57

여주인은 몹시 안타깝고 아쉬워했다.

"곤니찌와(안녕하십니까)."

"곤니찌와."

장년 남자 둘이 일본말로 인사하며 식당 안으로 들어섰다.

"이랏샤이마세(어서 오세요)."

여주인이 문 쪽으로 다가서며 입장하는 손님들을 맞았다.

"일본말 쓰기 좋아허는 조선놈덜이우다. '협화회 보도원덜' 귓것덜이 이듸까장."

여주인은 자리를 뜨기 전에 산지와 성돈에게 들으란 듯이 조그맣게 뇌까렸다.

둘은 각재기탕을 먹는 둥 마는 둥 하고는 식당을 나왔다.

"게믄 경허지(그럼 그렇지). 잠시 숨 호꼼(좀) 돌리젠 해신디(했는데). 귓것덜 들어완 방해하네."

이번엔 먼저 말문을 잘 열지 않던 성돈이 탄식하듯 말을 뱉어냈다.

"어딜 가나 왜넘판이네. 조선넘덜 대맹이(대가리)에 왜넘 보름이 들어가민 혓바닥도 바뀌엄신가."

산지가 씁쓸하게 입맛을 다셨다.

"경해도 느 식개(제사) 지내는 거 보난 마음이 호꼼 풀어점저."

"성돈이 너 어서시민(없었으면) 나 혼자 청승맞게 술잔이나 올려시커냐. 정말 고맙다 이-."

그 사이 저녁시간이 다가오며 '이카이노(猪飼野)' 길을 오가는 행인들이 늘어났다. 여기저기서 일본말이 들려왔다.

도슨의 첫 접견

도슨이 처음 조선에 발을 들였을 때 낯설고 물설고 말 설은 이역만 리 타향살이는 하루하루가 투쟁이었다. 눈에 보이는 것, 귀에 들리는 것, 혀에 닿는 것 일체가 극복의 대상이었다. 입에 맞지 않아 억지로 먹은 음식물이 홀로 있는 밤에 체하거나 탈이 났을 때 겪는 고통은 육체적 고통일 뿐 아니라 고독이자 무서움이었다. 약이나 간호인이 밤낮을 가리지 않고 항상 가까이 있을 수도 없는 것이었다. 더구나 선교라는 것이 가까이에 병원이 있는 곳만 골라서 다닐 정도로 여유로운 활동도 아니었다.

오로지 스스로 자신의 생명을 굳세게 돌보고 다스려 하루 밤낮을 온전히 이어가야 하는 우선 과제는 세 끼니를 무사히 해결하는 것이었다. 그에게 끼니는 투쟁이었다. 풍족하지 못한 환경에서 음식을 탐하지 않는 것. 주어진 음식이나마 천천히 꼭꼭 씹어서 먹는 것. 정성껏 요리해 준 사람에게 감사하는 마음으로 음식을 남기지 않는 것. 끼니에 대한 도슨의 투쟁이 어느 덧 습관으로 서서히 자리를 잡아갈 무렵에 그는 투옥되었다.

감옥의 조악한 음식. 외부로부터 철저히 차단된 고립 속에서 그의 끼니와의 투쟁은 더욱 강도가 높아져 갔다. 이제부터는 조선 음식에 적응하기 위한 투쟁이 아니라 배고픔과의 투쟁이었다. 오로지 한 끼니 한 끼니를 이어가는 본능으로 하루를 걸고 생명을 걸었다. 배고픔을 이겨내기 위한 본능만의 삶은 신앙을 향한 신념과 믿음을 스스로 살필 정신적 여유를 주지 않았다.

한 끼에 한주먹밖에 안 되는 보리밥은 한 알갱이도 버릴 게 없었다. 씹을 때마다 입 속에서 툭툭 튀어 날아다니는 보리쌀 알갱이들 속에 무짠지와 '다꾸앙'을 섞어 넣고는 침샘이 마르도록 침을 내어 천천히 천천히 씹고 또 씹었다. 씹고 또 씹어 먹어도 허기진 배는 결코 채울 수 없었다. 텅 빈 배가 안으로 쪼그라들면서 기타의 현들처럼 갈비뼈가 앙상하게 드러나고, 실바람에도 팔락이는 허수아비 옷 속의 열십자 작대기처럼 어깨뼈가 감색 수의 밖으로 윤곽을 드러냈다. 겨우내 혹독한 추위와 싸우며 빠져나갈 대로 빠져나간 진은 더부룩하게 수염으로 자라나 여윈 뺨과 바싹 마른 턱을 가리었다. 허기진 배는 고독으로 채워지고, 움푹 꺼진 퀭한 눈의 푸른 눈동자는 빛과 초점을 잃어갔다.

배고픔과의 투쟁은 또 다른 투쟁을 더불어 일으켰다. 유일한 믿음, 유일한 희망, 유일한 위안, 유일한 벗인 성경조차 읽기가 어려워졌다. 육체적 쇠락은 하느님의 말씀을 살피지 못하는 정신적 여유의 상실을 넘어 아예 한 생물로서의 존재 자체를 위협해 왔다. 손바닥만 한 우리 속에서 기댈 곳 없는 마음, 바라볼 곳 없는 눈길, 더 흘릴 촛농조차 없는 촛불처럼 그의 육신은 가물가물 사위어갔다.

"벽에 기대 있지 말고 방 가운데 앉아있으시오."

말똥 잎이 한 개, 두 개 붙은 견장 차림의 형무관들이 순시를 돌 때마다 벽에 기대어 있는 도슨에게 방 한가운데에 똑바로 앉아있으라며 을러댔다. 형무소의 계급이 높을수록 그들은 왜놈들의 충직한 개였다. 굳이 그들의 강압이 없다 할지라도 도슨은 스스로의 육체를 곧추세우고 다시 세우려는 의지를 불태웠다. 그리고 기도했다.

'주님, 이 육체의 고통을 이겨낼 수 있도록 저에게 용기를 주소서. 고난 앞에 무릎 꿇지 않도록 저에게 강한 의지를 북돋아 주소서.'

그러나 한 끼니의 주먹보리밥과 몇 모금의 물에 의지하며 생명을 이어가겠다는 시시각각의 본능과 의지만으로는 영양실조로 시들어가는 생물의 한계를 이겨낼 수 없었다. 말라붙은 등가죽을 비집고 목부터 허리까지 돌기를 드러낸 그의 척추가 더는 버티어 내지를 못하였다. 마침내 도슨은 드러누웠다. '일어나 똑바로 앉아있으라'는 순시 형무관들의 목소리도 희미하게 들려올 뿐이었다.

언제부터인가 그들은 더 이상 을러메지 않았다. 닭장에 갇힌 인간 육계를 감시하는 한밤의 백열전구가 내뿜는 강렬한 빛조차도 무겁게 내려앉는 눈꺼풀이 덮이며 어둠으로 변했다. 밤과 낮의 구별 없이 누워 있는 그에겐 낮 역시 밤의 그림자일 뿐이었다. 닫힌 눈꺼풀 위로 희끄무레한 빛이 어른거리고, 이따금씩 들리는 형무관들의 구두 발자국 소리, 찰칵 하며 방문 자물쇠를 돌리는 소리, 쿵 하며 방문이 닫히는 소리만이 낮임을 알려주었다.

적막 속에서 얼굴들이, 고향의 그리움이 아련히 떠올랐다가는 연기처럼 가물가물 사라져갔다. 마마, 마마, 아일랜드의 황금빛 보리밭과 푸른 초원의 양떼들, 장엄한 해안가 모허절벽에 부딪혔다 부서

지는 하얀 파도들. 유라시아 서쪽 끝에 펼쳐진 대서양의 넘실대는 검푸른 바다 위로 극동에서 맺어진 얼굴들, 먼저 요단강을 건너간 형제 신도 양요셉, 경찰의 눈을 피해 교회를 떠났다는 신도들이 떠올랐다. 주에스더, 양신애, 양미사, 양반석, 고바랑, … 현기증이 일었다.

"ドーソンを面会に来た女がいます。どうしましょうか。"
(도슨을 접견하러 온 여자가 있습니다. 어떻게 할까요?)
요주의 재소자 도슨 접견 신청을 접수한 민원실 형무관이 보안과를 찾아 보안과장에게 신고했다.
"誰だ。家族じゃなかろうし。"(누구? 가족은 아닐 테고.)
머리카락을 모두 뒤로 빗어 넘겨 반짝반짝 빛나는 이마만큼이나 보안과장의 가늘게 뜬 눈도 예리하게 빛났다. 감색 제복 양쪽 견장에 붙어 있는 누런 말똥 이파리 세 개로 치장된 어깨에는 잔뜩 힘이 들어가 있었다.
"ジュエスダーというシスターです。"(주에스더라는 수녀입니다.)
"朝鮮の女か。"(조선 여성인가?)
"はい。済州聖堂所属だそうです。"
(네. 제주성당 소속이라고 합니다.)
"そうか。保安課の特別接見室で会わせろ。特別なもてなしをするふりをしながら対話内容を記録するように。もちろん、当事者たちに気づかれないように気をつけて。"
(그래? 보안과 특별접견실에서 만나게 해라. 특별대접 해주는 척하면서

대화 내용을 기록하도록. 굴론 당사자들이 눈치채지 못하도록 조심하고.)
"はい。"(네.)

"せんきゅうひゃくよんじゅういちばん。"(1941번!)
갑작스러운 호칭이 현기증을 몰아냈다. 문에 달린 눈꼽째기창문 쇠창살 너머로 형무관의 눈이 누워있는 도슨을 내려다보고 있었다. 도슨은 반응하지 않았다.
"せんきゅうひゃくよんじゅういちばん。"
형무관의 두 번째 호칭에도 무반응의 침묵은 무게를 더해갔다. 적막에 갇히고 현기증에 휩싸여 본능으로 명줄을 이어가던 도슨의 뇌리에 인간이기에 지켜야 할 자존심이 섬광처럼 번뜩이며 고개를 쳐들었다.
'내가, 이 도슨이 번호로 각인된 쇠고기냐? 멀쩡한 이름을 두고 왜 수번을 불러? 나는 살아 있는 인간이다.'
"패트릭 도슨!"
형무관이 호칭을 바꿔 불렀다. 선명하게 귀청을 뚫고 뇌리를 때리는 세 번째 호칭, '패트릭 도슨'은 도슨의 등뼈를 서서히 곧추세웠다.
"접견!"
"접견?"
'내가 이 방을 나서 누군가를 만나러 간다는 뜻이다. 적막의 벼랑 끝에서 서 있는 나는 아직 살아 있는 것인가? 살아 있기에 찾아온 그 누군가의 얼굴을 보러 가는 것인가?'
'철커덕!'

방문이 열렸다.

"신발 들고 나오세요."

도슨이 검정 고무신을 문밖 복도에 내려놓고 신었다.

"가시죠."

도슨은 가벼운 현기증이 일어 복도 벽에 손을 짚고는 잠시 서 있었다.

"누가 나를 찾소?"

"주에스더라는 수녀입니다."

"에스더? 분명 에스더라 했소?"

"그렇습니다. 주에스더. 제주에서 왔다고 합니다."

'에스더가 어떻게 여기를.'

도슨은 꺼져가던 희미한 정신에 기운이 돌아오고 있음을 느꼈다. 처음 입방을 한 다음날 방문이 열렸다. 형무관의 계호를 받으며 마당으로 나갔다. 형무관의 지시대로 감옥 벽 앞에 서니 '1941' 붉은 번호가 새겨진 조그만 목판을 건넸다. 목판에는 팔뚝만 한 길이의 자루가 달려있었다. 목판을 턱 바로 아래 높이에 맞추어 자루를 들고 서 있으라고 했다. 형무관이 '찰칵'하고 사진을 찍었다. 재소자 인사철에 붙어 영원히 보관될 전과자 사진, 전과자 기록에 영원히 각인될 낙인용 사진. 헝클어진 머리, 퀭한 눈, 더부룩한 수염, 쪼글쪼글한 깃의 흑백 사진 주인공은 누가 보아도 범죄형 얼굴일 것이었다. 턱 밑의 번호는 이름과 개성이 말살된 자의 표식일 것이었다. 형무관이 수번 목판을 회수하고는 다시 도슨을 계호하여 방으로 돌아왔다.

그날 이래 한 번도 열리지 않았던 방문이다. 실외 운동 한 번, 목욕 한 번 없는 한 평짜리 지옥의 우리다. 방문이라기보다는 그저 쇠창살 달린 벽일 뿐이다.

도슨은 잠자코 형무관을 따라갔다. 긴 복도 끝의 쇠창살문을 통과했다.

복도 왼쪽 벽에서 오른쪽 벽까지, 바닥에서 천장까지 꽉 채운 쇠창살벽 가운데의 쇠창살문. 쇠창살문에는 여러 개의 자물쇠가 주렁주렁 달려 있다. 자물쇠들을 하나하나 풀고 문을 여는 데 제법 시간이 걸린다. 방향을 틀어 또다시 긴 복도가 나온다. 그 복도의 끝에도 똑같은 쇠창살벽과 쇠창살문이 있다. 또다시 벽을 돈다. 씨줄과 날줄로 이어지고 얽어진 다로의 어귀마다 쇠창살문이 있다. 쇠창살문의 밖은 또 다른 미로와 복도와 쇠창살벽, 쇠창살문의 연속이다. 쇠창살문을 위한 쇠창살벽, 쇠창살벽을 위한 복도와 건물이다. 만일 이곳에 불이 난다면? 죄수들은 어떻게 되는 걸까? 저 많은 쇠창살문을 언제 다 열고 수많은 감옥방의 자물쇠들을 언제 다 열 수 있을까? 자물쇠를 다 따기도 전에 불길이 번지고 독성을 품은 연기로 가득 차게 된다면? 자신들이 불에 희생되는 게 두려워 형무관들만 내빼다면? 죄수들을 살려내겠다는 교도관이 있어 쇠창살문을 열고, 감옥 방문을 열려고 한다 해도 과연 불길이 번지고 연기가 퍼지는 속도를 따라잡으며 저 많은 자물쇠들을 다 풀고 죄수들을 무사히 구출할 수 있을까? 만일 이곳에 전쟁이 난다면? 적의 군대가 이곳 광주를 함락하고 점령한다면 교도관들도 후퇴 철수하는 걸까? 후퇴 철수할 때 죄수들도 함께 호송하는가? 수많은 자물쇠를 다 딸 겨를이 없을 정

도슨의 첫 접견 65

도로 전황이 긴박하게 돌아간다면? 적군에 호응하고 협력할 가능성이 높다고 분류된 정치범들은 어찌 되는 걸까? 지금 적군은 누구인가? 미군 아닌가? 나 같은 보안사범은? 선별하여 호송하는 걸까? 호송조차 짐이 된다면 죽여버리고 튀는 걸까? 감옥 마당 어느 벽 앞에 세워놓고 총살? 그럴 틈조차도 없다면 감방문에 난 창살 틈으로 총구를 밀어 넣고 사살? 태평양전쟁에서 미군이 승리하여 광주를 해방시킨다면, 나 같은 서양인 선교사, 보안사범은 제일순위 미군에 부역할 가능성이 있는 자로 분류될 것이다. 그렇다면 적어도 미군이 광주로 들어오기 전에 나는? 전쟁이나 봉기가 발생했을 시 수형자들은 우선 처형되는 건가? 그런데 왜 내가 갑자기 이런 상상을 하는 걸까? 죽음이 두려운 걸까? 죽더라도 아름다운 죽음을 선택할 권리가 박탈되어 있는 나는 어떤 존재인가? 아니, 내가 쓸데없는 생각을 다 하고 있군. 생각한다고 해서 특별한 답이 나오는 것도 아니고. 생각하지 말자. 생각하지 말아야 할 것을 생각하지 않으려 하는 것도 훈련이니까.

수용소 사동을 나왔다.

옥사 외벽에 붙은 차양 밑은 그늘이다.

보도블록을 따라 회랑을 걸었다.

형무소 마당에 떼를 지어 다니며 모이를 쪼아 먹던 회색 비둘기들이 후드드득 날갯짓들을 하며 일제히 날아오른다. 회랑의 끝에는 붉은색 벽돌로 쌓아 올린 2층짜리 건물이 있다. 현관문 좌우로 쇠창살 없는 창문이 각각 다섯 개씩 나있는 걸로 보아 옥사는 아닌 것 같다. 현관문틀 바로 위에 현관의 너비보다 긴 하얀 대리석이 수평으로 얹혀 있다. 벽돌의 무게로 문틀 상단의 중앙이 아래로 휘어짐을 방지하기 위한 것이다. 그 위에는 화강암 조각으로 무지개 구조를 축조한 반달창문이 있다. 건물 중앙 회녹색 지붕 위에 앉은 비둘기 떼가 구우, 구우 하며 음산한 울음소리를 낸다. 전면에 보이는 지붕의 종도리 아래 人자 합각 외벽에는 황갈색 국화 문장이 돋을새김되어 있다. 전형적인 일본식 건물이다. 언젠가 내 생애 최후 무대가 될지도 모를 잿빛 쇠창살, 잿빛 보도블록, 붉은 옥사, 붉은 벽돌, 회녹색 지붕, 황갈색 돋을새김 국화문장, 회색 비둘기떼. 저승 가는 길에 결코 아름다운 기억이 될 리가 없을 어둠의 그림자들이 안구 내벽에 사진 찍히듯 또렷이 인화된다.

현관문을 들어서자마자 좌우로 복도가 펼쳐진다. 좌우의 끝 어디에도 쇠창살문은 보이지 않는다. 왼쪽 복도를 따라 걸어 들어간다. 왼쪽 벽의 창문을 뚫고 들어온 밝은 햇살이 오른편 흰색 페인트벽과 초록 페인트 여닫이문들을 밝게 비춘다. 복도 끝에 '보안과'라는 문패가 붙은 쌍여닫이문이 있다. 그 바로 오른쪽에 문패 없는 외여닫이문이 있다.

도슨은 계호 형무관을 따라 안으로 들어갔다.

"신부님!"
"아-, 에스더!"
앉아있던 에스더가 일어났다. 그녀는 여느 때와 다를 바 없는 골롬반선교회 수녀의 모습이었다. 검은 통치마 위에 겨울용 검은 외투, 코가 둥글고 단정한 굽 낮은 검정 구두, 머릿결을 가린 겨울용 검은 베일이 감옥의 칙칙한 분위기를 정갈하게 정화시켰다.

　에스더 시야를 꽉 채우는 도슨의 짧게 깎인 두발과 푸른 수의 밖으로 윤곽을 드러낸 어깨뼈, 왼쪽 가슴에 붙어 있는 붉은색 바탕 검정색 숫자 1941.

　'우연인 걸까?'

　지난해 태평양전쟁이 터지고, 도슨이 영어의 몸이 된 해인 1941년. 에스더는 숫자에서 느낀 감상을 굳이 화제로 삼으려 하지 않았다. 감옥 안의 그 어떤 소재라도 도슨의 체면에 누가 되지 않도록 화젯거리로 삼지 않으려 했다. 에스더는 광주형무소를 찾으며 거듭 거듭 마음의 다짐을 했다. 죄수복을 입은 초췌하고 일그러진 도슨의 모습을 대하게 될지라도 결코 마음 상하지 않고 수난의 세월을 버티고 헤쳐 갈 의지를 더욱 강고하게 다지고 또 다지겠노라고. 그랬음에도 도슨의 앙상하게 여윈 몰골은 다지고 다졌던 다짐의 수위를 훌쩍 뛰어넘을 정도의 충격으로 다가오며 그 어떤 화제나 인사를 꺼낼 여유를 주지 않았다. 에스더의 몸도 입도 석고상처럼 굳어 버렸다.

　"에스더, 어떻게 이 어려운 길을……"

　도슨이 먼저 에스더에게 인사를 건넸다. 말랐던 샘에서 다시 흘러나오는 물처럼 여윈 육신의 눈에서 반가움과 기쁨의 빛이 점점이 번져 나왔다.

　"어려운 길이라니요. 너무 늦게 와서 죄송합니다. 신부님, 너무 여위셨어요."

　도슨의 목소리에 에스더는 마음을 다잡았다.

　"여위기는. 나는 아무렇지도 않은데. 살이 찌면 게을러질까보아

절제를 하다 보니 이리된 것뿐이요."

에스더는 도슨이 상대방의 마음이 불편하지 않도록 애써 배려하고 있음을 모를 리 없었다.

"신부님, 신부님은 제주의 목자이십니다. 비록 이 시국에 신부님을 차마 돕지 못하고 고립된 섬에 흩어져버린 양들일지라도 마음만은 신부님의 안녕과 무사귀환을 기도하고 또 기도하고 있습니다. 춥고 배고픈 어둠의 가시밭길을 걸어가실지라도 이겨내셔야 합니다. 정신 줄을 부여잡으시고 주님께 용기와 지혜를 구하셔야 합니다."

중간 중간 떨리는 목소리를 애써 누르는 에스더의 한 마디 한 마디 권고는 침착하고도 강단졌다.

도슨은 순간 에스더를 정면으로 마주 보지 못하고 시선을 피했다. 배고픔과 추위를 이겨내지 못하고 고립감까지 더해지면서 삶의 의지가 약화되고 한동안 주님에 대한 기도조차 포기하고 지내온 자신을 꿰뚫어 보는듯한 에스더의 눈빛을 마주할 용기가 없어서였다.

"에스더의 충고와 격려를 기꺼이 꾸짖음으로 받아들이겠소. 고맙소. 에스더, 내 비록 몸은 여위었을지라도 마음만은 하느님의 은혜에 충만한 양으로 지낼 터이니 걱정 접으시오."

"고맙습니다. 신부님은 역시 제주의 목자이십니다."

에스더는 살짝 고개를 숙이며 눈가에 고이는 눈물을 감추었다.

"아하, 이런 멀리서 찾아온 손님을 마냥 서 있게 했구료. 우리 앉아서 이야기합시다."

도슨의 목소리는 처음에 접견실에 들어올 때어 비해 한결 여유가 있었다. 도슨이 먼저 탁자의 걸상에 앉자 에스더는 잠시 뒤돌아 눈물을 훔치고는 자리에 앉았다.

"자, 접견을 시작하겠습니다. 시간은 특별접견이니만큼 한 시간입니다. 재소자는 수사기관에서 조사받은 내용이나 형무소 내의 사정을 외부에 전달해서는 안 됩니다. 방문자는 정치적인 주제나 소식을 전하는 것을 금합니다. 흉기나 성냥, 인화물질, 담배, 술, 필기구류를 전달하는 것도 금합니다. 이를 어길 시에는 접견이 중단 조치되고, 재소 기간 동안 접견이 제한되거나 금지됩니다."

형무관은 조선말을 썼다. 그는 문간의 목제 탁자 위에 놓여 있는 접견자 대화 기록장을 아예 덮어버리고는 방을 나갔다.

"어찌 이런 곳에서 접견을 다 할 수 있게 된 건가요? 감옥에서의 접견은 유치장에서처럼 철창을 사이에 두고 있는 조그만 장소인 줄로 알고 있었는데. 접견할 때 대화를 일일이 기록하는 기록장도 덮어버리고 나가버리는군요. 멀리 제주에서 왔다고 특별히 봐주는 것인가요?"

'보안과' 바로 옆에 마련된, 두 사람의 접견 공간은 철창이 박힌 창문을 사이에 두고 양쪽에 서서 그저 얼굴을 바라보며 대화하는 일반 접견실과는 분명 다른 곳이었다.

"제주에서 왔다면 내가 에스더보다 먼저 왔지. 헌데 그동안 나한테 특별 대접이라는 건 없었거든?"

도슨은 아무렇지도 않게 재치 있는 대꾸를 하면서도 애써 굳은 표정을 짓고는 손바닥을 흔들며 고개를 가로저었다. 경계와 긴장을 풀지 말라는 도슨의 신호였다.

"제가 미인이라서 특별 대접을 하는 거겠지요."

도슨의 신호를 알아차린 에스더의 눈빛이 번쩍였다. 그녀는 보안과에 접해 있는 벽을 향해 살짝 곁눈질을 하며 뭔가 알아챘다는 듯이 고개를 끄떡거리며 능청을 떨었다.

"아하, 그랬었군. 내가 미인계에는 좀 둔한 편이라서."

도슨도 에스더가 자신의 속뜻을 알아차렸음을 알고 능청맞게 맞장구를 쳤다.

"신부님, 우선 이거."

에스더는 바닥에 내려놓았던 보따리를 집어 탁자 위에 올려놓았다.

"뭔가요? 궁금한데."

"미리 말하견 감동이 떨어지잖아요."

에스더가 보따리의 매듭을 풀려 했으나 단단히 조여진 매듭을 풀기가 쉽지 않았다.

"내가 풀어보겠소."

도슨의 감색 소매 밖으로 핏줄이 툭툭 불거져 나온 손등과 쪼그라든 손가락, 돌보지 않고 잡초처럼 자란 긴 손톱이 에스더의 눈에 들어왔다.

'주리고 추위도 손톱은 자라는구나.'

도슨의 손가락이 팽팽하게 조여진 매듭을 공략하는 동안 손등의 핏줄들이 줄기줄기 불거졌다. 이내 도슨이 매듭을 풀자 네 귀퉁이가 볼품없게 구겨진 보따리가 펼쳐졌다. 한지로 만든 납작한 상자가 모습을 드러냈다. 청색, 적색, 황색의 아련 삼색 줄무늬가 있는 상자의 뚜껑을 여니 밥상보가 덮여 있다. 밥상보를 걷어내자 은색 물병과 구운 빵, 감자 무더기가 모습을 드러냈다.

"와우, 이럴 수가. 조선 감옥에서 감자를 다 구경하다니. 이거 진정 감동이요. 물병, 빵, 감자 모두 따뜻하네."

"형무소에 들어오기 전에 마을 식당에 들러 부탁을 했지요. 빵과 감자를 따뜻하게 데워 달라고. 형무소 측에서도 음식 반입은 허가가 안 되는데 특별히 허가를 해주겠다고 하더군요. 식기 전에 어서 드세요."

"역시 미인계인가?"

"누가 수녀를 여자로 보겠어요? 아무튼 제가 먼저 꺼낸 표현이니 그렇다고 해두지요. 접견 시간이 마구 지나가고 있습니다. 어서 드세요."

"아까워서 이걸 어찌 이 자리에서 다 먹겠소. 일단 한 개만 먹어보겠소."

도슨은 물병의 마개를 돌려 따고는 입구에 입술을 대어 천천히 물을 마셨다. 뱃속으로 들어간 온수의 따스한 기운이 전신으로 퍼졌다. 에스더는 도슨의 말에 고개를 끄덕여 화답하며 허리를 살짝 숙였다. 손을 아래로 늘어뜨려 통치마 안으로 가져가더니 손바닥만 한 여러 장의 흰 종이와 몽당연필을 꺼냈다. 에스더가 종이에 뭔가를 쓰기 시작하는 동시에 수다스러우면서도 경쾌한 대화를 시작하였다.

"조선 사람에게 밥과 김치가 보약이듯이 서양인에게는 빵과 감자가 보약이겠지요. 보약을 한 번에 드시기 아까우면 보관하였다가 드세요."

그녀는 말과 필기를 동시에 마치면서 쪽지를 도슨에게 내밀었다.
"갑자기 기름진 음식을 많이 먹으면 탈도 나고 하니까."
도슨은 건성건성 대답하며 재빠르게 쪽지를 훑어 내려갔다.

이 방에 들어오기 전에 저의 몸수색을 허락하는 조건으로 특별접견을 하게 된 것입니다. 접견이 끝나면 저는 나갈 때 몸수색을 받게 될 것입니다. 그래서 신부님이 다 읽으시는 대로 쪽지를 제가 입속에 넣을 것입니다. 제가 종이를 삼키고 글을 쓰는 동안 아무 말씀이라도 계속하세요. 이제 존칭은 생략합니다.

도슨이 다 읽은 쪽지를 에스더에게 건넸다. 에스더는 종이를 말아 입속에 넣었다. 그녀가 씹어서 삼키는 동안에 도슨의 어눌하면서도 수다스러운 대사가 이어졌다.
"나는 반은 서양 사람이고, 반은 조선 사람이기도 하니, 빵이나 감자나 밥이나 김치나 도두가 보약이오."
미처 예기치 못한 에스더의 쪽지 대화에 도슨이 순발력 있게 대처하려 했지만 워낙 갑작스러운 연출이다 보니 자연 어색하고 더듬거릴 수밖에 없었다. 게다가 에스더가 꼭꼭 씹어 부드럽게 삼킬 틈을 주기 위해서라도 일부러 천천히 말을 해야 했다. 에스더의 울대가 크게 움직일 때까지 그는 말을 이어가야 했다.
"으음, 그러니까, 그러니까."
에스더의 울대가 위아래로 크게 움직였다. 곧바로 다시 에스더 손이 빠르게 움직였다. 자전거가 달려가듯 몽당연필이 직선적으로 빠르게 이동했다.

"서양인이라면 우유도 빼놓을 수 없겠지요."

도슨이 할 말을 잇지 못하고 버벅거리자 에스더가 순발력을 발휘하여 말머리를 제공하였다.

"그렇소. 조선 사람에게는 숭늉이나 녹차가 있듯이."

분위기에 빠르게 적응해 가며 비록 짧으나마 도슨이 맞장구를 쳤다. 완성된 쪽지가 다시 도슨 쪽으로 건네졌다.

신부님이 평소에 예측했던 대로 일본군이 미국을 상대로 태평양에서 전쟁을 일으켰음. 성당은 58군이 징발해서 군병원으로 사용 중. 사제관은 일본군 장교들이 접수하여 숙소로 사용 중. 소수의 신도들이 58군과 일경의 눈을 피해 신도들의 집을 돌아가며 회합을 이어가고 있음.

종이는 다시 에스더의 입속으로 들어갔다.

"으음, 나는 우유도 좋고 숭늉도 좋고, 녹차도 좋아요. 그중에서도 녹차가 제일이지."

에스더의 울대가 움직일 때까지 도슨의 대사가 다시 이어졌다. 분위기 적응을 마친 도슨의 대사가 느릿하면서도 여유를 되찾았다.

에스더가 종이를 씹어 삼키며 쪽지를 쓰는 속도가 빨라졌다. 쪽지 위의 몽당연필이 눈 덮인 시베리아 벌판을 달리는 러스키썰매처럼 미끄러져 갔다.

다음 쪽지가 도슨에게 왔다.

일본의기습으로개전은일본에유리하나곧미국반격이시작될것임신부님께바깥소식을전해줄사람을찾고있는중이니희망을갖고이겨내세요

띄어쓰기가 무시된 쪽지를 다 읽은 도슨의 눈이 번쩍였다. 쪽지가 에스더의 입속으로 들어가자 도슨이 탁자 위에 놓여 있던 몽당연필과 종이를 자신 쪽으로 끌어당겼다. 몽당연필을 쥔 도슨의 손이 빠르게 움직였다.

"우유도 좋고 녹차도 좋지만, 저는 그래도 조선 사람이라 그런지 숭늉이 제일 좋더라고요."

전마가 갈기를 휘날리며 몽골 초원을 달리듯이 도슨의 몽당연필이 종이 위를 달리며 긴장된 분위기가 더해가는 동안 에스더가 대사를 이어받았다. 탁자 위에서 몽당연필의 달리기를 마친 쪽지를 도슨이 에스더 쪽으로 밀었다. 두 사람의 귀는 출입문 쪽의 발자국 소리를 감지하기 위해 곤두세워져 있었다.

이곳에목단야라는이름의형무관이있음그의부인이목포에서골롬반신부들이세운학교를다녔고에스더와같은반에있었다고함사실여부를확인하고목단야가진실한사람이면그를통해바깥소식을듣고싶소

쪽지를 다 읽은 에스더가 '목단야 목단야'를 되뇌며 뇌에 새겼다.

"속이 불편할 때는 수프도 좋고 미음이나 죽도 좋소. 나는 반은 서양 사람이고 반은 조선 사람이니, 수프면 어떻고 미음이면 어떻고 죽이면 어떻소."

도슨의 첫 접견

쪽지가 다시 한번 에스더의 입에서 삭임질을 당하는 동안 허기가 져 힘에 부친 도슨이 사력을 다해 일부러 숨을 고르며 천천히 대사를 이어갔다. 마지막 절정을 향해가는 연극의 대사였다. 긴장을 유지하며 일부러 천천히 말을 한다는 것도 체력이 소모되는 일이었다. 연극은 예술이고 예술에는 으레 평소보다 더 많은 에너지가 소모되듯이.

'우욱 우욱'

몇 차례 종이를 씹어 삼킨 에스더의 목젖이 한계에 도달하며 목에서 쓴물이 올라왔다. 순간 에스더는 손으로 자신의 입을 틀어막으며 보안과 쪽의 벽을 주시하다가는 결국 삭여지다 만 종이죽을 손바닥에 뱉어냈다.

'헉 헉'

에스더가 가쁜 숨을 몰아쉬며 입에 고인 종이죽 찌꺼기와 침을 삼키는 동안 도슨이 에스더의 손바닥에 뱉어낸 종이죽을 훑어 쥐어서는 자신의 입속에 집어넣고 씹기 시작했다. 거북함을 거부하는 위액이 역류해 올라오며 입에 쓴 물이 고였다.

'아-. 에스더, 당신 정말 독한 사람이요.'

종이죽이 울대를 간신히 통과하는 동안 도슨은 새삼 에스더의 치밀함과 독함에 새삼 놀랄 수밖에 없었다.

"1941번, 기억에 남을 번호네요."

종이죽이 에스더의 입에서 도슨의 입으로 이동되는 갑작스러운 사태를 맞이하면서 에스더도 당황하여 급한 김에 그만 '1941'이라는 숫자를 입에 올리고 말았다.

"1941이면 어떻고, 1942면 어떻고, 1943이면 어떻고, 1944면 어떻고."

종이죽이 식도벽을 거칠게 긁으며 꾸역꾸역 내려가는 동안의 거북함을 견뎌내며 도슨은 잰말놀이 하듯 느릿느릿 대사를 받아 이어갔다. 대사의 마디마디마다 숫자가 한 해를 더해갈수록 죽기살기식의 힘겨움이 버거워갔다.

"맞아요. 1945면 어떻고, 1946이면 어떻고, 1947이면 어떻고, 1948이면 어떻고."

순발력 좋은 에스더가 어느덧 호흡을 안정시키고는 대사를 낚아채며 최후의 목표 지점을 향해 잰말놀이의 완만한 행군을 이어갔다.

"1949면 어떻고, 1950이면 어떻고."

도슨이 잰말놀이에 합세했다. 둘은 느릿하게 박자를 맞추고 눈을 맞추어가며 잰말놀이를 끝냈다.

"허허허허."

"하하하하."

긴장된 분위기를 위장하는 웃음으로 연극은 끝났다. 에스더는 웃으면서도 '목단야 목단야'를 입속으로 되뇌었다. 웃음을 그친 에스더는 쓰다 남은 종이조각들과 몽당연필을 한 손에 집어 들고는 허리를 살짝 굽히더니 아까와 마찬가지로 손을 내려 치마폭 속에 감추었다. 도슨은 고개를 돌리고 잠시 기다렸다. 단 한순간의 방심을 허용하지 않는 너무도 치밀하고 냉정한 인간을 바로 앞에 마주 대하면서 도슨은 더 이상 할 말을 잃었다. 돌풍과 회오리가 한바탕 지나간 자리에 잠시 고요가 흘렀다.

도슨의 첫 접견

"아니, 요것덜은 무슨 대화가 요 모냥이여? 신부라는 자와 수녀라는 자가 오랜만에 만나 접견허는 자리서 감자가 어쩌구 김치가 어쩌구. 빵에 우유에 녹차에 숭늉에."

어깨에 누런 말똥 잎 세 개가 붙어 있는 보안과장이 귀에 꽂힌 도청기를 빼내어 집어던지며 신경질적으로 투덜거렸다.

"깡보리밥에 콩나물국, 무짠지만 묵다봉께로 정신이 나가불고 걸신이 들려불어 헛것이 보이는 게지라."

보안과장 곁에 앉아 함께 도청을 하던 보안요원도 귀에서 도청기를 빼어 손에 들고는 한마디 거들었다.

"그건 그렇다 치고 1941, 1942, 1943. 요것덜이 시방 말장난하나, 아님 젊은 아그덜 연애질 숭내럴 내는 건가?"

"숭내가 아니라 시방 실제로 연애질얼 허고 있는 거지라. 천주교에 거시기 고백성사라고 있잖습니까? 고게 바로 신부넘허고 여신도덜이 연애질허는 거지라. 교회 한갓지고 으슥한 디서 얼굴얼 바짝 맞대불고 아무한티도 들리지 않게 속닥속닥 허는 게 연애질 허는 게 아니고 뭐간디요? 특별접견해보그라 허고 자리 비워줘논께 신이 나서 찰싹 붙어분 거시여."

"접견 시간이 을매나 남았는가?"

"반시간 남았어라."

"귓구녁이 아파서 나넌 더 이상 못 듣겠웅께 자네가 더 들어보게. 신부 수녀 년넘덜이 연애 수작질허는 소리 스리슬쩍 들어보는 것도 재미질 거신게."

"알겠습니다."

보안요원은 도청기를 다시 귀에 꽂았다.

"글고 특별한 대화 내용이 나오면 접견 시간 특별히 봐주는 척험시로 계속 연장시켜주고, 특별한 거 읎으면 한 시간 지나서 딱 종료시켜부씨오."

"네."

보안과장이 문가에서 등받이 없는 나무의자에 앉아 몸을 웅크리고 따분하게 대기하고 있던 형무관에게 지시하자 형무관이 허리를 곧게 펴고 자세를 고쳐 앉으며 짧게 대답했다.

"에스더 참으로 오랜만에 유쾌했소. 돌이켜보면 내가 조선에 온 지 십 년이 다 되어가고 있소. 지나간 세월은 참 빠르기도 하지. 지나간 세월은. 제주 유치장과 광주형무소에서의 지난 일 년까지도."

긴박했던 시간이 지나고 도슨은 비록 목소리에 힘은 없었지만 차분함을 되찾았다. 그러나 그의 말 속에는 지난 일 년 동안에 겪었던 고통의 흔적이 어려 있었다.

"신부님, 앞으로의 사 년이 지나간 세월 같았으면 좋겠슴니다. 비록 고통스럽고 고독하실지라도 주님의 은총이 언제나 신부님 영혼 속에 가득할 것입니다. 건강을 돌보십시오. 제가 신부님께 드릴 수 있는 것은 오직 이 말밖에 없음을 이해허 주세요."

"내 가끔은 이런 생각을 합니다. 내가 조선 땅에 발을 디디고 잠시 목포로 가서 이제 막 선교를 하던 시졀의 에스더는 여학생 신자였고, 나는 이제나 그제나 신부였소. 성경 말씀에 의하자면 나는 목자이고, 에스더는 순한 양인 셈이었지. 세월이 흐르면서 에스더는 수녀님이 되었소. 그래도 나에게는 에스더가 늘 어린 양처럼 보였었는

도슨의 첫 접견 79

데, 언제부터인가, 언제부터였든가 가끔은 에스더가 목자이고 내가 어린 양이라고 생각될 때가 있었다는 것이오. 나도 신부이기 이전에 한 인간이기 때문에 때때로 약해지고 시험에 들곤 하는가 봅니다."

"신부님, 별말씀을. 주님께서 신부님을 어여삐 여기시고 사랑하셔서 시련을 주시는 것이겠지요. 신부님은 주님께서 조선에 주신 귀한 선물입니다. 신부님은 저의 영원한 신부님이십니다. 신부님의 건강을 위해 항상 기도하겠습니다."

에스더는 도슨이 조선을 온 이래로 만난 참으로 드문 진실한 신자였고, 유능한 제자였다. 에스더는 도슨에게서 영어를 배웠고 도슨은 에스더에게 조선어 표준말을 배웠다. 때로는 거침없고 솔직한 그녀의 말과 태도에 내심 당황한 적도 더러 있기도 하였지만 해를 거듭할수록 그녀의 깊은 신앙심과 항상 남을 배려하는 헌신성은 누가 보아도 독실한 신자이자 됨됨이가 바른 한 인간이었다. 시간이 흐르며 고난 속에서도 결코 좌절할 줄 모르는 그녀의 강인한 의지를 확인하게 될 때마다 도슨은 단순히 제자에 대한 믿음을 넘어 존경심을 품게 되기까지 하였다. 그간의 세월 속에서 에스더가 어떤 인물인지를 모르는 바가 아니었으나 지금 자신의 앞에 앉아있는 에스더는 또 다른 철인이었다. 단 한 순간의 방심을 허용하지 않는 너무도 치밀하고 냉정한 인간이 바로 앞에 마주 앉아 있는 것이다. 그녀는 잠시 길을 잃었던 도슨이라는 양을 이끄는 목자였다.

"에스더, 내 하나 부탁이 있소."

"부탁이라니요? 무슨 말씀이신지."

"나는 이곳에서 주님을 모시고 잘 살아갈 것이오. 아무 걱정 말고

사 년 뒤 밖에서 보도록 합시다."

"사 년 뒤라고요? 길고 긴 네 해를 어찌 고독하게 견디시렵니까?"

"바다를 건너 이곳 광주까지 오는 길이 얼마나 고되고 험난한 지는 내가 일찍이 잘 알고 있습니다. 더구나 여성의 몸으로 혼자 먼 여행을 한다는 것은 매우 위험한 모험이오. 여성을 무시해서 하는 말이 아니라는 나의 진심을 에스더가 이해할 것이라 믿소. 에스더는 이제부터 나와 스위니 신부를 대신해서 신자들을 이끌어야 하는 목자입니다. 제주본당의 주춧돌이요. 어두운 한라 밤바다의 도대불입니다. 에스더 신변에 사고가 일어나거나 아파서 드러눕게 되는 일이 없어야 합니다. 제주를 비우지 말고 지켜주세요."

사실 여자 홀몸으로 뱃멀미를 참으며 뱃길로 육지를, 그리고 물설고 낯선 광주형무소를 찾는다는 것은 분명 무리였고 위험한 여행길이기도 했다. 도슨을 가까이에서 따르던 형제신도들은 고문의 후유증을 이겨내지 못하고 양요셉처럼 죽거나 드러누웠다. 게다가 성당마저 58군에 징발당하며 대부분의 신도들은 뿔뿔이 흩어지며 선교는 위축될 대로 위축된 터였다. 영어의 몸이 된 도슨, 스위니, 두 목자들을 대신하여 신도들을 이끌고 있는 에스더의 신변에마저 이상이 생긴다면 제주본당의 미래는 한 치 앞을 예측할 수 없는 풍비박산의 지경으로 빠지게 될 것이었다.

"네. 그리하도록 하겠습니다."

에스더는 도슨의 사격 깊고 냉철한 판단에 순순히 동의했다. 도슨은 에스더의 반응이 의외로 고분고분하고도 간결하다고 생각했다. 그 순간 에스더가 오른손 검지손가락으로 탁자 위를 짚었다.

목 단 야

　에스더는 도슨이 앉아있는 방향에서 바로 읽어 보기 쉽도록 거꾸로 또박또박 한 자씩 써나갔다. 그리고는 도슨의 눈을 살피며 눈짓으로 물었다.
　'무슨 뜻인지 이해하였습니까?'
　도슨은 고개를 끄덕였다. 목단야라는 자가 어떤 자인지, 믿을 만한 자라고 확인된다면 그를 통해 소식을 주고받자는 수신호를 끝으로 무성 연극은 막을 내렸다.
　"감자를 하나 먹었으니 빵도 하나 먹어봅시다."
　도슨은 물병의 물을 다시 한 모금 마셨다. 한 시간이 지나는 동안 빵은 식어 있었으나 꿀맛이었다. 조선에 와서 조선의 음식에 적응하기 위해 빵이 있을 때도 일부러 밥과 김치를 택하여 먹기까지 하였다. 도슨에게 빵과 혀는 투쟁과 극복의 대상이었으나 결코 타도되지 않는 본능이었다.
　'똑. 똑. 똑.'
　그새 한 시간이 지났는지 천천히 간격을 두고 문을 두들기는 소리가 들렸다. 예의를 갖춘 형무관의 출입 의사 표시일 수도 있고, 상대방의 경계를 누그러뜨리는 빈틈없는 정탐 기술일 수도 있는 대접이었다.
　"아직 식사가 다 끝나지 않았군요. 시간이 더 필요하십니까?"
　탁자 위의 물병과 빵과 감자를 내려다보는 형무관의 말은 절도가 있었다.

"감자 좀 함께 드시지요."

도슨이 형무관에게 정중히 권했다.

"감사합니다만 괜찮습니다. 특별히 반입 허가된 음식이니만큼 방으로 가져가서 다 드십시오. 사동의 담당 형무관들에게도 얘기를 해 놓겠습니다."

"고맙소. 나는 여기서 그만 먹어도 되겠소."

도슨이 물을 삼키며 표 나지 않게 입가심을 하였다. 입속에 남아 있던 종이죽 찌꺼기가 목젖을 사르르 훑으며 넘어갔다.

"신부님께서 너무 힘드실 것 같군요. 어서 돌아가셔서 쉬어야 할 것 같습니다. 긴 시간을 허락해주셔서 다시 한번 감사드립니다."

에스더가 남은 빵과 감자 무더기 위에 밥상보를 덮고 상자를 닫고는 다시 보자기로 쌌다.

"그럼 여기서 잠시 기다리십시오."

"네. 신부님! 건강하셔야 합니다."

에스더는 형무관에게 답변을 하는 동시에 도슨에게 작별인사를 하였다.

도슨이 자리에서 일어나 보따리를 들었다. 형무관의 계호를 받으며 도슨이 방을 나서고 에스더가 문밖까지 배웅했다. 복도의 창문들로 쏟아져 들어오는 햇빛을 받으며 두 사람은 복도를 따라 걸어 나갔다. 형무관과 나란히 보따리를 들고 걸어가는 도슨의 뒷모습은 가늘었으나 흔들림은 없었다. 두 사람이 현관문 밖으로 나가고 시야에서 사라지자 에스더는 몸을 돌렸다. 특별접견실 바로 옆에 자리한 복도 끝 사무실 문에 붙어 있는 '보안과'라는 문패가 다시 한번 눈에 들어왔다.

"어휴, 추워."

독백이라고 하기에는 어색할 수도 있는 큰 목소리였다. 접견실로 다시 들어선 에스더는 문을 꼭 닫았다. 문 안쪽 손잡이에는 잠금장치가 없었다.

'음, 아예 처음부터 계획적으로 설계된 특별접견실이군.'

에스더는 특별히 새로울 게 없는 특징을 발견했다는 듯이 가볍게 쓴웃음을 지었다.

"추울 때는 노래와 운동이 최고지. 소나무야 소나무야 언제나 푸른 그 빛-"

에스더는 다리를 높이 들어 제자리걸음을 했다. 노래 박자에 맞추어 하낫 둘, 하낫 둘. 통치마가 풀썩풀썩 부풀어 오르다가 내려앉았다.

"흐음, OK!"

"비바람 부는 날에도 눈보라 치는 날에도"

이번에는 다리를 모으고 콩콩 제자리 뛰기를 했다.

"흐음, OK!"

"소나무야 소나무야 언제나 푸른 그 빛-"

다음에는 다리를 벌리고 폴짝폴짝 제자리 뛰기를 했다.

'톡'

치마 속에 감추었던 몽당연필이 바닥에 떨어져 데구루루 굴렀다.

"이런, 제기랄."

에스더는 후다닥 몽당연필을 집어 다시 통치마 속으로 가져갔다.

"소나무야 스나무야 언제나 푸른 그 빛—"

에스더는 다리를 벌리고 폴짝폴짝 제자리 뛰기를 다시 시도했다. 몽당연필이 자석처럼 몸 아랫도리 어딘가에 붙어 있는지 더 이상 추락하지 않았다.

"Wow, that's OK."

팔락거리는 검은 베일 속 머리에 배인 땀이 이마로 번져나왔다.

'똑. 똑. 똑.'

형무관이 돌아왔다. 형무관을 따라 접견 수속실을 향해 돌아가는 동안 에스더는 올 때와 마찬가지로 보폭을 줄여 살금살금 걸었다.

"어디가 불편하십니까?"

앞서 걷던 형무관이 간격이 벌어지는 에스더를 뒤돌아보며 물었다.

"아 네, 남이 신던 구두를 얻어 신었는데 잘 맞질 않아서요."

"아 네."

형무관의 눈길이 에스더의 구두로 쏠리려 하자 에스더가 손사래를 쳤다.

"아이, 쳐다보지 마셔요. 부끄럽잖아요."

"아 네."

접견 수속실에는 여성 형무관이 기다리고 있었다. 에스더는 여성 형무관 앞에 가서 양팔을 좌우로 벌리고 섰다.

"허 참, 곤란하네요. 수녀님 몸을 마구 더듬기도 그렇고. 팔 내리시고 제자리뛰기 한번 해보실래요. 좀 웃기는 하겠지만 몸수색 당하는 것보다는 나을 테니."

에스더의 소매 끝과 팔을 더듬던 여성 형무관이 민망한지 잠시 머뭇거리다가는 미소를 지으며 에스더의 동의를 청했다.
"날도 추운데 제자리 뛰기 좋지요."
'소나무야 소나무야 언제나 푸른 그 빛-'
에스더는 속으로 노래를 부르며 박자에 맞추어 제자리에서 뛰었다.
"됐습니다."

에스더는 형무소를 나왔다. 찬바람이 불어왔다. 한기가 식은땀이 배인 등줄기로 파고들었다.
'고향 목포 골롬반선교회 야간 여성학교 동창의 남편, 목단야. 목단야. 누구의 남편일까?'
에스더는 몸을 웅크려 걸었다.
'목포로 가자. 목포를 떠나 제주로 선교의 길을 떠난 이래로 한 번도 찾아보지 못했던 부모님의 고향, 목포. 조선왕조에서도, 일제 식민지에서도 여성들에게는 배움의 길을 배척했던 나라의 가장 구석진 곳에서 배움의 길을 열어주었던 골롬반선교회가 가장 먼저 뿌리를 내린 내 정신의 고향, 목포 산정동으로.'

기진맥진하여 자신의 방으로 돌아온 도슨은 자리에 털버덕 주저앉았다.
'어느 철인이 말했다. 내일 지구의 멸망이 올지라도 나는 오늘 한 그루의 나무를 심는다고. 그래. 내가 비록 감옥 속에서 호의호식까지는 못할지라도 내 돋이 건사해야 하느님께서 내게 주신 사명을 실천하는 데 소홀함이 없을 것 아니겠는가. 에스더는 몸수색을 잘 마치고 이곳을 나섰을까. 아직까지 아무런 이상 징후가 없음을 보건데 별일이 없겠지.'

그는 두 손을 모아 기도했다.

'은혜와 사랑이 충만하신 아버지 하느님, 주님께서 저에게 보내주신 자애로운 형제, 에스더가 무사히 제주로 돌아갈 수 있도록 보살펴주시옵소서. 하느님께서 보우하사 인류에게 주신 생명을 한동안 스스로 돌보지 아니 하여 왔음을 용서하소서. 제 몸이 건사하여 손발을 움직이고 몸을 움직여 하느님께서 제게 주신 사명을 실천하는 데 소홀함이 없도록 하여 주소서. 아멘.'

어디선가 노랫소리가 들려왔다.

야훼는 나의 목자시니
나는 아쉬울 것 없으리로다
나로 하여금 푸른 들밭에 쉬게 하시고
잔잔한 물가로 잔잔한 물가로 인도하시도다

이어서 음성이 들려왔다.

'도슨아, 그만 쉬거라. 잠시 쉬고 목을 축이고 가거라.'

허기와 고독으로 고단해진 도슨의 육체에 피로가 몰려오고, 폭포수처럼 쏟아져 내리는 잠으로 스르르 눈꺼풀이 내려앉았다. 도슨은 자리에 드러눕자마자 잠 속으로 빨려 들어갔다.

공출

"이듸 봅서."

"누게고?"

말꼬리에 크게 힘이 들어간 거만한 목소리가 마당을 울리자 을수 어멍이 부엌 밖으로 얼굴을 내밀었다.

위아래 잿빛 양복을 말쑥하게 차려 입은 문영박이 느닷없이 마당으로 들이닥쳤다. 뒤를 이어 검정 제복, 검정 해군모 차림으로 허리에 찬 장도가 땅에 끌릴 듯이 작달막한 일본인 순사가 따라 들어섰다.

"나 구장이우다. 저듸 고팡(광)문 열어봅서."

영박은 다짜고짜 광을 지목하며 윽박질러댔다. 일본말을 제대로 못 배운 산간 나이 든 이들을 상대로 영박은 조선말을 썼다. 임무를 효율적으로 수행하기 위해서라면 조선인들끼리 조선말을 사용하는 것은 어느 정도 불가피하다는 걸 왜 순사도 알고 있느니만큼 그는 애써 눈감아주고 있었다.

"시간 엇수다. 혼저(어서)."

왼손을 옆구리에 괴고는 오른손을 휘저으며 을러메는 영박의 눈빛이 바짝 세운 바지이 날이며 반짝반짝 광이 나는 검정구드코와 일체가 되어 번뜩거렸다. 영박의 번듯한 행색과 언동이 도드라지다 보니 왜 순사는 마치 영박을 수행하는 하수인쯤으로 보였다.

"문 구장이 무신 거 놈의(남의) 집 고팡문 구장이라? 갑자기 나타나그네 무사 놈의 집 고팡문얼 열렌 햄서?"

을수 어멍은 내심 속으로 위협을 느끼면서도 쾌연히 댓거리를 하며 버팅겼다. 단 일분일초라도 더 버티다 보면 행여 소식을 들은 을수가 곧바로 나타나 줄지도 모를 일이었다. 아들 을수가 나타난다고 한들 왜 순사까지 출등해 벌이는 조직적인 약탈을 어찌 막을 수 있으랴만 그래도 홀로이 이런 경우를 당하고 있을 수만은 없는 것이었다.

"공출이우다. 놋그릇이영 쇠붙이영 공출. 나라가 태평양에서 미국 넘덜과 싸우느라 어렵수다. 외적과 싸웡 이겨사 나라도 싯고 신민도 이신 거난 협조해얍주. 혼저 열어봅서. 시간 엇수다."

을수 어멍은 구장의 거만한 말투가 거슬려 반감이 목구멍까지 치밀어 올랐으나 더 이상 댓거리를 하지 않았다. 어느샌가 허리춤에 찬 칼 손잡이를 잡고 있는 순사의 눈초리까지 무시할 수는 없는 노릇이어서 침묵으로 버텼다.

"더 큰일 당하고 싶지 않거든 내 선에서 끝내는 게 좋을 거우다. 혼저-(어서-)."

고개를 돌려 왜 순사를 흘낏 바라본 영박이 타협하자는 듯이 목소리를 누그러뜨렸다.

"나 손으로는 못 열쿠다."

"크음."

영박이 헛기침을 하며 구두차림으로 상방에 올라서더니 광문을 열었다. 뒤에 서 있던 왜 순사도 역시 구두차림으로 성큼 마루로 올라섰다. 영박과 왜 순사의 눈길이 광의 위아래 구석구석을 샅샅이 훑었다.

"저듸. 저거."

"そう、そう。"(그렇지, 그렇지.)

영박이 선반 위의 제기들을 가리키자 곁에 있던 왜 순사가 고개를 끄덕였다. 자신이 일일이 지시 안 해도 잘하고 있다는 뜻이었다.

"저듸 제기덜얼?"

부엌 앞마당에서 마루 앞으로 온 을수 어멍의 말꼬리가 툭 올라가는 되물음에는 설마 저 제기들을 가리키는 건 아니겠지 하는 뜻이 배어 있었다.

"맞수다. 제기덜."

영박은 가볍게 응답했다.

"놈의 집 제기럴? 천벌얼 받을 거우다. 안 뒈우다."

을수 어멍이 삽시간에 마루로 뛰쳐 올라와 영박을 밀치고서는 광문 앞을 양팔 벌리고 막아섰다.

"바까야로-. 조센지잉."

왜순사가 어금니를 물고 징을 찍어 박듯이 내뱉는 말 뒤 끝에는 방아쇠 고리가 장착되어 있었다.

"험한 꼴 당허고 싶지 않으민 우리 조선 사름덜끼리 좋게 해결허게 예."

"구장 이거 봅서. 당신 조선인 맞수꽝? 아니 놈의 집안 조상님 모시는 제기덜얼 무기 만들젠 내놓으렌 햄수과? 기녁은 조상 식개(제사)도 안 지내우꽝? ᄂ 죽영 가져가든지 들렁 가든지 알앙헙서."

을수 어멍은 벌린 양팔을 거두지 않았다. 제사 그릇들을 내놓으란 요구에 기가 막히고 어이가 없다보니 구장이건 왜놈 순사건 눈에 보일 것이 없었다.

"무시거? 나 마지막으로 딱 한마디만 더 허쿠다. 날 봅서, 우린 조선인이기 이전에 제국신민이우다. 천황의 신민덜은 아척(아침)에 천황이 이신 동펜더레(동쪽으로) 참배허는 걸로 족허우다. 이 개명된 세상에 조상 식개가 무슨 소용이꽈? 앞으로 천황의 개화된 백성으로 살아가려민 낡은 관습은 버려사 헐거여. 전쟁에 져불엉 이듸가 미국 코쟁이넘덜 땅이 뒈민 조상 식개고 무신거고 끝장이우다. 베락 떨어지기 전에 나 말 듣는 게 좋을 거우다."

영박은 옆에 서서 어느새 험악한 표정으로 바뀌어 숨을 고르고 있는 순사를 힐끗 바라코며 겁박을 질러댔다. 이 냉바리야, 느 옆에 있는 순사의 얼굴 표정 안 보이냐고 묻는 언동이었다.

"으-흠."

왜 순사가 불쾌함을 참고 있다는 듯이 기침을 내뱉었다. 여차하면 저 아낙이 뭐라고 하는지 통역을 해보라고 질러대기 직전이었다.

"크흠."

그는 다시 한번 헛기침을 내뱉으며 몸을 옆으로 돌아서서는 좁은 마루 맞은편 끝까지 킁쿵 걸어갔다가는 되돌아왔다. 그가 마루 끝에서 홱 돌아설 때 허리춤에 차고 있는 칼이 격렬하게 흔들렸다.

"코쟁이건 왜넘이건 우리와는 다 상관어신 귓것덜이여. 조선인은 끼니는 굶어도 조상 식개는 허투루 넘기지 않는 법이우다. 조상님덜 밥그릇 나 손으로 왜넘덜헌티 바칠 맘은 벼룩이 눈꼽만큼도 어시난 게 경(그리) 알고 혼저 갑서."

을수 어멍의 완강한 어조를 지켜보던 왜 순사의 눈꼬리가 치켜 올라갔다. 아낙이 고분고분하지 않고 알아들을 듯 말 듯한 긴 사설을 늘어놓으며 버티는 분위기가 늘어지는 데 비위가 상하기도 했지만, 아낙의 사설 중간중간 대목에서 영박이 흠칫 흠칫하며 자신의 눈치를 보는 걸로 보아 뭔가 자신에 대한 욕설이나 비하 섞인 표현이 섞여 있을 거라는 느낌이 들었던 것이다.

'짝. 짝. 짝.'

더 험한 일이 벌어지기 전에 서둘러 상황을 매듭짓기로 판단한 영박이 손뼉으로 신호를 보내자 마당 바깥 올레목에서 대기하고 있던 건장한 장정 둘이 마당으로 뛰어들어왔다. 앞장선 자는 하인 소구였고, 그 뒤로 포대를 어깨에 들러 메고 소구를 좇는 자는 신엄리 중산간 지대의 길을 잘 아는 구엄리 청년이었다.

"저듸. 선반 위. 쓸어담으라."

영박이 안채 안쪽 선반 위를 가리키고는 물러나며 장정들이 진입할 길을 열었다. 장정 둘은 짚신을 신은 채 거침없이 마루로 올라섰다.

"구엄리 이넘덜."

을수 어멍은 영박의 하수인들이 구엄리 청년들임을 알아보고는 호령하며 양팔을 벌려 그들의 진입을 가로막았다.

"밀고 들엉가라!"

영박의 음성이 더욱 간호하고 거세졌다.

"비킵서."

소구가 앞장서서 을수 어멍이 벌린 팔을 어깨로 거칠게 들이밀며 광 안으로 진입하자 구엄리 청년도 뒤를 따라 들어갔다. 소구의 힘에 밀리며 을수 어멍이 옆으로 나동그라졌다. 구엄리 청년이 포대를 내려놓고 아가리를 둥그렇게 벌리고서는 양쪽 끝을 잡았다. 포대 속은 절반 정도 제기류로 차 있었다. 신엄리 중산간 지역을 돌며 쓸어 담은 노획품들이었다.

'쨍그렁. 쨍그렁.'

소구가 커다란 두 손으로 선반 위의 제기들을 쓸어 포대 속으로 마구 던져 넣었다. 두 사내의 손놀림은 조금의 망설임도 없고 호흡이 척척 맞는 숙달된 동작이었다.

"저듸 놋쇠 요강은 어떵 허카마씨?"

선반 위 제기 싹쓸이를 마친 소구가 광 구석에 놓여 있는 요강을 가리키며 영박의 대답을 기다렸다.

"냉바리 오줌 냄새나는 요강 건들면 부정 탄다. 글라(가자)."

'딱. 딱.'

영박은 손뼉을 치며 출발 명령을 내렸다.

"요시."

순사가 가슴을 쑥 내밀고는 앞장서서 마당을 나갔다. 그의 옆구리에 찬 장도의 끝이 땅에 닿을 듯 말 듯하며 앞뒤로 건들거렸다. 그 뒤를 따라 영박이 나가고, 제일 뒤에 조여진 포대 아가리를 손아귀에 움켜쥐고는 어깨에 둘러멘 구엄리 청년이 마당을 나갔다.

"조상님덜. 조상님더-."

목이 메인 을수 어멍이 더 이상 소리를 내지 못하고는 마룻바닥에 털퍼덕 주저앉아 맥없이 광 선반을 바라보았다.

"미나미!"

갑자기 고함소리가 올레에 울려 퍼졌다. 마을 사람들로부터 소식을 듣고 어디선가 부리나케 달려온 을수가 올레목에 서서 휘어진 올레길 저편으로 빠져나가던 영박 무리의 뒷전에 대고 벼락불이 번뜩이는 고함을 질렀다. 미나미는 문영박이 창씨개명한 이름의 앞부분이었다. 그는 조선인 성씨인 文을 버리고 남평 문씨의 본관인 南平으로 성을 바꿨다. 창씨개명이 실시되자 그는 구엄리에서 가장 먼저 문패를 바꿔 달았다.

'南平永博(미나미히라 나가히로)'

그 후 마을 사람들은 미나미히라 나가히로를 줄여서 미나미라고 불렀다.

"을수야!"

어멍이 기겁하듯이 자리에서 벌떡 일어나 마당을 질러 나갔다.

"미나미?"

말꼬리를 올리며 영박이 몸을 돌리더니 자신을 노려보며 버티고 서 있는 을수를 향해 천천히 접근해왔다. 을수도 자신을 향해 노기를 띠고 걸어오는 영박을 향해 정면으로 마주 보며 전진했다. 을수 어멍이 올레목으로 나섰을 때는 두 사람의 거리가 열 걸음 안쪽으로 가까워지고 있었다.

"미나미? ㅇ 미나미히라가 느 동무가? 을수 년 어멍 아방도 안 키우냐? 어디서 배워처먹언 버르장머리고?"

아래위 동네에 살며 열 살 정도나 아래뻘인 상대가 아예 나이 무시하고 존칭 생략하며 싸움을 걸어오자 영박은 조건반사적으로 하대하며 나섰다.

"왜넘 주구헌티 사름 이름 불러준 것만 해도 감지덕지헙서게."

"왜놈 주구? 일본이 전쟁에 지민 코쟁이덜, 영미넘덜 세상 뒐쿤데, 게믄 자이덜 아래서 조상 식개나 제대로 지내지카? 게믄 느영 나영 꼼짝도 못헤영 야소교 믿어사 뒐켜. 야소교. 제주 섬 사름이라민 신축교난 모르는 사름 엇다는 거 느도 잘 알 거다. 신축년에 천주학쟁이덜이 얼마나 섬 사름덜신디 못뒈게 굴엇는지 느도 알지 이. 코쟁이네 비하믄 일본제국은 양반인 셈인 거다."

을수가 나이의 위아래를 떠나 자신을 원수로 간주하고 있다는 태도를 분명히 밝혀오자 영박은 고압적 태도가 더 이상 먹히지 않을 것이란 걸 간파하고는 거창한 논리로 응수했다.

"왜넘 앞잡이영 코쟁이 앞잡이영 나어게는 개만도 못한 매국노덜 일뿐이다. 때넘덜헌티 사대하명 백성덜 피빨아먹던 넘덜이 세상이 바뀌난게 왜넘덜헌티 잽싸게 붙어먹언. 세상이 코쟁이판으로 바뀌민 느닮아 '영미럴 타도하자'며 날뛰던 귓것덜은 또다시 낯짝 바꿩 슬그머니 코쟁이헌티 쿨어먹을 거다."

을수 역시 지지 않고 거센 논리로 맞섰다.

"일본이 패전헤연 코쟁이세상 올 날은 결단코 어시난게 나 앞날 걱정 말고 느 앞질 걱정이나 허라. 객기 부리지 말고. 세상이 어떵 돌

공출 95

아감신지 알만헌 나이에 몸 망가지고 신세 망치고 싶지 않으믄.”

논리가 먹혀들지 않자 영박은 대놓고 협박질을 해댔다.

"느도 그 나이에 식갯밥 먹고 싶지 않걸랑 좋은 말 헐 때 제기 토해 내놔."

을수는 한 치도 물러서지 않고 맞협박으로 맞섰다.

"개 밥그릇으로도 못쓸 그깟 제기 나가 가져가는 것도 아니고, 저 듸 일본 순사신디 시비럴 걸든지 해봐. 큰 소리로 불러주카?"

을수와 영박이 언쟁을 벌이고 있는 동안 왜 순사는 멀찍이서 팔짱을 끼고는 두 사람의 동태를 관망하고 있었다. 소구와 구엄리 청년 역시 왜 순사 곁을 지키며 움직이지 않고 있었다.

"왜넘신디(한테) 꼬리치멍 앞잡이 노릇하는 개덜언 어떤 밥그릇얼 쓰는지 난 모르켜. 나에겐 뒤에 이신 왜넘 열보단 주구 한 마리가 표적일 뿐이다."

"미나미히라상!"

올레가 휘는 저쪽 끝에서 사태를 관망하던 왜 순사가 영박을 불렀다. 그만하고 가자는 뜻이었다.

"입꼬망(입구멍) 조심허라 이. 느 가족 생각도 해사주. 지금 당장 일본이 망해 어서져도 나는 느 하나 정도는 거뜬히 상대헐 수 이시난. 죽은 조상 식개보단 살암신 너네 가족덜 걱정도 해사헐크메(해야 할 테니)."

을수의 거친 도발을 참지 못한 영박이 왜 순사의 부름을 무시하고 증오와 살기를 뿜어댔다.

"을수야, 오끗(그만) 허영 혼저 들엉글라(들어가자). 짐승과 말 섞어

봐사 시간 낭비여. 혼져 들엉글라."

둘의 언쟁을 마냥 지켜보던 을수 어멍이 나서 을수의 팔을 잡아끌었다. 빼앗긴 제기들을 도로 찾기도 틀린데다가 분위기가 더 험악해질 경우 불상사로 이어질 것을 염려했기 때문이었다. 소중한 재산이 강탈당하는 순간에 그나마 아들이 나타나 목격했으니만큼 홀로 당하는 최악의 분함은 일단 피한 것이었다. 게다가 아들이 원수에게 쏘아붙인 몇 마디가 비록 실속은 없을지라도 가슴이 뻥 뚫리는 시원함을 느끼면서 콩콩 뛰던 심장이 빠르게 가라앉고 있었다. 이 정도면 마냥 분을 삭이는 가슴앓이는 하지 않아도 되리라. 곧 이어 그녀의 냉정이 발동되면서 폭발 직전의 열전을 정리하고자 나선 것이었다.

"뭐옌? 짐승? 싸움얼 말리는 척하면서 거들젠(거들려는) 수작 아닌가? 그 아돌어 그 어멍이 죽어도 함께 죽젠 햄서?"

을수 어멍의 본심은 싸움을 그만 말리는 데 있었지만 영박도 들으란 듯이 아들에게 건넨 뒷마디가 확전으로 이어졌다.

"넘의 목숨 쉽게 곧는 거 보난 짐승은 짐승이네. 혼저 들엉글라."

이번에도 을수 어멍은 영박을 바라보지 않고 가당을 향해 아들을 잡아끌며 댓거리를 했다. 싸움을 그만하자는 뜻으로 받아들일지, 계속하자는 뜻으로 받아들일지는 또 한 번 영박의 굿으로 돌아왔다.

"으음."

팔을 잡아끄는 어멍의 의지에 꿈쩍도 않고 완강하게 버티며 영박을 노려보던 을수가 기침과 함께 시선을 거두고는 못이기는 척 어멍을 따라 마당으로 들어섰다. 이번에는 어멍한테 넘어간 영박과의 확전을 을수가 정리하는 셈이었다.

"크음."

영박도 잠시 숨을 고르고자 기침을 하며 고개를 돌려 올레 저쪽을 살폈다.

"엇?"

멍하니 멈춰선 영박의 동작이 석고상처럼 굳어졌다. 숨이 가빠오는지 양복의 두 어깨만 살짝살짝 오르내릴 뿐이었다. 왜 순사와 소구, 구엄리 청년 모두 어느새 올레에서 사라진 허공을 향하여 영박의 눈길이 맴돌았다. 왜 순사야 그렇다 치고 자신의 명령에 따라 움직여야 할 소구와 길잡이 청년까지 사라져버린 것이다. 왜 순사가 자신을 따돌리고 그들을 직접 통솔하여 떠나버렸다는 데까지 생각이 미치다보니 그는 황당해하지 않을 수 없었다.

'월권이다. 나의 애덜얼 왜 순사넘이 델코 가버련? 나가 밥 주고 돈 주며 키운 개덜얼 지 맘대로. 것도(그것도) 불순한 집안 어멍년 아돌넘과의 다툼얼 거들지는 못할망정 기다리지도 않고.'

영박은 다시 을수 쪽으로 고개를 돌렸다. 을수와 그의 어멍도 그새 집안으로 사라지고 없었다.

"에잇, 씨부럴. 카악, 퉤-."

그나마 화풀이할 상대조차 사라져버리자 영박은 제 분을 이기지 못하고 을수네 마당 쪽으로 가래를 뱉고는 올레를 황급히 빠져나갔다.

찬미 예수 주님의 종

1943년 봄.

긴 겨울이 지나고 봄이 오면서 차츰차츰 해가 길어지고 기상나팔이 부는 시간보다 일찍 동살이 복도를 통해 눈꼽째기창문으로 비쳐들어왔다. 잠에서 깬 도슨은 덮은 담요로 온기를 유지하며 누운 채로 천정을 물끄러미 바라보고 있었다. 천정에 달린 전등은 이미 꺼져 있었다.

"1941번!"

사동 복도 쪽으로 나 있는 방문 눈꼽째기창문가에서 낮고도 건조한 목소리가 수번을 호칭했다. 형무관 목단야였다. 아직 아침 점호가 시작되기도 전이다.

"아, 네."

도슨 역시 짧게 응답했다.

"신부님, 많이 기다리셨죠. 비둘깁니다."

단야는 상의 가슴주머니에서 딱지 모양 쪽지를 꺼내어서는 창문의 제일 아래 창살과 아래창틀 사이로 집어넣었다. 바둑알만 한 크기의 쪽지가 방바닥으로 톡 떨어졌다. 딱지 모양으로 접은 흰 쪽지의 짧은 두 날개가 가위처럼 반듯하게 벌어져 있었다.

"비둘기?"

자리에서 벌떡 일어나 창가를 향해 걸음을 옮기는 도슨의 눈길은 단야에게 무슨 뜻인가를 묻고 있었다.

"이곳에서는 그렇게 표현합니다. 은어지요."

"쪽지가 비둘기라. 재미있는 표현이군."

단야는 싱긋 웃으며 목례를 하고는 곧바로 자리를 떠나려 했다.

"잠깐"

"네?"

단야의 간단한 대답과 마주 보는 눈빛은 어서 말하라는 뜻이었다.

"경성 사람입니까?"

"아닙니다. 목폽니다."

"그런데 어떻게 그리도 경성말을 잘합니까?"

"배웠습니다."

짧은 대답과 함께 또 한번 싱긋 웃으며 단야는 다시 돌아섰다.

'절도 있는 대답. 경성 말을 엄마에게 배운 말처럼 구사하는 솜씨. 대단히 성실하고 인내심 있는 자만이 타지 말을 습득할 수 있는 건데.'

도슨은 쪽지를 집어 들고 문 바로 아래에 무릎을 찰싹 붙이고 앉아 복도의 인기척을 살폈다. 문 바로 아래는 유사시에 누군가 창문으로 방 안을 들여다보아도 시선이 미치지 않는 사각지대였다. 인기척이 없음을 확인한 도슨은 쪽지를 펼쳤다.

†찬미 예수

언제나 성경을 읽고

언제나 기도하고

언제나 찬송하며

늘 건강하시기 바랍니다

　　주님의 종

'이게 뭐지? 아니지. 이게 뭐지라니. 아휴- 이런. 이런. 〈찬미 예수 편지〉에다 불경스럽게 이게라니.'

도슨은 후다닥 쪽지를 구겨 입속으로 가져가 씹기 시작했다. 욱 하며 목에서 쓴 물이 올라왔다.

'어이쿠, 이거 씹어뜯는 거 쉽지 않아.'

거의 다 씹었다 싶어 침 범벅이 된 종이반죽을 삼켰다. 으윽 하고 목젖이 불룩 솟으며 무기물질의 통과를 거부했다.

'으음-. 에스더는 꿀꺽하며 잘도 넘기던데. 독한 사람.'

도슨은 물통의 물을 입속에 따라 머금은 채로 혀를 굴려 종이반죽을 목젖 입구로 살살 몰았다. 코로 숨을 크게 들이켰다가 내쉬고는 목구멍을 최대한 넓혔다.

'준비 완료!'

종이반죽이 '꿀꺽'하며 목젖을 통과하는 순간 식도가 뻐근해져 왔다.

'하아-. 에스더. 에스더. 당신 정말 정말 지독한 사람이요. 눈도 끔쩍 안 하고 몇 번씩이나 쪽지를 삼켰었지.'

목젖과 식도와 뱃속이 진정되자 도슨은 쪽지를 떠올렸다.

찬미예수언제나성경을읽고언제나기도하고언제나찬송하며늘건강하시기바랍니다주님의종

다 좋은 얘기이긴 한데, 도대체 이게 무슨 편지인가? 교회 소식, 신도들 소식, 전황 소식이라곤 한 글자도 없는 쪽지를. '주님의 종'이라. 주님을 모시는 자는 사제건 신도건 간에 모두가 주님의 종이기는 하나, 발신인 주님의 종은 엄연히 따로 한 사람이 있을 것 아닌가?

외부에서 나에게 쪽지를 전할 자라면 필시 에스더일 텐데 에스더라는 발신인 표기도 없다.

필체도 필적이 누구인가를 의도적으로 감추기 위하여 글자 한 획 한 획을 조각하듯이 각을 세워 쓴 흔적이 역력했다.

'하아― 거 참.'

단야 역시도 그렇다. 쪽지를 보낸 주인이 누구라든가, 언제 어디서 어떻게 받아서 전달하게 되었다든가 라든지 이렇다 저렇다 언급이 없다. '신부님, 많이 기다리셨죠. 비둘깁니다.' 의미가 있는 듯 없는 듯, 이해가 될 듯 말 듯한 묘한 한마디는 도슨을 더욱 조바심 나게 만들었다. 바깥소식을 기다리는 도슨의 심정을 다 알고 있었다는 것 아닌가.

최근 보여준 단야의 태도와는 일치되지 않는 난해한 인사다. 자신의 처가 목포에서 골롬반 여성학교를 다녔고 그때 주에스더 수녀와

함께 공부했었다고 하면서 부드럽게 인사를 걸어왔었던 그 이후 단야는 한 번도 더 그렇게 자신에게 말을 붙여온 적이 없었다. 이틀 간격으로 복무하는 날이 되면 어김없이 나타나서는 그저 무표정하고도 무미건조한 인사를 건넬 뿐이었다. 단야 쪽에서 '밥 많이 드셨습니까' 하면 도슨이 '네, 감사합니다' 하고 응답하며 지내온 것이다. 도슨 자신 역시도 무턱대고 단야를 믿는 것은 아니었다. 누가 적인지, 누가 끄나풀인지 분간하기 어려운 험한 세상에서 신변이 가장 고립되어 있으면서도 가장 노출된 곳에 갇혀 있는 신세 아닌가. 그래도, 그렇다고는 해도 한편으로는 단야로부터 어떤 외부의 소식을 듣게 되지 않을까 은근히 기대했던 것만큼이나 단야로부터 전달받은 쪽지의 출현은 도슨의 머릿속을 혼란스럽게 했다.

"신부님, 여태 배식관 안 깔아놓고 뭐허십니까? 배식 준비허라는 소리 못 들었소?"

어느새 소지가 나타나 눈꼽째기창문에 얼굴을 들이밀고는 도슨을 내려다보고 있었다.

"어, 그래요?"

도슨은 얼떨떨하게 대답하며 주섬주섬 배식판을 챙겨 방바닥에 깔았다.

"어디 아프요?"

감옥에서는 가장 빈번하게 얼굴을 맞대며 사는 소지가 그나마 정감이 가게 물어왔다.

"아니."

도슨의 대답은 여전히 엉거주춤이었다.

"꼭꼭 씹어서 많이 드씨요? 감옥에서는 밥이 보약잉게."

소지가 식구통으로 보리밥과 멸칫국, 다꾸앙을 넣어주며 새삼 격려의 말 한마디를 보태었다.

"고맙소."

맞다. 밥이 보약이다. 그리고 소지의 말도 보약이다. 도슨은 일부러 혼란스러운 머리를 정리하려고 보리밥알을 천천히 꼭꼭 씹는 데 집중했다.

"운동 준비-!"

아침 식사가 끝나고 나서 운동 시간을 알리는 소지의 커다란 구령 소리가 복도에 울려 퍼졌다.

'찰카닥. 찰카닥. 쿵. 쿵.'

사동 각방의 잠금장치들이 차례차례 돌아가는 소리, 방문이 열렸다 닫히는 소리가 나면서 재소자들이 복도를 빠져나갔다.

요주의 인물인 도슨에게는 운동의 자유가 허락되지 않았다. 찰카닥 소리는 도슨의 방을 지나 다음 방으로 건너갔다.

"신부님, 밥 많이 드씨요 잉."

도슨은 창문에 얼굴을 내밀고 고개를 까딱하며 미소로 답한다. 운동 시간이 되면 지나가는 재소자들 중에 적지 않은 자들이 호의 섞인 인사를 해오다 보니 도슨도 언제부터인가 운동 시간이 되면 자신의 방 앞에 서서 인사를 건네 오는 자들에게 목례나 미소로 답례를 하게 되었다.

"신부님, 운동 많이 해사 씁니다. 일어났다 앉았다도 허시고, 엎드려뻗쳐 팔굽혀펴기도 허시고 잉. 그래사 어디 아프덜 않응게요."

한 친구가 팔굽혀펴기하는 시늉을 내며 지나간다.

"신부님, 여자 사진 필요허면 말씀허씨요. 우리 방에 허리 낭창낭창헌 여배우 사진 많이 붙여놨는디요. 더시냐, 거시기 한 장 띠내 넣어드리는 건 일도 아닌 게로."

"느자구없는 새끼, 신부님헌티 쓰잘데기 없는 소리."

"신부님도 남잖게."

한 친구가 격의 없는 농을 하고 지나가자 뒤를 이어 지나가는 자들이 한마디씩 코됐다.

도슨은 가볍게 웃어 보일 뿐이다.

"통방하지 마라."

재소자들이 복도를 빠져나가는 동안 이를 지켜보던 형무관이 호령했다.

'크음.'

모두들 빠져나가자 도슨은 가볍게 헛기침을 하고는 되돌아 방에 앉았다. 다시 사위가 조용해졌다. 사동의 하루는 기계처럼 움직였다. 아침이면 형무관이 각방 점호를 하고 이어서 소지가 배식을 했다. 오전이나 오후에는 잠겼던 방문들이 열리고 재소자들이 우르르 운동하러 나갔다가 돌아왔다. 간혹 접견하러 나갔다가 들어오는 자도 있고, 외부로부터의 편지나 영치물들이 소지를 통하여 각 방에 전달되기도 했다.

"신부님, 비둘기 띄우셔야지요."

단야였다. 사동에 인적이 끊긴 틈에 찾아온 것이었다. 그는 이번에도 창문 아래로 딱지 쪽지를 떨어뜨렸다.

찬미 예수 주님의 종

"비둘기."

도슨은 그새 익숙해진 비둘기란 말을 중얼거리며 일어나 창가로 향했다.

"저녁에 다시 오겠습니다."

단야는 도슨이 쪽지를 줍는 것을 확인하고는 자리를 떠났다. 쪽지를 펴니 그 속에서 몽당연필이 나왔다. 몽당연필심의 끝은 쉽게 부러지지 않도록 적당히 갈아져 있었고 쪽지는 아무런 내용도 없는 백지였다. 도슨은 통신 수단을 손에 쥐게 되자 기운이 솟으며 손가락이 가볍게 떨리기도 했지만 적잖이 당황했다.

'이거 나보고 어쩌라고? 도대체 뭔 내용을 써야 한단 말인가? 주님의 종이라는 발신인은 도대체 누구인가? 유령인가, 광대인가? 그것도 믿어야 할지 말아야 할지 판단이 서질 않는 단야가 제공한 연필과 종이에. 저녁시간 전까지. 길게 생각할 시간도 없다. 제기랄. 어쩌란 말이냐. 에라, 모르겠다. 모처럼 찾아온 기회를 포기할 수는 없지. 뭔가를 쓰되 위험이 수반되는 단 하나의 글자도 넣지 말아야 한다. 그렇다면 이것밖에 없다.'

갑자기 동물적인 감각이 번뜩거리며 도슨은 백지 위에 작은 글씨로 비둘기를 그리기 시작했다. 자신의 필적을 피하고, 자신이 받았던 딱지 쪽지의 필적을 그대로 흉내 내면서.

†찬미 예수
언제나 성경을 읽고
언제나 기도하고

언제나 찬송하며

　　늘 건강하시기 바랍니다

　　　　주님의 종

　받았던 쪽지와 토씨 하나 틀리지 않게 쓰기를 마친 도슨은 빠른 동작으로 쪽지를 딱지 모양으로 접어 양말 속 발바닥 부위에 집어넣었다.

　'연필은 어떻게 처리한다? 성경 책등 안쪽의 벌어진 틈에 집어넣을까?'

　형무관들이 가끔 겸방을 할 때도 자신의 신분이 신부라는 걸 감안해서인지 성경만큼은 함부로 뒤적거리는 경우가 없었다.

　'아니다. 만일에 발각이 된다면? 어쩌면 목단야가 신뢰할만한 자일 가능성도 있다. 그런데 연필이 발각되면 그에게까지 화가 미칠 수도 있지 않은가. 없애버리자.'

　도슨은 변기통을 열었다. 구리고 독한 암모니아 기운이 코를 찔렀다. 그는 페이스트 안으로 몽당연필을 찔러넣었다. 연필 꼬리 부분이 표면에 노출되지 않도록 동그란 끝부분을 중지로 꾸욱 눌렀다.

　'찰카닥. 찰카닥.'

　복도 저쪽 끝에서 창문 잠금장치들이 움직이는 소리가 들려왔다. 운동시간이 끝나고 재소자들이 돌아오기 시작하자 형무관이 방들의 자물쇠를 따는 소리다. 도슨은 후다닥 변기통을 닫고 걸레로 손을 닦았다.

　"신부님, 운동 많이 하셨습니까?"

도슨이 방에 앉아있을 때면 굳이 창가에 얼굴을 들이대며 인사를 하고 가는 재소자들도 가끔 있었다.

"신부님, 복 많이 받으씨고, 우덜도 싸게 출소허게 기도 드려줏씨요 잉."

도슨은 방벽에 등을 기대고 앉은 채로 연신 고개만 끄덕거리며 건성으로 인사를 받았다. 가운뎃손가락에 남아있는 역한 냄새가 살살 콧속을 찔러왔다. 도슨은 주먹을 꽉 쥐어 손가락을 감쌌다.

여느 때와 다를 바 없이 해거름에 일찌감치 저녁 식사가 끝나고 소지들도 자신의 방으로 돌아갔다. 이 시간이 되면 사동 담당 형무관조차도 임의로 죄수들의 방을 열 수 없도록 열쇠를 보안과에 반납했다. 복역수들의 운동, 접견, 영치물 반입 등 사동 복도에서의 모든 움직임은 정지되었다. 오로지 사동 담당 형무관만이 홀로 복도를 지키는 시간이다.

"신부님!"

단야가 모습을 드러냈다.

"발 냄새가 날 것이오."

도슨은 양말 속에서 딱지 쪽지를 꺼내어 단야에게 건넸다. 도슨의 낮은 음성 끝에 멋쩍은 웃음이 실렸다.

"괜찮습니다. 예수님께서는 제자들의 발도 씻어주지 않으셨습니까?"

역시 낮은 음성으로 순발력 있게 유쾌한 답변을 하며 단야는 지체 없이 돌아갔다.

'준비되지 않은 재치 있는 즉답이다.'

단야에 대한 도슨의 의심 반, 믿음 반은 믿음 쪽으로 기울어갔다.

'그래, 기다려보자. 무슨 일이 일어나는지.'

도슨의 긴장이 풀어지며 피로가 밀려왔다. 그는 성경의 시편을 펼쳤다.

야훼는 나의 목자시니
나는 아쉬울 것 없으리로다
나로 하여금 푸른 풀밭에 쉬게 하시고
잔잔한 물가로 잔잔한 물가로 인도하시도다

엉뚱한 앙갚음

거친 숨을 내쉬며 신엄리 중산간 길을 한걸음에 내달려온 문영박은 일주서로를 따라 구엄리로 향했다. 간혹 맞은편에서 걸어오는 자들이 있긴 했으나 그들은 한결같이 올레로 빠져버리거나 고개를 푹 숙이고 지나가는 등 문영박을 외면했다.

'귓것덜. 이웃마을 구장이 지나가는 데도 고개 숙이는 년넘덜이 하나도 어서. 허기사 개명이 덜된 조센징 섬넘덜이 무시거 예절이렌 걸 알 턱이 엇지.'

수산봉 입구에서 그는 일주도로를 건너 구엄리 올레로 들어섰다. 구엄리에서 마주치는 자들이야 구장의 얼굴을 모르는 척하고 지나갈 수가 없으니 대개는 인사를 하며 지나쳤다. 더러는 고개를 숙이고 반가운 표정을 하는 자들도 있긴 하나 무표정한 낯으로 억지로 인사를 하는 둥 마는 둥, 고개를 숙이는 둥 마는 둥 하는 자들도 적지 않았다. 수산천변의 집이 가까워져 오면서 논이 나타나자 그는 자신도 모르게 어깨에 힘이 들어가며 유쾌한 기분으로 돌아왔다. 애월 땅에서는 유일하게 작인도 두고 머슴도 부리며 논농사를 지어 끼니때마다 쌀밥을 먹는 양반이 자신 말고는 아무도 없다는 우쭐함은 마르지 않는 샘처럼 그에게 삶의 의욕을 북돋아 주었다. 나라 주인이 조선에서 일본으로 바뀌었어도 구엄리 문가네 논과 기와집의 주인은 바뀌지 않았다. 믄패가 文씨에서 南平으로 바뀐 것을 빼면. 그래도 文씨의 본관인 南平으로 바꾼 것이니만큼 성씨의 절반은 지킨 셈이니 어느 정도 양반치레는 한 것이라며 애써 자부심을 갖기도 했다.

'세상이 열 번 바뀌엉 뒤집어졍 엎어졍 고꾸라졍 나의 논, 나의 기와집이 이신 이상 난 이 세상의 영원한 갑이다. 적어도 이 섬에서, 구엄리에서 문가네는 영월한 갑이지.'

잠시 우쭐함과 유쾌함과 자부심에 젖어 걷는 동안 해안마을 수산천변에 위치한 그의 집에 다다랐다.

'南平永博'

'미나미히라 나가히로'

대문 기둥에 목판으로 걸린 문패를 바라보는 순간 그는 비위가 상했다.

'南平. 제기럴. 저 성 때문에 나가 오늘 왜 순사헌티 당헌거다. 아명(아무리) 개명얼 해신들(했다한들) 조선인 피フ 흐르는 성씨 아닌가. 황국신민서사를 골백번 웨고(외우고) 제창헌다 헌들 왜 순사가 보기에 일본제국의 진성 신민은 아닌 것이난게. 기왕에 창씨개명얼 헐 거엿시민 아예 첨부터 그 흔한 田中(다나카)경 岡本(오카모토)영 헐 걸. 어렵게 생각할 것도 엇시 수산천이 코앞이니 小川(고가와)라고 지어도 그럴싸 허고. 에잇.'

"이듸 와보라(이리 오너라)."

영박의 거드름 섞인 큰 소리가 대문을 넘기 무섭게 안에서 뜀박질 소리, 빗장 푸는 소리가 들렸다. 곧 대문이 열리고 하인이 고개를 숙였다가는 비켜섰다.

"재기재기(빨리빨리) 욜지 않허영 무신걸 그리도 꾸물댐시?"

영박은 다짜고짜 하인에게 호통을 쳤다.

"송구허우다."

주인의 목소리가 담을 넘는 것과 동시에 달려 나온 하인은 지체 없이 송구함을 표하면서 주인의 심기가 몹시 불편해져 있음을 알았다.

"소구 어디 가신고?"

"넷? 어르신과 고치 나가지 않아수과?"

하인은 의아하다는 표정을 지으며 되물으면서도 또 무슨 꼬투리가 잡혀 날벼락을 맞지나 않을까 하여 조심스러운 눈빛을 내리깔았다. 영박은 아무런 대꾸도 하지 않고 지까다비 차림으로 대청마루에 올랐다. 그는 양 옆구리에 손을 걸치고 대청 정면 벽에 걸린 욱일승천기를 응시하다가는 홱 뒤로 돌아 마당을 향했다. 어찌할 바를 모르고 그저 영박의 뒷모습을 올려다보던 하인이 다시 고개를 꽉 숙이며 눈길을 내리깔았다.

"강(가서) 일 보라."

"넷."

하인이 떠나자 영박은 그 자리에 가부좌를 틀고 앉았다.

"소구 이넘. 소구 이넘."

분을 삭이지 못해 주먹으로 마룻바닥을 '쿵쿵' 내려쳤다. 그가 대청마루에 앉아 한 시간 남짓을 기다려도 소구는 돌아오지 않았다.

"아이덜아!"

"넷."

영박의 심상치 않은 기색에 슬슬 눈치를 살피던 하인들 넷이 일시에 광에서 방에서 뛰쳐나와 일렬로 도열했다.

"멍석 깔앙 놔라."

영박이 댓돌로 내려서며 명령을 내렸다.

"넷."

"소구 이 새끼."

영박은 씩씩거리며 쪽지거리를 내뱉고는 하인들이 도열한 한가운데를 뚫고 마당을 가로질러 대문으로 향했다. 하인들이 우르르 영박을 따르며 대문을 나서서 허리를 숙여 그를 배웅했다. 영박의 인기척이 사라지고 한참 지나서야 하인들은 허리를 들었다.

"멍석 꺼내 오게."

하인들 중 가장 나이 들어 보이는 자가 어린 하인에게 지시하자 이제 스물도 안 되게 앳되어 보이는 어린 하인이 느릿느릿 내키지 않는 걸음으로 광으로 들어가 정사각형 멍석을 어깨에 메고 나왔다.

"소구 성님헌티 무슨 일 잇수과?"

어린 하인이 마당 한가운데 멍석을 뚜르르 펼치며 손위 하인들에게 묻는다.

"우린덜 알아지크냐?"

"험헌 짓언 우리가 허사 허는거 아닌가 몰르쿠다."

"게메 이."

한마디씩 내뱉는 손의 하인들의 표정이 어두워졌다.

"작대기영 노끈이영 횃대영 준비허게. 혼저 움직이게."

손위 하인의 지시에 따라 손아래 하인들 셋이 뭉기적뭉기적 대다가는 하나씩 느릿느릿 일어나 광으로 향했다.

'쾅! 쾅!'
"이리 와보라!"
'쾅! 쾅! 쾅!'

해거름에 집으로 돌아온 영박이 지까다비 발로 대문을 차며 소리를 질러댔다.

"넷!"

기다렸다는 듯이 칼날 같은 대답과 달음질소리가 마당을 가로질렀다.

"읍!"

문을 열고는 한쪽으로 비켜서서 고개를 숙이고 있던 하인이 영박이 지나가는 동안 손으로 자신의 입을 틀어막았다. 영박의 몸에서 풍겨 나오는 역한 술 냄새를 참을 수 없어 저도 모르게 신음이 터져 나왔던 것이다.

"느 무사 기꽝(그래)? 애 배시냐(애가 섰나)? 사내자식이라는 게."

심기가 틀어질 대로 틀어진 영박은 아무나라도 걸리면 한 대 후려칠 기세였다.

"아니우다."

하인은 입에서 얼른 손을 떼고는 영박이 지나갈 때까지 고개를 숙였다.

"애국반 애덜 올거난 대문 욜앙 놔두라(열어두거라)."

"넷."

올레며 대문이며 마당이며 영박이 악취를 풍기며 지나간 자리 언저리에 어둠이 깔리기 시작했다. 수산천을 거슬러 불던 북서풍이 올레를 휘감아 들고 기와지붕을 비껴가면서 댕그랑 댕그랑 울리는 풍경소리가 마당에 메아리쳤다. 이윽고 바람에 머릿결이 흐트러진 국민복 차림의 청년들이 속속 대문을 통과하여 마당에 집결했다. 구엄리 애국반 청년들이었다.

"곤방와. 미나미히라상."

들어오는 청년들마다 약속이나 한 듯 하나같이 똑같은 인사를 했다. 목각인형이 까딱까딱 움직이듯이 허리를 직각으로 숙이고는 잠시 정지했다가 허리를 펴고 나서도 머리를 조아렸다. 들어오는 자들의 인사가 끝나는 대로 하수인들이 미리 준비된 횃대를 하나하나 전달했다. 영박은 대청마루 한가운데 좌정하여 인사를 받았다.

"다 모여시냐?"

"넷."

여덟 청년들이 동시에 대답했다.

"대문은 계속 욜앙 노두라. 너네도 호꼰 쉬고. 크음!"

영박은 자리에서 일어나 안방으로 사라졌다.

"이디 와보계―."

섬 사투리어다 어색하게 늘어지는 양반가락이었다. 문종박은 큰형 영박의 집에 올 때든 늘 마음이 거북하고 불편했다. 큰형이 평소

하던 그대로 양반의 예법을 따르려 했으나 마음에서 우러나지 않다 보니 시간이 흘러도 익숙해지지 않았다. 제주 섬은 육지와 달라 양반 상놈 구분을 가리는 관습이 없었고, 정박 또한 다른 섬사람들처럼 어려서부터 반상을 구분하는 관습을 접하지 않고 살아왔던 것이다. 헌데 언제부터인가 큰형 영박이 아방으로부터 상속받은 집안 재산을 엄청나게 불렸다. 게다가 구엄리 구장이라는 권세까지 누리게 되면서 영박은 아예 딴 사람으로 바뀌어 섬 풍습에 낯선 양반 행세를 하였다. '문가의 가문은 바로 나 문영박으로부터 시작헌다'면서 동생들에게도 양반의 예법을 따를 것을 강권했다. 큰형의 말과 명은 곧 임금의 말이요 명과 같은 것이었다. 큰형 눈앞에서 큰형이 하는 식의 예법을 그대로 따라하지 않을 경우 무슨 화를 당할까 두렵기도 했다. 해서 영박의 집을 찾을 때마다 내키지 않는 양반 행세를 억지 시늉이라도 내려다보니 '이리 와보라' 대신 이런 우스꽝스러운 호출법이 탄생하게 된 것이다.

"혼저 옵서예."

하인이 대문을 열며 허리를 직각으로 구부렸다.

"나안티는 기영(그렇게) 허리 숙이지 말렌 햇주."

"아 넷."

이러지도 못하고 저러지도 못하는 하인이 허리를 바짝 폈다.

"무슨 일이 생겨시냐? 성님이 마을 청년덜얼 집더레 불렁모은덴 소문얼 들언."

정박은 곧바로 마당으로 들어서지 않고 대문께에서 하인에게 물었다. 사전에 미리 집안 기색을 살피려는 것이었다.

"아며도(아무래도) 소구성님신디 무슨 일이 생긴거 닮수다. 큰어른께서 노발대발 불같이 역정얼 내션 예."

"소구는 지금 어디 이시냐?"

"몰르쿠다. 아척에 큰어른님과 고치 나가신디 무슨 일이 생겨신지 큰어르신만 돌아완마씩."

"알앗저(알았다)."

정박이 마당으로 들어섰다. 하인이 그 뒤를 따랐다.

"펜안헙데가?"

마당에 모여 있던 하인들과 청년들이 일제히 마당으로 들어서는 정박에게 고개를 숙여 인사했다.

"응. 응."

정박은 인사에 가볍게 화답하며 대청으로 향했다.

"어르신, 족은어르신 완마씸."

뒤따라온 하인이 영박에게 바로 동생의 내방을 알렸다.

"대청에서 호꼼 쉬렌 허라."

영박은 문을 열어보지도 않고 일렀다.

"성님, 나 왓수다마씨. 어디 불펜허우꽈?"

대청에 올라선 정박이 안방문을 향해 안부 인사를 고했다.

"호꼼 쉬게. 곧 나가커매."

"알앗수다."

정박이 마루에 앉으켜는 순간 대문간에서 인기척이 나고 두런거리는 소리가 들리자 그는 선 채로 귀를 기울였다.

"소구 성님, 무신 일이 잇수꽈?"

대문 밖에 나가 소구를 기다리던 하인의 목소리였다.

"느신디(한테) 곧을(말할) 틈 엇다. 혼저 어르신부터 봐사 호난게."

소구는 입장을 서두르고 있었다.

"아이쿠, 성님. 이제 큰일낫쑤다. 마당에 멍석 깔아난 예. 어르신 멩이우다."

"뭬옌? 내불라. 난 들어가사켜(들어가야겠다)."

소구가 마당에 들어서자 하인들과 청년들이 우르르 그 앞에 몰려들었다. 소구는 그들을 밀치고 잰걸음으로 대청마루 앞으로 나갔다.

"어르신, 소구 왓수다마씸."

먼 거리를 달려왔는지 소구는 거친 숨을 토해내고 있었다. 대청마루 기둥의 호롱불빛이 그를 비추었다. 이마며 낯이며 목에서 연신 송글송글 땀이 흘러내리고 저고리 어깨는 땀으로 흥건히 젖어 있었다.

'드르르르르르'

안방 미닫이문 아랫틀 바닥에 박힌 굴렁쇠 구르는 소리와 함께 문이 열리고 영박이 대청으로 나왔다. 그가 입고 있는 옷은 양복 상의도 아니고, 겉저고리도 아닌 속저고리였다. 그가 평소 중히 여기는 권위와는 거리가 먼 의관이었다.

"어르신, 송구허우다. 왜 순사가 나안티 그만."

"구엄리 길잡이넌 어드레 가시냐?"

영박은 단칼에 소구의 말을 무질렀다.

"구엄리 지 집더레 돌아갓수다."

"괘씸한 넘덜."

"어르신, 그게 아니고 예."

"야 이덜아, 저넘 말아불라."

영박은 다시 한번 주차 없이 소구의 말허리를 분질러버렸다. 흥분된 영박의 불호령에 하인들이 어쩔 줄을 몰라 했다.

"저듸. 그듸는 불 당기라."

그날 저녁 특별히 차출되어온 구엄리 마을 청년 여덟 명이 소구와 하인들을 팔각형으로 에워싸며 홰에 불을 당겼다. 횃불을 치켜든 여덟 청년들은 소구와 하인들에게 사뭇 위압적이었다.

"주인 어르신, 무사 영 햄수과? 나가 뭘 잘못햇수과? 억울허우다. 그저 왜 순사가 허렌 더로 헌 거 아니과?"

소구의 입에서 연신 침방울이 튀어나왔다.

"시끄럽다. 느가 잘못헌 게 어서? 저런 개만도 못한 넘. 뭣덜 햄시냐? 혼저 말지 않허고.'

흔들림 없는 소구의 호소는 영박을 더욱 흥분시켰다. 영박의 거듭되는 호령과 손가락질을 거역했다가 무슨 화를 당할까 몰라 겁이 난 하수인들이 한 걸음 두 걸음 다가서며 소구를 에워쌌다.

"야 이넘덜, 너네가 감히 나럴."

고개를 돌린 채 좌토 우로 좁혀오는 하수인들을 향해 소구가 호통을 쳤다. 하수인들 모두 흠칫 하며 더 이상 접근하지 못했다. 그들과는 현격하게 차이 나는 소구의 덩치와 굵은 목통이 터트리는 사자후 같은 목소리, 화염을 뿜어내는 눈길에 그만 압도되고 알았다. 더구나 평소 소구의 명을 따르던 아랫것들이다보니 자연 멈칫거릴 수밖에 없었다.

"한꺼번에 달려들엇. 혼저. 너네부터 족치기 전에."

화를 참지 못한 영박이 지까다비차림으로 댓돌로 내려섰다. 당장 마당으로 뛰어들 기세였다.

"소구 성님, 이거 어떵 허코 예."

"성님, 이건 우리 뜻이 아니우다 예."

"성님, 혼저 잘못햇뎬 골읍서게."

"성님, 미안허우다."

네 하인들이 소구에게 저마다 한마디씩 하며 달려들어서는 순식간에 소구의 두 팔과 두 다리를 잡아 들어올렸다.

"이넘덜이. 이넘덜이."

소구가 완강하게 버텼으나 발바닥이 땅에서 떨어지고 공중으로 들린 그의 몸뚱이는 더 이상 힘을 쓸 수 없었다.

"엎엉 묶으라."

영박이 댓돌 위에서 선 채로 다음 동작으로 신속히 이행할 것을 재촉했다. 사지가 붙들려 허공에서 몸부림치던 소구의 육신이 마당 한가운데 깔려 있는 멍석 위에 엎어졌다. 네 명의 하인은 각자 역할이 분담된 동작으로 전환했다. 하나는 무릎으로 소구의 뒷덜미를 눌렀다. 또 하나는 소구의 두 손목을 허리께로 돌려 틀어쥐었다. 또 다른 하나는 소구의 두 오금을 접고는 두 발목을 틀어쥐었다. 또 또 다른 하나는 노끈으로 소구의 두 발목을 묶었다.

"어르신 너무허는 거 아니꽈? 억울허우다."

멍석 위에서 육신이 제압당하고 두 발목이 묶이는 동안에도 소구의 외침은 계속 이어졌다. 눈에 핏발이 서고 바싹 마른 입술에서 침이 흘러나왔다.

"말엇!"

 소구의 두 발목을 둘은 노끈에 매듭이 지어지는 것을 확인한 영박이 지체없이 다음 명령을 내렸다. 김밥 싸듯이 멍석이 뚜르르 소구의 육체를 말았다. 멍석 밖으로 노출된 소구의 머리가 두 바퀴 회전하는 동안 그의 안면이 마당 흙바닥에 갈렸다. 흙투성이 머리카락과 얼굴 사이로 살가죽이 벗겨진 코와 볼과 귀와 이마가 불그스레 드러났다. 엎어진 채로 멍석에 말려 있음에도 소구는 고개를 곧추세우고, 부릅뜬 두 눈으로 영박을 응시했다. 세 번이나 말이 잘리자 그도 더 이상 아무 말도 하지 않았다.

"잘도(매우) 치라!"

 하인들을 대표해서 소구의 바로 아래 손윗 하인이 작대기로 소구의 엉덩이 부위를 내려쳤다. 나머지 하인들이 고개를 돌렸다.

"그만허랄 때까장 계속 치라!"

 매 타작이 계속되는 동안 여덟 개의 횃불이 마당으로 휘갈아 들어온 바람에 흔들리며 지글지글 타올랐다. 소구는 신음 소리 하나 내지 않았다. 삼십 회가 넘어가면서 작대기를 휘두르는 자의 팔에 힘이 빠지며 움직임이 둔해졌다.

"으음. 음-."

 이윽고 소구의 앙다문 입에서도 신음 소리가 빠져나왔다.

"뭐 햄시냐? 계속 치라!"

 '짜악. 짜악. 짜악. 짜악.'

"으읍. 읍. 읍. 읍."

소구는 다시 이를 앙다물었다.

매타작이 계속 됐다. 기름이 소진돼 가는 횃불의 기운도 가물가물 사위어갔다.

"어르신, 이러다 소구 성님 죽으쿠다. 더 이상은 못허쿠다예. 이제랑 차라리 나가 맞으쿠다예."

쉰 번을 내려친 하인이 영박을 향해 무릎을 꿇고 울음 섞인 호소를 했다.

"똑닮은 것. 쯔쯔쯔."

영박이 하인을 향해 지목한 손가락을 까딱거리며 혀를 차더니 마당으로 내려와서는 작대기를 낚아챘다. 하인들은 그제야 영박이 왜 속저고리 차림으로 바꿔 입고 나왔는지를 알게 되었다.

"이 개만도 못한 자식. 개도 주인을 버리지 않거늘, 주인을 버리고 가버련?"

'퍽. 퍽. 퍽. 퍽. 퍽. 퍽. 퍽. 퍽. 퍽. 퍽.'

영박이 내려치는 작대기에는 하인보다 훨씬 힘이 실려 있었다.

"으음. 으음. 음. 음. 으. 으. ……"

소구의 입에서는 나오던 신음소리가 그쳤다.

"힘들게 벼농새 지언 쌀밥 멕영 키워노난게 주인얼 배신해?"

어둠이 깊어갈수록 커지는 매타작 소리에 어린 하인이 두 손바닥으로 귀를 막았다.

"밥 주는 주인은 개도 배신얼 안 허는디, 느가 날 놔던 왜넘얼 따라간? 게난 느닮은 것덜 때문에 왜넘덜이 조선인얼 깔보는 거다."

영박의 입에서 왜넘이라는 표현이 튀어나왔다. 대청마루에 서서 마당에서 벌어지던 끝 경을 지켜보던 정박이 깜짝 놀라 마당으로 내려섰다. 곧추세웠던 소구의 고개는 힘을 다한 듯 땅바닥에 처박혀 있었다. 횃불들도 하나둘 꺼져가자 청년들은 횃대를 내렸다.

"성님, 오듯(그만) 헙서. 영허다간 사름 잡으쿠다."

정박이 영탁 앞을 가로막았다.

"비키게(비키거라). 혼저."

"안 뒈우다."

정박은 단호히 거부하며 형의 손에서 작대기를 빼앗았다. 영박이 화가 치솟을 때면 누구 말도 듣지 않는 불같은 성미라는 걸 잘 알면서도 정박은 결사적으로 막고 나섰다. 그 이유는 소구를 향한 동정심의 발로도 있었지만, 하인들과 구엄리 청년들도 다 들었을 '왜넘' 소리가 가슴에 걸렸기 때문이기도 했다. 이대로 가다가는 형의 입에서 또 무슨 말들이 튀어나올지, 그 말들이 훗날 어떤 크나큰 재앙으로 미칠지 두려웠기 때문이었다.

"소구 거두게."

정박이 하인들에게 지시를 하자 하인들이 영박의 눈치를 살피며 움직이려 하질 않았다.

"성님, 오듯 들엉갑서."

정박의 청을 못 이기는 척하며 영박은 대청으로 올라 안방으로 들어갔다. 홧김에 튀어 나온 자신의 말에 내심 가슴이 켕기기도 했기 때문이었다. 영박이 현장에서 사라지자 하인들이 소구에게 달려들어 멍석을 풀었다. 부릅뜬 소구의 두 눈에서 흘러나온 눈물이 귀와 볼의 붉은 생채기를 적셨다. 하인 넷이 각각 멍석의 네 귀를 잡고는

엉뚱한 앙갚음 123

멍석을 들어 소구를 하인들 방으로 옮겼다.

"느넌 개천으로 강 멍석 호끔 빨아오게."

"알앗수다."

어린 하인이 손윗 하인의 지시를 따르며 핏물이 배인 멍석을 말아 어깨에 메고 수산천으로 향했다.

"어흠. 속앗수다(수고했소). 이제랑 돌아갑서. 오널 일은 못 본 걸로 허게."

정박이 마당에 남아 있던 청년들에게 이른 말은 지시 반 부탁 반이었다.

"알앗수다마씸. 본 것도 엇고, 들은 것도 엇수다마씸."

청년들 중 대표로 보이는 자가 의미심장한 답변을 하고는 고개를 숙여 작별 인사를 하자 나머지들도 고개를 숙이고는 모두들 대문을 나섰다.

'본 것도 엇곡, 들은 것도 엇곡?'

정박은 청년의 답변이 못내 찜찜했다. 그냥 '알앗수다'하거나 아니면 '못 본 걸로 허쿠다'하면 될 것을 굳이 본 것, 들은 것을 하나하나 쪼개서 대답하다니. 정박은 대청에 올라 안방 미닫이문을 열었다.

문정박 南平正博 미나미히라 마사히로

    한바탕 난리가 소용돌이치던 집안은 마당이건 대청이건 정적에 휩싸였다. 바람도 잦아들고 대청마루 기둥의 호롱불도 꺼졌다. 불 꺼진 호롱과 타다 남은 횃대 끝에서 풍기는 고약한 쉬나무 기름 냄새가 마당과 마룻바닥을 스산하게 감돌았다. 안방에 켜진 등잔불 빛을 받아 미닫이문 창호지에 어린 두 사람의 그림자가 흑백 벽화처럼 미동도 하지 않고 있었다.
    "성님!"
    정박이 먼저 입을 열었다. 갈등이 발생하여 쌍방의 침묵이 이어질 때는 먼저 말을 건네는 쪽이 지는 것이다. 또한 져주는 것이 바로 이기는 것이기도 하다. 이런 생각은 아무래도 더 냉정하고 여유 있는 쪽이 먼저 하기 마련이다. 동생이 하늘같은 형인 영박 손아귀에서 작대기를 낚아챘으니 하인들과 마을 청년들 앞에서 주인이자 어르신인 영박의 권위는 심히 손상되었을 것이다. 그럼에도 상황이 더욱 걷잡을 수 없게 치달을 경우 자신 역시도 감당하기 어려운 결말에 이를 수도 있는 것이었기에 이를 문제 삼기어는 명분이 약하다는 걸 영박 스스로도 인정하고 있었다. 단지 자존심 때문에 겉으로 표현하지 않고 있을 뿐이었다. 항시 선제적으로 대화의 주도권을 놓지 않아 왔던 영박의 침묵은 이런 복잡한 속마음의 발로였다.

"……"

동생의 부름에 바로 대답하는 것 역시 기다리고 있었다는 뜻으로 받아들여지는 게 싫어 영박은 계속 침묵을 이어갔다. 영박의 이런 침묵의 심리까지도 정박은 꿰뚫고 있었다.

"소구럴 어떵 헐거꽈(할 겁니까)?"

"무신걸 어떵 허여?"

"달래줍서."

"주인얼 배신한 넘얼 주인이 달래렌 말이냐?"

"칼얼 찬 왜 순사 뜻얼 누가 어떵 거역헤지쿠꽈(거역할 수 있겠습니까)?"

"목숨얼 걸고 주인의 생명과 자존심얼 지키는 자가 바로 충견인 거다."

"성님, 건 성님의 욕심이우다. 소구에게 그런 정신과 기개가 이서시민 가이는 이미 독립투사가 뒈연 만주로 가실 거우다."

"거창허구나. 나부터 독립운동에 앞장서낫어사(앞장섰어야) 뒌덴 말이냐?"

"거야 성님의 사상의 문제이니 이 아시(동생)가 이러쿵저러쿵 헐 건 어시다만, 마름인 자에게 너무 큰 걸 요구허는 건 무리렌 말입주."

"……"

여전히 분이 풀리지 않은 영박은 논리를 갖춘 동생의 말에 반박도

동의도 아닌 침묵으로 돌아갔다.
"성님, 소구럴 달래줍서. 상처가 큰 거 닮수다."
"시간이 지나민 아물켜."
"성님, 몸의 상처사 시간이 지나믄 아물켜다만, 마음의 상처는 시간이 흐를수록 깊어질 거우다."
"마음의 상처? 나영 가이영(나와 걔가) 무신 연애럴 헌 것도 아닌디 무슨 마음의 상처렌 핟서?"
"아랫것덜이 보는 디서 아랫것덜신디 멍석말이럴 당해낫지 않해 수과 게? 비톡 아랫것덜 자의에 의한 건 아니엇덴 해도."
"건 나가 알앙 헐크매, 가이 이야긴 오끗 허자."
"호나 더 잇수다."
"또시 무시거?"
영박은 불편한 마음이 가라앉지 않은 상태에서 자신도 지쳤는지 짜증 섞인 반응을 보였다.
"하인덜이영 마을 쳥년들이영 듣는데서 왜넘, 왜넘, 해낫지않수꽈?"
"그래서?"
영박은 동성이 찜찜한 구석을 헤집고 들어오자 긍정도 부정도 못하고 말을 자르지도 못했다. 동생한테 연달아 지적받는 것이 거북하기도 하고 자존심이 상하기도 하여 퉁명스럽게 반응하기는 하였지만, 이 사안에 대해 동생은 어떻게 생각하는지 들어보고 싶기도 했고, 혹시나 후환을 미리 대비해 둘 수 있는 실마리라도 챙길 수 있지 않을까 하여 이야기를 계속해 보라는 주문을 한 셈이었다.

"마을에서 질 먼저 창씨개명얼 헌 성님 입에서 경헌(그런) 표현이 나완 나도 놀랏수다."

"나가 질(제일) 먼저 창씨개명얼 한 게 뭐 잘못 뒈시냐?"

"것도 성님의 신념의 문제이난 이 아시가 뭐옌 골을 건(뭐라고 말할 게) 아니다만, 성님의 진짜 맘이 무신건지 궁금허우다."

"정박아!"

"갑자기 웬 정박? 아시(동생) 이름을 마사히로로 성님이 바꿔불지 않헙데가?"

"그건 맞다마는, 정박아."

내내 고개를 반쯤 돌려 벽을 바라보며 대화하던 영박이 자세를 고쳐 잡으며 동생을 응시했다. 정박 역시 아무런 대답 없이 영박을 응시했다.

"나년 말이다. 때넘도 싫곡, 왜넘도 싫곡, 코쟁이도 싫다. 육지것 덜도 싫곡. 단지 나년 나의 재산과 나의 성제(형제), 나의 아돌(아들) 덜만 믿을 뿐이다. 그래서 나의 재산 지키곡, 불려주곡, 나의 가족 번성허는 디 도움이 뒌다민, 그게 개인이던 세력이던 나라던 나에게는 바로 동무곡, 성이곡, 하느님인 거다."

"겐디 무사 왜넘이렌 햇수과? 아직 거래할 게 많덜 않수과?"

"참으로 집요허구나. 왜 순사넘이 나럴, 이 문영박이럴 욕보연 홧김에 내뱉은 거다. 홧김에."

"어떵 수습허젠 햄수과(어떻게 수습하려 합니까)?"

"내뱉은 말 또시 담아지카? 만일얼 대비해 힘얼 더 키우는 수밖에."

동생으로부터 어떤 좋은 수습안이 나올까 은근히 기대했던 영박은 연이어 추궁만 당하며 스스로 해결책을 내야 하는 처지에까지 이르자 슬슬 짜증이 나 현실성 없는 결론으로라도 대화를 끝내고 싶었다.

"성님이 직접 나성 수습허젠 허믄 모양도 안 좋곡, 성님신디(한테) 어울리지도 않수다. 나안티 맡깁서."

"느가 어떵?"

고개를 쑥 내미는 영박의 눈이 반짝였다.

"저-, 성님. 저 대청가루 벽에 걸린 욱일승천기영 '요시다 쇼인(吉田松陰)' 초상화영 어떵 허쿠꽈? 왜넘이렌 표현허고는 서로 안 어울리우다. 훗날 화가 될 수도 잇고."

정박은 형의 질문을 무시하고 화제를 딴 곳으로 돌렸다. 대화의 주도권은 동생에게 넘어와 있었다.

"이미 집에 완(와서) 본 자덜이 이신디 어떵 헐거냐? 다음에 왕(와서) 어시민 더 이상허게 볼 거다. 세상이 다시 한번 바뀔 때까장 그냥 두는 수밖에. 느도 앞더레넌 동무영 청년들이영 더 이상 집안에 들이지 마라."

영박의 목소리에는 힘이 빠져 있었다.

"오끗 일어나쿠다."

동생이 어서 자리를 뜨기를 바라는 형의 속마음을 모를 리 없는 정박은 이만 하면 되었다 싶어 자리에서 일어났다.

"잠깐 싯게(있게)."

"……"

영박이 장롱을 열었다. 아시 정박을 등지고 선 그의 팔이 부산하게 움직였다.

"이거 살림에 보태게."

영박은 보자기에 싼 뭉치를 아시에게 건넸다.

"돈이꽈?"

돈이란 걸 뻔히 알면서도 정박은 그저 그런 표정을 지으며 태연하게 물었다.

"기. 살펴 가게."

영박은 자리에서 일어나지 않았다.

"무슨 영헌 걸 다. 잘 쓰쿠다."

정박의 목소리는 무미건조했다.

'살림에 보태? 평소에 경헐 것이지.'

정박이 대문을 나설 때 마침 명석을 메고 대문 안으로 들어오려는 어린 하인과 마주쳤다.

"명석얼 멩 어딜 강 왐시냐(갔다오는 거냐)?"

"냇가에서 명석에 밴 핏물얼 빨엇수다마씸."

"저런. 소구럴 잘 돌보게. 느신디넌 큰성님이난."

"네."

어린 하인은 다소곳이 고개를 숙였다.

"혼저 들어가게."

"넷. 살펴 갑서예."

홰를 태우던 쉬나무 기름 냄새가 밴 마당을 나오니 밤공기가 한결 상쾌했다.

"원셍이도 낭에서 뜰어질 때 싯나더니(원숭이도 나무에서 떨어질 때가 있다더니). 쯧."

긴 올레를 빠져나오자 뻥 뚫린 밤하늘에 별들이 복잡하게 얽히고 설키어 어지럽게 빛나고 있었다.

가문동 포구의 물결이 한가롭게 해안으로 몰려오는 소리가 들려왔다. 정박이 한 사람씩 술잔을 돌리며 한 바퀴 도는 동안에도, 돌아가며 집안 안부를 묻기도 하고 요즘 어떻게 지내냐며 살갑게 다가오는 동안에도 청년들의 분위기는 좀처럼 뜨지 않았다. 애월에서 제일가는 요정에 초대받은 애국반 청년들은 정박이 손수 따라주는 소주를 건성건성 마시기만 할 뿐 요리에 손을 대지 않았다. 정박이 마련한 술자리는 애국반 청년들에게는 뜻밖이었고 어색할 뿐이었다. 모두 처음 겪는 경험이었다.

"그동안 문가 집안열 위헤연 폭삭 속아낫저(무척 수고들 했었네). 어제도 속앗고. 성님이 으늘 육지에 급히 용무가 이서 나가 더신 인사럴 햄저."

정박이 변죽 울리기를 마치고 슬슬 본론으로 들어갔다.

"당연히 해사 헐 일덜얼 해온 거 뿐이우다마시.'

구엄마을 애국반장 청년이 표정을 다잡으며 형식적이나마 예의를 갖추자 일행들의 굳은 얼굴이 풀리고 자세를 고쳐 잡거나 엉덩이를 들썩이기 시작했다.

"경 생각해주민 고맙고. 흐음. 고마움얼 말로만 하면 안 될크매. 이거."

정박은 하던 말을 끊고 품속에서 준비해온 봉투들을 꺼냈다.

"어려운 살림에 보태쓰도록 허게."

정박은 여덟 개의 봉투를 직접 하나하나 참석자들에게 돌렸다.

"아이쿠, 괸당 어르신, 무신 영헌 걸 다."

애국반장 청년이 답례하는 동안 봉투 하나씩을 받아든 청년들이 봉투 겉에 쓰인 한자를 보았다.

'南平 正博(미나미히라 마사히로) 문정박'

세상이 어떻게 바뀔지 모를 경우를 대비해 두 개의 이름을 병렬해 쓴 것이었지만 청년들은 그런 것까지는 알 바 없었다.

"그동안 문가집안을 위헤연 심써오던 중에 좀 부족하거나 실망스러운 일이 이서시민 오늘부터 지나간 일일랑 다 잊엉 앞더레도 구엄을 위헤연 힘써주길 부탁허네."

봉투를 받아든 청년들의 표정을 확인한 정박은 진도를 한 단계 더 나갔다.

"괸당 어르신, 무신 말씀얼. 그런 거 엇수다마시. 설령 잇다 해도 우리덜은 돌아서민 곧 바로 잊어분다마시. 허긴 본 게 어시난 잊을 것도 엇다마시."

애국반 청년은 잊지 않고 뒷말을 붙였다. '들은 게 어시난 잊을 것도 엇다마시'라는 표현은 의도적으로 뺐다. 그로서는 최고의 답사였다.

"기여. 그거여. 자―. 술덜 들게. 구엄얼 위헤연. 건배―."

"위헤연!"

정박이 술잔을 들고 건배를 하자 일동이 따라 복창하며 잔을 비웠다.

'본 게 어시난 잇을 것도 엇다마시? 게믄 들은 건?'

정박은 목구멍에 걸리는 듯한 술을 억지로 꿀꺽꿀꺽 마시면서 속이 개운치 않았다.

"게믄 나 먼저 일어설크메 마시다덜 가게. 이딘 나가 이미 계산해 낫네."

"잘 먹으쿠다예."

"괸당 어른 펜안히 갑서예."

"미나미 어른, 조심헝 갑서예."

정박은 일동의 인사를 뒤로 받으며 밖으로 나왔다. 취기가 확 올라왔다.

파랑비둘기

1943년 여름.

하지가 가까워 오며 더욱 이른 새벽부터 창가에 동살이 비쳤다. 새벽에 눈을 뜬 도슨은 천장 한가운데서 내리쏘는 백열전구의 빛을 피하기 위해 모로 누워 창가를 바라보았다.

창공의 어둠을 걷어내며 퍼지는 푸르스름이 지상의 감옥에까지 내려오는 동안 꿈속의 움직임들이 끊기고 뿌연 기억의 저편으로 안개처럼 흩어진다. 풀잎에 맺힌 이슬들도 땅에 떨어지거나 대기 중으로 사라진다. 이윽고 동이 튼다. 밝은 햇살이 동살의 푸르스름을 밀어내며 복음을 전파하듯이 감옥의 이방 저방으로 빛의 가지를 뻗치면 닭장처럼 밤새 사동의 복도와 방을 훤하게 밝혔던 천정의 백열전등이 꺼진다.

도슨이 몸을 돌려 반듯이 천정을 바라보았다.

이어 기상나팔이 불고 점호가 시작된다. 밤새 불 켜진 방안에서 재소자들이 잠든 동안에도 형무관들은 쉬지 않고 돌며 점호한다.

'하나 둘 셋 넷 다섯 여섯 일곱 여덟'

탈옥한 자들이 없는지 누워 잠든 자들의 머릿수를 세는 것이다. 기상나팔이 울린 뒤 이뤄지는 점호에는 임무 교대를 하는 두 형무관이 사동 복도를 함께 돌며 각 방 한가운데 줄을 맞춰 앉은 재소자들의 머릿수를 센다. 인수인계를 받는 자가 앞에 서서 각방을 들여다보고, 인수인계를 하는 자가 그 뒤를 따른다. 머릿수가 밤새 센 숫자와 일치하는지 확인이 되고 난 뒤에야 정상적인 인수인계 작업이 끝나는 것이다. 사동의 가장 막다른 끝에 위치한 1방에서부터 재소자들의 보고 소리가 들리기 시작한다.

気をつけ。(차렷!)

十六名。(16명)

気をつけ。(차렷!)

十五名。(15명)

……

도슨 방 앞을 두 형무관이 지나간다. 앞서가는 자가 오늘의 사동 담당인 목단야다. 사상범이자 독거수는 특별히 '차렷!'하는 구령을 외치지도 않고 숫자를 보고하지도 않는다. 그냥 방 한가운데 앉아있을 뿐이다.

"배식 준비!"

정해진 시간에 배식을 알리는 소지의 구령 소리가 복도에 울려 퍼진다. 밤새 탈옥자 없이 임무 교대가 정상적으로 이루어졌다는 뜻이다. 어쩌다 한 번 있는 일이지만 일몰 후의 사동 재소자 숫자와 일출 후의 숫자가 일치하지 않을 경우 점호가 다시 이루어지고, 탈옥으로 확인될 경우 형무소 전체의 일상은 정지된다.

"구우-. 구우-."

식사를 일찍 마친 옆방의 젊은 재소자 하나가 비둘기 우는 소리를 낸다. 어디선가 비둘기들이 하나둘 날아와 창가의 마당에 내려앉으며 무리를 짓는다.

"에구-. 우리 이-쁜 비둘기덜. 이거나 처먹어랏!"

재소자가 먹다 남긴 보리밥 덩어리를 창문의 쇠창살 사이로 비둘기 무리들을 향해 홱 던진다. 귀한 밥을 남겨 이렇게 짓궂은 장난을 치면서라도 갇힌 생활의 단조로움에서 잠시라도 벗어나는 것이다. 날아오는 밥 덩어리를 피해 비둘기들이 우르르 날아간다. 땅에 떨어진 밥 덩어리가 으깨지고 흩어진다. 비둘기들이 다시 날아와 밥알들을 쪼아 먹는다. 감옥에 서식하는 비둘기들에게도 이러한 생태는 매일 반복되는 일상이다.

"밥이 부족할 텐데 아깝지 않소?"

도슨이 창가로 나가 옆방 젊은이에게 통방을 했다.

"아, 신부님께서 봤구만이라이. 헤헷. 나는 먹을 만큼 먹었어라. 어차피 모다 똥이 되 나올 것인디 쪼까 넹겨 보시 좀 하였소. 근디, 신부님, 신부님도 석가모니 부처님 아씨요?"

"아 알다마다. 내가 모시는 예수님보다 한 오백 년쯤 선배 되는 훌륭한 분 아닙니까?"

"아-. 그요? 두 양반이 선후배 관계란 건 처음 들었서야. 확실히 신부님은 아는 게 많구만이라 잉. 하면 두 분 고향이 같소?"

"그렇소. 두 분 다 고향이 지구요, 지구."

"헤헤헤. 신부님도 농담을 허시는 구만이라. 근디요, 신부님, 석가모니 부처님은 오후 서너 시쯤 되면 저녁얼 일찌감치 자시고 담날

아침까지 아무것도 안 드셨다고 허든디, 그기 참말로 사실이요?"
 "나도 그렇게 알고 있소."
 "하면 부처님허고 나허고 똑같지라. 부처님께서 끼니때마동 보리밥얼 자셨는지 멀 자셨는지넌 몰라도 저녁 먹는 시간도 나랑 같고 밤새 굶어부는 것도 같고, 먹을 거 냉겨서 보시하는 것도 같고. 결론적으로 말 혀서 나가 글 석가모니 부처닏이시."
 "맞소. 석가모니 부쳐님의 마음가짐대로 절제하고, 부처님처럼 자비를 베풀면 누구나 부처님이 되는 것이요."
 "근디, 나넌 틀렸소. 사람얼 패불고 들어왔응게. 마을에 못된 구장넘이 하나 있었지라. 그넘얼 나가 확… 에이, 이제사 자꼬 말혀봤자. 저− 신부님, 부처님이나 예수님도 사람얼 때린 적이 있습니까?"
 "그럴 리가 있겠소. 다만, 부처님이나 예수님은 폭력을 반대는 해도 모든 자들을 용서합니다."
 "에이구, 슬슬 에려워지는구만이라. 신부님, 그만 쉬십쇼 잉. 나 겉은 잡범허고 통방헌다그 괜시레 담당헌티 욕 듣소."
 "그럽시다. 오늘 하나 배웠소. 보시하는 거."
 "허이고, 우리 신부님, 참말로 겸손한 분이시. 쉬십쇼."
 옆방의 창가는 조용해졌다. 도슨은 계속 창가어 남았다.
 감옥의 정지된 풍경들과 마주하게 되는 하루가 또다시 시작된다. 잿빛 콘크리트 담장, 낡은 벽돌 옥사, 회녹색 지붕, 잿빛 비둘기들의 음울한 울음소리들.
 담장 밑 화단에 누군가 심어놓은 봉선화에 도슨의 눈이 머물렀다. 가지마다 층층이 기지개를 켜고, 아침이슬 방울들이 맺혔던 잎새마다 뽀얀 연초록의 살결을 드러낸다. 초여름이 시작되면서 봉선화를 바라보는 습관은 도슨에게 지루한 감옥 생활 속에서 작은 즐거움이 되었다. 무더운 한낮의 더위를 견디며 진홍색 꽃을 피우는 봉선화와 함께 하는 인내와 기다림은 어느덧 도슨의 하루 그 자체였다. 자신이 죽을 자리에 갱생의 씨앗을 떨어뜨려 어김없이 여름이 오면 다시 피어나 더운 해를 견디고 또 다른 갱생을 준비하며 봉선화는 영겁의 세월을 기다림과 자리지킴으로 푸르른 생명을 이어왔을 것이다. 그 모든 기다림과 자리지킴은 아름다운 것이다. 땅에 떨어진 씨앗에서 잉태될 다음 해의 봉선화의 형상은 도슨의 내일이고 미래이기도 했다.

"각방 배식 준비-!"

복도 입구에서 소지가 외친다. 오후 네 시 반 즈음이다. 감옥의 저녁 시계는 바깥세상보다 일찍 돌아간다. 소지들은 식사 배급 사역이 끝나는 대로 취사장으로 돌아가 저녁밥을 먹고 그들의 징역살이 기결수 방으로 돌아간다. 그것으로 감옥 재소자들의 일과는 끝이 나고 모든 방들은 다음날 아침까지 바깥에서 문이 잠가진다. 저녁 설거지를 끝낸 도슨은 창가로 향한다. 해는 저편 콘크리트 담장 모서리 위로 뾰쪽하게 솟아있는 망루에 걸쳐 있다. 망루를 지키는 교도대가 어깨에 메고 있는 99식 소총 총구와 탄창 속 총알 끝도 뾰족할 것이다. 저 뾰족함은 궁극적으로 탈옥자를 겨눌 것이다. 해가 서편 담장을 넘어가면 광주형무소에는 바깥세상보다 긴 밤이 찾아온다. 석양의 빛을 받아 잎새 빛이 짙어진 봉선화도 긴 기다림의 고단함을 접고 망각의 어둠 속으로 갇힐 것이다.

'See you tomorrow morning my friend, garden balsam.'

"천구백사십일 번."

등줄기로 전류가 흐르듯 찌르르하게 조선어가 들려왔다. 단야였다.

"비둘깁니다. 자정에 다시 오겠습니다."

그는 도슨이 들릴 듯 말 듯 나직하게 목소리를 냈다. 예전처럼 창문 바로 밑으로 몽당연필이 꽂힌 딱지 쪽지가 떨어졌다. 도슨은 우선 몽당연필부터 빼내 성경 책등의 안쪽 틈에 끼워 감추고는 행여 누가 볼 새라 눈꼽째기창문 바로 아래 앉아 쪽지를 펼쳤다. 쪽지는 두 장이 겹쳐 있었다. 한 장은 백지였다.

'답장용이다.'

도슨은 빈 백지를 똘똘 말아 성경 책등 안쪽 아래 틈에 끼워 넣었다. 쪽지 크기는 지난번에 비해 제법 컸고, 깨알같이 쓴 글자들이 제법 많았다. 제일 먼저 쪽지 하단으로 눈이 갔다.

'ㅇㅅㄷ'

'발신자의 약어 표기다. 에스더?'

†찬미 예수

신부님, 소식을 기다리고 계실 줄 알면서도 빨리 보내드리지 못해 죄송합니다. 복잡한 사정 일일이 전해드리지 못함을 이해하소서. 신부님 안부는 간간히 전해 듣고 있습니다. 부족하고 부실한 음식이나마 규칙적으로 섭취하고 계신다니 다행입니다. 신부님의 쪽지를 받고는 매우 놀랐습니다. 어쩜 그리도 기지가 넘치시는지. 〈찬미 예수〉를 보내드릴 때는 혹시 중간에 남의 손에 들어가게 되지나 않을까 우려가 되어, 만일의 경우를 대비한 내용으로 보내드렸던 것입니다. 혹시 신부님께서 혼란스러워하시지나 않을까 걱정하였었는데, 어떻게 그런 사정을 바로 간파하시고, 똑같이 〈찬미 예수〉로 화답하셨는지 감탄할 따름이었습니다. 역시 우리 신부님이십니다.

'이런 제기랄.'
도슨은 자기도 모르게 손바닥으로 방바닥을 쳤다. 그만 헛웃음이 나왔다. 쪽지는 한 칸 띄어서 이어졌다.

지난해 6월, 미군이 태평양 한가운데 미드웨이해전에서 승리. 이후 일 년 동안 남양군도 일대에서 미국이 연전연승하며 전세를 역전. 현재 일본은 동남아시아 전선으로 후퇴하여 방어하는 중. 비록 전세가 미국에게 기울고 있기는 하나 일본의 결사적인 방어전으로 미군의 피해도 적지 않음. 어느 전투에서도 일본은 항복하지 않고 전멸할 때까지 싸운다고 함. 우려되는 바는 전투가 끝난 남양군도로 징용된 조선인들 중에서 생사가 확인되는 자가 없다는 것임. 아마도 일본군과 함께 사망했거나 포로가 되었을 가능성이 높다고 추측만 할 뿐 자세한 소식이 없음. 젊은 조선인들을 강제 징병할 것이라는 소식이 있음. 일본어가 가능하고 교육 수준이 높은 대학생들이 우선 대상이라고 함. 제주중앙본당 종탑의 종이 징발되었음. 놋쇠와 식량 공출이 더욱 심해지고 있음. 저는 제주읍내를 벗어나 양씨네 형제자매들과 함께 기도하며 생활하고 있음. 저들의 감시도 더욱 심해지고 있음. 앞으로 간혹 소식을 전하더라도 안부 인사도 존칭도 발신인도 생략하겠음. 접견을 가지 못하고 소식을 자주 보내지 못함을 이해해 주소서. ㅁ. 그는 믿을 만한 사람입니다.

ㅇㅅㄷ

'ㅁ?'
'목단야.'
도슨은 다 읽은 쪽지를 입에 넣었다.
'전세가 한쪽으로 기울고 있다는 소식은 일단 반가운 것이다.'
그러나 도슨은 길어지는 전쟁 소식을 접하며 걱정거리에 휩싸였다. 잉글랜드의 압제로부터 아일랜드를 독립시키기 위한, 그리 오래되지 않은 해방투쟁의 경험들이 떠올랐다.

나라와 나라 간의 전쟁이건, 민족과 민족 간의 분쟁이건, 압제자와 민중 간의 투쟁이건, 집단과 집단 간의 폭력적 대립과 충돌에는 항상 힘없는 민중들의 희생과 고난이 따른다. 이기는 쪽이건 지는 쪽이건 간에 아까운 생명들의 희생이 너무 크다.
전쟁은 승자가 전리품을 독식하는 밀림 법칙 최후 결정판이다.
인류 전쟁사에서 승자란 바로 소수 권력자들과 난리 통에 한몫 노리는 모리배들이다. 승전한 병사들에게도 전리품이 분배되지만 훈장과 떡고물 정도이다.
전쟁의 최대 패배자는 언제나 민중들이다.
전사하여 주검로 돌아오거나 시신도 수습하지 못한 병사의 부모는 사랑하는 자식을 가슴에 묻고 그리움에 사무쳐 눈도 제대로 감지 못하고 생을 마감하리라.

청춘의 나이에 남편을 전선에 바친 여인은 홀로 아이를 키우며 홀로 지붕을 고치고, 홀로 밭을 갈고, 한겨울 저자거리의 좌판을 지키고, 삯바느질을 하며 외롭고도 긴 밤들을 지새우리라.

연인을 잃어버린 처녀는 비바람의 세월에도 마모되지 않는 그리움, 낮이 밤이 되고 밤이 낮이 되어 별과 달과 숲과 물레방앗간에 새겨진 추억들로 가슴앓이하리라.

돌보아줄 이 없는 노인들이 누렇게 부황이 들어 거리에서 쓰러지고, 독방에서 쓸쓸하게 숨을 거두리라.

부모를 잃어버린 고아들이 누더기를 걸치고 주린 배를 채우려 시장통을 헤매고, 때 묻은 고사리손으로 도둑질을 배우리라.

일거리를 찾을 수 없는 누이들이 웃음을 팔러 꽃을 들고 밤거리로 나서리라.

파괴되고 불타버린 폐허 위에서 썩어가는 시신과 동물의 사체에 구더기가 들끓고, 밤이 되면 쥐떼들이 먹이를 찾아 도시의 거리를, 밭과 들판을 휩쓸며 다니리라.

도슨은 눈을 감았다.

피할 수 없는 환란의 운명 속에서도 작고 어린 생명들을 보살펴주십사 아버지 하느님 주 예수 그리스도께 간구하고 기도드리옵나이다. 전쟁과 핍박으로 희생된 양들의 영혼을 하느님의 세계로 이끄시고 돌보소서.

도슨은 성경 책등 안쪽에 숨겨두었던 몽당연필과 백지를 꺼냈다.

ㅇㅅㄷ.

목자이자, 지난 세월 피압박민족 국가였던 아일랜드인의 한 사람으로서 일본의 압제와 전쟁 소용돌이에서 조선이 하루빨리 벗어나도록 기도하겠소. 비록 교회가 징발되고, 종탑의 종이 저들에 의해 공출되었을지라도 광야에 홀로 서셨던 주 예수 그리스도를 기억하시고, 용기를 잃지 마소서.

일본이 전세가 불리해도 전멸할 때까지 싸운다고 하면 총 한 자루 없는 조선인 징용자들과 현지 민간인들도 전선으로 내몰리며 적잖은 희생이 따를 것입니다. 전쟁의 재앙이 제주 섬에까지 미칠 수도 있습니다. 최악의 경우를 대비해야 할 것입니다. 양씨네 형제자매들과 함께 미사 드리는 소박한 집 하나라도 마련하시기 바랍니다. 이 하느님의 집이 장차 고아들을 보호하고 양육하며 교육시킬 수 있는 터전이 될 수 있도록 어렵더라도 조용한 곳에 넉넉한 터를 마련하십시오.

양반석 형제님과 힘을 모아 틈날 때마다 부지런히 의약품들을 조달해서 안전한 곳에 비축하여 두십시오. 소독약, 소염제, 진통제, 지사제, 솜, 붕대 등등. 보다 자세한 품목들은 양반석 형제께서 잘 아실 것입니다.

바깥소식이 궁금하기는 하나 이곳 생활에 적응하며 살 테니 더 이상 무리하지 않아도 될 것입니다.

도슨은 지난번에 비해 넉넉한 크기의 백지를 정성껏 채웠다. 에스더를 향하여 존칭을 생략하지도 않았고, 필요한 대목에서는 줄을 바꾸며 문장의 격식을 갖추려 노력했다. ㅁ, 목단야에 대한 믿음은 곧 비둘기가 두 날개를 펴고 바다 건너 날아가리라는 믿음이었다. 도슨은 비둘기를 딱지 모양으로 접어 양말 목 속에 집어넣고, 변기통을 열어 몽당연필을 페이스트 속에 깊숙이 찔러넣었다. 그릇에 물을 담아 오른손 가운뎃손가락에 부어 적셨다. 암모니아 냄새가 눈과 코를 찔렀다. 사체 썩는 냄새보다야 덜하지 않은가 하며 숨을 멈췄다. 손가락을 다 닦고는 변기통 뚜껑을 닫았다. 밤공기에 암모니아 가스가 방안 가득 내려앉았다. 이제 곧 자정이 될 것이다. 도슨은 이부자리를 펴고 천정의 백열전등 빛을 피해 모로 누워 목단야를 기다렸다.

1943년 섣달 겨울.

한 해가 저물어가면서 한겨울의 남도땅 빛고을에는 매서운 한파가 몰아쳤다. 꾸우, 꾸우 울던 비둘기 무리들조차 사라졌다. 옥사 지붕 처마에 야구방망이만 하게 달린 고드름들은 꽁꽁 얼어붙어 물 한 방울 떨어뜨리지 않았다. 옥사 방은 군용 담요를 깔고 앉아있어도 마룻바닥에서 냉기가 올라와 엉덩이가 시렸다. 방안을 빙빙 도는 냉기는 숨을 내쉴 때마다 내뿜는 허연 김을 블랙홀처럼 빨아들이고 귀와 코와 손가락에 들러붙어 온기를 빼앗아갔다. 찬물로 저녁 설거지를 끝낸 도슨은 시린 두 손을 엉덩이 밑으로 깔아 넣고 성경을 읽었다. 도슨이 오른손을 꺼내어 한쪽을 넘기려 할 때 톡, 톡, 톡 문창살을 두드리는 소리가 방안의 찬 공기를 흔들었다.

"지난달에 타라와전투에서 일본군 오천 명이 전멸했다고 합니다."

단야는 비둘기를 나르는 대신 전황을 직접 전했다. 재소자들이 운동을 나가고 없어 사동에 타인의 눈과 귀가 사라진 시간이나 저녁식사가 끝나고 재소자들의 이동이 끝난 시간을 이용해 짧게 전달하고는 떠났다. 저녁이 되던 재소자들에게 오는 편지 전달이나 검방 등의 용무로 사동을 방문하는 형무관들의 방문도 아주 특별한 경우가 아니면 없다. 국사범이나 사상범들에게 형무관이 비둘기나 구두 정보를 전하기에 적합한 시간이다.

"타라와는 어디에 있소?"

"남양군도에 있는 섬 나라의 수도랍니다."

"일본군이 항복하지 않았나요?"

"옥쇄작전을 폈다고 합니다."

"사상자 중에 민간인 조선인은 없습니까?"

"그것까지는 확인되지 않고 있습니다. 시간이 지나야 알 수 있을 거 같은데요."

이 전투로 일본군은 5,000명 중에서 겨우 146명의 생존자(17명의 일본인, 126명의 조선인)만 남긴 채 전멸하였다. 그러나 미국 역시 지상군에서 3,300여 명에 달하는 엄청난 사상자를 냈다.

나흘간 전투로 양측에서 6천여 명이 숨졌다. 상당수가 조선인 징용 피해자였다. 정부는 요새 구축 등에 동원된 조선인 1천200여 명 중 90%가 전투 중 숨진 것으로 파악하고 있다.

1944년 7월 여름.

"지난달에 사이판전투에서 일본군 오천 명이 전멸했다고 합니다. 또 항복 거부, 옥쇄입니다. 사상자가 모두 얼마나 되는지는 아직 파악하지 못했습니다. 민간인, 조선인 희생자도 아직 잘 모르겠고요. 그리고 지난번 타라와 희생자 중에 조선인들이 천 명 정도 된다고 하는군요. 살아남은 사람들도 백여 명 된다는 소문도 있긴 한데 확실한 건지는 아직 확인하기 어렵습니다."

단야는 도슨이 궁금해하는 것까지 한꺼번에 전달하였다. 전투 현장에서의 조선인들 소식은 전투 결말 소식에 비해 항상 늦었다. 연합군 진영이건 일본군 진영이건 그만큼 덜 중요하고, 덜 주목받는 사안으로 취급하고 있음이었다. 그나마 근 반년이 지나서라도 조선인 희생자들의 피해 소식을 듣게 되는 건 다행이었다.

1944년 11월 늦가을.
"지난번 사이판전투에서 민간인들의 희생이 큰 걸로 확인되고 있습니다. 최소 오천 명이 사망했다고 하는데요. 일본군들 전투의 총알받이가 되거나, 패전이 임박하자 절벽에서 바다로 뛰어내려 자살한 사람들이 대부분이라고 합니다. 주로 조선인, 오키나와인, 사이판 현지 주민이랍니다. 미군이 필리핀 지역 공습과 상륙을 시작했는데, 계속 승전하고 있다고 합니다. 일본군은 여전히 항복을 거부하고 있는데다가 필리핀은 크고 작은 섬이 많아서 전투가 길어질 것 같다고 합니다. 이대로 가면 민간인들의 피해가 더욱 커지겠지요?"

단야는 도슨이 궁금해하는 민간인들의 피해, 특히 조선인들의 피해를 우선 순서로 제보했다.

"민간인들이 왜 자살을?"

"그 이유는 아마도 일본군의 위협을 받았거나, 아니면 미군의 포로가 되면 죽는 것보다 더 심한 고통을 받을 거라고 일본군들로부터 세뇌를 받았거나, 둘 다이겠지요."

어디선가 바람에 날려 들어온 낙엽들이 나무 한 그루 없는 을씨년스러운 형무소 마당을 스르럭 스르럭 굴러다니다가 구석에 처박혀 옹숭그린다. 낙엽의 항로에도 운명이 있는지. 도슨이 창밖으로 보는 사계절의 풍경이 바뀌는 동안에도 광주 감옥의 하루 일과는 인적 없는 산골 폐가의 물레방아처럼 제자리를 돌고 돌았다. 늦가을이 되면 해도 짧아지고 햇볕도 옥사를 겉돌기 시작한다. 보리밥과 콩나물 국물 말고는 온기를 찾아 느낄 수 없는 감옥에는 추위가 일찍 찾아온다. 마루바닥에서 찬 기운이 슬금슬금 올라오기 시작했다.

"신부님, 바느질헐 줄 아시오? 헐 줄 모르지라잉."

소지가 창문에 나타나 혼자 묻고 혼자 답을 한다.

"바느질은 갑자기 왜 묻소?"

"겨울옷이 나왔는디여, 수번 띠내서 나헌티 줏씨요. 나가 달아드릴텡게."

"고맙소. 헌데 나도 바느질할 줄 압니다."

"으따야, 신부님이 바느질얼 헐 줄 안다고라?"

"내 손으로 내 머리 깎는 거 말고는 다 할 줄 압니다."

"그 말언 중덜이 허는 야근디요?"

"허허허. 승려나 신부나 마찬가지요. 이발사도 제 머리는 못 깎소."

"바느질언 어디서 배웠당가요?"

"군대에서."

"신부님이 군대꺼정 댕겨왔소? 은제적이요?"

"나 젊었을 때 내 조국에서 아일랜드 독립군들과 함께 생활했었소."

"총도 쏠 줄 아씨요?"

"나는 가톨릭 신자이기 때문에 하느님의 뜻에 따라야 하오. 남의 생명을 해쳐서는 아니 됩니다. 그래서 총알 없는 빈총 들고 싸웠소."

"음마-. 그런 법도 있구만이라. 근디 총알 넣고 뎀비는 사람덜허고 붙으면 손핸디."

소지는 총을 쏘는 시늉을 하며 진지하게 묻는다.

"사제는 이익을 보려고 싸우지 않소. 인류 전체의 행복과 평화를 위해 싸우는 법이요."

"에구-. 또 에려워지기 시작허는구만이라. 자, 옷 받으씨요."

창가에 바짝 붙어 있던 소지는 슬그머니 뒤로 물러서서는 옷통을 뒤적거리다가 옷을 하나 고른다.

"요거 실밥도 지저분허게 질질 늘어지덜 않고 질로 실한 놈으로 골랐응게 싸게 수번 달고 갈아입으씨요. 또똣헐게라."

소지는 식구통으로 겨울옷을 넣었다. 면으로 된 천에 솜을 넣어 누빈 누비옷이었다.

"요놈도 받으씨요."

소지는 창문 안으로 실패를 내밀었다. 실패에는 바늘이 꽂혀 있었다.

"신부님, 나가 따순 믈 한 양동이 가져올랑게 물수건으로 몸 요기조기 깨까시 닦고 옷 갈아입으씨요. 잠 기다리씨요이."

워낙 영리하고 붙임성이 좋다보니 사동 담당드 소지의 활달하고 인정 많은 씀씀이에 이렇다 할 제재를 하지 않았다. 감빵 생활에 관한 한 그는 모르는 게 없고, 구하지 못하는 물품이 없을 정도로 달인이었다. 도슨은 가슴의 수번을 부드득 뜯어내고는 이면 가장자리에 너덜너덜 늘어져 있는 실밥들을 제거했다.

강제징용

1944년 9월.

검정 양복 차림으로 영박이 안방 미닫이문을 열고 대청으로 나왔다.

"무사 경 상 이시니?"(왜 그렇게 서 있는 거냐?)

대청마루에 서서 아버지가 나오기를 기다리고 있던 작은아들 세주를 보고는 영박이 지나가듯이 말을 건네며 벽장 옷걸이에 걸려 있는 도리우치를 집어 썼다.

"아부지, 아부지가 무사 꼭 신엄리 일에 나서사 헙니까? 신엄리에도 구장이 싯지 않우꽈?"

"그 말 허젠 날 기다려시냐?"

영박은 도리우치를 똑바로 쓰기 위해 챙을 잡고 상하좌우로 움직였다.

"예."

아방이 서둘러 나가려는 기색을 알아차린 세주는 가급적 짧게 대답했다.

"느가 무신걸 안다고 그러냐? 나가 다 생각이 이성 나서는 거다."

구엄리 구장인 아방이 신엄리 강제징용에 앞장서려 한다는 소문을 마을 청년들에게서 들은 작은아들 서주의 시비를 영박은 무시로 대했다.

"아부지, 신엄리 공출에 앞장선 것만으로도 원성이 자자허우다. 장차 뒷감당얼 어떵 허젠?"

"장차 뒷감당? 세상 경(그렇게) 쉽게 뒤집어지는 거 아니다. 나 걱정 말앙 느 앞일이나 즈정허라."

"아덜이 어지 아방 즈정얼 안 해집니까?"

세주는 쉽게 물러서지 않았다.

"느가 나럴 걱정헌다고? 느영 느 삼촌, 마사히로영 어떵 경 똑 닮아시냐? 나가 허는 일이 몬딱 문가네의 장래럴 위헤연 허는 일이거늘, 너넨 호꼼이라도 돕기는커녕 매사에 딴지럴 걸고 나섬시니? 도와달렌 말 안 허커매 더 이상 방해만이라도 허지 말라 이."

영박은 이참에 동생 정박과 작은아들을 싸잡아 원망했다.

"아부지, 정 가시젠 허믄 갑서. 단 한 가지만 부락허쿠다."

"느가 나안티 부탁얼? 골아 보라."

평소 아방이 요구하는 대로 진로를 결정하지도 않고 같은 집에 살면서도 아방 코기를 소 닭 보듯 해온 아들의 입에서 부탁이라는 표현이 나오자 영박은 구가 확 뜨였다. 의외이기도 했고, 잘만 하면 아들을 상대로 채권자의 위치를 거듭 굳힐 수 있는 기회가 왔기 때문이었다.

"신엄리 율이 말이우다."

"율이? 율이렌 허민 길건이 아시(동생), 김율이 말허는 거냐?"

"맞수다."

"김율이럴?"

말꼬리가 올라가는 영박의 턱도 삐딱하게 올라갔다.

"율이넌 징용에서 빼줍서 예."

"김율이넌 무사?"

"김건이가 학도병으로 참전하지 않앗수꽈? 큰아덜이 징병나가신디, 작은아덜까장 강제징용뒈불민 그 집언 어떵 뒈쿠과? 더구나 김건이가 떠난지 얼마 뒈지도 않앗수다 예."

"김건이가 느 동무라나서 경허는 거냐?"

"동무도 동무지난 그 집 부모가 불쌍핸 허는 말이우다."

"생각하기 나름인 거다. 두 아돌이 천황을 위헤연 학도병이영 전시노무자영 나서는 건 가문의 영광 아니냐?"

"아부지도 두 아덜얼 둔 부모 아니꽈? 입장얼 바꾕 생각해봅서 예."

"기? 너 말 잘햇다. 너도 알다시피 나가 너 부모라서, 너가 나의 아돌이라서 나가 느럴 징용에서 빼준 거다. 것이(그게) 거저 뒈넌 일이 아니다. 나의 아돌 빼는 것도 쉬운 일이 아닌디, 어떵 남의 아돌까장 챙기렌 말이냐? 게고, 말 나온 김에 느넌 앞으로 동네 사름덜 보는 디서 다리 호끔 절고 다니거라. 특히 왜 순사 앞에서. 너 어려서 소아마비 앓아낫는데 요즘 부쩍 상태가 좋지 않던 이유럴 대고 징병 뺀 것이난. 말이 잠잠해질 때까장 절름발이 연극이라도 허멍 다녀사 헌다."

이 대목에서 세주는 그만 말문이 막히고 말았다. 세주가 아방 배경

덕에 강제징용에서 빠져나온 대신 아방은 그에게 무한 채귈자가 되었고, 그는 아방에게 무한 채무자가 되었다. 세주가 멍하니 서 있는 동안 영박은 마당을 가로질러 대문을 빠져나갔다. 세주는 곧바로 대문을 나가 아방의 뒤를 밟았다. 영박은 길게 휘어진 올레를 빠져나가 일주서로 큰길에서 신엄리로 향했다. 남의 마을 일에 나서다보니 수행하거나 길잡이 하는 청년도 없었다.

'흐음. 보나마나 신엄지서더레(신엄지서로) 가는 겁주. 그듸서 왜 순사영, 애월면 서기영, 게고 일본 본토에서 건너완 어느 기업 책임자영 합류헐거다. 미쓰비시? 미쓰이? 아니면 일콘제철? 신엄마을얼 집집마다 훑어대며 이 잡듯이 젊은이덜얼 찾아낭 끌엉갈거라.'

아방이 어느 쪽으로 가는지를 확인한 세주는 집으로 돌아와 서둘러 가방을 챙겨 다시 대문을 나섰다.

왜 순사와 일본기업 관계자가 기다리고 있는 신엄지서로 가기 전에 우선 면 서기를 구워삶기 위하여 영박은 일찌감치 애월면사무소로 갔다.

"신엄이영 하귀영 물이 안 좋은 말(마을) 아니우꽈? 게니 가가호호 불순헌 것덜 피 뽑듯이 그 자리에서 바로 뽑앙 바로 트럭에 실엉 보내사 허우다. 통지서 브냉 어디루 모여린 허민 맹둥이처럼 기레저레 튀는 것덜 하영 이시난게."

"하귀가 기가 센 말이렌 건 애월뿐만 아니라 제주에서도 다 암신 사실이주만, 신엄도 경허덴 이야긴 첨 듣소."

영박의 주장에 면 서기는 반은 동의하면서도 반은 의문을 표시했다.

"애월에서 신엄언 하귀 다음 가는 요주의 말이 될 거우다. 먹물 한 방울이 맑은 물 한 그릇얼 흐려놓는 건 순간이우다. 더구나 빨강물이 사름 머릿속으로 들어가불민 먹물보다 훨씬 잘 번지는 법이난 게."

"알기 쉽게 설명해줍서. 먹물인지 빨강물인지 아는 대로 이름얼 말해줍서."

"나가 암신(알고 있는) 확실헌 조선인 딱 하나만 찍엉 골암지쿠다."

"섬 사름이 몬딱 조선인인데 굳이 조선인이렌 허는 이유가 이수꽈?"

"어허, 말 조심헙서. 누게 들엄수다. 우린 몬딱 일본신민 아니우꽈?"

영박은 깜짝 놀라는 표정으로 검지를 세워 자신의 입술에 갖다댔다.

"크음. 게믄 그 조선인이렌 자가 누게라?"

면 서기는 떨떠름한 표정으로 영박의 주장에 긍정도 부정도 하지 않고 결론을 요구했다.

"장을수. 창씨개명도 허지 않은 자이우다. 장을수."

"아, 장을수. 그가 창씨개명얼 허지 않앗덴 건 나도 암신디. 경헌디(하지만) 건 그자의 주체성이랄카 자존심이랄카 허는 문제이지, 굳이 먹물이영 빨강물이영 헐 문제는 아니지 않수꽈?"

"진짜 빨간 자는 겉으로 빨강색깔을 드러내지 않는 법이우다. 민족이영 주체성이영 허명 때로는 노랑색, 때로는 파랑색얼 보이는 법이주. 첨에넌 노랑이영 파랑이영 허다가 점점 빨강으로 가기도 허고. 해서 새끼 빨강은 사과, 설익은 빨강은 토마토, 빨강의 으뜸은 껍질 단단허고 겉이 뜨런 수박이렌 말도 잇잖수과?"

"허허, 재미 이신 비유다게. 게믄 어떵 허믄 좋을 거라? 곧 출발해사 헐 건디."

시간이 촉박하니 결론만 간단하게 말해달라는 면 서기의 뜻이었다.

"첨에 골은 대로(말한 대로) 트럭얼 탕 마을얼 돌멍 징용자덜얼 바로 바로 태웡 면사무소로 돌아왕 점검허그네 읍내 산지항으로 보내는 거우다."

신바람이 난 영박은 한숨에 목적지를 향해 달려가며 마침표를 찍었다.

"알앗수다. 마침 면예 놀암신(쉬고 있는) 트럭도 잇어난게."

"お巡りさん、こんにちは。"(순사님, 안녕하세요?)

"お巡りさん、こんにちは。"(순사님, 안녕하세요?)

면 서기가 앞서고 영박이 뒤를 따라 신엄지서로 들어서며 기다리고 있던 왜 순사에게 아침 인사를 건넸다.

"いらっしゃい。いらっしゃい。"(어서 오시오.)

왜 순사도 자리에서 일어나 어서 오라는 인사를 거듭하며 두 사람의 인사에 화답하자 곁에 있던 자가 함께 일어나 목례하였다.

"始めまして、阿部です。三菱中工業から参りました。"

(처음 뵙겠습니다. 저는 아베라고 합니다. 미쓰비시중공업에서 왔습니

다.)

목례했던 자는 자신을 소개하며 일본인들의 인사 습관대로 허리를 바짝 구부렸다. 그는 팔뚝에 三菱(미쓰비시) 상호가 찍혀 있는 완장을 차고 있었다. 일본 정부로부터 징용을 위탁받은 민간기업 '미쓰비시중공업' 관계자였다. 그는 위아래 말쑥한 검정색 양복 차림에 의도적으로 일장기를 상기시키려는 듯 붉은 단색 넥타이를 매고 있었다. 콧수염이나 구레나룻을 기르지 않고, 두 귀가 다 보이게끔 양옆을 바싹 깎아 올리고 가르마를 단정하게 한쪽으로 탄 두발 모양은 서양화 물결을 탄 전형적인 도시형 사무원의 모습이었다.

"始めまして。"(처음 뵙겠습니다.)

"하지메마시떼."

면 서기와 영박도 고개를 숙이며 첫인사말로 화답했다.

"はい、よろしくお願いします。"(네, 잘 부탁합니다.)

'미쓰비시'는 또 한 번 허리를 숙이며 인사를 마무리했다.

"ちょっと外で。"(잠깐 밖으로.)

"うんうん。"

면 서기가 왜 순사에게 잠깐 밖으로 나가자고 권유하자 왜 순사가 잠시 어정쩡한 자세를 취하다가 따라 나갔다. 유리문 바깥에 서서 면 서기가 손가락으로 트럭을 가리키며 뭔가를 한참 설명하고 왜 순사는 연신 고개를 끄덕였다.

"出発しましょ。"(출발합시다.)

밖에서 대화를 마친 두 사람이 들어오면서 면 서기가 출발을 알렸다.

"いっしょに行こう。"(함께 가자.)

왜 순사가 지서 입구 탁자에 앉아있던 조선인 순사보를 향해 지시를 내렸다. 다른 마을 징용 통지 순행 때에 비해 일행의 숫자는 구엄리 구장, 순사보, 트럭 운전사가 보태져 두세 배로 늘어났다.

신엄리 중산간지대 올레를 이리 돌고 저리 돌면서 트럭 짐칸에 징용 대상자들이 하나둘 늘어나더니 머릿수가 스물을 훌쩍 넘어섰다. 그들의 눈은 하나같이 자신들의 집을, 아니 어멍이 통곡으로 배웅하던 자리를 향해 있었다. 징용 통지와 동시에 강제연행을 하다 보니 더러는 체념하듯이 순순히 트럭에 오르는 자도 있긴 했으나 대부분은 가족들의 반발이 잇달았다. 특히 징용 당사자보다도 어멍과 아방, 그중에서도 어멍 쪽의 반발이 거셌다.

아방들은 칼을 찬 왜 순사에 지레 겁을 먹고 면 서기에게 단 하루만이라도 아들과 함께 지내게 해달라고 사정하거나 읍소하는 편이었다. 그러나 어멍 쪽은 달랐다. 어멍들은 아들의 강제 연행을 통지받는 즉시 한결같이 마당에서 일행들의 진입을 막아섰고, 순사의 명령을 받은 조선인 순사보가 아들의 팔을 잡아끌면 "마우다 마우다(안 돼 안 돼)"하며 순사보의 팔을 잡아치거나 심지어는 신사보나 면 서기의 멱살을 잡고 "이 천벌얼 받얼 넘덜아. 왜넘의 앞잡이털아"하며 실랑이를 벌였다. 칼 앞에서 맨몸으로 몸부림치고 저항하며 아들을 뺏기지 않으려는 어멍들은 죽음을 향해 돌진하는 사생결단의 화신들이었다.

그러나 결국에는 억센 사내들의 완력을 이겨내지 못하고 아들을 내어줄 수밖에 없었다. 어멍은 떠나가는 아들이 움직이는 길을 따라 올레를 나왔다. 한길에 털퍼덕 주저앉아서는 멀어져가는 트럭 뒤 꽁무니를 바라보며 땅을 치고 흙을 움켜쥐었다. 구름 한 점 없이 맑은 가을, 아직은 어멍의 사랑을 더 받으며 커야 할 십대 후반 소년들을 실은 트럭이 흙먼지를 뒤로 내뿜으며 중산간 한길을 거슬러 올라가면, 하염없이 바라보던 어멍들의 무너진 눈물샘에서 피눈물이 쏟아져 흘렀다. 피눈물과 흙먼지에 가려 흐릿해져 가는 아들의 형상이 시야에서 완전히 사라진 뒤에도 신엄의 어멍들이 빈 하늘을 향해 쏟아내는 서러운 통곡 소리가 극락오름을 넘고 어승생악을 돌아 백록의 벽에 부딪혀 메아리쳤다.

"가네우미 지로!"
 올레 입구에 세워진 트럭에서 내려 올레로 들어가면서 면 서기는 징용자 대상 명부를 들여다보고는 다시 한번 이름을 확인하고 소리 내어 읽었다. 트럭에 탄 강제연행자들이 많아지다 보니 만약의 경우를 대비하여 왜 순사와 순사보, '미쓰비시', 트럭 운전사는 트럭을 지키기로 하고 면 서기와 문영박 둘이서만 움직였다.
 "옛 조선식 이름은 김율. 김해 김씨 본관얼 땅 성얼 가네우미로 바꿧수다. 둘째 아돌이다 보난 이름얼 차랑이렌 한 거우다."
 면 서기의 옆을 동행하던 영박이 나름 안다는 듯이 조선말로 해석하고 나섰다.
 "게메마씨. 경허긴 헌데 허면 장남은?"
 면 서기가 자연스럽게 동의해주면서 기왕에 장남의 이름과 거취가 궁금하기도 하여 또다시 징용자 명부를 뒤적거렸다.

"큰아돌언 '일랑', '이찌로'고 옛 조선식 이름은 김건이우다. 얼마 전 학도병으로 징병뒈던 부산 거쳐 일본더레 갓수다."

영박이 한 번 더 자신의 정보력을 과시하고 나섰다.

"아, 기억나우다. 한 달도 안 뒈어시난. 부산고등수산학교 학생."

"맞수다."

"겐디 문 구장은 어떵 그리도 신엄리 사정얼 속속덜이 암수꽈?"

"구엄이영 신엄이영 서로 이웃마을이그, 다 애월 아니꽈?'

"나가 명색이 면 서기 면서도 경허게년 속속덜이 몰랑 서류럴 확인해사 허는디. 문 구장이 애월면 서기 맡아사 허키여."

"허허. 어쩌다 알아진 지식 쪼가리 호나로 놈(남)의 자리 엿볼 생각 엇수다. 구엄리 구장 일만 해도 벅차난게."

두 사람은 율의 집 입구 올레목을 지나 마당으로 향했다.

"자. 나가 일얼 볼커데 문 구장은 무슨 일이 발생허믄 즉시 달려나강 왜 순사 일행신디 얄립서."

"알앗수다."

둘이 정낭* 안으로 들어서자 마당 안에서는 일가족이 안거리(안채) 초가의 지붕 작업을 하느라 분주했다.

"아버님, 잡아댕겨 ᄌ왕**에 걸엉 묶읍서게."

한 사내가 등을 진 차 지붕을 새로 덮은 그믄사(띠풀) 더미 위에 서

---

* 문짝이 없는 제주도식 마당 정문.
** 제주 초가집 띠풀 지붕이 바람에 날아가지 않도록 엮어 매는 사 끼를 묶기 위하여 처마 끝 바로 밑에 가로로 설치해 놓은 나무.

서 집줄*을 지붕 너머 저쪽으로 던졌다.

"묶어시네."

지붕 너머에서 장년 남성의 목소리가 들려왔다.

"율아, 잡아댕겨 거왕에 걸엉 묶게."

지붕 위에 올라 있는 사내가 뒤돌 돌아 집줄의 반대쪽 끝을 앞마당 아래로 던졌다. 그러자 율이로 보이는 소년이 지붕 아래로 늘어져 있는 집줄을 잡아 거왕에 걸어 몇 바퀴 감더니 매듭짓기 시작했다.

"세주야–!"

영박이 지붕 위를 향하여 큰 소리로 이름을 불렀다. 모든 사람들이 놀라 움직임을 멈추었다.

"……"

지붕 위에 있던 사내가 허리를 펴고 영박을 침묵으로 응시했다. 면 서기가 이게 무슨 경우냐는 듯이 영박과 지붕 위를 번갈아 보았다. 거왕에 집줄을 감아 매듭을 짓던 율이의 손이 멈추었다. 부엌에서는 어멍이 뛰쳐나오고, 지붕 너머에 있던 아방이 안거리 벽을 돌아 앞마당으로 나타났다. 면 서기와 이웃마을 악명 높은 문영박 구장의 출현으로 앞마당에는 순식간에 냉기가 돌았다.

"세주 느넌 이 아방 말소리가 들리지 안 햄시냐(않느냐)?"

"괸당 어른 펜안협데가?"

지붕 위의 세주는 아방을 무시하고 면 서기를 향해 가볍게 고개를 숙여 인사말을 건넸다.

---

* 지붕을 덮은 띠풀이 바람에 날아가지 않도록 묶어주는 새끼줄.

"문 구장 아들이우꽈?"

면 서기는 세주의 인사에 반향을 하지 않고 영박을 쳐다보았다.

"경험수다."

'쿵!'

세주는 지붕 처마에 받쳐 있는 사다리를 이용해 내려오지 않고 지붕에서 곧바로 마당으로 뛰어내렸다. 모두에게 위태로움과 위압감을 느끼게 할 정도로 세주가 뛰어내리는 모습은 매우 거침이 없고 거칠었다.

"느 이제 뭐허는 거냐?"

여러 사람들 앞에서 아들에게 무시당한 영박의 언성이 높아졌다.

"우리 아시(동생) 김율이 징용이우꽈?"

세주는 면 서기에게 다가가 다짜고짜 물었다. 이번에도 아방의 말은 들은 척 만 척했다.

"경험수다. 가네우미 지로."

면 서기도 세주를 바라보지 않고 율을 바라보며 대답했다. 율이 집줄 매듭을 후다닥 마므리짓고는 면 서기 쪽으로 걸어왔다. 미동도 하지 않고 서 있던 아방과 어멍도 다가왔다. 두 사람은 각각 양손을 모아 가슴께에 붙이고 있었다.

"가네우미 지로. 국가총동원령에 따라 산업조사로 소집함. 이제 바로 동원함이네(지금 바로 동원하는 것이네). 짐 챙겨 나오게."

면 서기는 징용령서*를 건네며 율에게 집안으로 들어갔다 나오라

---

* 징용영장.

는 손짓을 했다.

"뭐옌?"

세주와 아방과 어멍의 입에서 똑같은 반응이 동시에 터져 나왔다.

"아니 영헌 경우가 어디 이수꽝? 강제징용도 억울한데, 통지럴 해시믄 최소한 메칠언 준비헐 시간얼 줘사 허지 않수꽈?"

세주가 면 서기에게 따지고 나섰다.

"이 집의(집에) 사시오?"

니가 뭔데 나서냐는 면 서기의 추궁이었다.

"율이와넌 의성제 사이우다예."

"친족이 아니믄 나서지 말게."

"나의 이웃, 나의 동포 일이믄 마땅히 나서사 마땅허우다. 더구나 나의 의성제가 부당하게 대우럴 받는 일에 어떵 쳐다보고만 이십니카?"

"허허. 거참. 나의 이웃, 나의 동포라. 봅서. 문 구장 아돌이 독립투사라낫서?"

면 서기는 문 구장을 쳐다보며 당신 아들은 당신이 책임지라는 투로 공을 넘겼다.

"나의 성제 지키젠 독립투사 되는 거민 골백번 죽엇다 다시 태어나도 독립투사 뒈쿠다."

세주는 아방 영박이 끼어들 틈을 주지 않고 면 서기를 되받아쳤다.

"문 구장은 아돌얼 아주 훌륭하게 키웟수다. 부럽수다."

면 서기는 세주의 말을 비꼬며 여전히 영박을 바라보았다. 어서 나서지 않고 뭐하냐는 뜻이었다.

"세주야. 느가 나설 자리가 아니다. 물러서라. 혼저−."

"아부지. 이듸는 신읃리 아니꽈? 무사 구엄리 구장이 신엄리 일에 나서는 거우꽈?"

세주는 아투지야말로 나설 자리가 아니라며 여러 사람 앞에서 부친의 체면을 등개버렸다.

"허허. 점입가경일세. 이봅서. 구장 아들. 나가 딱 한마디만 허쿠다. 징용통지서 주면서 무사 그 자리에서 동원하는지넌 나보담도 그듸 아방신디 물어보게. 오널만큼은 애월에서 문 구장이 실세이난게. 난 잠시 나강 또시 올크매. 구엄리 구장 실세영 독립투사 아돌이영 둘이서 잘 해결해봅서."

세주가 난처해하는 아방 영박을 쳐다보는 동안, 면 서기는 어이없어하는 세주를 쳐다보면서 몸을 돌렸다.

"날봅서. 잠깐 나 호꼼 봅서."

율의 아방 김막이 마당을 빠져나가려는 면 서기 쪽으로 달려가서는 그의 팔을 콕잡았다.

"나, 가네우미 지로 아방, 김막이우다예."

몇 걸음 안 되는 거리를 달려온 김막의 목소리는 떨렸고 말라붙은 입술 밖으로 거친 숨소리가 흘러나왔다.

"뭐으꽈? 골아봅서."

한쪽 팔뚝을 잡힌 상태에서도 면 서기는 계속 걸어가며 나름 점잖게 반응했다.

"우리집 큰아돌 기억낙수과? 두어 달 전에 학드병으로 일본에 간 김건이말이우다예."

막은 면 서기에 바싹 붙어 함께 걸어가면서도 면 서기의 팔을 살짝살짝 뒤로 끌어 걸음 속도를 늦추고자 했다.

"아- 기억나우다. 가네우미 이치로."

면 서기는 굳이 막의 손을 뿌리치려 하지 않았고, 막의 의지에 맞추어 걸음 속도도 늦추었다.

"아-. 기억해주언 고맙수다게. 큰아돌도 어신디 족은아돌까장 징용 보내는 부모 마음얼 알앙줍서예."

"건 나도 알암수다. 나도 자식이 시난."

"우리 율이, 메칠만이라도 더 집의(집에) 잇당 가게 해줍서. 한 번이라도 배 뽕그랭이(부르게) 멕이곡, 옷도 해 입히곡, 지붕이영 밧담이영 해사 헐 일도 잇곡. 무사 다른 말(마을)덜언 통지서 완 메칠 후에 떠나낫지 않햇수과?"

"나도 경 호구정 호연(그렇게 하고 싶지만) 나 뜻대로 뒈는 게 아니라노난게."

"게믄 어떵 해사 허쿠꽈?"

"면 서기가 무슨 심이 이쑤과? 나 위에 순사도 싯곡(있고), 그 위에넌 저듸 육지에 이신 총독도 싯곡, 그 위에 더 힘 씬 일본사름덜이 바다 건넝 맙수다."

두 사람의 몇 마디가 오가는 동안 둘은 올레를 벗어나 한길까지 나왔다.

"어엇."

한길에 서 있는 트럭 위에 가득 탄 젊은이들과 그 주변을 지키고 있는 왜 순사 일행을 목격하는 순간 막은 숨이 탁 막혔다. 망연자실한 그는 입을 다물지 못하고 자포자기한 상태가 되어 붙잡고 있던 면 서기의 팔뚝을 놓아버렸다.
"お巡りさん。はいりましょう。"(순사님, 들어갑시다.)
면 서기가 왜 순사를 부르고는 순사보를 지목하며 들어가자는 수신호를 보냈다. 왜 순사가 순사보에게 턱짓으로 들어가 보라는 지시를 했다.
"날 원망허지 맙서."
면 서기는 돌처럼 굳어 있는 막에게 한 마디를 던지고는 다시 올레 안으로 들어섰다. 순사보가 성큼성큼 그 뒤를 따르고, 막이 터덜터덜 그 뒤를 따랐다.
"느 이 아방헌티 대들젠 햄나?"
영박은 다짜고짜 아버지의 권위를 앞세워 세주를 몰았다.
"아부지, 이 아돌이 두사 아부지의 뜻얼 거슬리젠 허쿠과? 그런 아돌이 아니렌 건 아방도 잘 알지 않함수과?"
세주의 수그러드는 태도에 일단 영박도 숨을 골랐다.
"느 나 허는 일 막젠 역부로(일부러) 미리 이드 온 거 아니냐?"
"것도 아니으다마씸. 단지 율이가 집의 이신 동안에 집안 일 고치거들젠 헤연 온 거우다예. 건이도 엇지 않허꽈?"
"게믄 일이나 도울 것이지 무사 징용 동원얼 가로막으네 나섬시냐?"
"징용통보서만 주고 가시믄 무사 나가 나서쿠과예? 나라가 당장 숨이 넘어감신 것도 아닌디 어떵 부모 자식간에 작별 인사헐 틈도 주지 않허영 마른 밧티(밭에) 피 뽑듯이 잡아채 가젠 햄이꽈?"

강제징용 165

"다 위에서 내려온 방침이다. 비상시국에 일일이 다 설명하멍 어떵 전쟁얼 치루쿠냐?"

"아까 면 서기가 헌 말은 무슨 말이꽈? 오널 강제동원하는 거 아부지 뜻 아니우꽈?"

"세주야!"

말문이 막힌 영박의 언성이 다시 높아졌다.

"가네마루 지로. 출발헐 준비 다 뒈시냐?"

면 서기가 순사보를 대동하고 마당으로 들어서고, 어깨가 축 쳐진 막이 그 뒤를 따라 들어왔다.

"너무 허우다. 촘말로 너무 허우다."

율의 어멍이 면 서기와 순사보 앞을 가로막고 나섰다.

"호꼼 기다립서양."

율이 휴대품을 챙기러 밖거리(바깥채) 상방(마루)으로 올라섰다.

"시간 엇수다. 서두르라(서둘러)."

순사보가 재촉했다.

"아부지, 말 골아줍서(이야기해 주십시오)."

세주는 면 서기가 대동하고 들어선 순사보의 출현과 율 어멍의 절규에 아랑곳하지 않고 영박을 집요하게 추궁했다.

"집의 강 이야기허도록 허자."

영박이 궁여지책으로 아들에게 타협안을 제시했다.

"알앗수다."

새로운 상황이 전개되면서 평소 완강한 영박이 물러서는 자세를 취하자 세주도 일단 봉합하는 선에서 물러났다.

"율아-."

보따리를 들고 마루에서 마당으로 내려서는 작은아들을 향해 어멍이 뛰어갔다.

"율아-."

어멍의 목소리가 가늘게 떨렸다.

"어멍이영 아방이영 아무 걱정 말앙 잘 견디거라. 몸만 아무 탈이 어시믄 사름언 어느제 어디서나 살아지난게(살게 되니까). 느 성도 경 지낼 거다. 이거 챙기거라. 목도리, 장갑, 귀마개여. 느가 일본 어디 탄광이영 광산이영 ᄀᆞ게 뒈믄 그듸는 산이 높은 듸라 몹시 추울 거여. 추운 듸서 살아도 속옷언 매일 갈앙 입어사 뒈. 이거 양말. 혹시 남양군도로 가게 뒈믄 그곳언 몹시 더웡 땀이 허영 날 거다. 이제랑 속옷이영 양말이영 니 손으로 빨앙 입고 신어사 헌다. 어멍 곧는 말 알앙들엇지 이?"

어멍은 아들의 얼굴을 쓰다듬었다. ᄋᆞ마며 뺨이며 턱이며. 그리고 자신보다 더 덩치가 커진 아들을 비둘기 같은 품에 감싸 안았다.

"엄니, 알앗수다."

이제껏 엄마라고 부르던 율의 입에서 처음으르 '엄니'라는 표현이 나왔다. 슬하의 아이가 장성한 아들로 변신하는 순간이었다.

"기여. 장한 나의 족은아덜아. 이제랑 가라(가거라). 헌저 가라. 헌저."

어멍은 아들을 안고 있던 팔을 풀었다.

"아부지, 갓다 오쿠다 예."

잠자코 옆을 지키고만 있던 막에게 율이 작별의 인사를 했다.

"갓다 오라(오거라) 우리 아돌. 우리 아돌. 이 아방이 느 성이영 느영 지켜주지 못헤연 미안허다. 우리 족은아돌."

면 서기와 순사보가 앞장서고 그 뒤를 율이 어멍의 손을 잡고 나란히 올레를 빠져나갔다. 그리고 그 뒤를 아방 김막이, 그 뒤를 세주가 따랐다.

'부르릉'

트럭에 시동 거는 소리가 들려왔다.

"율아, 이거 가졍 가라(가지고 가거라)."

율이 트럭 짐칸에 오르기 전에 세주가 한가운데 파랑새를 수놓은 색동문양 복주머니를 건넸다.

"세주성, 고맙수다. 건이성이영 나영 어신 동안에 울 어멍, 울 아방……"

율이 말을 다 마치지 못하고 울먹였다. 눈물 한 줄기가 볼을 타고 주르르 흘러내렸다.

"율아, 소나이가 울민 안 뒈주. 이드는 저슬지 말고(걱정 말고). 느 몸 호나(하나)만 잘 건사하끔 뒈난. 반드시 건강한 몸으로 돌아와사 헌다."

"출발!"

면 서기가 출발을 재촉했다. 율이 트럭 난간을 잡자, 세주가 뒤에서 엉덩이를 받쳐주었다.

"율아-!"

어멍이 울음소리를 가슴 깊이 감추며 아돌의 이름을 불렀다. 짐칸에 타고 있던 청년 하나가 율의 팔을 잡아당겨 올렸다.

"율아-!"

트럭에 오르고 뒤를 돌아보는 율의 눈이 어멍과 마주쳤다.

"율아-!"

트럭이 출발하며 잠시 흔들렸다. 지지대 없이 서 있던 갈옷 차림의 율도 몸의 중심을 잡으려 애쓰며 흔들렸다. 트럭이 속도를 내며 달렸다. 바퀴들이 휩쓸고 지나간 한길을 따라 바람과 흙먼지가 몰려와 올레 입구와 마중 나온 세 사람을 뒤덮었다.

"마우다-(안 돼-). 마우다-(안 돼-). 율아-."

흙먼지 속으로 사라진 율을 부르던 어멍은 무릎이 꺾이며 그대로 한길에 주저앉았다.

"건아-! 율아-!"

행여 먼 길 떠나는 아들의 마음이 무거워질까 하여 참고 참으며 가슴 깊이 묻어두었던 어멍의 절규가 터져 나왔다. 울음소리가 흙먼지를 뚫고 나와 두 아들의 손때가 묻은 올레담으로 파고들고, 발길이 닿았던 한길로 퍼지다가는 구름 한 점 없는 하늘로 산산이 흩어져갔다.

"건아-! 율아-!"

바람이 멎자 흙먼지를 뒤집어쓴 세 사람의 모습이 형체를 드러냈다. 주저앉아 고개를 떨구고 흐느끼는 어멍. 그 어멍 곁에 하염없이 서 있는 아방, 막. 트럭이 사라진 한길의 굽은 지점을 응시하는 세주.

"봅서. 어멍. 이제 들엉갑서(들어갑시다)."

막이 어멍의 등을 토닥였다. 어멍의 등에서 흙먼지가 일었다.

"율아-! 건아-!"

어멍의 소리가 점차 잦아들었다.

"어멍, 이제 고만 들엉갑서."

옆에 서서 지켜만 보던 막이 어멍을 일으키려 그녀의 겨드랑이에 손을 넣었다.

"나 내불엉둡서. 내불엉둡서."

막의 팔을 뿌리치는 어멍의 목소리가 다시 커졌다.

"이 사름, 이 뚜레닮은(바보 같은) 사름, 이 쏘나이, 이 아바-앙, 큰 아돌 빼앗안 가곡, 또시 족은아돌 빼앗앙 가는디 아방언 무사 경 상 이수과(왜 그렇게 서 있습니까)? 무사 경 상 이수과?"

어멍은 지슬(감자) 반쪽 같은 주먹날로 어쩔 줄 몰라 하며 서 있는 막의 허벅지를 콩콩 쳐대고 절규하며 한사코 일어설 줄 몰랐다.

벼랑 끝

'이 올레럴 나가민 이제 장을수 차례다.'

신엄리가 자신의 척임 구역이 아님에도 문영확이 굳이 그곳 강제징용 차출에 참여코자 한 이유는 바로 장을수 때문이었다. 을수가 화단에서 피 뽑히듯이 뽑혀 나가는 광경을 직접 목도하고 싶었기 때문이었다. 을수가 트럭에 실릴 때 왜 순사와 일본 기업 척임자에게 일러바칠 말도 미리 준비해놓았다.

'장을수 저 자는 아직 창씨개명도 하지 않은 자요. 일본제국에 철저한 반감을 갖고 있는 극렬분자요. 대학물도 안 먹은 자가 제법 빨간 물도 들었고. 징용 갔다 다시 돌아오면 언젠가 반드시 문제를 일으킬 요주의인물이라 말이요. 그러니 남양군도 전선의 공사장 노무자로 보내거나 규슈 탄광, 홋카이도 탄광으로 보내시오. 만의 하나 살아서 돌아오더라도 가혹한 노동의 후유증으로 온전치 못한 몸으로 돌아오도록 말이요. 징용자 목록에도 별도로 기록해 둘 필요가 있지 않겠소?'

생각만 해도 온몸이 절로 오그라들었다.

'흐흐흐'

강제징용자들을 태운 트럭은 마을 올레를 몇 차례 거치고 돌아가서는 을수네 초가로 들어가는 올레 입구에서 멈췄다. 을수네 초가는 길가에 접한 올렛거리여서 골목은 좁고 짧아 거의 직선이나 다를 바 없었다. 이번에는 면 서기와 문영박과 왜 순사 셋이 을수네 집으로 향했다. 장을수란 자의 됨됨이를 셋 다 익히 알고 있는지라 왜 순사가 필히 동참해야 했다.

'변변치 못한 올레에다 반은 길바닥에서 사는 넘이 아주 시건방지단 말여. 사는 꼬라지년 나의 머슴덜만도 못한 것이.'

원수 같은 놈이 소 도살장 끌려가듯이 트럭에 실려 갈 모습이 떠오르자 영박의 온몸에 짜릿한 쾌감이 퍼졌다. 올레목에 다다라 을수네 초가가 보이기 시작하자 영박은 가슴이 쿵쿵 뛰기 시작했다.

"장을수!"

마당에 들어서며 면 서기가 장을수를 불렀다.

"……"

"이봅서. 아무도 엇수과?"

"……"

아무런 인기척이 없다.

'콩! 콩!'

면 서기가 주먹을 쥔 검지와 중지의 둘째 마디로 밖거리(바깥채) 마룻바닥을 두드렸다.

"누게고?"

마당 안쪽에 위치한 안거리(안채)에서 들려나오는 을수어멍의 건조한 목소리였다.

"이디 나와 봅서. 면에서 나왓수다."

면 서기는 마당 안쪽으로 질러 안거리 마루 앞으로 갔다.

"면에서 무사?"

을수어멍은 계속 문을 열지 않고 내다보지 않았다.

"얼굴 호꼼 보멍 이야기협주. 방문 호꼼 열어봅서."

"문 안 열어도 잘 들엄쑤다. 무슨 일꽈(무슨 일이오)?"

면 서기와 집주인이 알아들을 수 없는 조선어로 소통하는 게 불쾌했던 데다가 문전박대를 당하자 왜 순사의 눈꼬리가 치켜 올라갔다.

"장을수 징용 명령이우다."

면 서기가 안거리 문을 향해 또박또박 소리를 질렀다.

"징용? 게믄 장을수신디(한테) 직접 골읍서(말하시오)."

안방에서 흘러나오는 목소리는 여전히 평범하고도 시큰둥했다.

"장을수 어드레 갓스과?"

면 서기의 어조가 신경질적으로 변하며 말끝어 힘이 들어갔다.

"나도 모르쿠다."

"무시거?"

이번에는 듣다 못한 영박이 반응하며 나섰다.

"どうしました。"(무슨 일이요?)

잠자코 서 있던 왜 순사가 영박에게 물었다. 평소 일본어로 무난하게 소통해오기도 했던 데다가 매사에 적극적으로 움직이는 영박이 그중 편하게 느껴졌기 때문이었다.

"ジャンウルスは今いないそうです。"(지금 장을수가 없다고 합니다).

영박이 왜 순사에게 답하며 믿을 수 없다는 듯이 고개를 갸우뚱거렸다.

"何。家の中を探せ。"(뭐라고? 집안 뒤지시오!)

왜 순사의 말이 떨어지기가 무섭게 영박이 뒤를 돌아 밖거리로 향했다.

"장을수!"

영박은 밖거리 상방(마루)으로 올라서서 구들(방) 미닫이문을 홱 하니 거칠게 열었다. 도르래가 없는 미닫이문 아래가 삐꺽거리며 문지방과 마찰을 일으키자 문 아래쪽이 멈추고 위쪽이 기울며 비딱하게 멈춰 섰다. 그가 문 아랫부분을 주먹날로 탁 쳐서 기울었던 문을 바로 세우고는 재차 미닫이를 옆으로 활짝 밀었다. 구들은 비어 있었다.

"음-"

영박은 지까다비를 신은 채로 구들 안으로 들어가 고팡문을 열었다. 그곳에도 을수는 없었다. 그는 마당으로 내려서서 마당 입구 목거리*의 쉐막(외양간) 안을 살폈다. 낯선 침입자들을 경계하는 소가 옆으로 서서 고개만 돌려 커다란 눈알을 뒤룩뒤룩 굴리며 영박을 응시했다.

"음-"

영박은 다시 안거리로 향했다. 안거리 상방 옆의 부엌은 문이 없었다. 부엌 안에도 아무도 없었다. 그는 안거리를 옆으로 돌아 도새기막(노천 돼지우리)으로 들어갔다. 면 서기와 왜 순사는 영박이 자진해

---

* 마당 입구의 별채.

서 설쳐대는 움직임을 그저 지켜보고 있었다. 도새기막에 사람이 나타나자 경계심 없는 돼지 한 마리가 뒤뚱뒤뚱 뛰어와서는 뭉툭한 코를 영박의 무릎에 비벼 댔다.

"저레 갓!"

영박이 손바닥으로 돼지의 머리통을 내리쳤다.

'꾸웨액!'

돼지가 비명을 지르며 우리 안쪽으로 달아났다. 도새기막 구석에 엎드려 쉬고 있던 돼지 무리들이 모두 놀라 일어서서 영박을 응시하며 경계했다. 영박은 도새기막 입구 바로 옆에 있는 통시(재래식 변소) 안을 들여다보았다. 문이 없는 통시에서 암모니아의 독한 기운을 풍기는 똥 냄새가 영탁의 코를 찔렀다. 영박은 냄새에 신경 쓸 겨를이 없이 도새기막을 나가 안채로 향했다.

"어신디(없는데)."

영박은 무슨 결과가 나올까를 궁금해하며 그의 입만을 바라보는 일행들을 향해 신음처럼 내뱉었다.

"게믄 어떵 호카?"

면 서기가 본디 자신의 임무임에도 영박에게 답을 구했다.

"아직 더 살펴볼 디가 혼(한) 군데 남앗수다."

영박은 비감한 표정을 지었다.

"혼 군데?"

면 서기가 되물었다.

"이듸."

영박이 안거리 구들(안방) 문을 가리켰다.

벼랑 끝 175

"이듸는 여인이 거처하는 방 아니꽈?"

거북스러워하는 면 서기 질문에 영박은 대꾸도 하지 않고 지까다비를 신은 채로 상방으로 올라섰다.

"이봅서. 장을수 촘말로 이듸 엇수과?"

"누게고? 어디서 들어난 목소린디."

"문 구장이우다."

"구엄리 문 구장이 무사 또시 신엄리에 완? 요강 놋그릇 가져가젠 옵데가?"

"장을수 어디 잇소?"

"일본에 간덴 허영 나갓수다."

"일본에? 언제 떠낫수과?"

"모르쿠다. 기억 안 남쑤다."

"아돌이 집 떠난 날얼 어멍이 모른덴 말이꽈? 문 호꼼 열어봅서."

"냉바리 혼자 이신 안채가 어디렌 문 욜랜 햄수과? 저레 갑서."

"어디 병 납데가?"

"남편도 엇고, 아돌도 떠나불언 홀로 사는 냉바리가 몸이영 마음이영 성헐 턱이 이쑤과?"

을수어멍의 목소리는 시종일관 기복도 없고 속도의 변화도 없었다.

"에잇!"

참다못한 영박이 구들의 미닫이문을 열었다.

'뚜르르르르'

바닥에 도르래가 달린 문이 스르르 열렸다.

'떠엉!'

"어쿠!"

문을 열던 영박이 그 자리에서 쓰러졌다. 도리우치가 벗겨지고 뒤집힌 채로 상팡 바닥 위로 떨어졌다. 구들 안에서 날아와 그의 머리를 맞춘 놋쇠 요강이 떠엥, 소리를 내며 상방 바닥 위로 떨어져 떼구르르 구르다가는 벽에 부딪혀 멈췄다. 요강에서 흘러나온 오줌이 상방 바닥에 뒤집힌 채로 떨어져 있는 도리우치의 겊개부를 적셨다.

"아니, 이 여펜네가.'

주저앉았던 영박이 코자를 집어 꾸욱 눌러쓰고는 벌떡 일어섰다. 방 안쪽을 노겨보는 그의 눈에서 화염이 솟았다.

"여펜네? 느 말 잘핫다. 이듸가, 나가 바로 여펜네다 여펜네. 조선 오백 년 남펜네덜이, 제주의 소나이덜(사내들)이 감히 함부로 안채 안방문얼 욜당보기는커녕 얼씬거리지도, 쳐다보지도 못해낫던 여펜네. 겐디 느가 여펜네 방문얼 욜안(열어)? 지까다비릴 신더니 왜넘물이 들언? 이 상것아. 느그릇 좋아하던디 그 놋쇠 요강 가져강 느 밥그릇허라. 혼저 가정 가라."

기복이 없던 을수어멍의 목소리가 미닫이문 창호지가 떨릴 정도로 빨라지고 고조되었다. 이부자리에 누워 있던 을수어멍이 자리에 일어나 앉아 기다렸다는 듯이 문을 여는 영박을 향해 요강을 던진 것이다.

"문 구장, 디거 안 뒈쿠다. 이제 그릅서(갑시다)."

삽시간에 일어난 놀라운 광경을 바라간 보고 있던 면 서기가 영박에게 회군을 재촉했다. 그는 말을 마치자마자 뒤돌아서서 마당을 나

벼랑 끝 177

가버렸다.

"아니, 이봅서."

영박의 말이 끝나기도 전에 면 서기는 올레로 자취를 감추었다. 우군 하나 없는 영박은 그만 당황하여 마당으로 내려섰다. 마당에는 이번에도 왜 순사가 사라지고 없었기 때문이었다.

"이 순사넘, 한 번도 아니고 또시. 으음-."

영박은 이를 악 물고 마당을 나섰다.

"야이 미나미넘아, 사름 가죽 벳경 옷 해 입곡, 살얼 베엉 날로 먹곡, 꽝(뼈)얼 우령 들여싸불(마실) 넘아, 천대만대에 걸청 왜넘 개질 허멍 살앙 가라."

영박의 뒷통수에 여편네의 저주가 쏟아졌다.

'에미년이나 새끼넘이나. 에미가 저영허난(저러니) 을수넘이 에미 뱃속서 나올 때부터 대맹이(대가리)에 빨강물이 들엉 나온 거다. 전형적인 자생 빨갱이여. 자생.'

마당을 빠져나오면서부터 이내 그의 머릿속은 사라진 왜 순사와 을수의 행방으로 꽉 차 있었다.

"순사영 '미쓰비시'영 트럭이영 다 어드레 갓수과?"

올레목에서 기다리고 있는 면 서기에게 영박이 퉁명스럽게 물었다.

"나가 웃말더레(윗마을로) 먼저 강 이시렌 햇수다. 도와주젠 신엄리 까장 완 영헌(이런) 경우럴 당헤연 나가 보기에도 민망허우다. 문 구장 오널(오늘)언 운수가 사납수다. 일찍 돌아강 목욕도 하곡, 옷도 갈아입읍서. 이듸는 이제랑 나가 알앙허쿠다."

면 서기는 영박의 옷에서 풍기는 고약한 지린내를 참기가 어려웠는지 고개를 외로 돌리고 손으로 코를 막은 채로 코맹맹이 소리를 냈다. 영박이 듣기에는 남의 마을 일에 공연히 끼어들어 더 이상 말썽부리지 말고 그만 꺼지라는 뜻으로 들려 못내 불쾌했다. 작은아들 세주까지 떠올리게 하면서 오늘 운수 운운하는 것도 못마땅했다. 하지만 신엄리 일행에 끼어든 것이 본디 을수를 겨냥한 것이었다보니 비록 목적 달성은 못했어도 굳이 계속 다녀야 할 이유도 없곤 하여 고개를 끄덕였다. 그는 마을을 걸어서 내려가면서 사람들과 마주칠 경우를 대비해 도리우치 챙 끝을 잡고 위아래 좌우로 살짝살짝 움직여 고쳐 썼다. 도리우치는 그에게 멋이자 권위의 상징이었다.

'크-, 여펜네가 독허 빠젼 오줌 냄새도 찌릿찌릿허네.'

도리우치에 밴 오줌 지린내가 코를 찌르고 뇌를 찔러왔다.

'을수넘이 일본엘? 든얼 벌젠? 평소 일본얼 원수로 삼던 넘이, 개똥닭은 자존심밖에 어신 넘이 돈얼 벌젠 일본엘? 경헐 리가 엇지. 빨강물이 들긴 햇주마는 대학물도 안 먹언 넘이 사상운동허젠 도일해실 리도 엇고.'

영박은 신엄리 중산간을 터덜터덜 걸어 내려오는 동안 도리우치와 옷에서 물씬 풍기는 지린내도 잊고 왜 순사도 잊었다. 오로지 을수의 행방에만 골똘히 빠져들었다.

'촘말로 집얼 떠나신지는 애덜얼 풀엉 수소문허민 금새 알아질 거고. 겐디 촘말로 떠나시민 어드레 가신고? 손바닥 닮은 섬에 잇지년 않을 거 닮고. 혹시 육지? 육지? 기. 육지다. 육지. 겐디, 육지라면? 밀항이다, 밀항. 아니면, 놈(남)의 신분증얼 위조헤연 가정 다닐 거

다. 창씨개명얼 거부해시난 조선인 이름으로 배럴 타진 못 해실 테난.'

격리 차단 고립

"거미도 봄이 좋긴 좋은갑다. 왼갖 거미들 다 튀어나왔구마."

또 한 해가 바뀌어 긴 겨울이 지나갔다. 진주만 공습 이후 세 해를 넘긴 태평양전쟁 전선은 필리핀에서 이오지마로 오키나와로 점차 북상하며 일본 본토를 압박해 들어가고 있었다. 1945년 제주의 봄에도 심상치 않은 마파람이 휘몰아 왔다. 미군기들의 출동이 잦아졌다. 공습은 제주의 육지와 해안, 일본 해군의 수송함과 구축함, 항구와 민가를 가리지 않았다.

전쟁을 알 리 없는 거미들에게 5월은 완연한 봄이었다. 주민들이 사라진 함덕리 북촌의 빈 초가집 처마 밑, 함바집 식당 천정 구석을 가리지 않고 거미들이 인간 세계의 빈틈을 팽팽하게 파고들었다. 해안으로 접근하는 연합군 함대를 기습하고자 가이텐과 신요를 매복시키려는 해안동굴은 일본군국주의가 목숨줄을 지탱하기 위해 만드는 또 하나의 거미줄이었다.

'삐리릿! 삐리릿!'

호루라기 소리가 울려댔다. 해안 동굴 갱도 작업 속도전을 채찍질하는 일본군 병사들의 목소리도 더욱 신경질적이고 다급하게 변해

갔다.

"우리가 마 첨에 왔을 때만도 거미새끼 한 마리 없었는데. 사람 사는 집이 통째로 거미집으로 바꿔아뿟다 아이가"

"거미집이 아이라 거미마실이다. 밤이고 낮이고 소 울음소리고 개 짖는 소리고 얼라 울음소리가 안 들리는 마실이라."

"내 말이 그 말이라. 제주에는 돼야지새끼들 많다카던데 여기 와가 돼야지 울음소리 한 번 몬 들어봤으이까네."

"이케 잘 맹글어진 포구에 와 고깃배 하나 들어오질 않노? 거참 이상타 말이다."

"아무리 생각해도 우리가 여기 오기 전에 마실 사람들 몽창 딴 데로 옮겨뿐 거다."

"니 말이 맞다. 소개시켜뿐 거다. 소개."

"소개? 와?"

"우리들하고 서로 못 만나게 하려고."

"우리들하고 섬 마실 사람들하고 만나 무신 반란이라도 꾸밀까 두러벘던가베."

"그기 아이고. 마 총든 왜병놈들이 머 그기 두려벘겠노? 비밀이 새나갈까 해서 우릴 고립시켜분거다."

"내도 그런 의심이 든다카이. 왜넘들이 해안에 이런 동굴을 와 파겠노?"

"카믄 이기 군사시설이란 말이가"

"그라지. 먼가 비밀 무기를 숨카놓으려는 거다. 연합군 함정이 접근해 오머 쳐들어갈 무기 말이다."

"동굴에 숨어 있다 함정에 쳐들어갈 무기라꼬? 햐-. 그기 머까?"

"그건 내도 모르지. 아무튼 여기는 비밀 군사 동굴 기지임에 틀림없다카이. 그라이까네 비밀 새나갈까봄서 우리와 마실 사람들 접촉 몬하게 할라꼬 어디로 소개시켜뿐거다."

"그래? 그라믄 말이다. 공사가 끝나도 우리넌 집으로도 돌아 몬가는 거 아이가? 여기서 꼼짝도 몬하고 계속 붙둘려가 있어야 한단 말 아이가 말이다."

"맞다. 듣고 봉께. 햑 보자. 징용 끌려가 살아 돌아온 사람 봤나? 본 적 있나 말이다. 본 사람 있으며 누구 말 쫌 해봐라."

"……"

"맞다, 맞다. 헤이고-. 전쟁 끝날 때까지 돌아가긴 틀려뿌다."

"하면 전쟁 끝났다 해서 돌아갈 수 있겠나? 그것도 아니지 싶은데."

"그건 또 뭔 말이고?"

"전쟁 통에 우릴 그냥 내뻘어 두겠나? 그냥 가둬놓고 공짜로 밥 믹여주겠나 말이다. 이거 날라라, 저거 날라라, 부려먹지 싶은데."

"날라라 카믄 날르는 거지 머. 그기 머 힘들겠노? 그기보담도 총받이해감시로 등 떠밀까 겁난데이."

"저 직일놈덜이 우리 조선 사람한테 총 줘어주겠나? 뒤로 쏠까 의심해가 총은 절대로 안 줄끼다. 총 맞아가 자빠지고 일나지도 걷지도 못 하는 부상병들 들어옮기는 일이나 시킬랑가?"

"에혀. 씨부럴. 아무캐도 살아 돌아가기는 틀렸는갑다. 이래도 죽고 저래도 죽을낀데 져놈들 좋은 일만 해주다 즉느니 바다 속에 팍

격리 차단 고립 183

뛰어들자 마. 물고기들한테 몸 보시나 하꾸마."

"기왕 죽는 거 곡괭이로 저넘들 등짝이나 콱 찍어 한 놈이라도 쥑여뿔고 죽는 게 안 낫겠나?"

'쾅! 쾅!'

함바집 바깥에서 발과음이 들려왔다.

"아이, 벌써 작업 시간이가? 오늘은 와 이리 팍팍하노?"

'삐리리리리!'

어깨에 99식 소총을 멘 일본 병사 둘이 거칠게 문을 열고 함바집 안으로 들어서서는 호루라기를 불어댔다. 그들은 광대처럼 작달막한 키에 바짝 눌러 쓴 군모, 깃을 빳빳하게 바짝 세운 황토빛 군복 차림이었다. 목 호크를 바짝 채우고 따각따각 걷는 목각인형들의 걸음걸이에서는 우스꽝스러운 거드름이 배어 나왔다. 이제 막 점심 식사를 마친 노무자들이 탁자를 둘러싸고 삼삼오오 둘러앉아 웅성거리던 분위기가 순식간에 찬물을 끼얹은 듯 조용해졌다.

"개쪽바리새끼덜. 보리밥 덩어리 내려가다 식도에 걸려뿟따."

"バカヤロウ。勝手に集まって朝鮮語を使うなと言ったろう。今日からは昼飯の時間が20分に縮まったという通知聞いてないのか。早く出て行け。"

(돌대가리 녀석들아ㅡ. 니들끼리 모여 조선말 쓰지 말라고 했지? 오늘부터는 점심시간 30분으로 단축한다는 말 못 들었나? 빨리 나갓!)

체구가 큰 조선인들 앞에서 째깍째깍 초침 돌아가는 혀 짧은 말투에도 역시 의도적인 거만함이 묻어 있었다.

"개새끼들. 느그들은 밥 처먹고 오줌도 한번 안 갈기고 담배도 안 피우가? 우리들은 기계고 느그들만 사람이가?"

식당 한구석에서 조선말 욕설과 불평 소리가 나왔다. 목소리는 고함은 아니었으나 실내에 있는 자들 모두가 들으라는 듯이 적지 않았다.

"何だって。"(뭐라?)

한 일본 병사의 눈꼬리가 올라갔다. 그는 조선말의 발신지를 쫓아 탁자들 사이를 가로질렀다. 나머지 병사가 그 뒤를 따랐다.

'팍!'

'윽!'

개머리판이 한 조선인 노무자의 가슴을 찍었다.

"새끼?"

"으윽!"

일본 병사는 조선말은 몰라도 '새끼'라는 말 만큼은 알고 있었다. 가슴에 충격을 받은 노무자는 가슴을 부여안고 그 자리에 주저앉아 신음을 내뱉고 있었다. 불이 붙은 사백여 개의 눈동자가 이글거렸다.

'퍽!'

"으억!"

화가 덜 풀렸는지 일본 병사가 군홧발로 주저앉아 있는 자의 가슴팍을 걸어찼다. 노무자가 바닥에 나뒹굴며 새우처럼 몸을 웅크렸다. 통증과 신음을 이겨내며 이를 악문 그의 숨소리가 코에서 가쁘게 삐져나왔다. 가까이 있던 노무자들이 우르르 달려들어 쓰러진 자의 몸을 감쌌다.

'찰칵'

뒤를 따라와 곁에 서 있던 일본 병사가 험악해진 분위기를 느끼고는 급히 어깨에 멨던 총을 앞으로 돌려 사격 자세를 취하며 검지손가락을 노리쇠에 걸었다. 폭발할 것 같은 정적이 팽창되었다. 여기저기서 가쁜 숨소리가 들려왔다.

"行こう。"(가자.)

가격을 가한 일본 병사가 주위를 천천히 째려보더니 탁자 사이를 빠져나갔다. 나머지 한 명이 앞에총 자세를 유지한 채 주춤주춤 뒷걸음질치며 뒤를 이어 문 쪽으로 향했다.

"サッサト動け。"(빨리빨리 움직엿!)

함바 식당을 나서기 전에 일본 병사는 안을 향해 살기등등한 명령을 내리고는 문밖으로 사라졌다.

북촌에 마련된 서우봉 해안 동굴 갱도 작업 현장까지는 걸어서 10분 거리였다. 왕복 20분 거리. 점심시간은 40분이었다. 왕복 시간을 빼고 나면 20분. 이 20분이라는 시간은 손 씻고, 밥 먹고, 용변 보고, 담배 한 대 피우기에 빠듯한 시간이었다. 그걸 다시 30분으로 줄인다는 것이었다. 인간에게 생리적으로 불가능한 요구였다.

"에이 씨벌 거. 고마 천천히 걸어뻘자."

노무자 일행이 이동을 시작하자 누군가 큰소리로 외쳤다. 함바를 둘러싼 철조망 울타리 밖의 초병들과 서우봉 망루 위 감시병들의 눈초리가 노무자들의 움직임을 주시하고 있었다.

"오줌이나 씨원하게 갈기뻘고 가자. 담배도 한 대썩 빨고. 어차피 뒈질 목숨 오늘 죽으나 내일 죽으나 아이가."

소매 없는 흰 적삼 차림의 노무자들 이백여 명이 나란히 해안을 향해 서서는 더러는 소변을 보거나 담배를 빼어 물었다. 돌가루와 때로 범벅이 된 희끄무레한 머릿결과 땀에 전 이마마다에 배어 있는 엉클어지고 짓밟히고 뭉개진 사연들이 잠시 제주 북바다 해변의 허공을 떠돌았다.

"저가 우리집이데이."

"어매야-, 내 여깃데이."

그들은 바다 건너 동북 방향을 응시했다. 움푹 패인 눈가마다에 그리움이 가득히 고였다.

"내가 겡상도 광산이란 데는 안 가본 데 없이 죄다 뎅겨봤지만서도 이레 돌뎅이가 딴딴한 데는 처음이라. 곡괭이럴 찍어도 찍어도 안 들어간다카이."

"곡괭이 찍은 숫자먼큼이나 저놈들 대가리 각각 찍어부렀으마 1개 사단은 직여부렀을 낀데."

"이레 딴딴한 돌멩이땅에서 제주사람들은 우예 농새를 짓고 사노?"

"글쎄 말이다. 낭구 뿌리는 어데로 내리고 물은 어데로 빠지노? 우물은 또 어케 파냐 말다. 신기하다 신기해."

"제주 사람들도 제주 사람들이지만서도 우리는 멉니꺼? 고향에 좋은 산 있으므 머하고 좋은 물 있으므 어따 쓰겄노?"

"후우-. 가자 마."

서우봉 해변의 초록빛 바다가 멀리멀리 비췻빛으로 번지며 퍼져 나갔다. 그리운 경상도 고향산천 기억의 조각들이 잔잔한 수면을 타고 바다를 건너는 동안 노무자들은 해안동굴 입구에 도착했다.

'쾅! 쾅! 쾅!'

갱도 안에서는 계속 발파 작업이 진행되고 있었다. 발파 작업은 일본인 기술자의 몫이었다. 일본군이 발파작업을 조선인에게 맡긴 적은 절대 없었다. 총과 탄약과 폭약은 조선인이 결코 접근해서는 안 될 금기 물질이었다.

발파 작업을 끝낸 일본인 기술자들이 동굴 밖으로 나오자, 노무자들은 갱도 입구에 도열해 놓은 곡괭이들을 하나씩 집어 들고 동굴 안으로 입장했다. 발파작업이 끝나면 커다란 현무암 파편 덩어리들을 잘게 쪼개거나, 동굴 천정이나 벽의 돌출된 부분을 쳐내는 곡괭이질은 조선인 노무자들의 몫이었다. 동굴 속은 안으로 들어가면서 王자처럼 좌우로 갈라지는 길이 이어졌다. 입구와는 달리 안쪽과 좌우로 파고 들어간 갱도에는 빛이 들어오지 않았다. 전선에 매달린 흐릿한 전등이 암굴 천장과 벽들을 침침하게 비추었다.

'쿠우-웅!'

'콰르르르르-'

"낙반이다!"

'콰르르르르-'

노무자들이 입장해 들어가던 선두에서 요란한 소리가 들려왔다. 갱도 안쪽에서 뿌연 가루가 뭉글뭉글 밀려 나오며 시야가 흐려졌다. 모두들 익숙한 동작으로 뒤돌아 뛰었다. 갱도 밖은 일시에 대피한 노무자들과 일본 감시병들로 뒤섞였다. 그들의 눈과 귀는 동굴 안쪽으로 쏠리고 있었다. 갱도 안팎이 정적에 휩싸였다. 더 이상 낙반의 울림은 들려오지 않았다.

"들어가 보자. 다친 사람들 있을 낀데."

노무자들이 동굴 속으로 빠르게 진입했다. 거침없는 조선말에 현장에 섞여 있던 어느 일본군도 시비를 걸지 않았다.

"으으으-. 내 좀 살려도."

"누구 없나? 내 좀. 내 좀. 퍼떡 온나."

"여기다 여기."

파편에 깔린 노무자들이 쏟아져 들어오는 동료들의 인기척을 느끼며 호소하는 비명 소리가 들려왔다. 낙반한 바위덩어리에 깔리며 어깨와 정강이가 으깨지고 튀는 바위 파편에 머리가 으깨져 전신만신이 피떡이 된 세 명의 노무자들이 동료들에게 업혀 밖으로 나왔다. 업힌 자들이나 업은 자들이나 적삼과 바지가 온통 피로 물들기는 마찬가지였다. 부상자들은 황급히 함바로 옮겨졌다. 철저한 격리 방침에 따라 서우봉 해안 일대에 고립되어 있는 경상도 노무자들은 중상자가 발생하여도 결코 북촌 외부로 나가 치료를 받지 못했다. 부상자들을 옮긴 동료 노무자들은 일본군들의 지시에 따라 곧바로 현장으로 복귀하였다. 노무자들은 뒤숭숭한 분위기에 일손이 잡히질 않아 갱도 입구에서 곡괭이를 내팽개치고 앉아 있었다.

"어케 됐나?"

"내도 모르지. 어케 치료해 줄랑가나?"

"피를 억수로 흘리던데, 죽던 안 하긋지?"

"그것도 모르긋다. 죽기사 하긋나만?"

"쪽바리새끼덜이 죽이던 살리던 알아서 하긋지 마. 씨벌."

중상자들을 함바로 옮기고 돌아온 노무자들의 입에서 나오는 답변은 하나같이 시큰둥하였다.

"에이 좆도 씨-벌. 이리 사느니 차라리 모다 칵 죽어뻴자."

"그라지 머, 에-잇. 아-악!"

"멉니꺼?"

"하이고-. 이기 이기 먼 일이고."

노무자들의 이야기를 잠자코 앉아서 듣기만 하고 있던 한 노무자가 갑자기 일어서더니 곡괭이로 자신의 발등을 찍어버린 것이다. 그의 발등에서 핏물이 샘이 솟구치듯 뿜어져 나왔다. 바로 곁에 있던 동료 노무자가 그의 고무신을 벗기고는 자신의 적삼을 벗어 그의 발등을 감기 시작했다. 어느새 고무신은 핏물로 가득 고여 있었다.

"됐다. 괘않다."

그는 자신의 발등에 감기는 적삼을 가로채 집어던졌다. 피가 연신 뭉글뭉글 삐져나와 먹돌 갱도 바닥으로 흘렀다.

"야 쫌 잡아라."

발등을 감던 자가 바닥에 팽개쳐진 핏물 젖은 적삼을 다시 집어 들며 주위의 도움을 청하자 넷이 한꺼번에 달려들어 자해한 자의 사지를 덮쳐눌렀다.

"가만 쫌 있그라. 니 죽는데이."

"그래. 내 죽을란다. 죽어뻴지 머-."

그는 고성을 질러대고 허리를 들썩거리며 몸부림쳤다.

"아- 쫌. 이라지 말그레이. 니 아까 엄마 보고 싶다 안 했나? 니 오매 니 올 때 기다리고 있데이. 제발 쫌 가만 있그라."

"맞다, 죽어도 같이 죽고, 살아도 같이 살아야 않컸나? 느 혼자 이래 싸믄 우짜잔 말이고?"

사지가 깔린 자의 몸에서 서서히 힘이 풀리면서 몸부림도 멈추었다.

"さっさとハンバに移しなさい。"(빨리 함바로 옮겟!)

동굴 안에서 무슨 일이 일어났음을 알고 나타난 감시병의 표정이 일그러졌다. 자해한 노무자가 동료의 등에 업혀 나갔다. 감시병은 동굴을 되돌아나가며 연신 중얼거렸다.

"바까야로. 바까야로."

노무자들은 약속이나 한 듯 줄줄이 해안으로 나와 곡괭이를 메다꽂듯이 던져버리거나 팽개치고는 해안가 너럭바위 위에 주저앉아 담배를 입에 물었다. 평소 담배를 피우지 않던 자들도 너나없이 담배를 입에 물고 필터를 씹어대고 연기를 폐부까지 빨아들였다가는 길게 뽑았다. 갈 곳 몰라 하는 희푸른 연기들이 아지랑이처럼 피어오르다가 신기루처럼 허공으로 사라져갔다.

"さあ、そろそろはいりなさい。"(자, 이제 들어갑시다).

분위기가 심상치 않은 노무자들의 분위기를 모르는 척하며 자리를 떠났던 감시병들이 슬그머니 나타나서는 노무자들에게 작업 개시를 독려했다. 어투는 평소와 달리 자못 누그러져 있었다. 노무자들은 하나씩 하나씩 어기적어기적 자리에서 일어나 곡괭이 자루를 잡고는 터덜터덜 갱도로 향했다.

격리 차단 고립

자살 특공보트 '신요(震洋)'* 자살 특공어뢰 '가이텐(回天)'**

　제주 주둔 일본군 58군 사령부가 위치한 어승생악 지하동굴 갱도 작업은 마무리를 향해 가고 있었다. 오름의 정상 부분을 달팽이 모양으로 빙빙 돌아가며 파낸 참호 바닥과 벽에 콘크리트를 바르고는 다시 위에 철근과 거푸집을 씌워 콘크리트를 부었다. 그리고는 인공 동굴 흔적을 노출시키지 않기 위해 그 위에 흙을 부어 다지고 다시 그 위에 잔디를 입혔다. 인근 마을에서 강제로 동원된 제주인들이 곡괭이와 삽으로 참호를 파고, 꼬리에 꼬리를 물며 시멘트와 모래와 물과 잔디를 등짐으로 날랐다. 전쟁 징후가 백록담 턱밑까지 숨 가쁘게 밀고 올라오면서 섬은 가는 곳마다 17세 이상 40세 이하 남정네들의 벗겨진 등가죽과 휘어진 허리로 후들거렸다.

---

*　소형 쾌속정. 해안동굴에 폭약을 가득 싣고 숨어 있다가 밀물 때 적의 함대가 접근해 오면 돌진하여 충돌하는 자살특공대.
** 사람이 안에서 타고 조종하는 어뢰. 해안동굴에 숨어 있다가 밀물 때 적의 함대가 접근해 오면 해변까지 이어지는 레일 위를 전속력으로 달리다가 수면 아래로 침투하여 충돌하는 자살특공대.

"作業はいつ頃終わるのか。"(작업은 언제쯤 끝나는가?)

"ハイ、トーチカ施設の構築だけが残っています。1週間後には完成するでしょう。"

(네, 토치카 시설 구축만 남아 있습니다. 일주일 후면 완성될 것입니다.)

환기구를 통해서 한라 정상을 내다보던 나가쓰 사히쥬(永津佐比重, ながつきひじゅう) 중장의 질문에 부관은 차렷 자세로 또릿또릿하게 답변했다. 어승생악 지하동굴 한쪽에 이미 완성된 참모실은 사방에서 빛이 들어올 수 있도록 환기구를 뚫어놓았다. 성인 팔뚝 길이보다도 더 두꺼운 콘크리트 벽에 가로로 가늘고 긴 직사각형 모양으로 낸 창문 없는 창틀인 셈이었다. 밖을 내다보면 사방이 훤히 내려다보이는 감제고지 기능을 하기에도 안성맞춤이었다.

"朝鮮人たちの中にここが司令官室であり、参謀部でもあることを知っている者がいるだろうか。"(조선인들 중에 이 자리가 사령관실이자 참모부 자리라는 것을 아는 자가 있는가?)

"いません。"(없습니다.)

나가쓰가 돈을 돌려 회의용 탁자 정중앙에 자리를 잡고 앉으며 질문하자 부관은 나가쓰 사령관을 향해 선 채로 목만 돌리며 여전히 차렷 자세로 대답을 했다.

"海岸洞窟作業はどう進んでいるか。"

(해안동굴 작업은 어떻게 진행되어가고 있는가?)

나가쓰는 자신이 앉은 왼쪽 벽에 붙어 있는 작전 지도를 응시하며 질문을 이어갔다. 벽에 붙어 있는 제주도 지도에는 방어선 유격선

등의 표시와 함께 어승생악과 해안동굴들이 표시되어 있다. 백록담 바로 아래 서북 방향으로 어승생악, 해안을 돌아가며 북제주 중앙의 서우봉 해안동굴, 서제주의 수월봉 해안동굴, 남서 방향 대정의 송악산 해안동굴, 동제주 성산 일출봉의 해안동굴.

"犀牛峰海岸洞窟を除いて全て完了いたしました。"

(서우봉 해안동굴을 빼고는 모두 완료되었습니다.)

"犀牛峰洞窟はなぜ遅れているのか。"

(서우봉 동굴은 왜 늦어지고 있는가?)

"玄武岩層が非常に固くて掘削作業が難しいそうです。負傷者も頻繁に発生しているそうです。"

(현무암층이 매우 단단하여 굴착 작업이 어렵다고 합니다. 부상자도 자주 발생하고 있다고 합니다.)

"うーん、そうなの。負傷者たちをどこで治療しているか。"

(으음, 그래. 부상자들은 어디서 치료하는가?)

"ハンバでやっているそうです。"

(함바에서 하고 있다고 합니다.)

"けが人たちを外に出して治療するようなことは絶対しないように。秘密が漏れてはいけないから。"

(부상자들을 외부로 내보내 치료받게 하는 일이 절대로 없도록. 비밀이 새어나가면 안 되니까.)

"はい、了解致しました。"(네, 알겠습니다.)

"牛峰洞窟を急いで完成させて、震洋と回天も完璧に配置するように。"

(서우봉 동굴을 서둘러서 완성시키고 '신요' 보트와 '가이덴' 어뢰도 완벽하게 배치하도록.)

"はい、了解致しました。"(네, 알겠습니다.)

"震洋と回天特攻隊の精神武装に異常はないだろう。"

(신요와 가이덴 특공대의 정신 무장은 이상 없겠지?)

"はい、ありません。"(네, 이상 없습니다.)

"若い兵士なので動搖することもある。天皇陛下への忠誠心にひびが入らないように、もう一度徹底的に点検して。"

(나이 어린 병사들이라 동요할 수도 있다. 천황 폐하를 위한 충성심에 금이 가지 않도록 다시 한번 철저히 단속하도록.)

"はい、了解致しました。"(네, 알겠습니다.)

"沖縄戦況が芳しくないという伝令が届いた。沖縄が敵の手の平に落ちれば、もはや本土防御のマジノ線は済州島しか残らない。58軍と済州人全体が玉碎をしてでも本土を守らなければならない。1人1殺の精神で対抗すれば、天皇の軍隊に敗戦はない。昼夜に精神武装に励むように。"

(오키나와 전황이 좋지 못하다는 전령이 내려왔다. 오키나와가 적의 수중에 떨어지면 이제 본토 방어 마지노선은 제주도밖에 안 남는다. 58군과 제주인 전체가 옥쇄를 해서라도 본토를 지켜야 한다. 1인1살 정신으로 대적하면 천황의 군대에 패전이란 없다. 주야로 정신 무장을 하도록.)

"はい、了解致しました。"(네, 알겠습니다.)

"10回ぶつかって穴があかない軍艦はない。天皇の尊厳は特攻隊にかかっている。決戦のその日まで、揺るぎなく敢闘精神を持って

武装させろ。死んで靖国神社の桜として復活するかどうかは、専ら敢闘精神にかかっている。"

(열 번 부딪혀 구멍 안 뚫리는 군함은 없다. 천황의 존엄은 특공대에 달려 있다. 결전의 그날까지 흔들림 없이 감투정신으로 무장시키도록 해라. 죽어 야스쿠니 신사의 벚꽃으로 부활할 수 있을 지 못할지는 오직 감투정신 여하에 달린 것이다.)

"はい。承知いたしました。"(네, 알겠습니다.)

말을 마친 나가쓰는 자리에서 일어나 북쪽으로 나 있는 환기구 앞으로 걸어갔다. 멀리 북제주 푸른 바다의 아슴푸레하게 펼쳐진 수평선이 시야에 어른거렸다.

밀물이 들어온다. 함교에 성조기를 단 군함이 해안으로 접근해온다. 해안동굴 기지 안으로도 해수가 밀려들어온다. 매복해 있는 '신요' 보트가 해수면으로 떠오르기 시작한다. 보트에는 폭약이 가득 적재되어 있다. 자살 특공대원이 보트에 탄다. 보조 요원들이 특공대원 허리띠를 좌석 양쪽 고정 장치에 연결시키고는 단단히 묶는다. 특공대원은 이제 자력으로는 보트에서 빠져나오거나 뛰어내릴 수 없다. '신요'에 시동이 걸린다. 그가 "덴노 헤이카 반자이(天皇陛下万歳)"를 외친다. '신요'가 급속력을 내며 동굴 밖으로 튀어나가 적의 군함으로 돌진한다. '쿵' 충돌음과 동시에 '쾅'하는 폭음 소리가 들려온다. '신요'에서 화염이 치솟아 오른다. '신요'가 검은 연기 속으로 자취를 감춘다. 잠시 후 화염이 가라앉고 검은 연기가 걷힌다. '신요' 형상은 사라지고 없고 폭파된 잔해물이 물결 위에 떠돈다. 또 하나의 해안동굴 속에서 특공대원이 어뢰 앞쪽 옆문을 열고 들어가 조종석에 앉는다. 보조요원이 바깥에서 문을 잠근다. 특공대원은 이제 자력으로 어뢰 밖으로 나올 수 없다. 어뢰에 시동이 걸린다. 어뢰가 동굴 밖으로 뻗어나간 궤도 위를 전속력으로 달린다. 어뢰가 이내 해수면 아래로 침투하여 군함을 향해 돌진한다. 이윽고 군함 바로 앞에서 물기둥이 치솟는다. 군함이 기우뚱하더니 서서히 한쪽으로 기울기 시작한다. 나가쓰도 감격에 겨운 떨리는 목소리로 "덴노 헤이카 반자이(天皇陛下万歲)"를 외친다.

"サムライ精神さえあれば大日本帝国は絶対不敗だ。"

(사무라이정신만 있다면 대일본제국은 절대불패다.)

상상을 마친 나가쓰는 무의식적으로 차렷 자세를 취하며 중얼거렸다.

1945년 6월 미군 제주도 산지항과 주정공장 폭격

1945년 4월 1일 시작된 오키나와 전투는 두 달이 다 되어가고 있었다. 미군과 일본군 양측에 엄청난 사상자가 속출했다. 전투는 미군의 일방적인 공세하에 전개되고 있었으나 산악 동굴 요새 방어전을 펼치는 일본군은 결코 항전 의지를 굽히지 않았다. 조선인 위안부들과 강제징용으로 끌려온 조선인 노무자들, 그리고 오키나와 주민들과 일본군 8만 명이 전멸할 때까지 결사 항전한다는 군국주의 옥쇄작전이 뿜어내는 망상과 객기 어린 독기가 오키나와 하늘과 산악과 해안을 검붉게 뒤덮어갔다. 일본군 총부리에 떠밀려 탄약과 군량미 운반, 부상자 운반에 동원된 민간인들의 몸뚱아리는 대동아 전범자들의 총받이가 되어갔다. 죄 없는 이들이 미군 폭격기들의 공습과 기관단총의 사격, 대포의 포격, 화염방사기에 의해 쓰러지고 고꾸라지고 처박히고 날아가고 산화해 갔다. 바다로 둘러싸인 고립된 섬은 화염방사기에 그을리고 포탄에 쓰러진 일본군 병사들의 시체와 부상당한 민간인들과 징용자들이 흘리는 피고름, 파괴된 전차와 탱크, 해변과 밀림에 널브러진 탄피와 폭탄 파편들의 참혹한 지옥도로 변해가고 있었다.

'쌔애----액, 콰-앙!'

'쌔애----액, 콰-앙!'

'쌔애----액, 콰-앙!'

북제주 하늘에 기습적으로 출현한 미군 폭격기들이 산지항 창공을 가르며 지상 폭격을 가했다. 폭격을 한 차례 마친 폭격기들은 빙그레 원을 그리며 재차 날아와 폭격을 거듭하고는 사라졌다.

"전쟁이닷!"

"기어코 제주에 전정이 터져불엇저."

"오키나와전투가 아직 안 끝나신디도 이듸 전쟁이 낫저."

"오키나와넌 군인이영 민간이영 안 가련 몬뜨 죽엇덴 허는디, 게믄 우리 섬사름덜도 이제 몬딱(모두) 죽어질 건가."

미 공군의 폭격으로 산지항에 정박해 있던 일본해군 구축함이 심하게 파손되면서 그 자리에서 침몰했다. 탱크와 항공기 연료로 사용되는 공업용 알코올 창고인 무수주정공장 일부도 공습으로 파괴되었다. 오폭으로 인하여 주정공장 인근 상점과 민가가 파괴되고 불길에 휩싸였다. 민간인 사망자와 부상자가 속출했다. 미군 폭격기의 공습은 제주읍내는 물론이려니와 섬 전체를 동요와 불안과 공포로 몰아넣었다.

"아으으-"

"우우으으-"

"응급실이영 복도영 빈 자리가 엇수다. 마당에 눕힙서."

외과 간호사 서마리아는 부상자들 사이를 분주히 오가며 응급 처치를 했다. 지혈하기 위해 부상 부위를 붕대로 긇고 소독하였다. 그녀의 두 손과 백색 간호복은 이미 얼룩덜룩 피로 물들었다. 읍내에 위치한 제주도립병원은 순식간에 참혹한 야전병원으로 변해갔다. 팔이 날아가고, 발목이 날아가고, 머리가 으깨지고, 허벅지에 파편이 박혀 피가 흘러나오는 부상자들이 미군기의 폭격 현장으로부터 화급하게 수습되어 줄줄이 트럭과 수레에 실려 들어왔다. 후송자들은 물론이려니와 구호에 뛰어든 자들이나 수레와 트럭들도 선혈로 범벅이 되고 병원은 피비린내가 코와 폐부를 찔렀다.

'빠아-앙!'

갑자기 군용 지프차 한 대와 트럭이 병원 마당으로 들이닥쳤다. 지프차에서 허리에 권총을 찬 장교로 보이는 일본군이 내리고 트럭에서 99식 소총을 한 일본군들이 뛰어내려서는 장교를 좌우에서 호위했다.

"外科医の代表はどこにいる。"(외과의사 대표는 어디에 있지?)

장교가 부상자를 응급처치하고 있던 간호사 서마리아를 바로 찾아내고는 성큼성큼 다가와 권총을 마리아의 관자놀이에 들이대며 다짜고짜 윽박 질러댔다. 파랗게 질려버린 마리아가 손가락으로 병원 현관문을 가리켰다.

"先頭に立て。"(앞장 서.)

구호하기 위해 마당에 있던 사람들이 주변으로 몰려들었다.

"どけ。"(물러섯.)

왜병들이 에워싼 사람들을 총으로 위협하며 밀어냈다. 왜병들은 겁에 질린 서마리아를 앞장세우고는 현관으로 몰려 들어갔다. 응급실은 온통 부상자들의 신음 소리와 비명의 아수라장이었다. 도립병원 외과의들이 총출동하여 곳곳에서 응급수술이 진행되고 있었다.

서마리아가 응급실 입구 쪽에 등을 지고 있는 푸른 수술복 차림의 의사를 지목했다. 외과 과장 양반석이었다. 그의 왼손에는 핀이, 오른손에는 메스가 들려 있었다. 양반석은 생명이 매우 위급하다고 진단한 중상자를 수술하고 있는 중이었다. 침상 위에 누워있는 환자는 이마의 주름이 굵게 패여 있는 백발 노파였다. 잘린 왼쪽 발목에 감겨 있는 붕대와 수술용 칼에 의해 헤벌어진 오른쪽 허벅지에 박힌 파편이 응급 중환자임을 말해 주고 있었다. 출혈이 심한 듯 창백한 얼굴이 밀랍처럼 굳어진 채로 마취에 취해 잠들어 있었고 팔에 꽂힌 주사를 통해 유리병에 담긴 혈액이 수혈되고 있었다. 양반석은 아수라 북새통에서도 수술에만 집중하느라 응급실 입구에 왜병들이 출현한 것을 전혀 의식하지 못하고 있었다.

"ついてこい。"(따라나왓!)

왜병 장교는 외과 과장 양반석의 관자놀이에 권총을 들이대며 위협했다.

"私は医者です。医者に手術中の患者を捨ててどこへ行けというのですか。"

(나는 의사요. 의사가 수술 중에 환자를 버리고 어디로 간단 말이요?)

반석은 이제 막 허벅지의 파편을 제거하려던 참이었다.

"うるさい。引っ張り出せ。"(말이 많다. 끌어냇!)

장교의 명령이 떨어지자 왜병 둘이 달려들어 반석의 좌우에서 각각 한쪽 팔씩 잡아채고는 끌고 나갔다. 반석은 강제로 연행되어 지프차에 태워져 병원을 떠났다.

"아아―"

마당으로 쫓아 나와 반석이 끌려가는 뒷모습을 바라보던 마리아가 죄의식과 자책감을 이겨내지 못하고는 무릎이 접히며 그 자리에 풀썩 주저앉았다. 고개를 숙인 그녀의 어깨가 흔들렸다.

"全部持っていけ。"(싹 쓸어담아.)

남아있던 왜병들이 복도 끝에 있는 의약품 보관창고로 우르르 쳐들어갔다. 그들은 붕대와 소독제, 진통제, 항생제 등 닥치는 대로 구급약품들을 털어서 트럭에 실었다.

'빠앙! 빠앙! 빠앙!'

그들은 병원 마당을 나서기 전 경적을 울려댔다. 트럭의 진행을 방해하는 그 어느 것도 없었다. 경적은 경고이자 위협이자 시위였다. 부상자들의 신음 소리와 피비린내를 뒤로한 채 왜병들은 유유히 도립병원을 빠져나가 이앗골로 사라졌다.

제주성당 본당 58군 야전병원

반석이 강제로 연행되어 당도한 곳은 도립병원에서 길 건너 지프차로 불과 1분 이내 거리에 있는 읍내 제주성당 본당이었다.

일본의 패전 소식이 연속 들려오면서 제주도 해안 상공에 미군기들의 출현이 잦아지더니 한림항과 산지항 등지에 정박해 있던 군함들과 탄약고들에 대한 공습이 거듭되었다. 부상병이 속출하면서 58군은 급기야 제주성당 본당을 징발하여 야전병원으로 사용하고 있었다.

'거룩하신 아버지 하느님, 천주의 성모 마리아여, 저들을 용서해 줍서.'

차에서 내린 반석은 3년여 만에 찾은 성당 입구에 서 있는 성모상을 향해 손을 모았다.

일본이 하와이 진주만을 공격하던 다음날 부친 양요셉과 파트리치오 도슨 주임신부를 체포해 간 이후로 성당의 선교활동은 중단되었다. 열성 신도들은 일본 순사들의 감시 눈초리와 박해를 피해 뿔뿔이 흩어졌다. 양떼를 몰던 목자, 도슨 신부는 광주형무소에 갇히는 영어 신세가 되어 있었다. 부친이 일본 경찰의 고문 후유증으로 생을 마감하게 되면서 반석의 가족도 성당 출입을 접을 수밖에 없게 되었다. 마치 삼십 년과도 같은 삼 년 세월이 흐르는 동안 인적이 끊어지고 마당에 잡초들이 무성하게 자란 성당은 급기야 58군의 총과 군홧발에 접수된 것이었다.

"何やってる。入りなさい。"(뭐하고 있는 거야? 들어갓!)

왜병들은 반석의 팔을 잡아끌었다. 반석은 왜병의 팔을 뿌리치고는 성당 안으로 들어섰다. 미사를 보던 본당 내부 장궤의자들은 사라지고 대신 그 자리에는 빛바랜 초록색 야전 침대들이 네 줄로 길게 이어져 있었다. 빈 침대가 거의 없을 정도로 부상병들은 만원이었다. 피 냄새와 소독약 냄새가 섞인 비릿한 실내 공기가 폐부로 흡입되며 메스꺼움이 올라왔다. 병원 생활 10년간 한 번도 접해보지 못했던 역겨움이었다.

왜병들은 반석을 제단 앞쪽으로 이끌었다. 제단 가까이에는 일반 사병 부상병들의 공간과 분리되어 칸막이가 둘러쳐진 입원실이 따로 마련되어 있었다. 반석은 그곳이 장교나 고위지휘관 부상자들의 특별 치료실과 입원실일 것이라고 생각했다. 그는 그 분리된 입원실 입구로 가기 전에 제단 앞으로 향했다. 그는 숙연하게 천천히 성호를 그었다.

제단 정면 벽 위에 걸려 있던 십자고상은 사라지고 없다. 제단 양쪽 탁자 위에 놓여 있던 다윗촛대 역시 눈에 띄지 않는다. 제단 바로 뒤 정면 중앙의 감실은 문이 휑하니 열려 있다. 성배도 없다. 강제로 공출되어 이미 탄피로 변형되고 지금쯤은 남태평양이나 마샬제도, 필리핀, 이오지마 섬, 오키니와 섬의 모래밭, 혹은 버마 밀림 속 잡초

더미에 묻혀 있을 것이다.

유린되고 약탈된 성당 제단의 빈자리만큼이나 크게 뚫려버리는 반석의 가슴 속에 부친과 도슨 신부를 향한 그리움이 밀려들었다.

'아방, 펜안햄수꽈? 신부님, 도슨 신부님, 건강합서.'

너희들 보란 듯이 반석의 느릿한 성호 동작과 고개 숙인 기도에 왜 병들은 시비를 걸지 않았다. 이유는 반석에 대한 배려라기보다는 제단 가까이 특별 입원실에 있는 특별 환자를 위해 정숙함을 유지해야 하는 자제였다.

"べっどに横になってからどのくらいですか。"

(침상에 누운 지 얼마나 되었소?)

"二時間。"(두 시간.)

환자는 잠들어 있었다. 상의를 벗기고 배를 감은 붕대는 비어 나온 피로 물들어 있었다. 팔에 꽂은 주사를 통해 혈액병의 피가 수혈되고 있었다.

아마도 마취에 취해 잠들었을 것이다. 일반사병 부상병들의 야전침대와 다른 철제 침대 턱과 목이 만나는 지점이나 눈가에 진 잔주름으로 보아 나이 든 고위지휘관일 것이다.

"どこをどう負傷しましたか。"(어디가 어떻게 다친 것이오?)

"お腹に大きな破片が刺された。"(배에 커다란 파편이 박혔소.)

반석의 질문에 장교도 보이는 자가 답했다.

"なぜ今まで放置しておいたのですか。"

(왜 아직까지 방치해 둔 것이오?)

"こんなひどい怪我を手術できる医者がいない。"

제주성당 본당 58군 야전병원

(이렇게 심한 부상을 수술할 만한 의사가 없었소.)

"俺の職業は医者です。医者は患者の職業や信念、宗教を問わず、病人を治療します。私はこの患者のために手術をする意思があります。但し、条件があります。あなたは私にお謝りなさい。重傷を負った患者の手術の最中、無理やり引っ張り出してつれてきたんだから。"

(내 직업은 의사요. 의사는 환자의 직업이나 신념, 종교를 가리지 않고 아픈 자를 치료하오. 나는 이 환자를 위하여 수술해줄 수 있소. 단, 조건이 있소. 당신들은 내게 사과하시오. 중상 입은 환자를 치료하는 중에 나를 강제로 끌고 왔으니까.)

"何だって。謝らないと手術をしないというの。"

(뭐라고? 사과하지 않으면 수술 못하겠다는 건가?)

장교의 부관으로 보이는 자가 발끈하며 허리춤에 찬 권총에 손을 갖다 댔다. 곧 뽑을 태세였다.

"そうです。自分の命のために他人の生命を奪ってはいけません。私はそのような利己主義に賛同しません。私を殺そうと思ったら殺してもいいです。しかしあなたは私を殺すことはできても私の魂と手まで思うようにすることはできないでしょう。"

(그렇소. 내 생명을 위하여 남의 생명을 빼앗아서는 안 되오. 나는 그런 이기주의에 동조하지 않겠소. 날 죽이려거든 죽여도 좋소. 허나 당신들은 날 죽일 수는 있을지언정 내 영혼과 손까지 마음대로 할 순 없을 것이오.)

"よし。謝る。急いでちょうだい。"

(좋소. 사과하겠소. 서둘러주시오.)

장교는 부관을 향해 손을 들었다가 아래로 내리며 자제하라는 의사를 표하며 정중하게 사과했다.

"ところでもう一つの要求があります。"

(헌데 한 가지 요구 사항이 더 있소.)

"また何。"(또 뭐요?)

정중하게 사과했던 장교가 이번에는 짜증스러운 표정을 지었다.

"まず俺の病院にかえらせてください。先の患者の手術を私の手で終らせてからじゃないと。それに、外科医は他人の手術道具を使いません。自分の手術道具を持ってこなければなりません。"

(우리 병원을 갔다와야겠소. 내 환자의 수술을 내 손으로 마쳐야 하오. 또 외과의사는 남의 수술 도구를 사용하지 않소. 내 수술 드구를 가져와야 하오.)

"そうしなさい。"(그렇게 하시오.)

장교는 언짢은 표정으로 듣고 있다가 외과의사는 남의 수술 도구를 사용하지 않는다는 말에 어쩔 수 없다는 듯이 순순히 응했다.

"ありがとうございます。"(고맙소.)

무장한 자들을 상대로 목적을 달성한 반석은 정중하게 인사하고는 본당 정중앙의 통로를 빠져나갔다. 그는 현관문을 나서기 전에 뒤를 돌아 다시 한번 제단을 향해 성호를 긋고는 마당으로 나섰다.

"乗りなさい。"(타시오.)

부관인 자가 정중하게 차 뒷문을 열었다. 반석은 마음 같아서는 왜병들의 친절을 사양하고 싶었으나 수술 환자에 대한 책임이 간절한 나머지 묵묵히 차에 올랐다. 지프차는 출발하자가자 '빵빵'거리며 이 앗골 통로를 달렸다.

"病院周辺ではクラクションを鳴らさないようにしてください。

患者たちの邪魔になります。"

(병원 주변에서는 경적을 울리지 마시오. 환자들에게 해롭소.)

"はい。"(네.)

부관은 어느새 길들여진 순한 양처럼 반석의 요구를 고분고분 따랐다.

"庭へ入らないでください。車が引き起こすホコリも、庭にいる患者たちによくないです。"

(마당으로 진입하지 마시오. 차가 일으키는 먼지도 마당에 있는 환자들에게 해롭소.)

"はい。"(네.)

지프차는 이내 도립병원에 당도했다. 정문 밖에서 하차한 반석은 어수선한 마당을 가로질러 총총 걸음으로 현관을 지나 응급실로 향했다.

"양 선생님!"

복도에 나타난 반석을 먼저 발견한 마리아가 그의 무사 귀환에 놀라움과 반가움이 섞인 목소리로 부르며 달려왔다.

"벨일 엇수과?"

"네. 죄송허우다. 저 때문에."

마리아는 자신이 저들에게 저항하지 못하고 반석을 지목한 데 대해 자책하고 있었다.

"죄송이 무슨 말이라? 총 든 짐승덜 앞에선 나라도 경해실거라. 할망 환자는?"

"걱정맙서. 김철수 선생님이 마침 다른 환자 수술얼 마친 터여서 대신 봉합얼 마청 입원실로 옮겨낫수다게."

"기여? 다행이라. 게믄 나는 또시 저치덜신디(저것들한테) 가쿠다."

"무사?"

"내 수술도구럴 챙기젠 돌아온거우다. 환자덜 하영 기다리난게 일 봅서."

"네. 겐디 왜병덜이 의약품 창고럴 털어갓수다게."

"뭐옌? 그래서 뭘 フ져가나서?"

"붕대영 소독제영."

"에잇, 궂것덜."

반석은 수술도구 가방을 챙겨 들고 병원을 나와 지프차에 올랐다.

특별 환자의 배를 감고 있던 붕대를 조심스럽게 풀어보니 복부 왼쪽에 커다란 파편이 탁혀 있었다. 파편이 복부 으른쪽에서 왼쪽으로 째며 지나간 상흔 부위는 조잡하게 봉합되어 있었다. 째진 부위의 성긴 봉합 사이로 창자가 힐긋힐긋 삐져나오려 하고 있었다.

"日本人は腹に魂が入っている。大事にしてください。"

(일본인은 뱃속에 영혼이 들어 있소. 잘 챙겨주시오.)

감히 상관의 뱃속을 직시할 수 없었던 장교가 고개를 돌리며 부탁인지 주의를 해야 한다는 뜻인지 알 수 없는 요구를 해왔다.

"朝鮮人は手の爪先からあしの爪まで全身に魂が宿っています。これからは大事にしてください。"

(조선인 육체에는 손톱부터 발톱까지 온몸에 영혼이 깃들어 있소. 앞으로 잘 챙겨주시오.)

"……"

반석의 옹골찬 대꾸에 왜병 장교는 더 이상 아무런 말이 없었다. 수술이 끝날 때까지 더 이상의 대화는 없었다.

"俺の病院から徴発した医薬品を返してください。医薬品を交えさないなら、これ以上の御協力は期待できないでしょう。"

(우리 병원에서 징발해온 의약품들을 돌려주시오. 의약품들을 돌려주지 않는다면 앞으로 더 이상의 협조는 없을 것이오.)

"……"

"強者が弱者の物を奪うのは獣の仕業です。大東亜の平和を唱える大日本帝国の軍人がやるべきことではないでしょう。"

(강자가 약자의 물건을 빼앗는 건 짐승들이나 할 짓이오. 대동아의 평화를 주창하는 대일본제국의 군인들이 할 짓은 아니지 않소?)

"……"

반석은 수술이 끝나고 현관을 나오며 뒤돌아서 제단을 향해 성호를 그었다. 십자고상이 사리지고 없는 그곳에는 그리움과 희망의 빛이 있었다. 언젠가는 도슨 신부를 다시 이곳에서 만나고 싶은 그리움, 만나게 될 것이라는 희망을 담아 반석은 마당 성모상 앞에서 다시 한번 고개를 숙이며 손을 모았다. 언제 다시 이 자리에 설 수 있을까?

'천주의 성모 마리아여, 섬에 환란이영 근심이영 찾아오지 않게 도와줍서. 불쌍한 환자덜의 치유럴 도와줍서. 자이덜이(저들이) 죄럴 짓지 않도록 도와줍서. 경허고 용서해 줍서. 내 아방의 영혼이 펜안히 잠들게 도와줍서. 도슨 신부님이 건강하게 돌아오게 도와줍서.'

"どうぞお乗りください。"(타십시오.)

반석이 성당 마당을 나오자 기다리던 부관이 차문을 열었다. 그는 이제까지와는 다르게 더욱 정중해졌다.

"ありがとうございます、歩いて行きます。"

(고맙소만, 걸어서 가겠소.)

"はい。それでは。"

(네. 그럼 안녕히 가십시오.)

반석은 제주성당과 도립병원을 대각선으로 마주 보며 그 사이로 난 이앗골 통로를 걸었다.

고해성사가 있는 날이면 일본 경찰들이 중앙성당으로 몰려와 본당 장궤의자건 복도건 마당 굴묵낭(느티나무) 아래건 가리지 않고 진을 쳤다. 그리고 미사를 마치고 마당을 나서는 신도들을 하나씩 쫓아가 붙잡고서 캐물었다. 고해성사 때 무슨 비밀스러운 말을 나누었느냐? 왜 꼭 비밀스러운 곳에서 밀담을 나누느냐? 젊은 여신도들에게는 신부와 둘이서 연애하느냐며 희롱했다. 해안마을 유지급 괸당(어른)들에게는 비밀 망루나 군함 정박 정황 등의 군사기밀을 신부에게 일러바치지 않았느냐며 추궁했다.

일제가 하와이 진주만을 공습하며 태평양전쟁을 일으킨 1941년 12월 8일, 일제 경찰은 파트리치오 도슨 신부를 체포했다. 모슬포의 비밀 공군 비행장과 우도의 군사시설인 망루의 기밀을 외국으로 빼돌렸다는 혐의였다. 졸국 일제는 신부를 구금상태로 1년간 재판정에 세우고 광주형무소에 가두었다. 열성 신도였던 아방 양요셉을 끌고 가서는 우도 망루 군사기밀을 도슨 신부에게 제공하였다는 혐의를 씌우고는 자백을 강요하는 고문을 자행했다. 한사코 자백을 거부하던 아방은 무혐의로 풀려났으나 다음 해에 끝내 고문후유증으로 요단강을 건넜다.

파랑머리 빨강꼬리 비둘기

또 한 번 해가 바뀌었다. 1941년 12월 7일, 일본이 진주만을 기습하면서 개전이 된 후 태평양전쟁은 3년을 넘기고 있었다. 열악한 형무소 환경도 더 나빠질 게 없을 정도로 급격히 악화되어 갔다. 매일 똑같은 보리주먹밥과 다꾸앙에 식사 배급량도 칸으로 줄어들었다. 된장을 살짝 풀은 멀건 국에는 콩나물 대가리 네댓 개가 둥둥 떠다녔다. 치안유지법이나 군사기밀법을 위반한 사상범과 국사범들 중 고문후유증으로 투병하다가 급기야 영양실조에 걸리고 질병으로 옥사하는 자가 속출했다. 외부 소식이 유입되어 혹시 발생할지도 모를 동요나 소란을 미연에 방지코자 수형자들에 대한 통제도 더욱 엄격해졌다. 도서검열이 강화되고 서신이나 접견도 제한되었다. 사상범과 국사범들을 상대로 한 검방도 부지불식간에 더욱 자주 이루어졌다.

도슨의 건강도 더욱 급격하게 악화되어 갔다. 뼈에 거죽을 걸친 몰골. 기력이 쇠하여 낮에도 드러눕는 횟수가 잦아졌다. 식욕도 점점 떨어져 가고 헛물만 자꾸 들이키게 되었다. 헛배만 부를 뿐 떨어진 식욕은 되살아나질 않았다. 마음과 정성과 노력을 다하여 제 한 몸

돌보기로 굳게 다짐을 하였건만 절대적으로 부실한 끼니와 쇠락해져 가는 육체의 이상 징후는 도슨의 의지로만은 해결될 수 없는 불가항력이었다. 눈도 침침해지기 시작했다. 점차 흐릿해져 가던 성경의 작은 글자들은 이제 윤곽이 불분명한 점과 점으로 뿌옇게 번졌다.

자국 신민 일억 명을 총받이로 옥쇄시키겠다고 한다면야 식민지 백성쯤이야. 게다가 감옥 속 수형자들의 목숨쯤은 하루살이보다도 더 가볍게 여길 것이다. 국사범, 사상범이라면 차라리 시들시들 곱게 죽어가도록 방치하는 게 상책일 것이다. 전향을 거부하고, 위대한 천황폐하를 위한 맹세와 복종의 길을 거부하는 자에게는 한 끼 보리밥도 아깝고, 총알조차 아까울 것이다.

도슨은 몸의 질병 징후를 느끼며 주변에 아무도 없음을 느꼈다. 없음은 그저 없음이 아니라 있던 것의 소멸이었다. 도슨은 다시 죽음이 떠올랐다. 죽음에 대해서는 생각하지 않기로 했는데. 이번에는 제법 무의식의 심연에서 완고하게 고개를 내밀고 혓바닥을 날름거리며 백발로 변해가는 도슨의 뇌리로 스멀스멀 기어올라왔다. 죽음은 나 여기 있소, 나 여기 있소, 하며 적막의 심연에서 기어 올라와 외부와 차단된 고독의 공간을 집요하게 파고들었다. 죽음은 도슨에게 반응할 것을 요구하고 응답할 것을 촉구했다.

죽임에 의한 죽음의 준비는 바로 살아있는 자의 몫이리라. 무엇을 준비하지? 평생을 독신으로 무소유로 살아왔으니 상속할 유산도 없고 유서를 읽을 가족도 없다. 물론 유서를 쓸 연필도 없고 종이도 없다. 살아생전 그 누구와도 다툰 일이 없었으니 마지막이라며 찾아가

화해할 이웃도 없다. 설사 다투었던 자가 있었다 하더라도 만날 수도 없다. 남은 것은 마음의 정리뿐이다. 내일 지구의 멸망이 올지라도 나는 한 그루의 나무를 심겠다던 어느 철인이 있었지. 나의 가슴 속에 심을 사과는 무엇일까? 죽음을 두려워하지 않을 그 사과? 죽음으로 가는 길에는 여전히 살아있을 영혼이 있다. 살아있음이 바로 영혼이고 즐겁고 신성한 것이다. 즐거움과 신성 앞에서 왜 죽음을 두려워해야 하는가? 살아 꿈틀거리는 즐거움과 신성의 영혼, 하느님이 주신 생명, 그 생명 속에 바로 주님이 계시지 않은가.

'살아있음과 즐거움과 신성함의 하느님 아버지. 저에게 용기를 주소서. 저의 영혼의 집. 저의 육신이 쇠할지라도 영혼만은 하느님의 집에 거하게 하여 주소서. 저의 기도가 그치지 않게 하여 주소서.'

도슨은 다시 기력을 내었다. 가슴 속에 영원한 생명의 사과나무, 야훼를 찬송하고 기도했다.

    야훼는 나의 목자시니
    나는 아쉬울 것 없으리로다
    나로 하여금 푸른 풀밭에 쉬게 하시고
    잔잔한 물가로 잔잔한 물가로 인도하시도다

1945년 4월 봄.

"미군이 필리핀 루손섬에 상륙하여 수도인 마닐라를 탈환하였다고 합니다. 수도를 탈환한 만큼 조만간 미군이 일본 본토를 향해 좀 더 북상할 것 같습니다. 마닐라 탈환 전투는 워낙 격렬했던 시가전이라 일본군은 물론이려니와 미군 쪽의 사상자도 많이 발생했다고 합니다. 마닐라시민들 다수가 사망했다고 하는데 자세한 사정은 아직 잘 모르겠습니다. 조선인들 소식은 아직 들려오는 게 없습니다."

단야는 미리 연습한 것처럼 필리핀 전황을 일목요연하게 전했다.

"일본은 이번에도 옥쇄작전이요?"

"그렇습니다."

"옥쇄작전이면 민간인들의 희생은 당연히 따른다고 봐야겠지요?"

"그렇겠지요."

단야는 자세한 사정을 모른다고는 하였으나 논리적으로나 경험적으로나 일본의 옥쇄작전으로 인한 민간인들의 희생, 조선인들의 희생이 따를 수밖에 없을 것이라는 도슨의 예감에 동의했다. 이 대목이 나올 때마다 두 사람의 표정은 어둡고 침통해졌다.

"전쟁이 곧 끝날 것 같소?"

"어느 해, 어느 달에 끝나게 될지는 모르겠습니다만. 오래가지는 못할 것 같습니다. 일본군이 탄피를 만들 구리가 동이 나서 놋그릇을 공출하고, 전투기 엔진 윤활유가 동이 나서 송진을 공출하고, 군량미를 조달한다며 보리 강제 공출까지 시작했습니다. 물자가 무궁무진한 미군을 상대로 얼마나 버틸 수 있을까요."

은밀한 대화가 길어지자 주위를 의식하는 단야의 말소리가 속삭이듯이 더욱 작아지며 속도가 빨라졌다.

"미군의 다음 작전은 어디가 될 것 같소?"

"도쿄에 좀 더 가까이 있는 섬으로 북진하리라는 것만큼은 분명하겠지요. 류큐 열도나 대만."

"류큐 열도라면?"

"지리나 군사지식이 부족해 잘은 모르겠지만 이오지마섬이나 오키나와섬이 아닐까요?"

"그럼 그 다음 공격 목표는? 일본 본토입니까? 조선입니까?"

도슨은 자신이 궁극적으로 알고 싶어 하는 대목을 질문하는 데까지 대화를 끌고 왔다.

"아, 생각해보니 그렇겠군요. 조선도 곧 작전반경에 들어올 수도 있다는 거."

"대화가 길어졌소. 오늘은 이만합시다."

단야는 옆방으로 가서는 창문으로 그 방 재소자들과 두런두런 이런저런 대화를 나누는 것 같았다. 평소에 하지 않던 모습이었다.

'어쩌면 옆방에서 길어진 나와의 대화를 엿들으며 수상한 낌새를 감지했을지도 모른다는 경계심으로 대화를 하는 척하며 은근히 그 방의 동태를 살피려는 것일까? 아니면 특정 요주의인물과만 은밀한 대화를 나누는 것이 아니라 다양한 재소자들과 격의 없는 대화를 나눈다는 물타기용 위장 대화를 진행하는 것일까? 분명한 건 누군가 자신과의 대화를 감시했을지도 모름에 대비하는 것일게다.'

단야와의 대화가 끝난 이후에도 도슨은 방안으로 돌아가 앉지 않고서 일부러 창문가를 서성이며 귀를 기울였다. 복도에서는 단야가 짧게 단속적으로 한 방 또는 두 방씩 간격을 두며 이동하는 발걸음소리와 낮게 두런두런거리는 그의 목소리가 계속 들려왔다.

'나의 추측이 맞는 건지는 모르겠지만, 나와의 대화 이후에 단야가 여러 방의 재소자들과 대화를 주고받는 모습을 의식적으로 연출하

파랑머리 빨강꼬리 비둘기

는 것이라면 저 자는 대단히 치밀한 사람임에 틀림없다. 제2의 주에 스더다.'

1945년 8월 초 한여름.
한 해 중 가장 더운 8월 초다. 낮이 되면 무더위를 피해 비둘기들조차 날아다니지 않는다. 뜨거운 햇볕으로 달궈진 옥사 벽이 뿜어내는 복사열로 사동 내부는 열기로 가득 찼다. 도슨의 방은 낮이 되면 한증막으로 변했다. 숨 쉬는 것 말고는 아무것도 하지 않아도 온몸에서 땀이 배어 나와 속옷을 적셨다. 온몸이 끈적거리고 더위를 먹은 머리가 띵해진다. 책을 마주해도 글자가 눈에 들어오질 않는다. 해가 서서히 서쪽 담장을 넘어가며 담장 밑 화단의 봉선화 그림자가 길어진다. 봉선화가 긴 여름 해를 감내함은 가을을 기다림이리라. 저녁 설거지를 마치고 창밖을 바라보던 도슨은 잠시 감상에 젖다가 방벽에 등을 대고 앉았다.
해가 지고 어둠이 내려도 달궈진 벽들의 열기는 좀처럼 식지 않는다. 바람 한 점조차 불어오지 않는 방을 꽉 채운 열기 속으로 백열전구의 빛이 더해지며 숨이 막혀온다. 열대야의 밤이 며칠째 지속되고 있다.
세상은 밀림이다. 송곳니와 발톱을 가진 밀림의 맹수가 송곳니와 발톱이 없는 초원의 초식동물을 잡아먹는 밀림. 밀림의 법칙은 초원까지 유린한다. 인간 밀림에도 먹이 사슬이 있다. 피라미드 상단에는 사냥하는 자가 있고 하단에는 노역하는 자가 있다. 피라미드 최하단에 밀림의 투쟁에서 패배하고 노역에서조차 낙오한 자들이 갇혀 사는 감옥이 있다. 감옥은 사냥에 쫓기고 몰리다가 잡혀 온 낙오자들, 사냥꾼들이 만든 규칙을 어겼다 잡혀 온 일탈자들의 우리다. 그 속에는 자신과의 싸움에서 패배하고 물욕과 성욕을 채우려 공동체를 파괴하다 잡혀와 격리된 자들도 있다.

인간이 사냥한 먹잇감은 저장된다. 인간의 최고 먹잇감은 인간 그 자체다. 인간이란 먹잇감은 밀림의 우리에 저장된다. 그 우리가 감옥이다. 감옥에서는 먹잇감이 먹잇감을 재생산한다. 결국 감옥은 먹이를 저장하고 먹잇감이 먹잇감을 재생산하여 저장하는 사냥꾼의 밀폐된 노역장이자 공장이다.

사육장에서 귀청이 뚫린 개는 들리는 게 없으니 짖지도 않는다. 개 사육장을 지키는 사냥꾼은 조용한 밤을 지낼 수 있고, 짖을 일 없는 개는 뒤룩뒤룩 살이 찌며 탐스러운 먹잇감으로 변해간다. 밀림 속의 우리, 먹잇감이 먹잇감을 재생산하는 사냥꾼의 밀폐된 공장, 감옥에서는 들려오는 소리가 없다. 들려오는 소리가 없으니 짖을 일도 없고 생각할 일도 없다. 감옥은 길들여져 가는 인간 견공들의 사육장이다.

박탈된 자유와 노동력의 대가가 없는 노역은 감옥에서 모든 패배자와 낙오자들에게 평등하다. 똑같은 방, 똑같은 수의, 똑같은 끼니, 똑같은 노역. 다만 박탈된 자유로 인한 불편함과 사육에 대한 거부감의 정도에 따라 감옥 속의 인간들은 서로 다른 꿈을 꾼다. 속박과 징역으로부터 탈출하는 꿈. 듣고 싶고 생각하고 말하고 싶은 꿈. 체념을 거부하고 기다림을 감내하는 꿈.

밤의 꿈은 감옥 속에서 저마다의 작은 자유의 공간이다. 비록 아침에 눈을 뜨면 다가오는 잿빛 콘크리트 담장, 붉은 벽돌 옥사, 회녹색 지붕, 잿빛 비둘기들의 음울한 울음소리들에 의해 그 꿈이 깨질지라도. 그런 밤의 꿈마저 없으면 여름의 긴 낮은 체념의 시간으로 바뀌어버릴지도 모르기 때문에. 기다리다 지쳐버리기에.

'똑! 똑!'

"……"

"무슨 생각을 그리 골똘히 하십니까?"

벽에 등을 기대고 눈을 감은 채 생각에 잠겨 있던 도슨이 단야의 목소리에 눈을 반짝 떴다.

"명상을 방해한 거 아닌지 모르겠습니다."

"아니오. 잠시 졸았소."

도슨은 혹시 상대방이 미안해할까 하여 말을 지어냈다.

"그럼 다행이군요."

단야 역시도 예의를 표하며 비둘기를 눈꼽째기창문 창틀 아래로 넣어 바닥에 떨어트렸다. 도슨이 얼른 자리에서 일어났다. 단야는 도슨이 비둘기를 줍는 것을 확인하고는 돌아갔다. 비둘기는 예전과 다를 바 없이 딱지 모양으로 접힌 쪽지였고, 몽당연필이 꽂혀 있었다. 도슨은 우선 몽당연필부터 성경 책등 안쪽에 꽂아 넣었다.

신부님 안부는 간혹이나마 전해 듣고 있습니다.

애월에 작고 누추하나마 하느님의 집을 마련하였습니다.

양씨네 형제자매들의 도움이 컸습니다.

제주 소식만 전합니다.

만주에 주둔하던 일본군 관동군부대가 대거 섬으로 이동해왔습니다. 섬사람들을 강제동원하여 해안과 산악에 동굴을 파고 있습니다. 3월에 이오지마섬, 6월에 오키나와섬 전투에서 일본이 연속 패전하고, 미군이 그 섬들을 완전히 점령하였다고 합니다. 전투가 끝날 때까지 일본군은 항복하지 않고 전멸하였고, 전장에 강제 동원되었던 민간인들도 다수 사상자가 발생하였다그 합니다. 일부 항복하여 살아남은 일본군과 민간인이 있다는 소식도 있긴 하나 자세한 내용은 확인하기 어렵습니다. 오키나와 종전 이후 송우봉 해안, 송악산 해안, 성산포 해안, 사라봉, 가마오름, 섯알오름 등 해안이나 봉우리, 오름 곳곳에 동굴을 파거나 고사포 진지를 구축하는 속도가 더욱 빨라지고 있습니다. 제주 서부 해안과 북부 해안에 정박해 있던 일본군 함정에 대한 미군기들의 공습도 있었습니다. 일본군, 민간인 포함하여 다수 사상자가 발생하고 항구와 공장과 민가가 불에 타거나 파괴되었습니다. 동남아와 남양군도로 헤아릴 수 없이 많은 조선인들이 징병이나 징용으로 일본군과 함께 갔다고 하나, 그곳의 전투는 끝났어도 아직까지 살아 돌아오는 자도 없고, 생사 소식조차 확인되지 않고 있습니다.

　양씨 형제자매들과 최선을 다해 환란에 대비하겠습니다.

　부디 건강하소서.

　크지도 작지도 않은 크기의 쪽지에는 수신자나 발신자의 표기도 없다. 적당한 위치에서 줄을 바꾸며 문장 끝에 여백을 두었고, 매 문장을 긴 존대어로 마므리했다. 제주 소식만 전한다는 말은 단야를 통해서 바깥소식과 전황을 접하고 있다는 걸 알고 있다는 뜻일 것이다. 도슨의 신변을 어느 정도 파악하고 있을뿐더러 편지가 전달되는 과정이 그만큼 안전하다고 확신한 발신자의 여유가 느껴졌다. 하지만 여유 속에 각인된 제주 소식 속에는 피와 죽음의 그림자가 어른거리고 있었다.

"更生(갱생)!"

복도 입구 쪽에서 단야의 경례 구호 소리가 들려왔다. 누군가 상급자가 나타난 것이다. 도슨은 재빠른 동작으로 비둘기를 구겨 입안에 넣고는 자리에 돌아와 앉았다. 그리고 씹기 시작했다. 여러 명의 구두 발자국 소리가 점점 커지더니 도슨의 방 앞에서 멈췄다. 문창살을 통해 일행 중의 우두머리인 듯한 자가 앞에 서고 그의 뒤로 두 명의 형무관이 서 있었다. 한 명은 단야고 다른 한 명은 처음 보는 자였다. 우두머리가 방문 상단의 벽 왼쪽에 붙어 있는 나무 패찰을 응시했다.

담배곽 전면 넓이의 반만 한 패찰은 수형자가 보안사범임을 가리키는 붉은 색 바탕에 검은색 수형자 번호 一九四一이 세로로 적혀 있다. 그 옆에 역시 세로 방향으로 파트리치오 도슨의 영문명 알파벳이 새겨져 있다.

"패트릭 도슨(Patrick Dawson)!"

우두머리는 중얼거리듯 도슨의 이름을 읽더니 눈길을 옮겨 방안을 들여다보았다. 도슨은 자리에 앉은 채로 우두머리의 눈을 응시했다. 두 눈길이 마주치는 허공에서 번갯불이 튀었다.

우두머리의 정체는 알 수 없다. 검은색 정복 차림은 목 부위가 갈매기가 나는 모습. 상의 섶에는 똥색 단추. 양어깨 위에 똥잎파리 두 개씩의 견장. 머리를 덮은 정모, 정모는 챙이 앞쪽으로 짧게 뻗은 세일러 모자. 챙 바로 위, 모자 몸통의 하단을 뼁 두른 똥테 두 줄. 복장이 주는 위세에 덧대어 두 형무관의 수행을 받는 모습. 형무소 최고 위직이거나 고위층 치안관계자일 것이다.

그는 도슨과 눈싸움을 한다거나, 질의응답 따위는 하지 않았다. 눈길의 마주침은 그저 우연이었고, 아주 짧은 순간의 눈길의 부딪침을 피하지 않은 것뿐이었다.

그는 눈길을 거두고 몸을 돌리고는 왔던 복도를 따라 곧바로 입구 쪽으로 사라졌다. 그를 수행했던 두 형무관도 따라 사라졌다. 도슨은 삼키지 못하고 입에 물고 있던 종이죽을 씹어 삼켰다.

"更生(갱생)!"

복도 입구에서 다시 단야의 경례 구호 소리가 들렸다. 검은 정복, 똥테의 출현과 그가 보인 거동은 도슨에 대한 지극히 사무적인 것이었다. 도슨의 패찰을 살펴보고, 도슨의 방안을, 도슨이라는 존재를 들여다본 것, 그뿐이었다.

"신부님, 별일 없으신가요?"

단야가 다시 도슨을 찾아왔다.

"나야 별일 없소만. 누구요?"

"형무소장입니다."

단야는 간단한 질문과 대답을 마치고 방문 앞을 떠났다. 그의 표정과 목소리는 긴장되어 있었다.

광주형무소에 입소한 지 이태하고도 반년이 넘는 동안에 처음 경험하는 일이다. 왜 콕 찍어 나의 방을 들여다보고 가는 것일까? 바깥

세상에서 누군가 길가로 난 나의 방 창문을 대놓고 들여다보고 갔다면? 들여다보다가 나와 눈이 마주쳤음에도 별 대수롭지 않다는 듯이 유유히 떠나갔다면? 사생활을 침해당한 나로서는 그를 지체없이 쫓아가 지탄하고, 나의 방을 노골적으로 엿본 이유를 추궁했을 것이다. 여의치 않다면 법적 처벌을 받도록 강력대응을 했을 것이다. 만일 그렇게 순발력 있게 대응하지 못했다면 비록 때를 놓쳤더라도 뒤늦게 그가 나의 창문을 들여다본 이유가 뭐일까를 헤아리며 분노했을 것이다.

도슨은 방금 전 그 똥테 정모의 안하무인격인 거동에 즉각 항의하지 아니하고 못했던 자신에 대해 스스로 수치심을 느끼고 자책했다. 나는 이미 동물원의 원숭이처럼 길들여진 것인가?

미군은 태평양 복판과 남태평양에서 일본을 몰아내고 토끼몰이 하듯이 사이판 필리핀을 거쳐 일본 열도를 향해 북상하며 포위와 진격을 계속하고 있다고 했다. 이제는 일본 본토에 올가미가 걸리기 직전까지 온 것이다. 일본군국주의는 패전을 준비하는 것일까? 패전과 후퇴에 대비하여 수형자들에 대한 대책을 세우기 시작한 걸까? 후퇴 시 처형시킬 자와 집단 압송할 자, 형무소에 그대로 방치할 자를 분리시키기 위한 계획에 착수한 것일까? 그래서 우선 순위로 선별할 붉은 패찰 보안사범의 실물을 고위직에서 직접 확인하기 위해서? 그런데, 그래서 뭐가 문제지? 나의 문제, 나의 처형 가능성, 저들이 나의 목에 올가미를 건다 한들, 나의 죽음의 문제에 대해서는 생각하지 말기로 하지 않았는가? 그런데 왜 나는 검정 정복, 똥테 두른 정모를 쓴 자의 출현이 신경에 거슬리는 걸까? 사생활을 침해당한 불쾌감일까? 모욕감일까? 형무소에 입감된 이래로 이미 하루에 두 번씩 아침저녁으로 점호를 받아오지 않았는가? 그때마다 사동담당 형무관이 방을 들여다보고 1941번의 탈옥 여부를 확인하며 머릿수를 세지 않았는가? 지금에 와서 새삼스럽게? 기본권을 박탈당하고 존엄성을 상실한 자로서 사생활이 매일 매시간 침해당하는 우리 속 규칙에 알게 모르게 순치되어온 내가 왜 새삼 이렇게 예민해지는 걸까? 이미 자유를 박탈당한지 오래인 내가 설사 똥테 정모에게 항의했다 한들 두엇이 달라질까? 자유가 회복되는 것도 아니지 않는가?

"각방 취침!"

취침나팔이 울렸다.

'이 시간부터 내일 아침 기상나팔이 불 때까지는 누구도 나를 부르거나 간섭하지 못할 것이다. 꿈속에서 꿈을 꾸며 탈옥의 자유를 누릴 수도 있다. 비록 아침이 되면 붉은 벽돌 속으로, 잿빛 망루 위로, 비둘기들의 우울한 울음 속으로 신기루처럼 사라질 자유이겠지만.'

도슨은 마룻바닥에 금요를 펼치고 누웠다. 천장 한가운데 박혀 있는 백열전구에서 내리쏘는 빛을 피해 몸을 모로 돌리고 팔베개를 했다. 똥테의 출현으로 인한 과민한 긴장으로 썰물처럼 피로가 밀려왔다. 비둘기 답신을 잊은 채 도슨은 잠에 빠져들었다. 몽당연필도 성경 책등 안에서 숨을 죽였다.

'찰카닥'

방문이 열렸다. 아침 설거지를 이제 막 마친 이른 시간이었다. 두 사람 이상이 걸어오는 발자국 소리를 듣긴 했지만 이 시간에 도슨의 방문이 열리리라고는 전혀 예상치 못한 경우였다.

"せんきゅうひゃくよんじゅういちばん、檢房。"

(1941번, 검방!)

낯선 형무관 둘이 방문 입구에 버티고 섰다. 무슨 영문인지 모른 도슨은 자리에서 벌떡 일어나 두 형무관을 바라볼 뿐이었다.

"검방을 한다고 합니다. 잠깐 나오시지요."

단야와 임무 교대한 당일 사동 담당 형무관이 문을 따면서 조선어로 도슨에게 일러주었다. 단야는 퇴근하고 없었다.

'내가 곤히 잠들어 깨우지 않았던 것인가? 비둘기를 받아가야 했을 텐데.'

사동에서 자신의 방만 콕 찍혀 검방을 당하는 경우는 처음이었다. 도슨은 고무신을 복도로 들고 나와 천천히 신으며 뒤를 돌아보았다. 몽당연필이 책등 안쪽에 꽂혀 있는 성경책은 펼쳐져 있었다. 설거지 후에 비둘기를 쓰고 나서 몽당연필을 변기통에 폐기하려던 참이었는데 그 사이에 검방을 당하게 된 것이다. 검방이 진행되는 동안에는 방 쪽으로 등을 대고 복도를 마주하며 서서 기다려야 했다. 평소 검방에 비해 긴 시간이었다.

도슨은 보안부서 심문실로 끌려갔다. 사무실 한가운데 자리한 탁자의 맞은편에는 보안부서 책임자로 보이는 자가 검정 정복 차림으로 다리를 꼬고 앉아있었다.

"앉으시오."

"……."

검정정복의 거만한 말투와 턱짓에 도슨은 아무 말 없이 탁자 걸상에 앉아 등을 곧추 세웠다.

"연필은 어디서 난 것이요? 누가 줬소? 연필심이 뭉툭허게 닳아 있는 걸 봉께로 허벌나게 많이 써갈겼구만이라잉."

검정정복은 엄지손가락으로 탁자 위를 톡톡 치며 다짜고짜 거만한 말투로 몽당연필의 출처를 추궁해댔다. 까마귀가 날아가는 모양으로 젖혀진 깃 좌우에는 똥잎파리 문양의 금장이 각각 하나씩 달려 있었다.

"하느님께서 조선의 독립을 위해 쓰라고 내게 보내준 것이오."

상대방의 거만하고도 흥분된 말투와는 달리 도슨의 음성은 고저강약 없이 평조를 유지했다.

"시방 농담허씨요? 씨알머리 읎는 소리 말고 지대로 말허씨요."

검정정복은 도슨의 답변도 답변이지만 나직하게 깔리는 음성이 귀에 거슬려 말투가 더욱 거칠어지고, 급해졌다.

"씨알머리? 거 사투린지 뭔지 알아듣지 못할 말 하시는데, 나는 하느님의 말을 대신하는 신부요. 하느님 말씀에 씨알머리 따로 있고, 씨알꼬리 따로 있질 않소이다."

도슨의 음성에는 여전히 아무런 변화가 없었다.

"여봇씨요. 시방 말짓난허자는 게요? 추가* 뜨고 싶덜 않으면 좋게 말헐 때 싸게 불으씨요."

---

* 감옥 안에서 규칙을 위반하여 형이 가중되는 것. 속어.

검정정복은 행형법 위반으로 도슨을 재판에 넘겨 구속 기간을 연장시키겠다고 협박해댔다.

"말장난 싫어하시는가 본데 그럼 나도 단도직입적으로 말하겠소. 나는 아일랜드 사람으로서 조선의 독립을 위해서 일하는 사람이요. 그런데 당신들은 어째서 조선 사람으로서 일본을 위해 충성을 바치는 거요?"

"뭐시여? 조선은 읎소. 여그는 천황의 땅, 일본 밖에 읎소. 천황의 땅에 사는 사람은 모다 조선인이 아니라 황국신민이오. 일본에 왔으면 일본법얼 따르씨오. 쓰잘대기읎는 소리 그만 허고, 연필 어서 났는지 싸게 불기나 허씨요. 어느 놈이 줬소?"

"나는 오직 하느님의 법만 따르는 신부요."

신문이 아닌 말싸움은 출발부터 서로 다른 궤도에서 서로 다른 언어로 마주 보고 달렸다.

"거참, 말이 씨가 안 멕히넌 골수 예수쟁이로구만."

"주여, 저 거만하고 불쌍한 자를 용서하소서."

도슨은 뻔히 들으란 듯이 두 손을 모으고 크게 중얼거렸다. 조롱이었다.

"하ㅡ, 이 코쟁이가 끼니때마동 공짜밥 믹여준게로 허는 일도 읎이 입만 살아 따박따박 댓거리헌다 말이시. 어이, 요 1941번, 집어너불어라. 을매나 버틸랑가 보드라고잉. 수정 채와 딜꼬 가."

신문실 입구에 대기하고 있던 형무관 둘이 도슨에게 다가와 수정을 채우고는 신문실 밖으로 연행해갔다. 가슴에 '보안'이라는 한자가 새겨진 정복을 입고 있는 형무관 둘의 신체는 무술로 단련된 자들인지 단단한 어깨에 건장한 체구들이었다. 수정이 채워진 두 손목을 앞으로 늘어뜨린 도슨을 두 형무관들이 앞뒤에서 계호하며 신문실을 나와 마당을 가로질렀다. 연행되어 가는 길 또한 도슨에게는 낯선 곳이었다.

도슨이 끌려 간 곳은 재소자들이 수감되어 있는 옥사들로부터 제법 떨어진 외진 곳이었다. 옥내를 거치지 않고 마당에서 바로 지하로 연결되는 계단을 내려갔다. 앞섰던 형무관이 계단 끝에 있는 육중한 철문을 열었다. 지하 징벌실이었다.

"1941번. 보안사범. 페트릭 도슨. 불법 소지물 은닉."

계호해 온 형무관 중 하나가 징벌실 담당 형무관들에게 인수인계를 하였다. 그곳도 두 명의 형무관이 지키고 있었다.

"따라오씨요."

담당형무관이 서랍 속에서 열쇠를 꺼내어 들고 앞장섰다. 두 계호 형무관이 걸음을 느릿느릿 질질 끄는 도슨의 두 겨드랑이 사이에 손을 넣어 부여잡고는 담당 형무관의 뒤를 따랐다. 도슨은 검정 고무신을 신은 채로 징벌방으로 떠밀리며 갇혔다. 징벌방문이 닫히며 도슨은 어둠에 갇혔다. 창문이 없는 방문이었다.

'쿵!'

계호 형무관들이 돌아가는 것인지 철문 닫히는 소리가 들린다. 문의 맞은편 벽으로부터 가느다란 햇빛이 들어온다. 도슨의 손이 닿을 듯 말 듯한 높은 위치에 좌우로 뻗은 장방형 구멍이 뚫려 있다. 구멍은 손바닥 길이 반만큼의 높이에 가로 길이는 어깨 폭 정도. 벽에서 떨어져서 사선으로 올려다본 구멍의 바깥쪽 끝이 보이질 않는 것으로 보아 벽의 두께는 최소한 어깨 폭 정도일 것이다. 구멍은 상단의 면만 보일 뿐 바깥은 볼 수 없다. 해도 산도 망루도 보이지 않는다. 도슨의 동공이 어둠에 적응하며 방의 구석구석과 천정이 시야에 들어온다. 키가 큰 사람이 누우면 머리와 발이 벽에 닿을 작은 방이다. 사방 벽에는 선반 하나 걸려 있지 않고, 못하나 박혀 있지 않다. 한 글자, 한 획의 낙서도 없다. 천정에도 전구가 달려 있지 않다. 전구를 달 장치도 없는 맨 천정이다. 철판으로 만든 방문에는 머리 눈높이에 맞춘 조그마한 구멍이 뚫려 있다. 수번만한 크기다. 바깥에 뚜껑을 달아 위로 올려 열었다가 내려서 닫히게 만든 감시 관찰용 구멍이다. 벽의 구멍으로부터 들어오는 빛을 통해 목판을 깐 방바닥 위에 수북이 앉은 먼지가 보였다.

'먹방이다.'

도슨은 그대로 방바닥에 앉아 숨을 골랐다. 수정이 뒤로 채워진 손목과 팔뚝과 어깨가 뻐근해져 왔다.

"거기 누구 있습니까? 누구 새로 들어왔습니까? 나는 경성에서 해방운동하던 김철주라고 합니다."

철판 방문 너머로 도슨보다 먼저 들어와 있던 누군가가 도슨을 향해 말을 전하는 듯했다. 씩씩한 목소리였다. 목소리의 주인공은 아마도 삼십 전후일 것이다.

"나는 파트리치오 도슨이라고 합니다."

도슨은 재빨리 일어서서 문에 달린 구멍에 대고 크게 응답했다. 비록 뚜껑이 닫혀 있어도 약간의 빈틈을 통해서라도 상대방에게 잘 전달되리라는 직감이 작동했다.

"통방 금지!"

형무관이 경계를 호령했다.

"외국인이십니까?"

김철주란 자가 형무관이 경계를 무시하고 통방을 이어갔다.

"그렇소. 제주도성당 주임신붑니다."

도슨도 철주의 의지에 호응하며 통방을 밀어붙였다.

"외국인 신부께서 어떻게 이곳에."

"통방 금지!"

경계를 호령하는 형구관의 목소리가 직전보다 커졌다.

"내가 군사기밀을 해외로 내보냈다는 죄를 뒤집어씌워 구속시켰소. 신도들에게 참배를 거부하라고 가르친 것에 대한 보복이오."

"통방 금지-. 통방 금지-."

호령의 끝을 길게 늘이는 형무관의 목소리에는 경계를 넘어 경고의 신호가 담겨 있었다.

"소비에트군대가 곧 만주 진공작전을 개시했습니다. 곧 만주를 거쳐 압록강을 넘을 것입니다. 왜놈들이 패망할 날이 멀지 않았습니다."

형무관의 경고를 아랑곳하지 않는 철주의 통방 의지는 강경했다.

"이 뽈갱이 새끼가."

'털컹!'

형무관의 욕설과 동시에 쇠문이 열렸다.

"으-읍. 으으으-."

'두 형무관이 김철주의 방으로 들어가 두 손이 수정으로 채워져 제

대로 저항할 수 없는 그의 입을 제압하는 것이리라.'

'쿵!'

쇠문이 닫히는 소리.

'쾅! 쾅!'

쇠문에 충격이 가해지는 소리.

'두 손에 수정이 채워지고 입이 봉해진 김철주가 발로 문을 차며 저항하는 것이리라.'

'털컹!'

도슨 방의 쇠문이 열리고 두 형무관이 들이닥쳤다.

"당신 신부로 위장한 용공분자 아니오? 뭣땀시 경고럴 무시하고 뽈갱이와 내통하는 거요?"

"사람이 말할 자유는 하느님이 주신 것이오. 주 하느님을 모독하지 마시오."

"역시 들은 대로 하느님 팔아제낌서 따박따박 댓거리질해쌌는 예수쟁이가 맞긴 맞구만이라이."

형무관 하나가 도슨의 목을 감아쥐고 바닥에 자빠뜨렸다.

"허ㅡ. 허ㅡ."

뼈밖에 남지 않은 도슨의 육체는 가쁜 숨만 내쉴 뿐 발을 버둥거릴 힘조차 쓰지 못했다. 다른 형무관이 도슨의 손목에서 수정을 풀었다. 도슨의 목을 쥔 자가 목을 당겨 도슨의 상체를 일으켰다가 반대 방향으로 엎어버리고는 왼쪽 무릎으로 도슨의 뒷덜미를 눌렀다. 숙달된 연속 동작이었다. 잽싸게 도슨의 엉덩이 위에 올라탄 다른 형무관이 도슨의 두 손을 허리 뒤춤으로 돌려 수정을 채웠다.

'쾅!'

도슨의 방문이 다시 닫혔다. 이어 형무관이 T자형 열쇠봉 끝 단면에 파인 사각 홈을 문짝에 고정된 자물쇠 홈 속 사각 돌출 부위에 끼워 맞춰 돌렸다.

'철커덕'

문짝 자물쇠 속으로 들어가 있던 빗장이 철판 문설주에 뚫려 있는 구멍 속으로 미끄러져 들어갔다. 더 이상 사람의 소리가 들리지 않았다.

"허-. 허-."

기가 빠져버린 도슨은 한동안 엎어진 채로 고개를 모로 돌린 채 일어서질 못했다.

'쾅! 쾅!'

김철주 쪽에서 문에 충격이 가해지는 소리 말고는 더 이상 아무 소리도 들리지 않았다.

'발로 문을 차는 소릴 게다. 그도 수정이 뒤로 채워졌음은 물론이려니와 재갈까지 물린 것일 게다.'

한동안 쾅쾅 울리던 소리도 잦아들었다. 도슨은 몸을 모로 돌리고 팔꿈치를 바닥에 의지하여 상체를 일으켜 앉았다. 피로가 돌려왔다. 도슨은 벽에 옆으로 기대어 고개를 떨군 채 쪽잠에 빠져들었다.

'딱. 딱.'

"배식!"

형무관이 문을 두드리며 배식을 알리는 소리에 도슨은 잠에서 깨어났다. 밖에서 식구통을 막은 여닫이 함석관문이 열리자 그곳으로 감시실 전등 불빛이 들어왔다. 도슨은 그제야 그곳에 식구통이 있다는 걸 알았다. 일반 사동과 똑같은 위치, 똑같은 구조의 식구통이었다. 형무관은 커다란 그릇 하나와 종지 하나를 식구통 바닥 안쪽 경계에 바싹 붙여 놓았다.

'덜컹!'

철주 방 쪽에서 쇠문이 열리는 소리가 들렸다.

'재갈을 풀어주러 들어가는 것일까?'

'쾅!'

쇠문이 닫히는 소리가 들렸다.

'따-악. 딱.'

물건이 바닥에 떨어지는 소리가 두 차례 들렸다.

"야이 왜놈들의 개새끼들아. 내가 니들 같은 개인 줄 알아? 밥을 핥아 먹으라고? 니들이나 핥아먹어라. 똥개새끼들아."

김철주 입에서 험한 욕설이 터져 나왔다. 아마도 물렸던 재갈을 풀어준 것임이 맞는 것이었다. 철주의 욕설은 재갈은 풀어주었으나 뒤로 채운 수정을 풀어주지 않은 데 대한 투쟁이었다. 물건이 바닥에 떨어지는 소리는 식구통 위에 놓였던 그릇과 종지를 그가 발로 차버려 감시실 바닥에 떨어지는 소리였던 것이다. 형무관들은 도슨의 수정 역시 풀어주지 않았다.

"오- 하느님."

도슨은 일용할 양식을 차마 걷어찰 수가 없어 그대로 두었다. 그는 식구통 쪽을 외면하고 몸을 틀어 벽에 기대었다. 다시 졸음이 몰려왔다.

'찰각'

열려 있던 식구통 함석판문이 닫히고 여닫이문에 달린 빗장이 벽에 걸린 걸쇠 위에 걸치는 소리가 났다. 식구통 위에 손도 입도 대지 않은 그릇들을 형무관이 치운 것이다.

'주여, 아버지시여, 저에게 힘을 주소서. 자포자기하지 않게 도와 주소서. 잠들지 않게 도와주소서.'

도슨의 눈꺼풀이 스르르 내려앉았다. 그는 깊고 깊은 어둠 속으로 빠져들었다.

'딱. 딱.'

"배식."

도슨은 잠에서 깨어났다. 고개를 돌려 뒤를 돌아보니 식구통 쪽으로 전등 불빛이 비쳤다. 식구통은 열려 있었고 큰 그릇 하나 종지 하나가 놓여 있었다. 저녁 식사 시간이다. 아마도 네 시 경일 것이다. 도슨은 다시 눈을 감았다.

"밥 안 묵겄소? 묵을 생각 읎으면 앞으로 식구통 안 열고. 그게 피차 덜 피곤하덜 것잉게."

철주 방 쪽에서 감시실 형무관의 목소리가 들려왔다. 그릇들을 차버렸던 철주에 대한 명백한 보복성 통고였다. 합리성을 가장하여 인간 존엄을 유린하고 야유하는 야비한 조롱이었다.

"……"

철주 방의 식구통이 열리는 소리는 들리지 않았다. 잠은 끝도 없이 또 밀려왔다. 형무관의 억센 완력에 목이 감겼던 데다가 고개를 옆으로 꺾고 잔 탓인지 목이 뻐근해져 왔다. 도슨은 몸을 돌려 목을 반대 방향으로 꺾고는 또다시 잠속으로 빠져들어 갔다.

'쿵!'

도슨은 잠에서 깨었다. 앉은 채로 잠이 들어 의식하지 못하는 중에 몸이 조금씩 기울어지다가 그만 옆으로 쓰러지며 옆머리가 바닥에 부딪힌 것이었다. 온몸이 뻐근해져 왔다. 부딪힌 옆머리 부위보다는 목 부위에 심한 통증이 느껴졌다. 오랜 시간 앉아서 잔 탓인지 허리 부위에서도 묵직한 아픔이 전해져 왔다. 도슨은 아예 옆으로 누워버렸다. 바깥도 해가 지고 밤이 되었는지 벽 구멍으로 들어오던 빛살도 사라졌다. 베개도 없이 옆으로 누워있다 보니 목 근육이 땅겼다. 비쩍 마른 몸이 딱딱한 바닥에 닿으며 골반뼈와 허벅지뼈 부위가 배기며 통증이 오기 시작했다. 도슨은 자리에서 일어나 어둠 속을 조심조심 오가며 서성였다. 혹시나 머리나 몸이 벽에 부딪힐까봐 발끝을 살살 내밀며 걸음걸이를 한다. 발가락 부위가 벽에 닿으면 뒤로 돌아 같은 걸음걸이를 수도 없이 반복했다. 시간이 얼마나 되었을까? 자정은 지나갔을까? 허기진 배에서 꼬르륵 소리가 나고 다리에 힘이 빠지며 풀려갔다. 도슨은 아까 누웠던 반대 방향으로 다시 누웠다. 지하라 그런지 한여름인데도 추위가 내려앉기 시작했다. 왼쪽으로 모로 누워보고, 오른쪽으로 모로 누워보고. 다시 일어나 옆으로 벽에 기댔다. 또다시 얼마나 시간이 지났을까? 목과 허리와 골반의 아픔도, 뒤로 수정이 채워진 손목과 팔뚝의 뻐근함도, 추위도 다 덮쳐버리는 잠이 또다시 몰려왔다. 도슨은 잠든 사이에 또다시 쓰러져 머리가 바닥에 부딪힐까 걱정이 되어 어둠 속에서 구석을 찾아 벽을 타고 기었다. 구석에 자리를 잡은 도슨은 옆으로 앉아 한쪽 어깨를 벽에 기대고 머리를 숙여 벽에 대었다.

'아버지 하느님, 도와주소서. 저와 김철주로 하여금 잠들지 않게 도와 주소서.'

목에 잠겨드는 도슨의 기도는 낮은 소리로 수없이 반복되었다.

'아버지시여. 아버지시여.'

어둠 속에서 아무런 울림도 없고 메아리도 없는 기도 소리는 천근만근의 무게로 내려앉는 눈꺼풀의 무게에 눌려 서서히 사위어갔다. 도슨은 웅크린 채 잠이 들었다. 악몽을 꾸는 듯 잠든 그의 목과 팔과 손목이 무의식중에 움찔거릴 때마다 수정의 톱니가 하나씩 하나씩 안쪽으로 찌릭찌릭 물려 들어가며 그의 손목을 조여 갔다.

"밥 묵어야제. 어이. 김철주 해방전사. 옥중투쟁도 밥얼 묵어사 심얼 쓰덜 않겄어?"

"……"

철주 방 쪽에서 감시 형무관의 말소리가 들려왔다. 도슨은 눈을 떴다. 철주의 반응은 전달되어 오지 않았다.

'그도 나와 같으리라. 남아있는 기운을 자신과의 싸움에 집중하고 있을 것이다.'

그들은 단순한 감시인들이 아니라 사탄이었다. 그들의 몸은 무술로 단련된 흉기였다. 그들의 혀는 신체가 속박된 자의 영혼마저 유린하고 말살하는 고문 도구였다.

벽의 구멍을 통하여 들어온 빛이 쇠문을 비췄다. 밤이 지나간 것이다. 도슨은 웅크렸던 무릎을 바닥에 대고 간신히 일어났다. 목과 허리, 무릎과 발목의 뼈들이 마디마다 굳어버리고, 근육들은 꼬이고 엉킨 듯이 몸이 의지대로 움직이지 않았다. 첫 발걸음을 떼자 발등에 무겁고도 팽팽한 느낌이 쏠렸다. 도슨은 그 자리에 힘들게 앉았다. 두 발 뒤축을 바닥에 대어 마찰력으로 당기고 엉덩이를 앞으로 전진시켜 빛이 비치는 문가로 갔다. 뚱뚱 부은 발등의 살이 고무신 아가리 주위까지 팽창되어 있었다. 도슨은 발뒤꿈치를 바닥에 대고 긁어당겨 고무신을 벗었다. 발을 위로 들어올렸다. 바지 끝단이 무릎 쪽으로 내려왔다. 부어오른 종아리 살이 정강이 윤곽까지 덮어버렸다. 손목 부위도 압박감이 더해졌다. 온몸이 부은 것이다.

'3년 10개월 구금된 동안에 팔다리건 엉덩이건 근육이란 근육은 온통 쪼그라들고 소멸되었었는데. 게다가 끼니를 두 차례 걸렀고. 이렇게 거저 살이 찌는 법도 있군. 허허. 허허허.'

도슨은 억지로 스스로를 위안하며 의지를 다졌다.

"딱. 딱. 배식."

문 두드리는 소리, 형무관의 목소리는 멈춘 시계의 태엽을 억지로 돌리는 기계 소리였다. 식구통이 열리고 백열전구 빛이 들어오고 그릇과 종지가 올라왔다. 갑자기 아랫배가 팽팽하게 땅기며 소변 기운이 느껴졌다. 그러고 보니 이곳으로 온 이후 단 한 번도 대소변을 내보내지 않았다. 느낌조차 없었다. 특수상황에서는 생리활동도 일시적으로 정지하는 것일까? 특수상황도 이제는 임계치를 향해 치닫고 있었다. 도슨은 식구통 앞으로 가서 섰다. 눈을 감았다.

'식구통이 바로 변소다.'

도슨은 눈을 감은 채 식구통을 겨냥해 시원하게 갈겼다. 시원한 쾌감은 오랫동안 지속되었다. 하복부의 불편한 팽만감이 사라지고 부기가 싹 빠져나가듯이 그 자리를 쾌적함이 채웠다. 두 어깨가 으쓱 올라가면서 몸이 부르르 떨렸다. 허벅지와 정강이와 발등을 타고 흘러내리던 오줌이 바닥 위를 흐르다가 문지방 밑을 타고 흘렀다.

　'원수들아, 절대로 너희들에게 아쉬운 소리 한마디 안 할 것이다. 너희들이 나를 능욕하려 든다면 기꺼이 능욕당한 모습을 보여주마. 오줌에 절여지고 똥 범벅이 된 내 육신의 모습을 만천하에 알리거라. 강제로 능욕한 자가 부끄러운 것인지, 강제로 능욕당한 자가 부끄러운 것인지. 십자가에 못 박히신 우리 주 예수그리스도께서는 알고 계시리라. 벌거벗은 몸으로 앙상한 갈비뼈를 드러내고 능욕을 당하면서도 예수 그리스도께서 너희를 불쌍히 여기리라 하셨듯이 나의 순결한 영혼만큼은 털끝 하나도 건드리지 못할 것이다.'

　"이잉. 이게 먼 냄시ㄲ나? 찌린내 아녀."

　지린내가 열린 식구통을 통해 바깥 감시실로 나갔던 것이다. 형무관이 냄새의 출처를 감지했는지 식구통 앞으로 다가왔다.

　"어휴. 씨—."

　"어허—. 씨원하다."

　형무관과 도슨은 동시에 각기 다른 반응을 쏟아냈다.

　'덜컹'

　문을 활짝 열어젖힌 형무관이 문지방을 타고 흐른 오줌에서 풍기는 격한 지린내에 오만상을 찌푸리며 구두를 신은 채 방안으로 들어섰다. 감시실의 전구 불빛이 방안을 환하게 비추었다. 예상보다 많은 양의 오줌이 방의 구석까지 흘러 들어가 고여 있었다. 도슨은 묘한 성취감을 느끼며 속으로 큭 하는 웃음이 나왔다.

"신부가 오줌도 못 개려야."

형무관이 신경질적으로 반말지거리를 해댔다.

"당신들이 원했던 거 아니오. 신부 욕보이고 창피주려는 거."

꺼져가던 도슨의 기운이 살아났다.

"워째 재갈도 안 물린 입으로 말을 못한다요? 입으로 묵고 사넌 사람이?"

"꼭 말을 해야 아시오? 수정을 뒤로 채우는 자들한테 인간의 말이 통하겠소?"

"워따-. 그새 뽈갱이헌티 물들었는갑다 혔더니만 요건 아조 뽈갱이 찜쪄묵을 천주학쟁일세잉."

형무관이 욕설 직전까지 가는 거친 말을 내뱉으며 문밖으로 나갔다.

"뽈갱이고 뽈갱이 찜쪄묵을 천주학쟁이고 모두 당신들이 만들어내고 있는 거요. 당신들 하기에 달렸소."

도슨은 감시실로 나가는 형무관의 뒤통수에 대고 경고를 해댔다. 강약고저 없는 평조 목소리는 변함이 없었다.

"에지간히 하시요잉. 따박따박 댓거리 고만 허고 바지 요놈으로 갈아입으씨요. 닦고 난 수건으로 여그 좀 깨까시 훔치고."

형무관은 물수건과 마른 수건, 새 바지를 들고 와서는 도슨 바로 옆에 내려놓고 도슨의 수정을 풀어주고는 다시 밖으로 나갔다.

수정이 풀린 도슨의 손목은 발목과 다를 바 없이 뚱뚱 부어있었다.

수정을 꽉 채울 정도로 부은 손목 둘레는 불그스레한 자국이 패여 있었다. 팔뚝도 허벅지도 뚱뚱 부어 있었다. 몸을 닦고 바지를 갈아 입은 도슨은 지린 바지와 수건들을 방 입구에 쌓아놓았다.

"오줌 안 치웠소? 냄시 안 나요? 나넌 대가리フ 다 아픈디."

옷과 수건들을 수거하러 온 형무관은 오줌이 그대로 방치되어 있는 걸 확인하고는 인상을 찌푸렸다.

"나는 거 같기도 하고 안 나는 거 같기도 하고. 4년째 독방에서 뺑끼통 똥오줌 냄새 맡으며 살다 보니, 냄새 안 나견 내 방 아닌 거 같아 허전하오."

"참말로 시상에 요르코롬 개장궂은 신부가 다 있을까잉. 신부가 천국 가는 건 낙타가 바늘구녕으로 들어가는 것보다 에려울 거시오."

형무관은 투덜투덜 악담을 하고는 마지못해 구둣발로 수건을 이리저리 몰고 다니며 오줌을 훔쳤다.

"천국에는 두 종류가 있소. 권세와 돈을 가진 자들이 가는 천국. 또 하나는 힘없고 가난한 자들이 가는 천국. 그쪽은 어느 쪽이오?"

"돼얐소."

형무관은 더 이상 말하고 싶어 하는 것 같지 않았다. 그는 오줌에 절은 축축한 바지와 수건들을 발로 툭툭 차서 밖으로 밀어내고 나가서는 문을 쿵 하고 닫았다. 식구통에 놓여 있던 그릇과 종지도 거두고는 그곳 문도 닫아버렸다. 형무관은 도슨의 손목에 수정을 다시 채우지는 않았다. 도슨의 작은 승리였다. 다시 방안은 어둑해졌다. 도슨은 누웠다. 세 끼를 거른 빈속에 아침부터 형무관과의 기 싸움과 입씨름으로 기운이 소진되다보니 또다시 고단함이 몰려오며 스르르 잠이 왔다.

"요건 또 뭔 냄시다냐?"

한층 고조된 형무관의 목소리가 도슨의 귀에 꽂히며 잠이 달아났다.

'덜컹!'

철주 쪽의 방문이 열리는 소리였다.

"이건 또 뭔 염병이다냐?"

"염병? 당신은 엄마 뱃속에서 나와 오줌 쌌을 때 염병 걸렸었소?"

철주의 대꾸를 듣자 하니 저쪽 사정 또한 이쪽의 판박이일 것이었다.

'졸지에 옥중 소변연대투쟁이 되어버렸군. 독방에 있을 때보다 재미있는 맛도 있네.'

도슨은 어둠속에서 홀로 쓴웃음을 지었다.

"신부님, 부기는 좀 빠지셨습니까?"

철주의 목소리가 들려왔다. 통방을 요령껏 하려는 거두절미 안부인사였다.

"조금 나아졌소? 김 선생은 어떻소?"

"괜찮습니다. 힘드시더라도 부지런히 움직이십시오. 부기 안 빠지면 큰병 납니다."

"고맙소. 김 선생도 건투하시오."

안부인사 정도의 통방에 대해서 형무관들은 더 이상 굳이 금지시키려 하지는 않았다. 철주는 통방 요령은 예리했다. 부기 안부를 묻는 단 한 번의 통방으로 둘 다 뒤로 수정을 차고 있었음과 이제는 그 수정이 풀렸는지를 서로 확인하는 것이었다. 감옥에서는 통방시에 처음에 밥 많이 먹었느냐는 인사로 시작하거나 밥 많이 먹으라는 끝 인사를 하는 것이 보통이다. 그런데 그는 밥 인사를 하지 않았다. 도슨도 마찬가지였다. 단식연대투쟁이 계속되고 있음을 확인코자 하는 그에게 도슨은 자연스럽게 화답한 것이었다.

"밥 생각 나건 말 허씨요."

형무관이 식구통을 열고 한마디 던지고는 도슨의 대답을 기다렸다. 밖에서 문을 딱딱 두들기며 소리를 질러대는 것에 비하자면 인간적인 소통방식이었다.

"……"

식구통은 다시 닫히고 '철컥'하며 걸쇠에 빗장 걸치는 소리가 들렸다. 뒤로 수정이 채워졌던 김철주에게 '밥 묵어야제. 어이, 김철주 해방전사, 옥중트쟁도 밥얼 묵어사 심얼 쓰덜 않겄어?' 하며 조롱하던 것에 비하면 적잖은 말투였으나, 투항 의사가 확인된 후에 밥을 주겠다는 통고임은 분명했다. 오줌 방뇨에 대한 보복 조치로 보이기도 했다. 침묵으로 밥을 거부했으니 물 한 모금 마심 없이 네 끼째 거르는 것이다. 철주와의 통방과 네 끼째 식사에 대한 거부를 거치며 단식투쟁이라는 의식은 두 사람에게 거듭 각인되었다.

"단식투쟁 헐 참이요?"

"그렇소. 당신들이 원했던 거 아니오?"

탁자 건너 검정정복 보안 책임자의 자세나 말투는 변함없는 그대로였다.

"뒤로 채왔던 수정도 풀었는디 단식허는 이유가 머시요?"

"몸으로 저항을 하지 않는 재소자에게 수정을 뒤로 채우는 행형 규정이 있습니까?"

"행형 규정얼 재소자헌티 일일이 설명해주어사 허는 규정은 읎소."

몸을 뒤로 쭉 빼는 검정정복의 말끝에는 힘이 없었다. 쫓기는 자의 말투였다.

"수정을 뒤로 채우는 규정이 없으니 설명할 수 없다는 것이요?"

도슨은 한방에 복판으로 치고 들어갔다.

"오줌얼 방안에 싸는 아그에게 규정 설명햄시로 혼내는 부모 본 적 있소? 일본 제국은 부모보다도 웃질이요."

"그래서 일본은 규정 없이 조선을 강점하고, 규정 없이 조선 민중들을 강제 노역시키고, 규정 없이 재소자에게 가혹한 징벌을 가하는 것이오?"

"당신의 주장은 공산주의자와 한마디도 달브지 않고 똑닮았소."

"당신의 주장이야말로 주장과 신념이 다르면 공산주의로 몰아가는 파시스트와 똑같소. 히틀러 파시스트와 일본 군국주의가 뭐가 다르오?"

"나가 군사기밀 팔아넴기넌 국사범허고 입씨름허자고 요 자리에 있는 건 아니고. 거 머시냐? 형무소 규정얼 위반했응게 응당 징벌얼 받는 것인디, 머시가 억울혀서 굶어싼다요?"

"이웃집 소가 내 밭을 지나갔다고 그 소를 빼앗으면 되겠소?"

"지 맴대로 지나간 거시 자유먼 뺏는 것도 자유 아니것소. 비유가 아조 좋구만이라잉."

검정정복은 자신의 대답에 아주 만족한 듯이 유쾌한 표정을 지었다.

"하기사 지나가지도 않은 소도 뺏아가는 사람들이 뭘 못 빼앗아가 겠소?"

이번에는 도슨이 상체를 뒤로 젖혔다. 비아냥과 성토를 한방에 몰아서 치는 일갈이었다.

"워따-. 어이, 1941번. 거 듣자듣자 허니 뚫린 아구지라고 함부로 씹었다 뱉었다 허는디 참말로 추가 뜨고 싶소? 국가모독. 유언비어. 명예훼손. 하나에 1년썩만 혀도 당신 3년이요. 수형 중에 법 위반허믄 추가에 가중치가 붙소. 그라믄 꼽징역이요, 꼽징역. 이 규정은 나가 친절하게 설명해 줄 수도 있소."

검정정복은 노골적으로 협박하고 나섰다.

"3년이든 30년이든, 추가든 꼽징역이든 마음대로 해보시오. 일본은 곧 패망할 것이오. 패망해서 내가 나가든지, 아니면, 아니면, 항복을 거부하고 옥쇄한다면서 국사범들을 모두 처형하든지 하겠지. 죽은 송장에 수정을 뒤로 채워 먹방에 30년 가두든지, 재갈을 물려놓고 밥을 주든지 당신 마음대로 해보시오. 그까짓 추가? 하하하. 마음대로 해보시오. 하하하하."

도슨도 자신이 벼랑 끝에 서 있음을 선포하며 최후의 일격을 가했다.

"머셔? 패망? 처형? 그까짓 추가? 요 천주학쟁이가 시방 맛탱이가 가도 아조 허천나게 가불었어야. 골피가 접상허고 불쌍혀서 쪼까 봐줄까 혔는디 지 무덤얼 파겄다고 죽자살자 달려들어야. 어이, 딜꼬 가라. 오줌얼 바지에 싸든 똥으루다 벼람박에 벽화럴 그리든 지 꼴리는 대로 허다 굶어 디져불게 냅둬불어.”

의표가 찔린 검정정복도 벼랑 끝 싸움판으로 이끌려 들어왔다. 말싸움은 더 남은 것 없이 피차 갈 데까지 가버렸다. 피차의 머릿속에는 밑져야 본전이라는 저마다의 계산법이 물리적인 충돌을 향해 치달았다. 한쪽은 죄수 하나 죽고 일본이 망해도 나는 튀면 그만이라는 계산법이었고, 다른 한쪽은 죽든 살든 추가 징역은 없다는 계산법이었다.

“신부님, 안녕히 주무셨습니까?”
“잘 잤습니다. 김 선생도 잘 주무셨소?”
“네.”

아침 인사는 으레 철주의 안부 인사로 시작되어 철주의 ‘네’ 한 마디로 끝났다. 소진되어 가는 기운을 아끼기 위해서는 단 한 마디의 말도 줄여야 했다. ‘식사 많이 하셨습니까?’라는 안부 인사는 여전히 없었다.

하루 세 끼니씩 하여 일주일째 스무 끼니가 걸러지고 있었다. 무더운 한여름에 물조차 마시기를 거부하는 극단의 단식투쟁이었다. 단식 사흘째에 서리태 크기의 바싹 마른 노루 똥 몇 개를 본 이후로 대소변은 더 이상 소식이 끊겼다. 온몸의 수분이 말라 들어갔다. 근육과 핏줄의 세포가 타들어갔다. 물이 통과된 지 오래인 창자의 관들도 들러붙기 시작한 것 같았다.

　도슨은 사제생활을 하는 동안 두 차례 금식을 한 경험이 있었다. 광야에서 사십일 기도를 올리시며 금식하던 그리스도의 고난을 체험하는 사제의 의식이었다. 금식 기도실에는 담요가 있었고, 성경책이 있었고. 그리고 무엇보다 물을 마셨다. 어둠 속에서 책도 없이, 피골이 상접한 육신으로 찬 마룻바닥에 의지하며 물 한 모금 마시지 않고 견디어가는 것은 일분일초 고통과의 싸움이었다. 오로지 하나의 목적, 인간의 자존을 수호하기 위하여 신체에 대한 강압과 인권 유린에 굴복하지 않고 저항하는 최후의 몸부림이었다. 인간의 자존은 곧 생명이고 생명의 포기는 곧 영혼의 자살이기에 도슨은 인간 영혼의 자존을 위해 기꺼이 근육과 핏줄과 창자를 태워가며 투쟁했다.

　도슨은 새들의 지저귀는 소리, 흰 구름이 떠도는 하늘, 초가집 뒤의 푸른 산, 미사포를 얹은 순결의 여인들, 아일랜드 해안 모허절벽에 하얀 거품으로 부서지는 파도, 마주잡고 싶은 손들과 얼싸안고 싶은 가슴들에 대한 그리움도 떨쳐버렸다. 지나간 시절의 아름다운 추억들과 내일을 향한 꿈들과도 결별했다. 밥과 물을 거부하며 매 순간순간을 살아가는 이유, 살아 숨쉬는 이유는 영혼이 살아 있어야 한다는 것 그 자체였다.

　"신부님, 안녕히 주무십시오."
　"김 선생도 잘 주무시요."
　"네."
　해거름이 되면 바깥보다 일찍 빛이 사라지고 어둠이 찾아왔다. 구멍을 텅해 들어오는 어스름마저 자취를 감출 때 늘 철주 쪽에서 먼저 안부 인사가 건네져왔다. 하루 중의 유일한 소통, 사회생활은 그것으로 마감되었다.

'안녕히 주무십시오. 잘 주무시오.'

낮과 밤 구분 없이 대부분의 시간은 누워서 지낸다. 기운도 없고, 그나마 남아있는 기운을 아끼기 위해서이기도 하다. 자다깨다를 반복한다. 딱딱한 마룻바닥이 춥고 배기다 보니 좌로 뒤척 우로 뒤척 움직이는 게 운동 아닌 운동이다. 밤이 찾아오면 낮보다는 조금이라도 더 깊고 긴 잠을 자게 되니 '안녕히 주무십시오'라는 인사는 의례적인 것도 있지만 상황에 맞는 인사이기도 했다.

"신부님, 안녕히 주무셨습니까?"
"잘 잤습니다. 김 선생도 잘 주무셨소?"
"넷."
'윽. 우-윽.'

심한 악취가 풍겼다. '잘 잤습니다. 김 선생도 잘 주무셨소?' 불과 몇 마디의 짧은 인사말을 내보낸 정도였는데도 그 사이에 입에 단내가 심하게 나는 것이다. 하루하루가 지날수록 단내는 점점 더 심해졌다. 숨을 쉬는 시간에조차도 의도적으로 입을 꼭 다물어야 했다. 말라붙는 구강 세포들의 저 깊은 곳에서 양분이 바닥을 드러내는 적신호가 대량으로 발신되고 있었다. 철주의 안부인사 목소리는 더 절도 있고 또렷해졌다. 기운이 다해가는 자신을 다잡기 위하여 일부러 목소리에 한마디 한마디에 힘을 주는 것이리라. 이는 또한 단식투쟁을 연대하는 동무에 대한 응원의 소리이기도 했다.

'한 점 흔들림이 없는 투사다. 절도가 넘치고 강인한 자다.'

이 아침이 지나면 서른 끼를 거르는 것인가? 거르는 끼니의 횟수를 세는 것은 과연 무슨 의미가 있는 것일까? 나의 생명이 지금 어디쯤에 있는지를, 어디쯤을 향해 가고 있는지를, 얼마나 남았는지를, 나의 의지와 한계가 어느 쪽에 기울어 있는가를 가늠하는 저울인가? 내 육체의 내부가 어떻게 변해 가는지를 형상화시키는 기호인가? 아침 인사를 나눈 지 얼마 지나지 않았는데도 또다시 스르르 잠이 찾아왔다.

'안 돼. 이대로 잠들면 죽는다. 버티지 못하는 죽음은 곧 저들에 대한 굴복이다. 나 자신에 대한 포기다. 하루 한 시간을 더 버텨야 한다.'

도슨은 머리를 흔들어 죽음의 잠, 굴복의 잠, 자포자기의 잠을 참아내려 이를 악물었다. 아일랜드의 푸른 들판, 옥수수잎과 열매가 넘실대는 Athenry가 그의 눈에 아른거렸다.

'Come on, Dawson. Cheer up, Dawson.'

'Come on, Let's sing together, Dawson.'

아일랜드 소년전사 벗들이 도슨을 깨워 흔들었다.

    By a lonely prison wall

    I heard a young girl calling

    Micheal they are taking you away

    For you stole Trevelyn's corn

So the young might see the morn.

Now a prison ship lies waiting in the bay.

도슨의 귓가에 어릴 적 벗들의 합창이 들려오다가는 다시 가물가물 아득해졌다.

'도슨, 너의 고향의 노래, 너의 선조의 노래, 너의 조국의 노래를 듣고 힘내거라. 잠들지 말거라.'

주님의 음성이 다시 추임새 되며 이어지는 노랫소리가 점점 크게 들려왔다.

Low lie the Fields of Athenry

Where once we watched the small free birds fly.

Our love was on the wing we had dreams and songs to sing

It's so lonely round the Fields of Athenry.

이내 허옇게 말라붙고 껍질이 벗겨진 도슨의 입술이 열리고 우물우물 움직이기 시작했다. 갈라지고 터진 한마디 한 가락이 끊어졌다 이어지고 이어졌다 끊어지며 어두운 징벌방 사방 벽을 낮디 낮게 감돌았다. 황금빛 벌판에 낮디 낮게 누운 풀들이 불어오는 바람에 일어나 넘실대듯이.

'Go on, Louder. Go on, Louder. My dear Dawson.'

벗들의 응원 소리도 창공을 날아가는 새들의 날갯짓이 되어 더 크게 들려왔다.

By a lonely prison wall

I heard a young man calling

Nothing matters Mary when you're free,

Against the Famine and the Crown

I rebelled, they ran me down

Now you must raise our child with dignity.

Low lie the Fields of Athenry

Where once we watched the small free birds fly.

Our love was on the wing we had dreams and songs to sing

It's so lonely round the Fields of Athenry.

징벌방 사방 벽을 낮디 낮게 감돌던 소리가 부릅뜬 도슨의 눈빛에 반사되어 천장으로 타고 올랐다.

그리운 나의 벗들아,

나 여기 잘 있다.

비록 바다 건너 하늘 끝 머나먼 땅

태양 열기로 가득 찬 여름 사막 한가운데

능욕하고 겁박하는

승냥이들이 에워싼 우리 속 프로메테우스가 되어

목젖이 갈라지고 타들어갈지라도

뱃속 창자들이 말라붙어 꼬여갈지라도

나 여기 잘 있다.

그래, 우리 다시 만날 것이다.

옥수수 열매 익어가는 아일랜드 푸른 들판에서.

'Fields of Athenry'

'Fields of Athenry'

푸른 빛 붉은 화염 검은 비

8월을 맞이하면서 히로시마 시내는 불을 토하듯 작열하는 태양열로 뜨겁게 달아올랐다. 아침 해가 뜨자마자 남쪽 세토내해에서 소금기를 머금어 끈적거리는 바닷바람이 말초신경 가지돌기처럼 갈라진 강줄기들을 거슬러 북진해왔다. 습한 바람은 달구어지기 시작한 강물이 뿜어내는 열기를 머금고 시내 구석구석을 파고들었다. 히로시마 성의 돌담이며 포장된 도로며 목조가옥들이며, 강으로 둘러싸인 히로시마 시내의 모든 풍경들은 구름 한 점 없는 상공으로 내리쏘는 태양빛과 후텁지근한 바람에 일찌감치 흐느적흐느적 늘어지기 시작했다.

'웨에------------------------엥'

아침 8시가 되기 전부터 일찌감치 공습경보 사이렌이 길게 울렸다. 조기 출근조인 율과 천동은 아침 일찍 조반을 마치고 공습경보가 해제되기를 기다렸다. 미쓰비시중공업 히로시마조선소 기숙사 2층 창문 밖의 미나미칸온마치(南觀音町) 거리는 삽시간에 인적이 끊겼다. 늘어선 단층 목조주택들마다 각을 세우고 움츠린 거뭇한 기와지붕들이 종도리며 처마 끝이며 긴장의 끈을 종으로 횡으로 서로 당기며 팽팽하게 이어가고 있었다.

"성, 촘말로 미군이 이디럴 공습할까?"

율의 말투는 일본으로 건너와 반년이 넘게 경성 출신 천동과 함께 생활하면서 제주말 반 경성말 반으로 바뀌어 있었다.

"미군이 공습할 때는 항상 미리 경고 삐라를 뿌려. 그런데 지금까지 뿌린 삐라에는 아직 히로시마를 공습한다는 말은 없다는데. 삐라를 본 사람들 말로는 미군이 도쿄다 나가노다 도야마다 어디다 해서 한 스무 군데 정도를 공습한다고 하는데 히로시마는 빠져 있댄다."

"미리 대피하지 못하게 해놓고 기습적으로 폭격해불면 어떵 허지?"

"미군은 일본 놈들처럼 비겁하게 기습하거나 하지는 않는다던데. 공습할 테니 피할 사람들은 미리미리 피해라. 미군의 적은 무고한 사람들이 아니고 폭정을 일삼는 일본 군부다. 미국의 전쟁 목적은 무고한 사람들을 군부의 폭정으로부터 해방시키는 거라는 거지. 그래서 군수공장들만을 골라가며 폭격하는 거고."

"경허기만 허믄 좋쿠다만 에바조선소도 군수공장인디. 공장 폭격허믄 우리 닮은 노무자덜은 불에 타고 그슬리는 개고기 되는 거 아니꽈?"

"그래도 아직까지는 히로시마 폭격하겠다는 경고 삐라는 없다고 하니까 다행이지."

'웨에---엥 웨에---엥 웨에---엥'

공습경보 해제를 알리는 사이렌 소리가 울리자 기숙사 건물 안에서 대기하고 있던 노동자들이 하나둘씩 기숙사 마당으로 나와 출근

대열을 갖추기 시작했다.

"나가자."

앞장서는 천동을 따라 율이 기숙사 계단을 내려가 마당으로 들어섰다. 율이 입고 있는 미쓰비시 작업복 가슴주머니 위쪽에는 징용에 응한 사람이라는 표식인 응징사 흉장이 부착되어 있었다. 늑갈색 바탕을 꽉 채운 베이지색 톱니, 톱니 위를 가로지르는 가위표, 톱니와 가위표 복판에 팔을 활짝 펴들고 서있는 갈색 사람 형상, 사람 형상 가슴에 베이지색 국화 문양이 새겨진 응징사 표식이었다.

정문을 향해 앞쪽은 조선인 청소년 노동자들이 줄을 서고 있었고 뒤쪽은 역시 조선인 여공들이 도열하고 있는 중이었다.

"율아, 밥 마이 무웃나?"

율과 천동이 여공들 무리 가장자리를 따라 정문을 향해 서둘러 걸어가는데 귀에 익은 돈소리가 들려왔다. 천동과 율의 눈길이 무리를 향해 두리번거렸다.

"누굴 찾노? 느그한테 인사하는 가시나가 내 말고 또 있는가베."

무리 앞쪽에 서 있던 영미가 손을 가슴께에 올려 흔들고 있었다. 환하게 웃는 그녀의 입가에 하얀 치아들이 드러났다. 그녀는 여느 여공들과 다를 바 없이 단발머리에 하얀 머리띠, 하얀 반소매 상의, 검은색 멜빵끈을 허리춤에 매어 어깨에 두른 검은 몸뻬바지 차림이었다.

"밥을 마이 줘야 마이 묵제."

영미와 눈이 마주친 천동이 경상도 사투리로 화답했다. 율에게 한 인사인데도 천동이 대신 대답한 것이다. 영미와 천동은 같은 나이

또래였다.

"니한테 안 물어봤다. 율이한테 물어봤지."

"잘생긴 율이는 니한테 관심 없다."

정작 당사자는 조용히 서 있을 뿐이고 천동이와 영미 사이에 정감 섞인 입씨름이 아침 인사를 대신했다.

"흥, 지랄. 니 내랑 율이 사이 질투하나?"

영미는 곱상한 얼굴하고는 달리 말투에 거침이 없었다.

"질투 맞다. 나는 율이를 사랑하거든."

천동은 진심으로 율이를 사랑한다는 듯이 곁에 엉거주춤 서 있는 율의 등을 토닥였다.

"율이 총각, 어디 감이꽝?"

영미는 천동을 애써 무시하고 율이에게 제주어로 묻는다. 나이 어리고 수줍음 많은 율에게 친근함을 느끼는 여공들은 틈만 나면 몇 마디 배운 제주 사투리를 섞어가며 율이를 들어올렸다 내려놨다 했다.

"에바. 누나는?"

율이가 간단하게 화답했다. 나카구(中区) 바닷가 에바오키마치에 있는 히로시마조선소를 노동자들은 간단하게 에바라 불렀다.

"내도 오늘 에바로 간데이. 하믄 함께 가자. 머가 그리 급하노?"

영미가 율이와 천동이를 향해 가까이 오라고 팔을 들어 손바닥을 까딱거렸다.

"엉? 시내로 건물 철거하러 안 가나?"

천동이가 걸음을 멈추고 다시 끼어들었다.

"엉. 오늘 가시나들은 다들 시내로 가는데 나는 에바로 간다. 공장에 물품들 정리할 일이 있어가."

히로시마는 미군의 공습에 대비해 주요 군수공장 시설들을 시내 공원 숲속이나 변두리 산속으로 이전하는 중이었다. 시내 주요 관공서들도 공습에 따른 화재에 대비해 주변의 목재 건물이나 가옥들을 철거시키는 중이었다. 이 철거 작업에는 주로 여공들이 동원되었다. 남쪽 바닷가 에바 구역에 자리한 미쓰비씨중공업 히로시가조선소는 이전이 불가능하다 보니 여느 때와 다를 바 없이 선박을 건조하는 도크와 부품을 제작하는 공장이 제자리를 지키며 정상적으로 가동되고 있었다. 천동과 율이는 바로 에바 공장으로 출근하는 것이었고, 영미도 에바 공장으로 간다는 뜻이었다.

"남자 여자 따로 줄 안 서고 섞여서 가믄 저놈들이 지랄할 텐데 니 자신 있나?"

천동이가 잠시 멈춰 서서 선두를 향해 눈을 흘깃하고는 발걸음을 다시 옮기려 하였다. 율이가 멈칫 섰다가는 다시 엉거주춤 천동을 따라갔다. 남녀 구분을 지은 대열들의 앞쪽에는 조선 노동자들의 출근 행렬을 인솔하는 일본 군인들이 버티고 서 있었다.

"그건 천동이 니가 알아서 해라. 머시마가 그거 하나 책임 못 지나? 율이는 이리 온나."

영미가 율이를 향해 재차 손짓하였다.

"약 올리지 마라. 나라가 책임지지 못해 여기까지 끌려왔는데, 내가 뭔 재주로 책임지나? 수틀리면 울 엄마 아부지한테까지 해코지할 놈들이다."

영미가 농담하는 줄 모르지 않으면서도 천동은 점잖고 진지하게 대꾸하고는 율이의 등을 툭툭 두드리며 걸음을 재촉했다.

'삐리리리릭'

이쪽에서 주고받는 말소리와 움직임을 감지한 것인지 대열 앞쪽으로부터 호루라기 소리가 들려왔다. 천동과 율이는 눈을 돌리지 않고 아무 일 없었던 듯이 앞쪽만을 향해 빠르지도 느리지도 않게 걸어나갔다. 대열 앞 지점을 통과해 나갈 무렵 이쪽을 향해 째려보는 듯한 군인들의 시선이 느껴졌다. 둘은 기숙사 마당 정문을 빠져나와 미나미칸온마치 골목을 걸었다. 한길로 나서자 동쪽 하늘에 떠오른 태양이 흰 반소매의 어깨 위로 열기를 쏟아부었다.

"성, 공습경보가 끝나자마자 사름덜이 한꺼번에 쏟아져 나왕 전철을 탕 서로 비벼대면 무지하게 덥겠지? 해가 뜨겁더라도 우리 걸엉 갑서."

"그래. 나도 그렇게 생각했어. 조선 아가씨들과 함께 비벼대는 출근길이라면 덥더라도 전철 타겠지만 말이지."

"에이. 성두 참."

"짜—식, 지도 그럴 거면서."

율의 제안을 받아들이는 천동의 축축한 목소리에 잠시 더위가 비껴갔다.

"성, 영미 누나 좋지?"

"영미는 니를 좋아하잖냐?"

"그게 남녀 사이로 좋아하는 건가? 누나가 나이 어린 남동생 그냥 예뻐해 주는 거지."

"그게 그거다. 남녀 사이는 눈에 콩깍지 씌우면 나이 안 가린다. 나이 많은 여자가 모성애까지 발휘하면 두 배 세 배로 적극적이 되는 거지."

"하이고, 성아, 매일 짐승같이 일하고 밤이 되면 지대로 씻지도 못하고 쓰러졍 자기 바쁜데 사랑이영 모성애영 느낄 틈새가 어디 이실 거 닮수과?"

"여자는 남자랑 다르다. 특히 조선 여자들은 아무리 힘들어도 씻을 데는 다 씻고 자고, 자면서도 가슴으로 생각하고 느낀다."

"성아, 머 하나 물어볼 게 이신디."

"뭔데 갑자기 진지해지지?"

"영미 누난 키도 크고 가슴이 크난게 모성애도 더 강할까?"

"모성애라는 건 길이도 크기도 잴 수 없는 거다. 어머니 품속 깊은 곳에서 나오는 거니까. 율이 니가 영미한테 그렇게 느꼈나보지."

"와-. 성은 완전 여자 박사, 연애박사 닮수다. 성이 영미누나랑 사귀면 잘될 거 닮아."

순식간에 구석으로 믈리게 댄 율이가 달을 돌리며 빠져나갔다.

"아이고, 농담이라도 그런 말 하지 마라. 서울 남자들은 말투 억센 경상도 아가씨들 별로다. 기럭지도 너무 길고. 대열 속에 붙어가다가 눈이 마주칠 때는 코끼리 서로 닿을 거 같더라니까. 마음씨는 어쩔지 몰라도."

"마음씨 좋은 거 확인되민 생각 잇덴 뜻이우꽈?"

"엉? 우리 율이 오늘 끈질기네. 내가 스파르타쿠스 정도라도 되는 근육질 호남이라면 몰라도 이 지옥 같은 세상에서 언제 문학사에 길이 남을 노예 남녀의 사랑을 하겠냐?"

이야기에 팔려 걷는 동안에 둘은 이미 덴마강의 쇼와(昭和) 다리를 건너 나카구(中区) 후나이리(舟入通り) 거리 한길에 다다랐다. 둘은 에바를 향해 남쪽으로 방향을 꺾었다.

"스파르타쿠스? 그 이야긴 우리 성신디 들은 적 이신디."

스파르타쿠스 이야기가 나오자 율이가 형 건이를 떠올리며 갑자기 말꼬리를 흐렸다.

"맞아. 율이한테 형이 있다고 했지. 율이가 강제 동원되기 얼마 전에 징병 갔다는 형?"

"응."

"조선 학도병들은 대부분 동남아나 남양군도로 끌려갔다 하든데."

"……"

저도 모르게 불쑥 꺼내버린 형 건이에 대한 그리움이 율에게 밀려왔다. 형의 얼굴이 어멍, 아방으로 이어지고, 고향 제주 애월의 산과 들과 바다로 확대되었다. 흙먼지 저 너머에서 소리쳐 울부짖던 어멍, 그저 말없이 서 있던 아방의 모습이 이어지고 겹쳐졌다. 율이의 입이 닫히고 침묵이 이어졌다. 율이의 낌새를 알아챈 천동도 후나이리 한길을 말없이 걸었다.

'철컹 철컹 철컹 철컹'

등 뒤에서 에바행 전철이 달려오는 소리가 침묵을 압박해왔다. 전철은 이내 후나이리 한복판을 쏜살같이 지나갔다. 히로시마미나미 도로에 이르러 멀리 동쪽 끝으로 에바 다리가 보였다. 에바니혼마쓰에 들어서자 에바산이 보이기 시작했다.

"성, 이곳은 정들기 싫은 곳인데도 어느새 정이 들었나봐."

자신 때문에 대화가 끊어졌다는 걸 깨달은 율이가 어색한 침묵을 깼다.

"정이 들었다고? 정이라는 것도 마음이 편해야 들든지 말든지 하는 거지. 이 거리의 공구리 건물들이건 나무집들 창문이건 기와지붕이건, 심지어 저 에바산까지도 내겐 하나같이 지옥의 풍경들일 뿐이야. 일분일초라도 어서 빨리 이곳에서 도망쳤으면 좋겠다는 마음뿐이다. 고향에 계신 부모님들만 없었어도."

"그건 나도 마찬가지만."

율이는 천동이의 말을 받아주면서도 말끝에 단서를 달았다.

"왜? 강물을 보면 고향의 산과 바다가 생각이 나서 그래?"

율이의 마음을 받아주려는 천동이 대화를 이어갔다.

"경헌 것도 있주만, 것보다도 이띄를 지날 때면 우리 조선 아가씨 여공들이 떠올라서. 저격이 되면 고된 조업을 마치고 멜빵바지에 흰 상의, 그리고 하얀 머리띠들을 두르고 기숙사를 향해 줄을 지어 퇴근하는 모습들이 참으로 예쁘게 보이니까."

천동은 평소에 수줍음을 많이 타고 말이 없던 율이가 오늘따라 자못 진지하고 길게 얘기하는 얼굴을 지그시 바라보았다.

"율이 니 마음이 예쁘니까 세상이 예쁘게 보이는 거다. 여공들 마음속에도 이곳은 지옥일 거야."

"성, 하느님이 이 지옥에 불벼락이라도 떨어뜨리면 우리는 어떻게 될까?"

"우리고 뭐고 난리 나면 항상 죄 없는 사람들만 다치고 죽는 거지.

지옥 같은 세상에서는 하느님도 별 도움이 안 되니까. 좀 빨리 걷자. 늦겠다."

　퇴근길에 어둠이 짙어오면 선두에서 인솔하는 일본 군인들의 눈길을 피해 여공들의 대열을 뒤따르던 조선 청년들은 이리저리 슬쩍 슬쩍 앞쪽으로 파고들었다. 그저 눈이 마주치는 대로 이 여공 저 여공들에게 말을 걸거나 짓궂은 장난을 치고는 했다. 이럴 때 대개의 경우 여공들은 놀라기도 하거나 내외를 하려고 몸을 피했고, 자신도 모르게 터져 나오는 비명을 틀어막으려 손으로 입을 막고는 했다. 비록 사내들의 돌출 행동들이 짓궂기는 했으나 행여 일본 군인들에게 조선인 청년들이 끌려가야 하는 불행한 경우만은 막아야 했기에. 시간이 지나면서 여공들도 사내들의 이런 악의 없는 연출들에 익숙해져 갔다. 피차 고향을 떠나 이국 만리 지옥의 현장에서 내일 없는 고달픈 삶의 하루하루를 마감해야 했던 청춘들에게 어느덧 익숙해진 번개 같은 접촉들은 작은 즐거움이 되었다. 고향이 어디냐, 이름이 무언가, 나이는 누가 위인가, 누가 오빠고, 누가 누나고, 누가 동생인가, 대열과 대열 속을 짧게 오가는 은밀한 조선의 언어들은 매번 매듭이 지어지기 전에 각자의 기숙사 방들로 흩어져 들어가 잠이 들었다. 고단하고 외로운 어둠의 대열 속에서 매번 조각나는 조선의 말들과 고향의 그리움들은 어느덧 잔잔하고 애틋한 우애의 꽃들로 각자의 마음속에 피어나고 있었던 것이다. 언젠가 대열 속을 셋이 걸었다.

　"천동아, 우리 조선으로 돌아가면 니 함 우리 고향에 놀러와라. 율이 딜꼬. 합천 수박 역수로 맛있데이. 글고 니는 내 경성 구경 함 시켜도."

"좋지. 내가 합천 쪽 가긴 갈 건데, 수박 먹으러 가는 거지, 영미 니 얼굴 보러 가는 거 아니다. 고향 어른들한테 신랑 왔다고 하지 않기다."

"지랄한다. 합천에 멋진 사내들 수박만큼이나 쌨다 쌨어. 다들 천동이 니보다 기운도 쓰고. 물론 율이맹키로 잘샹긴 남정네는 없지만서도. 율이도 꼭 온나. 합천에."

"게믄 나가 합천에 갓당 누나랑 고치 제주로 으민 뒈컨게. 우리 고향 괸당덜신디(어른들한테) 내 색시 왓덴 허쿠다."

"음마, 이 쪼맨한 총각 수작질 보소. 새색시처럼 수줍음만 타는지 알아구마. 율이 니넌 얼굴이 색시맹키로 고바가 보쌈 싸가 먹기도 아까블기라. 그냥 아무도 못보구로 숨카놓고 보는 재미로 살아갈 신랑될끼라. 누가 딜꼬갈꼬?"

'호호호호. 흐흐흐. 끌끌끌.'

웃음소리가 대열 선두의 일본 군인들에게 들릴까 하여 셋은 손으로 입을 가렸다. 그날의 유쾌하고도 짧은 대화는 기숙사가 가까워지며 끝나고, 천동과 율은 잽싸게 남자들의 대열 속으로 되돌아왔다.

'쌔에에에에-엑'

천동과 율이 에바조선소에 도착해 막 공장 안으로 들어가려는 찰라에 상공을 울리며 지나가는 굉음이 들려왔다.

"엉, 이게 무슨 소리지?"

천동과 율은 동시에 하늘을 올려다보았다. 구름 한 점 없이 맑은 파란 하늘에 순식간에 비행기가 나타나더니 엄청나게 빠른 속도로 히로시마 시내를 향해 날아갔다.

"B-29다. 폭격이야. 율아, 뒤돌아보지 말고 앞을 봐. 귀 막아."

천동이 두 손으로 자신의 귀를 막으며 앞서가던 율에게 소리를 질렀다. 천동의 말이 떨어지기 율이도 공습에 대비해 예행 훈련을 했던대로 B-29를 등진 채 두 손으로 귀를 막았다. 순간 번쩍하며 파르스름한 빛이 아직 불이 켜지지 않은 공장 안을 환하게 밝혔다.

'우르르르릉. 콰아-'

이내 하늘이 터지는 천둥소리가 울리고 땅과 공장이 뒤흔들렸다. 갑자기 등 뒤쪽에서 불어 닥쳐온 폭풍으로 천동의 몸이 율의 등에 부딪치고 둘이 함께 날아가 공장 벽에 부딪혔다가는 바닥으로 떨어졌다. 충격과 폭풍으로 공장의 함석지붕들이 삽시간에 무너져 내렸다. 무너지고 쓰러지고 내려앉은 공장에 콘크리트 가루와 흙먼지가 폭풍에 실려 날아올랐다.

'우르르르르르릉. 콰아-'

곧 이어 최초의 폭발음보다 더욱 커다란 천둥소리가 울렸다.

"율아, 율아-."

잠시 정신을 잃었다 깨어난 천동이 무너진 건물 잔해 속에서 머리를 밖으로 내밀며 율을 불렀다. 뿌연 먼지가 시야를 가려 어디가 어딘지를 분간할 수 없게 된 천동이 사방으로 고개를 돌려가며 율이를 불러댔다.

"율아! 율아! 율아!"

"으-. 서엉. 으으으-."

가까운 곳에서 율의 신음 소리가 들려왔다.

"하-. 율아! 정신 차려."

천동은 율의 신음 소리가 나는 쪽으로 잔해 위를 손으로 더듬으며 나갔다.

"으으. 서엉. 서엉."

율의 신음 소리가 가까워졌다. 천동의 손바닥에 쩌릿한 감촉이 전해왔다. 율의 어깨였다. 다행히도 율은 머리와 상반신을 밖으로 드러낸 채로 무너진 함석지붕 더미에 반쯤 묻혀 있었다. 천동은 율이의 뒤로 가서는 더듬더듬 두 겨드랑이에 손을 넣어 잔해 밖으로 뽑아 올려 앉혔다. 율의 상체가 옆으로 풀썩 쓰러지며 천동의 가슴에 기대었다.

"율아, 정신 차려. 어서 도망쳐야 돼."

"응. 잠깐. 잠깐만. 셩은 괜찮아?"

뿌연 먼지들이 서서히 가라앉기 시작했다. 공장 지붕은 날아가고 없고 사방의 콘크리트벽들도 아랫부분만 남은 채 무너져 내리고 없었다. 잔해 더미 곳곳에서 불길이 타오르고 있었다.

"율아, 정신 차려. 여기 있으면 죽어. 달아나야 돼."

"알아수다. 겐디 호꼰 어지럽수다."

"안 되겠다. 두 팔로 내 목을 감아."

천동은 율을 잡아일으켜 엉거주춤 세워놓고는 등에 업었다.

"정신 차려. 내 목을 감고 두 손을 꽉 잡아."

"으응."

천동이 율을 등에 업고 무너진 건물 잔해 더미 속에서 걸음을 떼었다. 곳곳에서 타오르던 불길이 이리저리 번지며 치솟기 시작했다.

"으앗!"

'쿵'

바닥이 고르지 못한 잔햇더미 위에서 몸의 중심을 잃은 천동이 자빠지면서 율의 몸뚱이도 고꾸라지고 말았다.

"율아! 일어나! 정신 차려!"

'따악! 따악!'

마음이 급해진 천동이 왼팔로 고꾸라진 율의 뒷덜미를 받쳐 들고는 오른손으로 율의 뺨을 갈겨댔다.

"아-. 아-. 알아수다. 일어나쿠다."

율의 목소리가 점차 또렷해져 갔다.

"천동아-. 율아-. 내, 내 좀 살려도-. 물-. 물 좀."

여인의 기진맥진한 목소리였다. 천동이 놀라 고개를 돌렸다. 담벼락이 주저앉고 문이 날아가 안과 밖의 경계가 사라져 폐허로 바뀐 공장 입구에 나타난 여인은 벌거숭이였다. 머리카락은 다 타버리고 쪼글쪼글 쪼그라든 잔여 머리카락덩이가 두피에 거무죽죽하게 들러붙어 있었다. 여인의 얼굴이며 팔다리며 전신이 화상을 입어 붉게 타고 그을렸다. 찢겨지고 벗겨져 내린 유방의 살갗은 불그죽죽한 핏빛으로 너덜거렸다. 벌떡 일어선 천동이 차마 믿겨지지 않는 여인의 끔찍한 몰골에 놀라 어쩔 줄을 모른 채 석상처럼 굳어버렸다.

"천동아. 내다 내. 영미. 뜨거버. 물 좀."

기력이 다한 여인이 숨을 헐떡이며 앞으로 고꾸라졌다. 영미였다.

"아―. 영미."

정신이 부쩍 돌아온 천동이 쓰러진 영미에게 달려가 상체를 일으켜 안았다.

"율이, 율이 넌 어찌 됐노?"

갈라 터진 입술 사이로 가쁜 숨을 토해내며 영기가 율이를 찾았다.

"누나, 나 디디 이수다. 나 괜찮수다."

영미의 출현으로 정신이 부쩍 든 율이가 어느새 곁으로 다가와 있었다.

"아, 율아. 자식. 일어났구나. 니 기운 내서 영미 누나 내 등에 좀 태워라. 물을 찾아야 해. 어서 가자."

천동이 영미의 앞으로 등을 대고 돌아앉았다. 사방의 불길이 점점 크게 번지며 매캐한 기운이 코를 찔렀다.

"영미, 두 팔로 내 목 꽉 감아라. 정신 차리고 꽉 감아."

"알았어. 꽉 감을게. 근데 몸에서 불이 나. 뜨거버."

"거리로 나가면 방호수통에 물이 있을 거야. 어서 나가자."

천동이 서둘러 걸음을 옮기자 늘어진 영미의 긴 다리가 흔들거렸다.

"성아, 잠깐만."

천동을 불러 세운 율이 자신의 작업복 상의를 벗어 벌거벗은 영미의 등과 엉덩이를 덮어주었다. 영미의 뒤를 덮은 옷의 왼쪽 어깨 부위가 찢겨 있었고 찢긴 부위 주변이 핏물로 물들어 있었다. 그 사이로 드러난 영미의 벌건 화상을 보면서 율이는 자신의 왼쪽 어깻죽지에서 후끈거리는 통증을 느꼈다.

"고마워, 율아."

영미의 목소리가 떨리고, 화기로 타들어가는 그녀의 볼에 눈물이 주르륵 흘러내렸다. 율은 다시 걸음을 떼는 천동의 뒤를 따랐다. 천동의 왼쪽 어깨 부위도 옷이 찢겨져 나가 있고 주변이 핏물로 흥건히 젖어 있었다. 그곳에 함석 파편이 박혀 있었다.

"성, 어깨에 파편이 박혐수다. 피도 흘러신디(흘렀는데)."

"그래? 어째 따끔따끔 하더라니."

"빼줄까?"

"내버려둬. 빼면 피가 더 흘러나오니까. 지금 피가 계속 나오나?"

"멈춘 거 닮은데."

"다행이다."

율은 오른팔을 왼쪽 어깨 뒤로 돌려 더듬었다. 통증이 느껴지던 곳에 파편이 박혀 있었다.

"성, 내 어깨 뒤에도 파편이 박힌거 닮은데. 빼면 안 뒈쿠과?"

"엉. 빼면 안 돼. 참아. 어깨 움직이지 말고. 움직이면 피가 또 새어 나올 테니까."

세 사람은 불이 번져가는 공장 구역을 벗어나왔지만 무너진 건물들 잔해 더미 속에서 길을 찾을 수 없었다.

"성, 저쪽. 에바산이 보여."

율이가 북쪽을 가리켰다. 일행은 조선소 정 중앙 북단의 선착장 다리를 건너 북쪽으로 뛰었다. 공장이건 목재 가옥이건 벽돌집이건 콘크리트건물이건 모조리 무너졌다. 도시는 완전히 폐허로 변했고, 거리도 없어져 버렸다. 쓰러져 있는 콘크리트 전봇대가 이전에 길이었음을 표시해주고 있었지만 이미 지나다닐 수 있는 길은 아니었다.

"온몸에 불기 나. 목도 타고. 물 좀 도. 물 좀."

영미가 가쁜 소리로 물을 찾았다.

"조금만 참아. 영미."

천동이 영미를 달랬다.

"천동이 성. 우리 강가로 가."

"그래. 어서 길을 찾아."

"곧 에바산이야."

"옳지. 거기서 오른쪽으로 돌면 강으로 이어진다."

에바산 남쪽 기슭을 끼고 있는 길은 산에 가려서인지 피폭을 피해 길이 남아 있었다. 천등과 율은 에바산을 동쪽 방향으로 돌아 가쿠치 거리를 달렸다.

"성, 강이야."

"안 돼. 여기는 바다와 너무 가까워. 바닷물이 섞여 있어. 짠물 마시면 목이 타서 죽는다 더 올라가자."

천동이도 힘이 들고 숨이 차는지 대꾸를 하면서도 헉헉대었다. 영미 궁둥이를 받쳐 든 두 손이 처질 때마다 허리에 반동을 주며 두 팔을 위로 당겨 올렸다. 그럴 때마다 함석 파편이 박혀 있는 어깻죽지에서 핏물이 새어나오켜 팔과 옆구리로 흘러내렸다.

"천동아. 내년 바닷물도 괜않타. 어떤 물이래도. 시원하먼. 다 좋구마. 그만 내려도라. 니 나 땜에. 어깨에서. 피가. 자꼬 나온데이. 이러다. 니 죽는다."

점점 자지러져 가는 영미가 멈출 듯이 끊어질 듯이 한 마디 한 마디를 이어갔다.

"시끄러. 자꾸 말하다 니가 지쳐 죽는다. 조금만 더 참아."

천동의 말을 수긍한 것인지, 기력이 다한 것인지, 영미가 천동의 뒷덜미 위로 그녀의 고개를 푹 떨구었다. 강둑을 따라 북쪽으로 향하며 천동의 발걸음이 빨라지자 축 처진 영미의 긴 다리가 앞뒤로 크게 흔들거렸다. 우측 아래로 보이는 강비탈과 물가에 수많은 시신들이 나뒹굴거나 둥둥 떠 있었다.

천동은 영미를 업고 계속 북쪽을 향해 달렸다.

"뜨거버. 물 좀 줘."

화상으로 인한 고통과 갈증을 영미가 다시 호소하기 시작했다.

"성, 저펜(저쪽)에 사름덜이 모염신디. 아마 방화수통이 이신거 닮수다."

"맞다. 가보자."

천동이 영미를 업은 채로 무너진 목조가옥 잔해 위를 뛰었다.

"助けてください。"(살려주세요.)

사람의 다리 하나가 삐져나와 있는 목조 잔해 속에서 여인의 목소리가 들렸다.

"성, 저 속에 사름이 파묻혐신디."

"안 돼. 자칫하면 우리도 죽어."

천동은 들은 척도 않고 방화수통으로 향했다.

"水。"(물.)

"水をちょっと。"(물 좀.)

"水をちょっと。"(물 좀.)

방화수통 주변으로 벌거숭이 남녀들이 모여들어 물을 찾았다. 방화수통의 물을 긷는 양동이며 바가지는 바깥에 나동그라져 있고, 다섯 명의 남자가 방화수통에 머리를 처박고 있었다. 상반신을 허리까지 깊이 꺾어 방화수통 안으로 들여놓은 걸로 보아 물은 바닥이 난 것이었다. 주변에 엎어지고 자빠진 시신들이 눈에 들어오기 시작했다. 사람의 형상을 한 채로 머리카락이나 체모 한 올도 없이 석고상처럼 벽 잔해에 기대어 서 있는 시신도 있었다.

"아―. 물 엇수다게. 바닥을 핥고 이신 거야."

사람들 틈을 비집고 방화수통 속을 들여다본 율이가 탄식했다.

"아― 아―"

영미의 신음이 계속되었다.

"성, 힘들잖아. 영미 누나 이제 내가 업으쿠다."

"괜찮다. 율이 너는 앞에서 걸어가면서 판자 더미에 못이 박혀 삐져나온 데가 있는지 확인해라. 발에 못 박히면 파상풍 걸려 죽는다. 여기는 의사도 없고 약도 없어."

"알앗수다."

율이 앞장서서 걸려대는 판자들을 발로 차거나 집어던지며 길을 열었다.

"율아. 고마워. 나 땜에."

얼굴의 화상 위로 땀이 줄줄 흐르자 쓰라림을 참으려는 영미의 표정이 일그러졌다.

"助けてください。"(살려주세요.)

"助けてください。"(살려주세요.)

"助けてください。"(살려주세요.)

지나는 곳곳마다 판자 잔해 더미 밖으로 팔이나 다리가 삐져나와 있고 살려달라는 사람의 소리가 들려나왔다. 율이도 더는 구조를 애원하는 그들의 소리에 귀를 기울이지 않았다.

"성, 미나미 한길이야."

율이가 안도감에 벅차 고함을 질렀다.

"그래. 이쯤이면 바닷물이 안 섞였을 거다. 내려가자."

기럭지가 긴 데다 축 늘어져버린 영미를 오랜 시간 업고 오느라 천동이도 지쳤는지 비탈을 내려가는 천동의 다리가 후들거리고 위태로웠다.

"성, 나가 업고 가쿠다. 경허다가 형이 자빠지쿠다. 이제랑 못 박힌 판자때기 치울 일도 엇고 나는 기운이 하영 남앗수다."

"영미 업고가다 자칫 니 가느다란 허리 부러진다. 걱정 말고 내가 시키는 대로 해. 내가 강물 속에 영미를 데리고 들어가 몸도 식히고 물도 먹이고 나오는 동안 너는 번듯한 옷 입고 죽은 시신 찾아서 옷 좀 벗겨와. 예쁘고 성한 걸로."

강가에 도착한 천동은 물속으로 들어가기 전에 영미의 뒤를 가렸던 율의 작업복이 물에 휩쓸려 떠내려가지 않도록 상의의 소매를 영미의 목에 묶고 어깨와 등을 덮어주었다. 강변의 파괴된 공장에서 흘러나온 시커먼 기름띠가 비탈을 따라 흘러 내려와 강물 위를 떠다녔다. 화상으로 얼룩진 벌거숭이 남녀노소들이 열기를 식히기 위해 허겁지겁 강물로 뛰어들었다.

"우웩. 웩. 엑."

물속으로 들어가자마자 기름띠 섞인 강물을 벌컥벌컥 들이마셨던 영미가 마른 구역질을 했다.

"안 돼. 마시지 마. 조금만 더 참아."

천동의 영미의 등을 두들겨 구토를 도왔다.

"으─. 으웩. 으웩."

영미가 등을 들썩이며 침과 쓴 위액이 섞인 거무죽죽한 물을 게워 냈다. 천동은 손으로 영미의 입가를 닦아주고는 오른팔로 축 처진 영미의 허리를 감고 맑은 물을 찾아 강 속으로 한 발 한 발 걸어 들어 갔다. 상류로부터 시신들이 둥둥 떠내려와 천동의 전진을 방해했다. 기진맥진한 그도 왼손으로 떠내려오는 시신들을 필사적으로 물리치 며 한 걸음 한 걸음 나아갔다.

"아- 시원타. 살 것 같아."

강물 속에서 열기가 가라앉은 영미는 벌컥벌컥 강물을 마시고 또 마셨다.

"너무 많이 마시면 안 돼. 탈난다. 목만 축이고 뱉어."

천동은 오른팔로 감은 영미의 허리를 위로 당겨 올리며 영미의 음 수를 저지했다.

"알았어. 내 허리 풀어도. 부끄러버. 이제 혼자 걸을 수 있을 거 같 아."

물속에 홀로 선 영미가 손가락으로 귀를 막고는 머리를 푹 숙여 물 속에 담갔다. 영미의 머리가 잠긴 자리의 물 위로 푸르르르 검은 재 들이 떠올랐다. 타들어간 머릿결에 엉겨붙었던 재들이었다. 영미는 같은 동작을 몇 차례 반복했다. 이를 지켜보던 천동은 고개를 돌렸다. 귀를 막느라 치켜올린 영미의 팔 아래로 털이 하나도 남아 있질 않은 맨겨드랑이와 쫄아붙은 머릿결, 찢겨지고 검붉게 벗겨진 살 껍질이 헝겊 조각처럼 너덜거리는 유방이 눈에 들어오는 순간 '부끄러버'하던 영미의 말이 떠올랐다. 그녀는 여인이었다. 천동은 머릿결과 체모가 사라진 그녀를 바라보기가 안쓰러워 고개를 돌렸다.

"천동아, 나 살았데이. 이제 나가도 돼. 나가가 니도 율이도 어깨에 박힌 함석 쪼가리 빼불고 약도 찾아가 치료 받아야제. 나 땜에 너그들 고생이 많데이."

"그래. 혼자 걸을 수 있겠어?"

"하먼."

영미는 대답은 쉽게 하였으나 몸이 휘청거렸다. 강물에 젖은 채로 그녀의 등에 척 달라붙은 옷의 무게로 힘겨워보였다. 천동은 강물 속으로 들어올 때와는 반대로 왼팔로 영미의 허리를 감고, 오른손으로 상류에서 떠내려오는 시신들을 물리치며 강가로 전진했다. 영미가 스스로 걸으려는 의지를 보태자 강물 밖으로 나가는 과정은 한결 수월했다.

"여기서 기다려. 율이가 옷을 준비했을 거야. 옷 제대로 입고, 이걸로 아래 가리고 있어"

물 밖으로 나오자마자 천동은 등을 돌리고 자신의 웃옷을 벗어 영미에게 건넸다.

"이미 니가 내 꺼 다 봤을낀데 이제 와가 옷이 무슨 소용 있겠노? 벗고 있으니까네 시원하고 좋은데."

영미의 상쾌한 농담이 강에서 불어오는 바람을 타며 달떴다.

"하이고, 참말로. 이제 살았는가베. 부끄러버 할 때는 언제고. 다른 사람들이 니꺼 보는 거 싫으니까네 그만 입으라카이."

천동이도 경상도 사투리로 여유 있게 댓거리를 했다.

"니 질투하나?"

"그래 내 질투 좀 받아도. 제발 가리고 있그레이. 내 사정할게. 난 율이 찾으러 간다. 이 근처에 있을 끼다."

강비탈과 물가의 시신들 대부분은 벌거숭이 채로 벌겋지 화상을 입고 있었거나, 옷을 입고 있더라도 너덜너덜 찢겨지고 헤쳐져 있었다. 천동이 물속으로 들어가는 지점을 확인한 율은 주변을 두리번거렸다. 율이 이외에도 도처에서 시신의 옷을 벗기는 벌거숭이들이 눈에 띄었다. 마침 성한 옷을 입은 시신이 율의 시야에 들어왔다. 강비탈 중간쯤에 한 시신이 여공 작업복을 입고 엎어져 있었다. 옷이 젖어 있고 머리가 강둑을 향해 있는 것으로 보아 물속에 들어갔다가 나와서 강둑을 오르다가 숨이 끊어진 것 같았다. 아마 그녀도 화상을 입고는 허겁지겁 강물을 찾아다녔는지 하얀 상의 자락이 몸빼바지 밖으로 삐져나오고 외쪽 어깨와 옆구리 부위 상의가 찢겨지고 불에 타 너덜거렸다. 율은 시신을 뒤집어 눕혔다. 왼쪽 머릿결과 귀, 그리고 뺨, 목, 어깨와 팔 부위가 벌겋게 데어 있었다. 공습을 직감하고는 폭격기를 등지려 몸을 다 돌리기 전에 몸의 좌측이 피폭된 것이었다. 팔을 만져보니 몸의 열기가 미지근하게 남아 있었다. 혹시 살아 있을지도 모른다는 생각에 율이 손가락을 시신의 코끝에 대었다. 숨은 멎어 있었다.

푸른 빛 붉은 화염 검은 비 275

"미안허우다. 춤말로 미안허우다."

율은 차마 미안하고 안쓰러워 시신에서 눈을 거두어 허공을 바라본 채 손으로 더듬어 옷을 벗겼다. 어깨의 멜빵을 내리고 상의 단추를 푸는 동안 손가락 끝이 시신의 가슴골에 닿았다. 순간 팔이 부르르 떨렸다. 자라서 처음으로 여인의 가슴에 손이 닿는 순간이었다. 찌릿했다. 그러나 주검이었다. 그래서 무서웠다. 저항할 수 없는 시신이었고 여자였다. 그래서 죄책감에 몸이 떨렸다. 절로 숙여지는 고개를 곧추세웠다.

"춤말로 미안허우다. 용서헙서."

율은 길게 숨을 내뱉었다. 그리고 손을 빠르게 움직였다. 빠르게 움직일수록 감촉과 느낌이 줄어들었다. 다행히도 상의가 벗겨지고 난 시신의 몸에는 속옷이 입혀져 있음을 감촉으로 알 수 있었다. 율은 몸뻬바지를 벗긴 후 시신을 원래의 모습으로 엎어놓았다. 율은 끝까지 시신을 내려다보지 않았다. 그리고 상의와 몸뻬바지를 더듬어 집고 일어나 강 쪽으로 몸을 돌렸다. 갑자기 그 까닭을 뚜렷이 알 수 없는 눈물이 주르르 흘러내리며 시야가 흐려져 걸을 수가 없었다.

'누구의 똘(딸)일까?'

'누구의 언니일까? 누나일까? 아시(동생)일까?'

"아---."

율은 옷을 가슴에 품고는 그 자리에 털썩 무릎을 꿇고 앉아 고개를 떨구었다.

"으아---"

눈물샘이 터지며 어깨가 들썩였다.

"엄마, 엄마, 이거 못 본 걸로 헙서. 안 본 걸로 헙서. 나 이디 잘 이수다. 아무 탈 어시 잘 이수다."

"율아. 율아. 일어나."

어느새 율이를 찾아온 천동이 율의 등을 토닥였다.

"……"

"내가 그만 아무 생각 없이 너한테 몹쓸 짓을 시켰구나. 미안하다. 그만 일어나라."

"……"

"영미 정신 차렸다. 저기 앉아 너 기다린다."

천동이 말을 다 마치기도 전에 율이가 고개를 번쩍 쳐들고 강 쪽을 바라보았다. 영미가 율이를 향해 손을 흔드는 모습이 보였다. 그녀는 율이 벗어준 옷 소매에 제대로 팔까지 끼우고, 단추까지 채운 채 가부좌로 앉아있었다. 반벌거숭이였던 하반신은 천동이 벗어준 상의로 가리고 있었다. 율이도 손을 흔들었다. 천동은 율이의 겨드랑이에 손을 넣어 일으키고는 율이를 안았다.

"율아, 지금은 우리 셋 사는 게 제일 중요하다. 아무 생각 말고 살 생각만 하자. 영미도 빨리 치료받지 않으면 어찌 될지 모른다. 그리고 너도 나도."

"알앗수다. 내가 바보 닮아서."

"그래. 너 잘생긴 바보 녀석 맞다. 마음씨가 잘생긴 바보."

영미에게 옷을 건네고 천동과 율은 강둑을 향해 등을 돌렸다.

"율아. 내 다 봤다. 나 때문에 니가 맘 고상하는 거 다 봤데이. 얼굴 맹키로 마음씨도 잘생긴 우리 율이 참말로 고맙데이. 우리 율이가 흘리는 눈물 보는 가시나들은 하나같이 가슴이 콩콩 뛰고, 애간장 녹아가 자빠져불기다.”

영미는 유쾌한 분위기를 위해 사력을 다하고 있었다. 그건 두 사내에 대한 고마움, 절망과 낙담에 빠지지 않기 위한 그녀 나름의 투쟁이었다.

"나한테도 그런 말 한마디라도 해보지.”

천동이 역시도 점점 강해지는 어깨의 통증을 이기기 위한 투쟁을 계속하고 있었다.

'아파하면, 괴로워하면 지는 것이다. 지금 이 순간에 지는 것은 삶을 포기하는 것이다.'

"니 질투하나?”

그녀의 투쟁이 이어졌다.

"나 기럭지 긴 여자 안 좋아한다. 업고 다니기 힘들어.”

"솔직해서 좋네. 이게 내 유일한 흠이라. 기럭지 긴 거. 선택지가 좁아지니께네.”

"난 기럭지 긴 여자 좋수다. 나 업어주는 여자.”

잠자코 있던 율이가 투쟁의 대열에 동참했다. 점점 세게 압박해오는 어깻죽지의 통증, 아직도 가시지 않은 흰 상의, 몸뻬바지의 촉감과 죄책감에서 탈출하려 율이도 이를 악물고 마음을 다잡고 있는 중이었다.

"와앗. 하하하.”

"어쭈. 호호호호.”

예상치도 못한 투쟁의 대단원의 막이 율에 의해 내려지는 순간에도 영미는 영미대로 천동은 천동대로 율이는 율이대로 따갑고 쓰라린 통증이 이어지고 앞길을 예측할 수 없는 불안함이 밀려왔다. 강가에는 떠내려온 시신들이 늘어나고 강 건너 곳곳에서 커다란 불길이 일고 있었다.

"어이, 남정네들, 이제 이 옷들 도로 가져가소. 처녀 향기 폭 밴 옷 그냥 돌려주기 아까븐데 착한 사내들이라 내 인심 쓴다."

그녀는 천동과 율의 상의를 각각 고이 접어 양손에 한 벌씩 받쳐들고 주인들에게 건넸다. 옷을 다 갈아입고 온 몸의 화상을 흰 상의와 몸빼바지 속에 감춘 영미는 여느 때와 같이 늘씬한 모습으로 돌아와 있었다. 그래서 쫄아붙고 달라붙은 곱슬머리와 붉게 데인 얼굴 화상 한가운데 드러난 그녀의 미소와 하얀 치아가 더욱 처연하게 다가왔다.

"고맙데이. 난 이제 이 옷 안 빨아 입을 끼다. 닳아 없어질 때까지."

천동이 젖은 옷을 꾹꾹 짜며 긴장의 끈을 놓지 않고 화답했다.

"처녀 향기 이한테 보시하구로?"

"처녀 향기 빠지고 남은 피 냄새는 이한테 보시해도 그만이지."

"살아 돌아갈 수만 있다면 향기영 피 냄새영 보시해도 원 엇수다."

끝이 없을 것 같은 두 남녀의 맷거리는 이번에도 율이의 한마디에 의해 대단원의 침묵을 가져왔다.

'왜애----앵'

멀리 혼가와 강 상류의 다리 위로 구급차와 소방차, 군 트럭들이 열을 지어 지나갔다. 그들은 혼가와 강 동쪽으로 가고 있었다. 차량에 딸린 확성기에서 무언가 다급함을 알리는 여인의 목소리가 울려 퍼졌다. 그 뒤를 사람들이 떼를 지어 뒤따랐다.

"뭐지?"

"무슨 일일까?"

"저기 강둑 위로도 사람들이 몰려가고 있는데."

"가서 물어보자."

천동이 강둑의 인파들을 향해 앞장섰다. 비탈을 오르기가 벅찼는지 영미가 천동의 허리춤을 잡고 뒤를 따랐다. 제일 뒤에서 걷던 율의 시야에 엎어져 있는 여공의 시신이 들어왔다. 멈칫거리던 율은 시신에서 눈을 떼고 앞만 보고 걸어 올라갔다.

"나 힘들어. 몸에서 다시 불이 나. 목도 마르고. 천천히 가자."

영미가 가쁜 숨을 내쉬며 걸음을 서두르는 천동에게 호소했다. 천동의 걸음걸이가 느려지기 시작할 때 율이가 뒤를 돌아 뛰었다.

"율아, 어데 가노?"

뒤쪽에서 달음박질하는 인기척을 느낀 천동이 고개를 돌려 율이를 향해 외쳤다. 율은 아무런 대답 없이 달려 내려갔다. 여공의 시신을 향해. 여공의 시신 앞에 도착한 율이 상의를 벗어 하얀 속옷 차림으로 드러난 여공의 허리와 엉덩이와 허벅지를 덮어주었다. 율은 웃옷의 두 섶들을 각각 여공의 왼쪽, 오른쪽 옆구리와 허벅지 아래로 밀어 넣었다. 바람에 날아가지 않도록. 율을 바라보는 천동과 영미의 눈시울이 붉거졌다.

"どうしたんですか。"(무슨 일입니까?)

강둑으로 올라선 천동 일행이 지나가는 군중들을 향해 다짜고짜 큰 소리로 물었다. 대부분이 맨발에 반벌거숭이 차림의 화상투성이 무리들은 하나같이 지쳤는지 그저 천둥이 일행을 물끄러미 바라볼 뿐 아무런 대꾸가 없었다.

"혹시 조선인이요?"

인파 속에 섞여 가던 미쓰비시 작업복 차림의 청년 하나가 불쑥 튀어나오며 천둥 일행을 향해 말을 걸었다.

"그렇습니다. 조선인 줄을 어찌 알았습니까?"

"살아있는 조선인을 찾고 있는 중이었소. 저기 저 얼굴에 화상 입은 키 큰 여공을 보고 그렇게 느꼈소. 작업복 차림에다 키 큰 계란형 얼굴의 여공들은 거지반 조선 처녀들이니까. 미쓰비시 노동자들입니까?"

청년은 천둥의 소매에 찍힌 미쓰비시 표식에 눈길을 주며 물었다.

"그렇소. 에바조선소 노동자들입니다. 그쪽은 제작소입니까?"

천둥도 청년 소매의 미쓰비시제작소 표식을 보며 인사차 물었다.

"그렇소. 니시구(西区) 간온신마치제작소 노동자입니다. 이렇게 살아서 만나게 되어 반갑소."

"날씨도 더운데 긴 팔 소매를 입으셨군요."

"용접공이라서요. 하도 정신이 없어 더운 줄도 몰랐습니다."

청년은 그제야 양 소매를 팔뚝 위로 걷어 올렸다.

"대열 속에 또 다른 조선인들이 있습니까?"

"아마 없을 겁니다. 대부분이 대열을 지어 출근하던 중에 거리에서 폭격을 맞았으니까. 이 근처에 방치된 적지 않은 시신들이 조선인들일 것입니다. 나는 다행히도 조기 출근하는 날이라서 제작소 공장 안에서 폭격을 피할 수 있었소. 그곳도 폭풍이 불어 닥쳐 공장이 다 무너지고 나도 바람에 실려 벽에 부딪혔다가 고꾸라지기는 하였지만 다행이도 다친 데는 없소. 시내는 초토화되었소. 그쪽은 어찌 살게 되었소?"

"우리도 에바로 조기 출근해서 막 공장으로 들어가던 찰라에 폭격을 맞았소. 폭격을 직접 맞은 것도 아닌데, 갑자기 푸른빛이 번쩍하더니 폭풍이 불어닥치고 벽이 날아가고 지붕이 무너져 내렸소. 정신을 잃고 무너져 내린 함석지붕 속에 묻혔다가 빠져나오게 된 것이요. 저 여공은 우리보다 좀 늦게 공장에 들어오다가 피폭을 당했고. 도대체 무슨 폭탄이 이렇게 쎈 것인지."

"뭔가 특수한 신형폭탄이라고들 합니다. 난생 처음 겪어보는, 나도 직접 보지는 못했지만 폭탄이 터지고 나서 엄청나게 크고 시커먼 버섯구름이 하늘로 치솟았다고 합니다. 수많은 불덩이들이 날아다니고. 미군 무기가 이렇게 무서운 거라면 전쟁은 이미 끝난 것이요. 하늘이 저렇게 시커먼 것도 그 버섯구름이 하늘에 퍼진 걸 겁니다."

"그런데 지금 어디로 가는 겁니까?"

천동은 애초부터 궁금했던 걸 다시 물었다.

"구호가 시작되었다고 합니다. 학교 운동장으로 가면 치료도 해주고 먹을 것도 준다고 해서 몰려들 가는 겁니다. 함께 갑시다. 저 처녀 얼굴 화상이 심한데 어서 치료를 받아야 하지 않겠소?"

천동은 영미 얼굴뿐 아니라 전신에 화상을 입었다는 말을 굳이 하지 않았다. 불필요했기에.

"그쪽은 다친 데가 없는데 왜 구호소로 가는 겁니까?"

"살아남은 제작소 동료들과 조선인들을 찾아다니고 있는 중입니다. 혹시 나의 도움이 필요할까 해서."

"가족들은 어디에 있습니까?"

"형님이 고베에 살고 있소. 부모님은 고향에 계시고. 안산."

"안산?"

"경기도 안산이요. 지금은 왜놈들이 지명을 반월로 바꿔버렸소."

"이곳 사정에 밝은 것 같은데요."

"다른 조선인들보다는 밝은 편일 겁니다. 형님과 일찌감치 일본으로 건너와서 일본 말도 배웠고, 히로시마에 온 지도 5년이 넘었소. 이곳 히로시마는 최근에 강제동원되어 끌려온 조선인 남녀 노동자들이 많이 사는 곳입니다. 말 설고 물 설은 타지에서 이렇게 난리를 만나면 요행히 폭격을 피해 살아남았어도 굶어 죽고 병들어 죽기 십상이요. 내 할일 다하고 나서 고베로 갈 생각이요. 그쪽도 징용공이지요?"

"나는 아니고 이쪽 둘이 징용공들입니다. 나는 경성에서 왔고, 내 옆의 이 여자 분은 경상도 합천에서 왔습니다. 뒤에 따라오는 동생은 제주에서 왔고. 나야 오사카에 친척이 살고 있습니다만 이 두 사람은 일본 천지에 아무런 연고가 없는 사람들입니다."

"이곳은 망했습니다. 먹을 것도 없고 전염병이 돌 겁니다. 구호품을 받고 치료 받는 대로 오사카건 조선이건 어디로든 향해 떠나야 할 겁니다. 일본도 망했으니 떠나는 자를 감시하고 잡으러 올 순사도 군인도 미쓰비시 감시원들도 없을 것이요."

무리들이 강둑을 거슬러 오르는 동안 곳곳에서 시신들이 화장되고 있었다. 살아남은 자들은 무너진 건물 잔해 더미에서 함석판을 꺼내어 두들기고 접어 뚜껑 없는 관을 만들어 바닥에 판자때기를 얼기설기 깔고 그 위에 시신을 눕혔다. 폭격으로 인한 엄청난 열기로 인해 바짝 말라붙은 판자때기에 불이 붙어 활활 타올랐다. 비를 막아주던 함석을 집 삼아, 바람을 막아주던 판자때기들을 구들 삼아 죄 없는 가여운 민초들이 뿌연 연기가 되어 잿빛 하늘을 향해 정처 없이 저승길을 떠나고 있었다.

"トラックが来る。軍人たちが。"

(트럭이 온다. 군인들이.)

"助かった。私たちを助けに来たんだ。"

(살았다. 우릴 도우러 오는 거다.)

대열에서 갑자기 생기가 돌며 아우성이 일었다.

"군인들이 트럭을 몰고 오고 있소."

일본말에 익숙한 안산 청년이 무리들의 아우성을 알아듣고는 전면에서 트럭행렬이 다가오는 것을 확인했다. 무리 앞에 도착한 트럭에서 군인들이 내렸다. 군인들 역시도 피폭 당했는지 군복 상의를 입지 않은 채였다. 대부분이 팔뚝이건 등짝이건 검붉은 화상으로 얼룩져 있었다. 무리들 중 몸이 성한 자들은 제 힘으로 트럭에 올라타고, 기운이 없는 자들은 군인들의 부축을 받으며 올랐다. 율이가 먼저 올라 천동의 어깨에 무등 태워진 영미를 받아 안았다. 강둑을 타고 상류로 올라가던 트럭 행렬이 아이오이다리 앞에서 멈춰 섰다. 군인들이 트럭에서 먼저 내렸다. 무리들도 따라 행렬에서 내리고 앞쪽에서 말이 전달되어 왔다.

"다리가 무너질까 위험해서 트럭이 건널 수 없다고 합니다. 걸어서 건너야 한다고 합니다."

안산 청년이 일러주었다.

다리 입구에 트럭들을 방치한 채로 군인들이 먼저 다리 위로 들어섰다.

"あ、熱い。"(앗! 뜨거.)

"あ、熱い。"(앗! 뜨거.)

"あ、熱い。"(앗! 뜨거.)

앞서 가던 군인들이 일제히 비명을 지르며 뒤로 물러섰다. 신형폭탄의 화기로 달구어진 콘크리트 다리 표면의 열기가 군화 밑창의 두께를 순식간에 파고들며 발바닥으로 전달된 것이었다. 잠시 머뭇거리던 군인들은 인솔 중교의 시범을 따라서 허리띠를 풀러 군화 바닥을 감았다.

"와아아아-"

그들은 함성을 지르며 뒤꿈치를 들고 경주하듯이 우르르 달려 다리를 건너갔다.

"다리가 뜨거워져 다리를 맨발로는 건널 수 없을 것 같소."

안산 청년이 사태를 바로 알아차리고 일러주었다. 무리 중에 밑창이 두터운 작업화나 허리띠를 갖추고 있는 소수의 자들만이 군인들이 건너던 식으로 다리를 건너갔다. 건너갈 자들은 모두 뒤돌아보지 않고 건너갔다. 신발이 없는 자들만 발을 동동 구르며 남았다. 천동과 율과 영미는 자신들의 신발이 벗겨지고 없는 줄을 그제야 알았다.

"왜 안 건너십니까?"

천동은 신발을 갖춰 신고 있던 안산 청년에게 먼저 건너가기를 권했다.

"함께 가겠소. 어디 가서 신발을 구해와야겠소. 저 여자 분의 몸이 불편하니 여기서 함께 기다리시오."

안산 청년이 자리를 뜨려고 할 때 다리 건너 공원에서 화염이 일기 시작했다. 공원 인근 민가에서 타오른 불길에서 불티들이 바람을 타고 날아와 나무와 숲에 옮겨 붙은 것이었다. 불길이 점점 공원 전체로 번져갔다. 공원에 대피해 있던 시민들이 불길에 아우성치며 오타 강가로 몰렸다. 불길이 뿜어내는 연기가 강가로 피신한 시민들을 덮쳤다. 그들은 코를 부여잡고는 강물 속으로 뛰어들었다. 더러는 강변에 쓰러져 몸부림치다가 움직임을 멈췄다. 연기가 삽시간에 다리까지 번져왔다.

아이오이다리가 식기를 기다리던 무리들이 건너편에서 불어 닥치는 연기를 피하기 위해 뒷걸음질 치다가는 아예 몸을 돌려 허덕허덕 뛰기 시작했다.

"우리도 달아나사 해. 누나, 나 등에 업힙서. 이제랑 천동이 성도 심든게."

율이가 영미 앞에 쭈그리고 앉았다.

"나 괜않타. 혼자 걸어갈 수 있다."

코를 부여잡은 영미가 제대로 서 있지도 못하면서 미안한 마음에 선뜻 율의 등에 업히려 하지 않았다.

"괜않기는. 시간 엇수다. 꾸물대당 다 숨 막형 죽는다게. 혼저."

율이가 고개를 뒤로 돌려 다시 한번 재촉했다.

"그래, 영미. 어서."

마음이 급한 천동이 영미의 등을 뒤에서 앞으로 살짝 밀었다.

"우리 율이 허리 뿌사지면 우짜노."

영미는 율에게 업히며 두 팔로 율의 목을 꼭 감았다. 영미를 업은 율이가 앞장서서 뛰고 천동과 안산 청년이 뒤를 따랐다.

'후두둑 후두두둑'

잿빛으로 가득 찼던 하늘에서 비가 내리기 시작했다.

"雨だ。"(비다.)

"雨が降る。"(비가 온다.)

"わー。雨が降る。"(와ー. 비가 온다.)

후끈한 열기를 식히고 연기를 가라앉히는 비로 무리들은 걸음을 멈추고 달렸다.

"비가 오네. 아ー 시원타. 이제 강물에 안 들어가도 되겄다."

이동하는 내내 힘든 내색을 감추었던 영미의 목소리가 다시 맑아졌다.

"黒い雨だ。"(검은 비가.)

"黒い雨だ。"(검은 비가.)

"どうして黒い雨が降るの。"(웬 검은 비가 내리지?)

무리의 행렬에서 여기저기 웅성거림이 일었다.

"비가 검은색이야."

영미를 업은 율이 뒤를 따라오던 천동이 영미의 흰 상의를 적시는 검은 비를 보면서 손바닥을 내밀어 빗물을 받았다.

푸른 빛 붉은 화염 검은 비 287

"휘발유 찌꺼기 같은데. 미끄럽지는 않고. 이게 도대체 뭘까?"

천동이 손바닥에 받은 빗물을 손가락으로 비벼댔다.

"내년 그것도 모르고 받아마셔뿟는데. 입속이 찝찔한 게 기분이 나쁘고 이상하네. 퉷. 퉷."

영미는 윗니로 혓바닥을 긁어 연신 침을 뱉었다.

"이거 뭔가 불길한데. 이 검은 비가 신형폭탄과 무슨 관계가 있는 것 같소. 눈에 들어가지 않게 고개를 숙이고 갑시다."

안산 청년의 얼굴이 심각하게 굳어지며 고개를 숙였다. 고개를 숙인 채 황망히 전진하는 반벌거숭이 무리들 위로 검은 빗줄기가 쏟아져 내리고, 거세게 불어오던 연기가 가라앉아 갔다.

"연기가 걷히고 있습니다. 멈춥시다."

안산 청년의 말에 일행도 멈추었다. 무리들도 하나둘 달음박질을 멈추었다.

"이런. 두 분 다 어깨에 파편이 박혀 있었군요. 상처난 데 비를 맞으면 곧바로 덧날 겁니다. 일단 이거로."

청년은 입고 있던 상의를 벗어 양쪽 소매를 하나씩 부욱 부욱 잡아당겼다. 그는 진동 봉제 부분이 뜯겨 나온 소매로 천동이와 율의 어깻죽지에 하나씩 감아주었다.

"으-윽"

"으-윽"

감겨지는 소매들이 어깻죽지에 박힌 파편을 건드리자 찌리릿 찌리릿 하는 통증으로 천동과 율에게서 비명이 터져 나왔다. 영미에게 정신을 쏟느라 느끼지 못했던 통증이 느껴지기 시작했다. 찌릿함으로 시작된 통증이 망치에 얻어맞은 듯 묵직하게 압박하는 통증으로 바뀌어갔다.

"다시 다리 앞으로 먼저 가 있으세요. 여긴 복잡하니까. 곧 돌아오겠습니다."

안산 청년이 자리를 떴다. 나머지 셋은 모두들 고개를 숙이고 검은 비를 맞으며 다시 다리로 향했다. 검은 빗물이 머릿결에서 안면을 타고 콧등과 턱으로 내려와 바닥으로 뚝뚝 떨어졌다. 목 뒷덜미로부터 목을 타고 멱살로 내려온 빗물은 가슴 속으로 흘러들었다. 비에 젖은 영미의 흰옷이 화상을 입은 전신에 착 달라붙어 붉게 데인 살이 비쳤다.

"추버. 따가버."

영미가 후드득 몸을 떨었다.

"으윽. 으윽"

파편이 박힌 천동과 율이의 어깻죽지 상처로 빗물이 파고들며 쑤셔댔다.

"아으--. 아으---."

다리 건너에서 곡소리가 들려왔다. 화염과 열기로 검붉게 타들어간 주검들이 검은 비에 젖어갔다. 강둑에 나뒹구는 시신들과 강가와 강물에 둥둥 떠 있는 시신들이 눈에 띄게 늘어나 있었다. 불길과 연기를 피해 달아나던 시민들 중에 질식하거나 익사한 자들이었다. 목숨을 부지하고 있던 사람들 사이에서 생이별판이 확대되어 갔다. 도처에서 진행되던 시신 화장터에서 피어오르던 화염과 연기가 비로 인해 사그라졌다. 채 불살라지지 못한 시신들의 거뭇한 살과 뼈가 빗물에 젖은 채로 화장은 중단되었다. 장례를 치르던 자들은 폐허 더미에서 꺼내온 판자때기들로 시신을 덮었다.

"아―. 아으―. 아으――."

살아남은 자들은 차마 이승을 고이 떠나지 못하고 검게 얼룩진 시신들 앞에서 더러 통곡하거나 더러 흐느끼고 울음을 삼켰다. 시신을 성기게 덮은 판자들 사이사이로 통곡과 흐느낌이 파고들어갔다.

"橋の火が消えた。"(다리가 식었다.)

"渡ろう。"(건너가자.)

"橋の向こうに救護所がある。"(다리 건너에 구호소가 있다.)

아이오이다리 앞에서 대기하고 있던 무리들이 다리를 건너기 시작했다.

"비가 내려 다리가 식었다고들 하고 있습니다. 자, 이것들을 신고 어서 건넙시다. 잘 맞을까 모르겠군요."

안산 청년이 나타나 신발 세 켤레를 내어 놓았다.

"아니. 이걸 어디서? 고맙습니다."

"고맙십니더."

"고맙수다예."

천동과 영미와 율이가 안산 청년에게 감사를 표하며 부리나케 신발을 신었다. 안산 청년은 눈썰미가 있었던 것인지 신발들은 그런대로 잘 맞았다. 부근에 방치된 시신들로부터 벗겨온 것이었다.

"자, 갑시다."

안산 청년이 앞장섰다. 율이가 영미를 업고 그의 뒤를 따르고 천동이 그 옆을 나란히 걸었다. 검은 비가 계속 내렸다. 다리 위 곳곳에 고인 빗물 표면에 기름이 둥둥 떠 있었다. 그러나 미끄러울 정도는 아니어서 신발까지 신게 된 일행은 여유 있게 다리를 건넜다.

"水ー。"(무ー을.)
"水をください。"(물 좀 주시오.)
"ああー。"(으아ー.)

아이오이다리 건너 히로시마성 바로 남쪽에 자리한 서연병장은 이미 난리 북새통이었다. 제1육군병원은 완전히 무너지고 건물의 잔해들 곳곳에서 화염이 일고 있었다. 나뒹구는 시신들과 부상자들, 외관상 화상은 경미하지만 먹을 것을 배급받기 위해 구호를 바라는 자들이 연병장을 꽉 채우고 있었다. 강둑 쪽으로는 함석판 관도 없이 장작더미 위에 눕혀져 화장을 하다 검은 비에 젖은 시신들이 줄지어 있었다. 히로시마 성을 둘러싸고 있는 해자도 시신들로 가득 차 물 반 시신 반이었다. 시신들의 머리 부위는 하나같이 물속에 잠겨 있었고, 발에 군화를 신고 있는 두 다리들이 검게 그을린 채 둥둥 떠 있었다. 히로시마 성안의 해자 주위에 있던 5사단 사령부, 육군유년학교, 주코쿠 제111포병부대 병사들의 주검이었다. 히르시마성 호(壕)를 에워싸고 있던 2층짜리 군 건축물들이 코조리 피폭당하며 해자로 날아가 처박히거나, 화상을 입고 화기와 갈증을 못 이겨 뛰어들었던 병사들이 익사한 것이었다.

죽은 자도 산 자도 폐허 더미도 모두 검게 젖어갔다. 무너지고 불타오르는 제1육군병원 폐허 속에서 수십 명의 군인들이 시신들을 수습하고 있었다. 그들은 불을 끄거나 시신들을 군용 들것에 얹어 리어카로 옮겨 싣고 강둑으로 날랐다. 그 군인들도 그나마 죽음에서 겨우 살아남은 몇 안 되는 자들이었다. 그들의 벗은 상반신도 대부분 화상으로 얼룩져 있었다. 얼룩진 몸을 흘러내리는 기름진 검은 빗물이 번들거렸다.

"뜨거버. 따가버. 목말라."

천동이 일행이 연병장 한쪽 구석에 자리를 잡고 앉자, 영미가 피식 옆으로 쓰러지며 다시 통증과 갈증을 호소했다. 화상을 입은 영미의 얼굴은 검은 비를 맞아 더욱 검붉어져 있었고, 비에 흠뻑 젖어 몸에 달라붙은 하얀 상의 밖으로 붉은 살갗들이 비쳤다.

"衛生兵、ここです。"(위생병, 여기.)

시야에 위생병과 구호원이 나타나자 안산 청년이 손을 흔들며 그들을 불렀다.

"肩を出してみて。"(어깨를 풀어보시오.)

위생병이 천동이와 율의 어깨를 감싼 옷소매 천을 가리켰다.

"一つずつ受け取って。"(하나씩 받으시오.)

이어서 구호원이 대나무 통 네 개를 나누어주었다.

"私たちよりあの女から治療してください。全身ひどいやけどをしました。"

(우리보다 저 여자부터 치료해 주시오. 온몸에 화상을 심하게 입었소.)

안산 청년이 대나무 통을 받으며 모로 누워 있는 영미를 가리켰다.

"どれどれ。"(어디 봅시다.)

위생병은 영미 옆에 앉으며 손에 들고 있던 통을 바닥에 내려놓았다.

"女だから体を見せるのを恥ずかしがります。薬だけ貰えないでしょうか。"

(여자라 몸을 보여주기를 부끄러워합니다. 약을 주고 갈 수는 없겠소?)

"それではこれを塗って。"(그럼 이걸 바르시오.)

위생병은 구호원이 휴대하고 있던 배낭에서 죽통 하나를 더 꺼내주며 통에 있는 액체를 따랐다. 콩기름이었다. 구호원은 대나무 통마다에 보리죽을 따르고 매실장아찌 하나씩을 넣어주었다. 검은 빗방울이 죽 위로 투둑투둑 떨어졌다.

"하—"

영미가 죽통을 통째로 들어 죽을 입에 넣고는 달라붙은 구강을 적시려 우물우물하다 삼켰다. 영미는 촉촉해진 입술로 물기 배인 한숨을 토해냈다.

"かゆくても包帯をほどかないでください。"

(가렵더라도 붕대를 풀고 긁지 마시오.)

영미가 죽을 들이키는 동안 위생병은 천동이와 율의 어깨에 박혀 있던 함석 파편을 뽑아내고 환부를 소독했다. 빗방울이 환부로 떨어졌다. 소독을 마친 위생원은 환부에 빨간 아까징끼를 바르고 붕대를 감아주고 떠났다.

"이거 다시 감읍시다. 빗물 덜 스며들게."

치료 과정을 곁에서 지켜보던 안산 청년이 풀어놓았던 두 개의 옷소매를 집었다. 그가 흥건히 젖어 있는 옷소매를 차례로 쥐어짜자 검은 빗물이 주르르 주르르 바닥으로 떨어졌다. 붕대로 싼 천동이와 율이의 어깻죽지 부위가 재차 옷소매로 감기는 동안 죽을 다 마신 영미는 콩기름이 담긴 죽통을 집어 들고는 등을 돌려 앉았다.

세 사내는 죽을 먹기 시작했다. 영미는 네 손가락에 콩기름을 찍어서는 상의 아래로 손을 넣어 뜨겁고 따갑고 시뻘겋게 독이 오른 가슴과 배에 발랐다.

"으읍. 으읍."

따갑고 쓰라린 통증이 한순간에 영미의 등골을 타고 올라 뇌를 쑤셔댔다. 그녀는 죽을 먹기 시작한 세 사내에게 부담을 주지 않으려 이를 악물고 통증을 참았다. 힘들어하는 영미의 기색을 알아차린 세 사내가 일시에 죽통에서 입을 떼고 등을 돌리고 앉은 영미에게 눈길을 쏟았다. 영미는 고개를 숙이고 말없이 등과 어깨를 들썩이고 있었다. 숨을 멈추고 고통을 참고 있는 것이었다.

"꼬르륵. 꼬르륵. 꼬르르륵."

말라붙었던 식도와 위장이 열린 세 사내의 뱃속에서 음식물의 추가 투입을 독촉하는 신호가 울려 나왔다. 세 사내는 각자 저도 모르게 이를 악물었다. 혀 밑에 고인 침이 구강 바닥을 채웠다. 그리고 약속이나 한 듯이 죽통을 들이켰다. 죽통은 거꾸로 들쳐져 밑바닥이 하늘로 향했다. 죽통에 남은 죽 찌꺼기와 장아찌가 안벽을 타고 천천히 죽통 아가리로 내려와 입속으로 흘러 들어갔다.

"율아, 나 이것 좀 등에 발라줘."

영미는 다른 두 사내보다는 연하인 율이에게 등을 보이기가 편했다. 그녀는 여전히 등을 돌리고 앉아있었고 통증을 참아낼 수 있는 정도가 되었는지 고개를 들고 있었다.

"알앗수다."

영미의 마음을 눈치챈 율이가 자리에서 일어나 돌아앉은 영미와 두 사내의 사이로 가 앉았다. 두 사내도 반대 방향으로 돌아앉았다.

"으읍. 으읍."

율이 영미의 상의 안으로 손을 넣어 등에 콩기름을 바르는 동안 영미는 고통스러워 몸을 움찔거리고 신음을 토해냈다.

"율아, 고맙데이."

떨리는 그녀의 목소리에 울음이 섞여 있었다.

"아프면 아프다고 소리 냅서. 너무 참아도 병이 도지난 예."

"그래. 아파. 너무 아파. 따가바. 뜨거버. 아–."

그새 목이 갈라붙은 영미의 목소리가 마른 낙엽이 바람에 날리듯이 푸르르 떨렸다. 고개 숙인 영미의 어깨가 가녀리게 들썩였다.

"どいたどいた。"(비켜 비켜.)

서연병장에 꾸역꾸역 들어찬 난민들 사이에 바둑판처럼 종횡으로 나 있는 좁다란 통로를 따라 군인들이 리어카를 몰고 다녔다. 리어카 안에는 시신들이 겹겹으로 실려 있었다.

"여기에서 움직이지 말고 있으세요. 나는 저 군인들을 즘 도와야겠습니다. 저들도 거지반 부상자들인데. 해가 지기 전에 돌아오겠습니다."

안산 청년은 일어나 리어카가 움직이는 쪽을 향해 몸을 돌렸다.

"잠깐만이요. 이거 도움만 받으면서 인사가 늦었습니다. 최천동이라고 합니다. 율아, 너도 인사해라."

"김율이렌 헙니다."

천동이 어느새 이쪽을 향해 돌아앉아 있는 영미를 바라보았다. 인사를 하라는 뜻이었다. 영미는 그저 고개를 살짝 숙이며 목례하였다.

"그러고 보니 나도 인사가 늦었습니다. 경황이 없다 보니. 한부길이라고 합니다. 비슷한 연배인 거 같은데 서로 편하게 지냅시다. 한 형이라 불러주시오."

부길은 상대적으로 부상 정도가 덜하기도 하였지만 성격 자체가 적극적이고 씩씩한 사람이었다.

"최 형이라 불러주시오."

천동이도 쾌히 응답했다.

"그럼."

부길은 가볍게 목례를 하고는 리어카를 끌고 가는 군인들을 향해 잰걸음을 옮겼다. 리어카는 강둑으로 향하고 있었다. 빗방울이 약해지면서 서서히 그치기 시작했다.

부길은 군인들과 함께 시신들을 강둑에 내려 나란히 안치했다. 어림잡아 이백 구가 넘는 많은 반벌거숭이 시신들이 검은 비에 젖어 있었다. 뒤를 이어 군인들이 연이어 시신들을 실은 리어카를 끌고 왔다.

비가 멎고 하늘이 개이기 시작했다. 부길은 군인들을 따라 연병장 밖으로 나섰다. 그들은 폐허가 되어버린 민가로 리어카를 끌고 갔다. 마른 판자때기들을 찾아서 무너지고 화재로 사라진 목재 가옥 잔해 더미를 헤쳤다. 잔해 더미에 묻혀 있던 시신들이 계속 발견되었다. 부길은 군인들을 도와 리어카 바닥에 마른 판자들을 가득 싣고 다시 그 위에 시신들을 실었다.

강둑에서 시커먼 연기가 줄줄이 피어오르기 시작했다.

"어으--. 어으--."

연고자가 있는 시신들 주위에서는 통곡 소리가 다시 울려퍼지기 시작했다. 비록 살아 있으나 성치 않은 육체와 충격이 가시지 않은 정신 상태로 준비되지 않은 생이별에 닥닥트린 연고자들의 메마른 곡소리는 주눅이 들어 안으로 기어들어갔다. 군인들이건 연고자들이건 살아 있다고 해도 살아있는 사람이 아닌 허깨비들처럼 움직였다. 함석판을 찾아 구부리고 못을 쳐서 관을 짤 기력들도 없었다.

죽은 자들은 살아 있던 동안의 아늑한 집 벽이었던 마른 관자때기들을 다다미 삼고 빈 하늘을 지붕 삼아 지상에서의 일생을 마감했다. 위로받지 못한 검은 영혼들이 검은 연기가 되어 대지와 고별하는 동안 산 자들은 목마른 통곡을 안으로 삼켰다.

'쿠- 쿠-'

영미가 옆으로 쓰러져 잠이 들었다. 연병장 바닥의 냉기도 혼절할 것 같은 고통을 극한의 인내로 참아내던 그녀에게 몰려오는 잠 속으로 빨려 들어갔다. 율은 영미를 바로 눕히고는 자신의 허벅지를 베개 삼아 그녀의 목 아래에 받쳐주었다. 율이에게도 졸음이 몰려왔다. 그도 다리를 쭉 뻗고 몸을 눕혔다.

"나도 눈 좀 붙여야겠다."

율을 물끄러미 바라보던 천동이도 그 자리에서 몸을 눕혔다.

"電車は通っているんですか。"(전철은 다니는 겁니까?)
"市内中心部の線路が曲がって走っていた車も転覆した。"

(시내 중심부의 철로가 휘어지고 달리던 차량도 전복되었소.)

"汽車はどうでしたか。"(기차는요?)

"僕もくわしくはわかりません。おそらく電車は爆心地から離れているので、横川駅か広島駅に行けば乗れると思います。"

(나도 자세히는 모르겠소. 히로시마 역은 폭심지로부터 조금 떨어져 있으니 그곳으로 가면 아마 기차를 탈 수 있을 것이요.)

리어카를 함께 밀던 군인은 부길의 질문에 친절하게 일러주었다. 이백여 구가 넘는 시신들을 강둑으로 옮기고 연병장 인근의 폐허더미에서 판자때기를 찾아내 리어카에 잔뜩 실은 군인들도 잠시 앉아 피로를 달랬다. 더러는 시신들에게서 벗긴 상의로 노동자나 민간인 복장을 하고 있었다. 부길도 노동자 작업복 상의 네 벌의 양쪽 소매들을 한꺼번에 허리에 둘러 묶고는 매듭을 앞으로 늘어뜨렸다.

"일어나시오. 일어들 나."

천동이 일행이 잠에 빠져 있는 곳으로 부길이 돌아와 어깨에 메고 온 한 무더기의 판자때기를 바닥에 내려놓으며 천동과 율을 흔들어 깨웠다.

"죽을 나눠주기 시작했소. 밥 먹읍시다. 어서 일어들 나시오."

부길은 바닥이 찬 줄도 모르고 깊은 잠에 빠진 천동과 율을 좀 더 세게 흔들었다.

"엉. 아, 돌아왔군요."

천동이 먼저 눈을 뜨며 일어났다.

"율아. 일어나라. 영미도 일어나. 밥 먹어야지. 먹어야 산다. 먹어야 안 아프고."

천동은 율을 흔들었다. 온몸이 데인 영미는 치마 손을 대지 못하였다.

"누나. 일어납서. 밥 먹읍서. 밥."

깨어난 율이가 영미의 목 밑으로 손을 넣어 억지로 일으켜 앉혔다.

"으-. 으-. 추버."

잠이 덜 깨인 영미가 갈라 터진 입술 사이로 신음 소리를 냈다. 그녀는 몸을 제 대로 가누지 못하고 두 손바닥으로 바닥을 짚었다.

"아. 이거 덮어주세요. 이제 곧 해가 넘어가면 더 추워질 겁니다."

부길이 허리에 묶은 옷들을 풀어 천동과 율에게 건넸다. 옷들은 하나같이 반소매 끝에 미쓰비시조선소 표식이 새겨져 있었고 가슴에는 징용 노무자임을 표시하는 응징사(應徵士) 문양이 새겨져 있었다.

"아. 이걸 다 어찌 그랬소. 고맙소."

"고맙수다예."

천동과 율이 감사를 표했다. 율이가 영미의 어깨 위에 옷을 걸쳐주었다. 점심때와 마찬가지로 저녁 역시 대나무 통에 죽과 장아찌 한 개씩을 받았다.

"어지러버."

죽을 먹는 둥 마는 둥 하고는 영미가 팔을 베고 다시 모로 누웠다. 세 사내가 영미 주위로 다가왔다. 부길이 구해온 상의 두 벌을 착착 접어 영미의 등과 엉덩이 아래 깔아주고 한 벌은 그녀의 상체를 덮어주었다. 영미가 똑바로 누워 다리를 뻗었다. 영미의 이마를 짚는 천동의 손바닥에 후끈 열기가 전해져 왔다.

해가 서산 너머로 기울고 폐허가 어둠으로 덮이기 시작했다. 이미 전쟁이 끝났음을 직감한 피난민들이 등화관제를 무시하고 서쪽 강둑 노천에서 화장을 계속했다. 솟아오르는 불길 위로 연기가 피어올랐다. 군인들도 패전을 직감하기는 마찬가지인지라 이를 제지하지 않았다. 여기저기서 모닥불이 피워지기 시작했다. 부길도 자신이 조달해온 판자때기 무더기를 영미 가까이에 쌓아놓고 모닥불을 피웠다. 밤이 깊어갈수록 어둠이 짙어질수록 신음 소리와 통곡 소리들이 점점 더 커져갔다. 모닥불 말고는 살아 있는 모든 것들이 죽었고 죽어갔다. 군인도 민간인도, 여자도 남자도, 조선인도 본토인도. 죽은 자를 판자때기에 붙은 불길과 연기에 실어 허공으로 보내며 흐느끼는 자들에게도 과연 내일이 올지는 아무도 모르고 있었다.

"하아-. 하아-. 하아-."

무릎을 세우고 앉은 채로 잠이 들었던 세 사내가 영미의 가쁜 숨소리에 고개를 들었다. 영미는 가쁜 숨을 뱉어냈다. 천동이 손바닥으로 영미의 이마를 짚고, 율이가 영미의 손을 잡았다. 영미의 몸은 펄펄 끓고 있었다.

"이거 큰일이네. 몸이 불덩어리야. 내 강물에 가서 물 좀 퍼와야겠어."

천동이 자리에서 벌떡 일어섰다.

"아니오. 최 형이 이 자리를 지키시오. 내가 갔다 오겠소."

부길이 천동을 만류하며 강을 향해 뛰었다.

"후-. 후-. 후-."

눈꺼풀이 반쯤 내려앉은 영미의 눈동자가 모닥불 불빛을 받아 희미하게 가물거렸다.

"배. 고. 파. 목. 말. 라."

껍질까지 벗겨진 영미의 입술에서 메마르고 갈라진 목소리가 끊어졌다 이어지며 기어 나왔다.

"영미야, 조금만 참아라. 물 올 거야. 조금만."

천동이 영미의 손목을 꼭 쥐었다.

"무-을. 무-을."

영미의 눈이 스르르 감겼다.

"누나, 기운 냅서. 눈 호끔 떠봅서. 정신 차립서."

율이가 영미의 두 볼을 감쌌다.

"나는. 괘안테이. 너그들은, 꼭 살아가, 고향에 돌아가그레이. 엄마, 아부지 신을, 고무신, 사들고 가는 거 잊지 말고. 내 말 들리제."

"영미-. 뭔 소리고."

"누나-. 무사 경 골암시과?"

천동과 율이 동시에 소리를 질러댔다.

"엄마-. 나-. 배.고 파-. 배-. 고프네이-. 수바악. 먹고. 싶어. 흐-. 흐-. 흣."

"영미-. 영미-."

"누나-. 누나-."

천동이 영미 손목의 맥을 짚었고, 율이가 엄지와 검지로 영미 울대의 양옆을 짚었다. 영미의 손목과 울대는 모닥불 열기보다 뜨거웠다.

"아으---."

푸른 빛 붉은 화염 검은 비

"어으-. 어으-. 어으-."

군인 둘이 모닥불 옆으로 리어카에 시신들을 싣고 지나가고 그 뒤를 따르는 자들이 흐느꼈다.

"어-. 어-. 어-."

흐느끼는 소리가 멀어져갔다.

'자자작. 자자작.'

사위가 고요해지며 모닥불 판자 타는 소리가 천동과 율이의 뻥 뚫린 가슴으로 밀려 들어왔다.

"자 이거 떠서 어서 입술 좀 적시고 손으로 떠먹이시오."

숨을 헐떡이며 돌아온 부길이 물이 반쯤 차 있는 양동이를 영미 머리맡에 내려놓았다. 뛰어오느라 양동이 물의 반은 넘쳐버린 것 같았다.

"영미야-. 물 왔어-. 눈 떠-. 아---."

"영미 누나-. 합천 오렌 안해수과-. 수박 고치 먹젠 안해수과-. 눈 뜹서-. 아---."

천동과 율은 숨이 멈춘 영미의 곁에서 무릎을 꿇고 통곡했다.

"아- 이런."

머리맡에 한쪽 무릎을 꿇고 앉아있던 부길이 털퍼덕 주저앉았다. 그는 엄지 끝을 영미의 콧구멍 밑에 대었다.

검은 비가 그친 밤하늘에 가물거리는 별빛들이 오타강물 위로 주르륵주르륵 흘러내려 희미하게 자취를 감추어갔다. 세토내해에서 간간이 불어오던 바람도 멈추었다. 판자때기를 태우던 모닥불의 화염도 기운을 다했는지 숯불 위에서 가물가물 사위어갔다.

부길은 후— 가쁜 숨을 몰아쉬며 엄지를 거두고는 반쯤 든 영미의 눈을 감겨주었다. 영미의 이마, 눈꺼풀, 콧등은 아직도 열로 끓고 있었다.

"리어카를 가져오겠소."

 부길이 일어섰다. 영미의 머리 양옆에 앉은 천동과 율은 무릎을 꿇은 채 부길에게 말없이 고개만 끄덕였다. 두 사내는 그저 멍하니 영미의 얼굴을 바라볼 뿐이었다. 식어버린 용암처럼 타고 남은 쪼그라든 머릿결, 화상 입은 이마와 뺨, 허옇게 갈라터진 입술.

 '율아, 밥 마이 무웃나?'
 '누굴 찾노? 느그한테 인사하는 가시나가 내 말고 또 있는가베.'
 '율이 총각, 어디 감이꽝?'
 '에바. 누나는?'
 '내도 오늘 에바로 간데이. 하면 함께 가자. 뭐 경 급하노?'
 '엉? 시내로 건물 철거하러 안 가나?'
 '엉. 가시나들은 다들 시내로 가는데 나는 에바로 간다. 곳장에 물품들 정리할 일이 있어가.'
 '남자 여자 따로 줄 슨 서고 섞여서 가면 저넘들이 지랄할 텐데 니 자신 있나?'
 '그건 천동이 너가 알아서 해라. 사내가 그저 하나 책임 못 지나? 율이 이리 온나.'

 '천동아, 우리 조선으로 돌아가면 니 함 우리 고향에 놀러와라. 율

이 딜꼬. 합천 수박 억수로 맛있데이. 글고 니는 내 경성 구경 함 시켜도.'

'좋지. 내가 합천 꼭 가긴 갈 건데, 수박 먹으러 가는 거지, 영미 니 얼굴 보러 가는 거 아니다. 고향 어른들한테 신랑 왔다고 하지 않기다.'

'지랄한다. 합천에 멋진 사내들 수박만큼이나 쌨다 쌨어. 다들 천동이 니보다 기운도 씨고. 물론 율이맹키로 잘 생긴 남정네는 없지만서도. 율이도 꼭 온나. 합천에.'

'게믄 나가 합천에 갓당 누나랑 고치 제주로 오민 뒈쿠다. 우리 고향 궨당(어른)덜한티 내 색시 왔덴 허쿠다.'

'음마, 이 쪼맨한 총각 수작질 보소. 새색시처럼 수줍음만 타는지 알아구마. 율이 니넌 얼굴이 색시맹키로 고바가 보쌈 싸가 먹기도 아까블기라. 그냥 아무도 못보구로 숨카놓고 보는 재미로 살아갈 신랑될끼라. 누가 딜꼬갈꼬?'

'호호호호. 흐흐흐. 끌끌끌.'

부길이 용케도 빈 리어카를 끌고 왔다. 리어카에는 앞쪽에 판자들과 휘발유통이 실려 있었다. 천동과 율이 영미의 몸을 리어카에 실었다. 천동이 영미가 누웠던 자리에 깔려있던 옷들로 그녀의 얼굴과 몸을 덮었다. 부길이 리어카를 앞에서 끌고 천동이 뒤에서 밀었다. 율은 물이 담긴 양동이를 들고 그 뒤를 따랐다. 리어카가 강둑을 향해 털털거리며 굴러가는 동안 밤하늘을 향한 영미의 검정 운동화 끝머리와 끈이 나풀나풀 흔들렸다.

강둑은 많은 시신들이 화장된 뒤라 곳곳에 타버린 판자들의 재가 쌓여 있었다. 영미의 시신은 화장 흔적이 없는 강둑 북쪽 끝에 안치되었다. 그녀의 머리는 멀리 서북서쪽 합천을 향했다. 부길이 옆에서 판자를 겹겹으로 쌓는 동안 천동이 영미의 얼굴을 덮은 옷을 걷었다. 두 손으로 양동이의 물을 퍼서 영미의 머릿결과 뺨에 부었다. 천동은 쪼그라들고 뭉쳐버린 영미의 머릿결을 한 올 한 올 되살리기 위해 손바닥으로 비비고 또 비볐다. 그리고 다시 물붓기를 반복했다. 천동은 영미의 영혼이 윤기를 되찾은 머릿결을 타고 자유를 얻어 훨훨 하늘로 오르기를 기원했다.
"성, 누나 발은 내가 씻어주쿠다."
천동이 영미의 귀와 뺨, 손까지 씻어주기를 마치자 천동이 나섰다.
"그래. 그래야지. 우리 착한 율이. 너를 예뻐하 주던 영미 누나 개운한 몸으로 먼 길 떠나게 해 주거라."
율은 영미의 운동화의 끈을 풀고 벗겼다. 발목 부분이 새카만 재로 범벅이 된 흰 양말을 벗기자 영미의 하얀 발이 드러났다. 큰 키, 긴 다리에 비해 작은 발이었으나 발등이며 발가락이며 발바닥이 부어 있었다. 율은 물을 뿌리고 닦고, 또 뿌리고 닦았다. 닦기를 마치고 양동이에 남은 물을 머릿결과 얼굴, 발에 주룩주룩 부었다. 부길이 판자때기 더미에 부은 휘발유 냄새가 코를 찔렀다. 판자더미 위로 옮겨진 주검 위에 부길이 휘발유를 고이고이 뿌렸다. 율이가 영미가 남기고 간 운동화와 양말을 주검의 발치에 올려놓았다.
"너무 불쌍허우다."
율이의 어깨가 들썩이고 눈가에서 참았던 눈물이 흘러내렸다. 바다 건너 먼 하늘 아래에서 청춘의 한과 고통을 끝내고 저세상으로 떠나는 자에 대한 기름부음의 고별의식 앞에서 산 자들은 눈물로 마른 입술을 적시고, 아픔으로 허기를 잊었다. 판자더미에 불이 붙었다. 솟아오르는 화염이 시신을 덮었다.

'엄마, 뜨거버. 엄마, 배고파. 수박 먹고 싶데이.'

"잘 가거라. 영미야. 저세상에서는 행복하게 살아라. 먹고 싶은 수박 배부르게 먹고."

천동이 흐느끼다가 오타강물을 향해 몸을 돌렸다.

"아-. 불쌍한 사람."

부길이 주검을 향해 합장을 하고는 그도 오타강물을 향해 돌아섰다.

'저 강물 속으로 뛰어들어도 가슴 속에 이는 이 불길이 꺼지지 않으리라.'

부길은 눈물을 흘리지 않았다. 강물에 비친 별들이 흐르는 물결 위에서 반짝이다가 점멸해가고 새로운 별빛들이 반짝이다 떠내려갔다.

"천동이 성, 찬보름이 불어. 옷 입읍서."

영미를 덮어주었다가 강둑 바닥에 놓아두었던 옷들을 율이가 주워 천동의 어깨에 덮어주고 자신의 어깨에도 걸쳤다. 밤이 깊어지며 강에서 차가운 바람이 불어왔다. 주검을 감싼 불길이 일렁거렸다. 천동이 웃옷을 고쳐 입으려 팔을 소매 안에 집어넣는 순간 왼쪽 어깻죽지가 찌릿했다.

"율아, 너 어깨 괜찮아?"

천동은 고개를 돌려 율이를 걱정스럽게 바라보았다.

"찌릿햇당 뼈근햇당 햄저. 성은?"

율이가 천동과 나란히 서서 강물을 바라보며 태연히 대답을 했다.

"응. 좀 아프긴 한데."

천동도 태연히 대답을 하긴 했으나 말끝을 흐렸다.

"산 자들은 살아야 합니다. 내일 아침에 한 번 더 위생병한테 응급치료를 받도톡 합시다. 응급치료라 해봐야 기껏 아까징끼 바르는 거겠지만. 내일 죽 한 통 더 받아먹고 이곳을 떠야 할 겁니다. 이곳을 떠나야 치료도 제대로 받고 살 수 있으니. 히로시마 역 쪽은 이곳보다 피해가 덜 하다고 합니다. 머지않아 기차가 다닐 것이요."

부길이 밖에 나가 얻어온 정보를 알렸다.

"그래야 할 것 같습니다. 한 형도 뜰 생각입니까?"

"나는 이곳에 며칠 더 있으려 합니다. 아마도 조선인이나 제작소 동무들은 찾기 어려울 것 같소. 모두들 길에서 피폭을 맞아 희생을 당한 것 같습니다. 그래도 시신이라도 발견되면 화장이라도 치뤄주어야겠지요. 여기 일이 끝나는 대로 형님이 계신 고베로 가려 합니다. 최 형은 아무 생각 말고 저 동생 분과 어서 여길 떠나시오. 어깨 치료를 제때 받지 못하면 심각해질 수 있습니다."

"그래야 할 것 같습니다. 나는 일단 친지가 있는 오사카로 갈 생각입니다."

"일단이라니요?"

"체불된 임금은 받으러 다시 와야 하지 않겠소?"

"그야 그렇지만 받을 수 있을지? 살을 깎는 노동으로 받는 피 같은 임금이긴 한데."

"공장이건 히로시마건 일본이건 폭삭 망했으니 체불된 임금을 저놈들이 새삼 챙겨줄 런지는 나도 모르겠소. 하지만 전쟁을 일으켰다가 망한 건 전적으로 일본의 자업자득이요. 십 년이 지나건 백 년이 지나건 나는 받아낼 생각이요. 어깨가 잘못되어 불구가 되면 치료비와 위자료까지도."

천동의 왼쪽 어깨가 찌릿찌릿 쑤셔왔다.

"천동 성, 우리 내일 아침에 치료받고 죽 얻어먹고 기숙사로 가요."

두 사람의 말을 잠자코 듣고 있던 율이가 대화에 적극 끼어들었다.

"다 타고 없어졌을 텐데 기숙사는 왜?"

천동이 의아하다는 눈빛으로 율이를 바라보았다.

"노무수첩이 든 가방을 기숙사 방에 두고 왔수다. 기숙사가 몬딱 안 탈 수도 이서난게. 또 찾아사 헐 물건도 싯고."

율이의 눈빛이 걱정으로 가득찼다.

"그래 가보자. 노무수첩이 바로 일한 증거이니까. 찾아야 할 물건이 또 뭐야?"

"장갑, 목도리. 귀마개. 울 어멍이 짜준 거."

율의 말을 들은 천동이 기특하다는 듯이 오른팔을 천동의 어깨 위에 얹었다.

"으악"

율이가 소리를 질렀다. 천동의 팔이 왼쪽 어깻죽지 상처를 건드린 것이었다.

"앗. 이런. 이런. 미안하다. 율아."

천동이 미안해 어쩔 줄을 몰라 했다.

"괜찮아. 성아. 죽은 사름도 이신디."

"아, 참."

율이의 말에 세 사람은 동시에 고개를 돌려 뒤를 돌아보았다. 화염은 말없이 바람에 일렁거리며 타오르고 영미의 혼을 실은 연기가 어둠의 허공 속으로 오르고 있었다.

"강가에 가서 큰 돌멩이 좀 가져오겠소. 아직 한참 더 있어야 하니 잠시라도 눈을 붙이는 게 어떻겠소."

부길이 일어나 강가로 향했다.

"그래. 율아. 우리 눈 좀 붙이자. 영미는 잘 가고 있으니 걱정 말고."

천동의 말에 율이가 말없이 고개를 끄덕였다. 둘은 무릎을 세우고 고개를 수그려 잠을 청했다.

등 뒤에서 자작자작 판자 타는 소리가 들려왔다.

둑 아래에서 오타강물 흘러가는 소리가 들려왔다.

멀리 연병장에서 누군가 우는 소리가 들려왔다.

뎅그렁 뎅그렁 중림정* 언덕 위 약현성당 종소리가 울려왔다.

철커덕 철커덕 경성역 칠패로 아래 어물전 시장변을 지나는 기차 바퀴 소리가 자궁 속으로 들려오던 엄마의 숨소리처럼 들려왔다.

토독 토독 우산 위로 빗방울이 떨어졌다. 남대문에서 한양성곽 길

---

* 현재의 서울 중구 중림동.

푸른 빛 붉은 화염 검은 비 309

을 따라 서소문으로 걸었다. 맑은 빗방울이 살색 화강암 성벽을 촉촉히 적셨다. 우산살 끝에서 떨어지는 빗방울을 손바닥으로 받아 마셨다. 시원했다.

후- 후- 신엄리원담 해수면 밖으로 잠시 떠오른 잠녀의 숨비소리가 들려왔다.

움- 움- 밭을 갈고 집으로 돌아오는 소 울음소리가 애월 윤남못가에 울려 퍼졌다. 서쪽 바다의 해무가 땅으로 올라와 수산봉우리를 뒤덮더니 항파두리를 지나 산세미오름을 덮고 천아오름을 덮고 어승생악을 덮었다.

불쑥 솟은 한라의 서편이 하얀 안개로 뒤덮였다. 동쪽에서 불어온 샛바람이 한라를 넘어 안개를 서서히 서쪽으로 밀어냈다. 바리메의 두 형제 봉우리와 새별오름의 갈대언덕이 자태를 드러냈다.

안개가 해안지대로 물러났다. 중산간 봉성 푸른 초원에서 말들이 풀을 뜯고 있었다.

안개가 서쪽 바다로 밀려갔다. 꼬불꼬불 올레길을 따라 대문 없는 돌담이 이어졌다. 개수동 비해기동산 마을 올레 돌담 너머 우영팟(텃밭)마다 누런 귤들이 익어가고 있었다. 구멍이 숭숭 뚫린 밧담 먹돌들 사이사이로 바람이 올레와 마당을 넘나들었다.

띠풀을 얹은 초가집 굴뚝에서 연기가 피어올랐다. 뜸 들이는 보리밥 냄새가 정지(부엌)에서 마당으로 풍겨나왔다.

해안 너럭바위의 너른 품이 펼쳐졌다.

서쪽 바다에서 갈보름이 불어왔다. 시원한 바람결에 비바리들의 머릿결과 댕기가 휘날렸다.
'호호호'
영미의 웃음소리가 들려왔다.

"끝났소. 일어들 나시오."
부길이 앉은 채로 잠이 든 천동과 율이를 깨웠다. 천동과 율이 잠에서 깨어나며 입가에 흐른 침을 닦았다. 강가르 갔던 부길은 커다란 호박돌 하나를 들고 왔다. 양쪽 끝이 뭉툭하고 길쭉한 연갈색 호박돌이었다. 영미의 영혼을 하늘로 나르기를 마친 불길이 사라진 자리에는 가는 뼈들이 길게 늘어진 유골만이 남아 있었다. 영미가 입고 있던 흰색 상의, 어깨끈 달린 검정 몸뻬바지, 짧게 붙어 있던 머릿결, 그녀의 퉁퉁 부은 팔을 감쌌던 양말과 운동화도 이 세상에 남아 있지 않았다.
"영미야, 미안하다. 마지막 가는 길을 눈 뜨고 지켜주지 못해서."
쩍쩍 말라붙은 천동의 입술이 가늘게 열리며 속삭였다.
"누나, 미안허우다. 그새 갓저 예."
율이가 유골을 멍하니 내려다보며 어찌할 줄 몰랐다.
'괜않다. 나 따문에 욕봤다. 건강들하그레이.'
영미가 벌떡 일어나 말하는 것 같았다.
"아으---. 아으---."
가까운 곳에서 통곡 소리가 들려왔다. 그새 영미네가 자리한 곳 북쪽 강둑에서 새로 화장하는 불길이 몇 개 타오르며 어둠을 밝혔다. 천동이 영미 유골을 수습하여 양동이에 담았다. 유골의 따뜻함이 손바닥으로 전해져왔다. 영미를 업고 갈 때 영미 품에서 천동의 목덜미와 등으로 전해오던 그 따뜻함이었다. 천동은 또 눈물을 흘렸다. 천동이 호박돌로 유골을 빻는 동안 부길과 율이 곁에 서서 지켜보았다.

"율아, 만져봐. 영미 누나 아직 따뜻하다."

천동이 영미 골분이 담긴 양동이의 겉면에 손바닥을 대며 율이에게 권했다. 율이 쭈그리고 앉아 양동이 양옆에 손바닥을 댔다. 율이는 그 모습 그대로 앉아 손을 뗄 줄을 몰랐.

리어카에 실려 강둑으로 올라온 새로운 시신들이 북쪽으로 향했다. 화장터는 북쪽을 향해 길게 길게 이어져 갔다. 군인들도 지쳐 잠이 들었는지 민간인들이 리어카를 끌고 밀었다. 죽은 자들을 수습하는 산 자들도 대부분 너덜거리는 옷차림으로 처참한 몰골을 한 성치 못한 자들이었다.

"율아, 이제 내려가자. 영미 누나 보내줘야지."

쉬어버린 천동의 음성은 끈끈하면서도 말 마디마디마다에 매듭이 지어졌다. 천동이 자신의 흰 윗속옷 앞자락을 부욱 찢어냈다. 그는 양동이에 담겨 있는 영미 골분을 두 손으로 한 움큼 퍼서 찢어낸 속옷 흰 천으로 싸서는 둘둘 말아 가슴주머니에 넣었다. 율이가 두 팔로 양동이를 감싸 안고 강비탈을 앞장서 내려갔다. 따스한 양동이의 온기가 율의 팔과 가슴팍으로 찡하게 퍼져왔다. 두 사내가 뒤를 따랐다. 새카만 천공에 무심하게 떠 있는 별들이 오타강물 위에 비치다가 가물거리며 떠내려가는 자신들의 모습을 운명처럼 내려다보고 있었다.

"영미야, 이제 뜨겁지 않을 거야. 잘 가라. 지긋지긋한 이 지옥을 떠나 멀리멀리."

 천동이 두 손으로 한 움큼씩 퍼내서 강물을 향해 훠어이 훠어이 영미의 골분을 뿌렸다. 골분은 바람을 타고 뿌옇게 흩어져 날리다가 어둠 속으로 사라져갔다. 속절없이 닥쳐온 하루 낮밤의 비래횡화가 끝내버린 영디의 청춘은 검은 비에 젖은 파편이 되어 살아남은 자들의 한 많은 가슴 속으로 깊이깊이 파고들었다.

언제 다시 만날까

 영미를 떠나보내고 서연병장으로 돌아온 천동, 율, 부길은 무릎을 세우고 자는 둥 마는 둥 밤을 보냈다. 서쪽 강둑을 따라 화장 행렬이 끝없이 이어지며 밤새 어둠을 밝히던 화염들이 해가 솟아오르면서 파멸의 무대 저편으로 밀려났다. 밤새 휴식을 취한 군인들이 리어카로 시신들을 나르기 시작했다. 폭심지였던 제1육군병원이 무너진 자리에서는 환자복이나 하얀 의료복을 입은 시신들이 끝없이 나왔다. 군부대 시설 어딘가에 포로로 수용되어 있었던 것으로 보이는 노란 머리 병사의 시신도 리어카에 실려 갔다. 위생병과 구호대가 돌아다녔다. 위생병은 어제와 다를 바 없이 천동과 율의 어깻죽지 상처 부위에 아까징끼를 발라주었다. 구호대는 리어카에 커다란 죽통을 싣고 다녔다. 세 사람은 대나무통에 매실장아찌 한 개가 얹힌 보리죽을 받아먹었다.
 "최 형은 저 동생을 데리고 동쪽으로 쭉 가서 교바시강을 건너가시오. 사카에다리는 무너지지 않았소. 강을 건너면 히로시마 역인데 그 뒤편에 있는 히가시(東)연병장에도 구호소가 마련되었다고 합니다. 히로시마 역에 기차가 다시 운행될 때까지 그 연병장에서 어깨 치료와 끼니를 해결할 수 있을 겁니다."

일본어가 능통한 부길이 언제 파악했는지 천동과 율이가 가야 할 길을 일러주었다.

"정말로 고맙소. 그동안 경황이 없어 인사 못했는데, 어제도 너무나 고마웠소."

천동이 두 손으로 부길의 두 손등을 감쌌다.

"부길 성님, 촘말로 고맙수다예."

율이도 고개 숙여 감사를 표했다.

"당연한 일을 한 것이오. 죽은 사람은 죽은 사람이고 앞으로 산 사람들이 걱정입니다. 어서 출발하시오."

"한 형은 여기 더 있겠다고 했지요?"

"얼마나 더 있을지는 모르겠지만 일단 더 있다가 고베로 가려 합니다."

"한 형, 정말로 고맙다는 말을 다시 한번 드립니다. 혹시 오사카 이카이노에 올 일이 있거든 찾아주시오. 당분간은 그곳 형님 집에 머물 겁니다. 이카이노에 와서 경성 최씨 형제네를 찾으면 다 알려줄 겁니다. 그 동네는 대부분 제주 출신 사람들이고 경성 출신은 최씨 형제들뿐이니까요."

"알겠소. 건강하시오."

"그럼. 이단."

천동과 부길, 율과 부길이 차례로 손을 맞잡고 석별의 정을 나누었다. 기약 없는 석별이었다.

"천동이성, 우리 기숙사에 고치 그릅서(같이 가요)."

"그래. 내려갔다가 다시 올라오자."

둘은 아이오이다리를 건너 영미를 엎고 올라왔던 강둑을 따라 내려갔다. 후나이리미나미 사거리를 거쳐 쇼와다리까지 가는 동안에도 폐허는 한없이 이어졌다. 남쪽으로 서쪽으로 갈수록 폭심지로부터 조금씩 벗어나면서 몇 군데 콘크리트철골 기둥이 남아 있다는 것 말고는 도시의 모든 것들이 파괴되어 잿빛으로 변해 있었다. 어딜 가나 쓰러진 전봇대. 철로에서 이탈하여 앙상한 뼈대를 드러내고 전복된 전차의 흉측한 몰골. 잿더미 위로 나뒹구는 돌무더기들. 검붉게 그을려 옆으로 쓰러져 죽어 있는 말. 목조가옥 터의 판자더미들 사이로 삐져나온 시신들의 팔과 다리. 둘은 덴마강을 건너 미나미칸온마치 미쓰비시조선소 기숙사로 향했다. 다행히도 쇼와다리는 무너지지 않았다.

기숙사 터는 고요에 잠겨 있었다. 긴 담장은 무너져버렸고 회색 보루꾸 파편들이 길게 이어져 나뒹굴고 있었다. 무너지지 않고 길게 남아 있는 보루꾸 담장 밑단이 끊어져 있는 부분이 기숙사 입구였다. 입구 양쪽 기둥에 걸려 있던 2층 지붕 높이의 커다란 일장기도 사라지고 없었다. 몸뻬바지에 하얀 상의, 하얀 머리띠를 맨 조선인 여공들의 웃음소리도 없었다. 마음이 급한 율이 마당 안으로 들어섰다. 딱히 찾아야 할 물건이 없는 천동이 율의 뒤를 따라다녀 주었다. 영미의 목소리가 들려왔다.

'율아, 밥 마이 무웃나?'

'누굴 찾노? 느그한테 인사하는 가시나가 내 말고 또 있는가베.'

'율이 총각, 어디 감이꽝?'

'에바. 누나는?'

'내도 오늘 에바로 간데이. 하믄 함께 가자. 머가 그리 급하노?'

"율아, 조심해라. 못에 찔린다."

영미 생각에 팔린 율이 못이 삐죽삐죽 솟아있는 판자더미 위를 위태롭게 이리저리 헤매는 모습을 보고 천동이 주의를 주었다.

"에이씨-. 사감실 겆물이 홀라당 다 타버렸네. 협화회 수첩 찾기는 글러버렸다."

천동은 완전히 잿더기가 되어 사라진 목조건물 사감실 터를 바라보며 맥이 탁 풀렸다. 일제는 조선인 징용노무자들이 임의로 탈출할 것을 방지하기 위하여 신분증인 협화회 수첩을 강제로 수거해 갔다. 천동은 수거된 협화회 수첩들을 사감실에서 보관하고 있으리라 짐작하고는 사감실 건물부터 살펴보았던 것이었다.

"엉? 게믄 노무수첩이라도 꼭 찾아사 허는디."

미처 협화회 수첩까지는 생각하지 못하고 있었던 율이 당황하면서도 미련 없이 노무수첩 찾는 데 집중했다.

"그래. 어서 니 노무수첩이라도 찾아보자. 그거라도 찾으면 신분증이 될 수 있을지는 모르겠지만 밀린 임금을 나중에라도 받으려면 노무수첩이라도 있어야 하니까."

"밀린 임금을 나중에 받는다고?"

율은 시큰둥한 반응을 보였다.

"그쪽 아니다. 이쪽이야."

천동이 입구를 기준으로 자신들이 지냈던 방의 위치를 가늠하며 율이를 이끌었다. 마당 안쪽은 무너져 내린 기와들, 함석지붕 파편들, 타다 만 다다미들과 판자때기들이 뒤죽박죽 포개져 있었다.

"이쯤 될 거다. 다다미도 타다 말고 판자들도 타다 말고 했으니 잘하면 찾을 수 있겠는데."

잿더미 속에서 주인을 잃어버린 소지품들이 하나둘 눈에 띄었다. 더러는 판자더미들 위에서 더러는 속에 묻혀 그 일부를 드러내고 있었다. 허리띠, 각반, 헝겊으로 짠 에스키모 모자, 겨울용 남자 속바지, 히로시마에 도착했을 때 히로시마성 서연병장에서 촬영한 징용공들 단체사진, 군용수통, 양철 도시락통, 반합, 타다 만 가족 사진들……

"찾았어."

율이가 어깨에 메는 황록색 가방을 들고 천동을 향해 흔들었다. 가방 전면에는 흰 바탕에 검은 글씨로 '金海次郎'라고 새긴 천이 박음질 되어 있었다. 가방 아래쪽 귀퉁이 부분이 불에 타고 그을려 있었다.

"너는 오늘부터 '가네우미 지로' 아니다. 김율이다."

천동이 단호하게 일렀다.

"기. 이 가네우미는 껍데기고 가방 속에 든 물건은 율이 거우다."

참으로 오랜만에 율이가 하얀 이를 드러내며 미소를 보였다.

"가방이 탔는데 물건들 제대로 있나 얼른 열어봐라."

율이 가방의 똑딱단추를 풀고 덮개를 위로 들어올려 안을 들여다보았다. 궁금한 천동이도 함께 들여다보았다.

"목도리, 장갑, 귀마개, 돈, ……"

가방 속 물건들을 보며 하나하나 품목들을 불러보던 율이의 말이 끊어졌다.

"왜?"

천동이 걱정스러운 듯이 물었다.

"노무수첩은 건줌(거의) 다 타버렸어. 그리고……"

"엉? 노무수첩이 타버렸다고? 그리고 또 뭐?"

"아니우다. 노무수첩 말고는 다 잇수다."

율이는 얼버무렸다. 노무수첩 안에 끼워져 있던 영미의 사진도 함께 타버린 것이었다.

"근데, 노무수첩이 타버렸으면 임금을 어떻게 받지?"

천동이 걱정스러운 표정을 지었다.

"괜찮수다. 혼저 이듸 떠나면 걸로 끝이우다. 나중에라도 줄 넘덜도 아니고."

욕이라고는 기껏해야 '귓것' 밖에 모르던 율이는 욕까지 해가며 단호했다.

"죽도록 고생했는데 임금 못 받으면 너무 아깝잖아."

"죽도록 고생한 거 다 받으려민 저념덜 목숨 내놓아사 헐거우다. 천동이성, 걱정 말고 이제 갑서. 미련 엇수다."

천동은 율이에게 이런 단호함이 있었는지 새삼 놀랐다. 히로시마에 처음 왔을 때의 율이에게서는 전혀 찾아볼 수 없는 면모였다. 차별과 착취에 따르는 반발심과 혐오감이 순하디 순한 사람을 단호하고 전투적인 인격으로 변전시켜 놓은 것이었다.

천동과 율은 왔던 길을 또다시 걸었다. 쇼와다리로 뎬마강을 건너고 나카구(中區) 복판을 가로질러 혼가와 강둑을 거슬러 올라갔다.

언제 다시 만날까 319

아이오이다리를 건너자 서연병장 입구가 나타났다.
"부길이 성님은 아직 여기에 이실 거라."
"그래."
"그 성님 아니어시민 하영 고생해실 거라."
"그래."
'한부길. 이 일대에 남아 직장 동료들과 조선인들을 찾고 있을 것이다. 불행한 시기, 재난의 현장에서 만난 멋지고 진실된 사람. 나라를 잃지만 않았다면 이웃을 위하여 큰일을 했었을 사람.'
둘은 사카에다리로 교바시강을 건넜다.
히로시마의 벌판 위에 잿빛 콘크리트와 검붉은 벽돌의 잔해들이 나뒹굴었다. 목조가옥들이 사라진 자리에는 숯덩어리들이 곳곳에 피딱지처럼 들러붙어 끝없이 황량하게 펼쳐져 갔다. 시커멓게 그슬린 돔 지붕 건물 하나가 처참한 몰골로 이곳이 교바시강변임을 알려주고 있었다. 하늘과 교바시강물을 제외한 모든 것들은 흑색과 회색으로 바뀌었다. 다리 북쪽 좌안 슈케이엔(縮景園) 정원의 아름드리 나무들도 남김없이 불에 타버렸다. 선 채로 죽은 줄기들과 가지들이 시커먼 재로 수면이 뒤덮인 호수를 에워싸고 있었다. 모든 푸르름은 사라졌다. 교바시강변에도 아직 수습하지 못한 시신들이 즐비하게 늘어져 있었다. 검붉게 데이고 그슬린 몸의 반은 땅에 걸치고 나머지 반은 물속에 잠긴 채 흐르는 물에 수초더미처들처럼 흔들거렸다.
"천둥이 성, 저기 구호소 가까운 쪽으로 가자. 죽 빨리 받아먹게."
연병장 입구에 들어서자 구호소 가까운 쪽에서부터 배급이 시작된다는 걸 알게 된 율이가 구호소 천막이 설치되어 있는 안쪽을 가리켰다. 입구라고 해보야 공구리 기둥 두 개가 남아있는 정도였고 이곳도 폐허이기는 마찬가지였다.

"그쪽은 사람이 너무 많아. 사람이 너무 많이 죽어나가서 이제 전염병이 돌기 시작할 거야. 사람이 많이 몰려 있는 곳은 위험해. 중간쯤에 앉자."

천동이 앞장서서 주위를 둘러보며 적당한 자리를 물색했다. 연병장 동쪽 가장자리 곳곳에서 화염이 일고 있었다. 임시화장터였다. 동연병장은 폭심지로부터 얼마간 떨어져 있는 곳이라 피해가 상대적으로 덜해서인지 서연병장에 비해 화장터 규모도 작았고, 시신들을 싣고 화장터로 가는 리어카 수도 적었다. 어제보다는 구호품도 형편이 나아졌다. 피딱지가 지기 시작한 어깻죽지에는 솜으로 소독제를 바르고 나서 아까징끼를 바르고, 가제를 대고 반창그를 붙였다. 대나무통에 매실장아찌 한 개를 얹은 보리죽 외에도 건빵이 배급되었다. 배가 부를 리야 없었지만 그래도 주리고 꺼진 배를 채우고 나니 허기가 물러가고 졸음이 몰려왔다. 낮이 되며 슬슬 더워지기 시작했다.

"율아, 눈 좀 붙이고 기차가 언제부터 다니는지 알아보자."

천동이 먼저 벌렁 드러눕자 율이도 따라누웠다. 중천을 향해 오르는 해가 구름 뒤로 사라지고 있었다. 다다미도 없고 베개도 없는 노천이었으나 들은 난리가 난 이후 처음으로 두 발을 뻗고 잤다.

구름이 걷히고 중천에 박힌 태양이 뜨거운 열기를 쏟아 쿠으며 온전한 나무 그늘 하나 없는 동연병장을 달구었다. 웅성거리는 소리에 천동이 잠에서 깨었다. 곳곳에서 사람들이 일어나서는 동연병장을 빠져나가고 있었다.

"… 기샤 …"

"기샤 …"

"히로시마에키 …"

사람들의 말소리는 다 알아들을 수 없었지만 그들은 자기들끼리 말하면서 기차를 언급했고, 히로시마 역을 언급했다.

"広島駅に汽車が来ますか。"(히로시마 역에 기차가 옵니까?)

간단한 일본어를 할 줄 아는 천동이 사람들에게 물었다.

"そうだよ。"(그렇소.)

"율아, 일어나라, 기차가 온단다. 어서 일어나."

둘은 무리를 따라 히로시마 역으로 향했다.

히로시마 역은 이미 수많은 사람들로 바글바글 끓고 있었다. 역사도 불타버리고 사라졌다. 철로 주위 노천에도 구호소가 설치되어 있었다. 사람들이 많이 모이는 곳은 모두 피난민구호소로 변해 있었다. 둘은 폐허로 변해버린 역 터를 바라보며 나란히 앉았다.

"どこへ行く列車ですか。"(어디로 가는 열차입니까?)

"下関。"(시모노세키.)

"何時に来ますか。"(몇 시에 옵니까?)

"それはわたしも知りません。"(그건 나도 모르겠소.)

천동은 주변에 앉아있는 사람들에게 반복해서 묻고 또 물으며 확인하고 또 확인하였다.

"율아, 시모노세키역으로 가는 기차란다. 시간은 저들도 모른다하고. 그냥 기다리는 수밖에 없겠는데."

"오는 것만 해도 다행이우다예."

"그래. 그것도 율이가 가는 방향으로 먼저 와서 더 다행이다."

"성이 가는 방향과는 다른가?"

"응. 시모노세키는 서쪽이고, 오사카는 동쪽이니까."

"오사카까지는 먼가?"

"시모노세키까지나 오사카까지나 거리는 비슷한데 오사카는 중간에 고베에서 한 번 갈아타야 해. 여기서 동쪽으로 가는 기차는 고베가 종점이거든."

"이제랑 이듸서 헤어지는거네. 기차 천천히 오는 게 더 좋것소."

"율이랑 헤어지려니 나도 섭섭하긴 한계 그래도 여길 어서 벗어나야 해. 우린 또 만나면 되니까."

"또 만나질건가? 제주 섬은 딴 나라거든."

"내가 찾아가면 되지. 전쟁 끝나가는데 조선 사람끼리 만나지 못할 데가 어디 있겠어?"

"성도 울나라로 돌아올 건가?"

"그럼. 오사카에 눌러 살 생각은 없으니까. 오사카에 동포들이 모여 사는 이카이노라는 곳에서 형이 고무신 가게를 운영하고 있거든. 거기서 잠시 머무르며 형 장사도 돕다가 히로시마로 와서 밀린 임금 받게 되면 어머니 계시는 경성으로 돌아가야지. 그리고 영미 유골도 합천 가족들에게 전달해야 하고."

천동은 영미 골분이 들어 있는 가슴주머니를 가리켰다.

"성은 좋은 사람이우다예. 나도 영미 누나럴 좋아했으면서도 미처 그런 생각은 못해낫수다예."

"그럼 율아, 내가 제주로 가면 너도 합천에 같이 갈래?"

"좋수다. 겐디 언제?"

"전쟁이 언제 끝날지 정확히 알 수 없으니 언제라고 말할 수야 없겠지만, 1년 안으로는 끝나겠지. 어제 8월 6일이 영미가 간 날이니까 내년 8월 6일 전까지는 유골을 부모님께 전해드려야 할 텐데. 그 부모님한테 영미 소식 전할 생각하면 가슴이 아프기는 한데. 그래도 딸이 죽었는지 살았는지도 모르고 돌아올 날만 고대하며 하염없이 살아가시도록 하는 것보다야 낫겠지."

"기여. 게믄 나 성 올 날 기다리쿠다."

피란민들 사이로 위생병과 구호원들이 돌아다녔다. 이곳에서도 천동과 율은 보리죽과 건빵을 배급받았다.

"율아, 건빵은 아껴 먹어라. 시모노세키까지는 멀거든. 이 많은 사람들이 다 타면 기차 안에서는 배급도 불가능할 거야."

천동은 자신의 몫으로 배급받은 건빵을 율의 가방 속에 넣어주었다.

"성은?"

"내 걱정은 하지 않아도 돼. 오사카로 가는 기차는 나중에 오니까 또 배급받으면 되고. 나는 일본말을 더듬더듬이라도 하니까 거지 동냥질도 가능하거든."

"일본넘덜신디 동냥질 헌다고?"

"원수를 갚으려면 원수 가랑이 밑이라도 기어서 통과해야 하는 거야. 그건 결코 수치가 아니지. 우리가 히로시마까지 강제로 끌려온 것도 마찬가지야. 위정자들이 잘못해서 백성들이 개고생하게 된 건데. 이런 서러움과 비극을 다시는 되풀이하지 않도록 우리가 힘을 길러야 해. 다음 세대에게는 부강한 나라. 평등한 세상을 물려주어야 하니까. 그런 세상이 올 때까지는 그 어떤 수치심이나 굴욕감도 참고 견뎌야 해. 오십 년이 걸리든 백 년이 걸리든."

"일본넘덜보다도 더 악질덜은 친일 앞잡이넘덜이주. 우리 집에 쳐들어완 나 강제로 동원하는데 앞장서낫던 넘이 이서낫어. 문가라는 구장넘. 울 어멍, 아방 는에 피눈물 나게 만든 넘."

"화가 나더라도 참아야 해. 힘도 없으면서 홧기운으로 튀기만 하면 고립돼서 본보기로 먹잇감만 되니까."

"제주라는 섬에서 무슨 재주로 힘을 키워? 여차하면 육지것덜이 배탕 건너왕 싹 쓸어버리는디."

"……"

천동이도 이 지점에서는 더 이상 대답을 하지 못했다. 제주라는 곳이 어떤 곳인지 알지 못했기에. 평소 말이 없고 내성적인 율이가 저렇게 비감하고 격하게 반응하는지. 제주라는, 제주 섬이라는 말 그 깊은 어딘가에 그 까닭이 깊이 드리워져 있을 거라는 느낌이 안타깝고 애절하게 전해져 올 뿐이었다.

"율아, 너 도망갔다고 나중에 미쓰비시중공업에서 순사들 앞장세워 집으로 잡으러 갈 텐게. 괜찮겠어?"

천동이 화제를 돌렸다. 어색한 분위기를 전환하려는 의도도 있었지만 줄곧 율이가 걱정되는 대목이기도 했기 때문이었다.

"신형폭탄 한 방에 히로시마 전체가 어서져신디 어느 왜넘이 날

잡젠 오켜? 조선소도 어서겨부난 이제랑 군함도 못 만들 거곡, 기계 제작소도 어서겨부난게 어뢰도 못 만들 거곡. 일본이 어떵 미군을 당해내카? 전쟁은 끝난 거주."

"율이가 이제 어른이 되었네."

"영 당해불고, 날 이뻐해주던 영미누나까장 눈앞에서 불쌍하게 죽어신디 나 더 이상 바보처럼 안 살거우다. 왜넘덜은 내일도 일본이 이기고 있다고 거짓 방송해댈 거우다. 더 이상은 안 속으쿠다. 텐노 헤이카 하면 환장얼 헤가멍 반자이 해대는 어리석은 일본것덜은 속아도 우리 조선 사름덜까장 속아줄 필요는 어신 거주."

율의 퀭한 눈 속 동공에서 열이 일었다.

"그래. 율이 말이 맞다. 천 번 만 번 맞고말고. 그런데 저치들은 집요한 데가 있거든. 강자에게는 꼬리를 내리면서도 약자에게는 집요하게 이빨을 드러내니까. 그래서 걱정이 되어서 하는 말이다. 대비를 해야 하니까."

짓밟힐 대로 짓밟히고 당할 대로 당하며 살아오다가 각성한 율이의 완강한 어조에 동의하면서도 천동이는 현실의 냉정함을 환기시키려 했다.

"만일 저넘덜이 우리 집으로 나 잡젠 오면 다시 잡혀오면 되지. 잘못된다한들 죽기밖에 더 헐크매? 여기 싯다 굶어죽거나, 전염병에 걸려 죽는 것보담은 나을 거라."

천동이는 더 이상 아무런 말도 하지 않았다. 히로시마를 벗어나 달리 갈 곳도 없고, 물설고 낯설고 말 설은 객지에서 율이가 갈 곳은 오직 고향뿐이리라. 더구나 벼랑 끝에 몰려 죽기를 각오한 율이의 결기에 대견함이 느껴지기도 했다. 천동은 율이의 어깨 위로 팔을 얹어 당겼다.

"아이쿠."

어깨의 통증으로 율이는 소리를 지르며 움찔했으나 뿌리치지는 않았다.

"앗 이런. 미안."

천동이도 놀라면서 미안해하였으나 그도 역시 올린 팔을 내리지 않았다.

해거름이 되자 더위도 한풀 꺾이며 사람들이 여기저기 드러눕기 시작했다. 기차가 온다는 소식에 들뜬 기대감으로 거지몰골을 하고서도 눈빛만은 빛나던 사람들이 몇 시에 올지 모르는 기차를 하염없이 기다리다 지친 것이었다. 위생병과 구호원들이 다시 나타났다. 해가 지기 전에 하루의 마지막 치료와 급식을 하려는 것이었다. 천동과 율은 웃옷을 벗어 어깨를 드러내고 대기했다.

"앗. 성, 구더기."

율이가 천동의 어깻죽지의 반창고를 뜯어내고 가제를 걷어내자 미처 다 아물지 못한 피딱지 안에서 구더기가 들끓고 몇 마리는 밖으로 꼬리나 머리를 드러내고는 꼬물거리고 있었다.

"구더기? 그럼 너는?"

"겡혀고 보난게 어깨가 간지러운디."

율이가 어깨를 으쓱거렸다.

"어디 보자."

언제 다시 만날까 327

천동은 율이의 어깻죽지를 살폈다. 율이의 상처 부위에도 구더기가 들끓고 있었다.

"이수과?"

"드글드글. 꼬물꼬물."

"어떵 허지?"

"어떵은 뭘 어떵. 내버려 둬야지."

"살 파먹게?"

율의 눈이 휘둥그레졌다.

"살을 파먹는 게 아니라, 고름을 파먹는 거지. 구더기가 약이고, 의사다. 간지럽더라도 그냥 내버려 둬. 고름 다 파먹고 없어지면 지들이 배고파서 지들 발로 슬금슬금 스멀스멀 기어 나올 테니까."

"위생병한테 고름 없애는 약 어실카?"

"구더기를 보여주자구. 소염제라도 있으면 주겠지."

위생병과 구호원은 함께 다녔다. 위생병이 와서 아침때와 같이 피딱지 부위를 솜으로 소독하고 아끼징끼를 바르고 가제를 대고 반창고를 붙였다. 안에 구더기가 들어 있는 채로. 그리고 '消炎劑(쇼엔자이)'라며 알약을 한 개씩 주고 갔다. 천동과 율은 급식 받은 죽물을 마시며 알약을 삼켰다. 배급받은 건빵을 천동은 또 율의 가방 속에 넣었다.

"성, 고맙수다."

천동은 자신의 팔을 살살 율의 어깨 위에 얹었다.

"율아. 네가 타는 기차는 시모노세키가 종점이다. 거기서 내려서 배를 타야 하는데. 신분증인 협화회 수첩이 없으니 너를 불법 부랑

자로 간주해서 배에 안 태워주고 오히려 다시 붙잡혀올 수도 있다. 아직 전쟁이 끝난 것은 아니니까. 그러니 밀항을 해야 해. 아니면 거기서 거지 생활을 하면서라도 전쟁이 끝날 때까지 기다리든가. 사실 밀항도 위험한 것이거든. 단속에 잡힐 수도 있고. 배가 가는 도중에 전복될 수도 있고."

"게믄 어떵?"

"기차 안에서든, 그곳에 도착해서든 눈치껏 나이가 든 조선인들을 찾아. 서일본 지역 어딜 가나 조선인들이 없는 곳은 없으니까. 전쟁이 끝나지 않으면 안전한 밀항선을 탈 때까지 그들과 함께 생활하면서 일자리도 찾고, 잘 곳도 마련하고, 끼니도 해결하면서 물정을 익혀야 할 거다. 그러다가 기회가 나면 어른들 하는 대로 따라하면서 밀항선을 타라구. 잘할 수 있겠어? 자신 없으면 내가 데려다주고."

"자신 잇수다."

"진짜?"

"응. 진짜."

"조선인을 찾는 요령 하나 가르쳐줄까?"

"응. 좋아."

가까이에 조선인 같아 보이는 사람이 있으면 슬쩍 콧노래를 부르는 거야.

나의 살던 고향은 꽃피는 산골
복숭아꽃 살구꽃 아기진달래
울긋불긋 꽃 대궐 차리인 동네

그 속에서 놀던 때가 그립습니다

천동은 콧노래로 〈고향의 봄〉을 불렀다.
"혹시 조선인 아니꽈? 하고 조선말 썼다가 못된 일본놈 잘못 만났을 경우에는 니 신분만 노출되고 만에 하나 해코지 당할 수도 있거든. 〈고향의 봄〉 노래는 조선 사람이라면 다 안단 말이지. 일본인이라면 자신이 모르는 어느 일본 지방 민요인 줄로 알고 그냥 지나갈 테고."
천동의 자상한 말에도 율이는 고개만 끄덕였다. 그새 울적한 표정으로 바뀐 것이다.

내가 살던 애월에 봄이 오면은
넘실넘실 보리밭에 보름 불어왕
유채꽃 너럭바위 올레길 따라
물허벅진 울 어멍 걸엉감저예

율이는 〈애월 고향의 봄〉을 불렀다.
"물허벅이 뭐지?"
천동이 물었다.
"물항아리."
율이가 멍하니 앞만 바라보며 대답했다. 그는 여전히 울적해 있었다.
"으음. 율이 노래 너무 좋다. 제주는 한 번도 가보지 못한 곳인데

노래를 들어보니 마치 내가 어렸을 때 자라고 뛰놀던 곳 같다."
"……"

　　　물허벅진 울 어멍 걸엉감저예

천동이 마지막 소절을 기억하며 불렀다.
"그 앞 소절이 뭐였지?"
"유채꽃 너럭바위 올레길 따라"

　　　유채꽃 너럭바위 올레길 따라
　　　물허벅진 울 어멍 걸엉감저예

천동이 두 소절을 외워 불렀다.
"제주에 가보고 싶다. 멋질 거 같아."
"기여. 겐디, 먹을 것만 많으민."
"……"

이번에는 천동의 말이 끊어졌다. 한 번 가본 적은 없었어도 율의 말을 들으며 보리밭과 유채꽃, 너럭바위와 올레길의 아름다움을 집어삼키는 배고픔의 섬 제주가 아련하게 느껴졌다.
"율아."
"응."
"전쟁이 끝나면 우리 꼭 다시 만나자. 내가 제주에 가면 애월에 가서 너와 함께 유채꽃밭도 걷고, 합천에도 가보고. 니가 서울에 오게 되면 꼭 중림정을 찾아와. 경성역 옆동네. 약현성당 기슭 만초천변 중림정으로. 5분만 걸어가면 경성역이지. 거기서는 이렇게 하염없이 기차를 기다리지 않아도 돼. 언제든지 기차 타고 부산에도 가고 목포에도 갈 수 있어. 도시락 보자기 싸들고 말이지."

"알앗수다. 중림정. 중림정."

해가 넘어가고 역 터는 어둠으로 덮였다. 사람들은 곳곳에서 등화관제를 무시하고 모닥불을 피웠다.

"성."

"응?"

"조선에서도 이 난리를 알고 이실카? 신형폭탄이 터지곡 사름덜이 타죽곡."

"언젠가는 알게 되겠지. 세상에 비밀이란 없으니까. 시간이 문제일 뿐. 더구나 이렇게 큰 난리가 났으니 곧 알려질 거라고 봐야지."

"제주 섬에도?"

"당연하지. 설사 신문과 방송에는 안 나온다 하더라도 배를 타고 오가는 사람들의 입 소문까지 막을 수는 없을 테니까. 부모님이 걱정돼서?"

"……"

율이는 고개만 끄덕였다.

"어버이들은 소식이 끊어진 자식 생각에 가슴 속이 숯처럼 타들어 가시겠지. 그래도 조선의 어버이들은 강한 사람들이야. 잘 버티시리라 생각하고 니 몸만 건사해서 돌아가면 돼."

'철커덕. 철커덕. 철커덕.'

"汽車が来た。"(기차가 온다-.)

기차바퀴 구르는 소리가 들려오자 일순간에 분위기가 기쁨과 설레임으로 술렁거리며 사람들이 자리에서 일어나 일제히 동쪽을 바라보았다.

'빼---액'

지옥을 덮어 누르고 있는 침묵을 가르며 날카로운 기적 소리가 들려왔다. 굶주림과 고통과 죽음의 공포에서 벗어나려는 무리들에게 하늘에서 들려오는 기적의 소리였다.

'철커덕. 철커덕. 철커덕.'

기관차 등불이 점점 커지며 터널 끝의 빛처럼 다가왔다. 폐허 잿더미 위에 선 무리들의 동공마다 하얀 불빛으로 가득 차며 반짝거렸다.

'쿵. 쿵. 쿵. 쿵.'

심장 박동 소리가 천동과 율의 가슴 속을 울렸다.

'끼-------익'

열차가 멈춰서고 실내등이 켜졌다. 창문을 통해 텅 빈 객석들이 비쳤다. 히로시마 피란민들을 싣기 위해 달려온 비상 임시 열차였다.

"와-. 와-. 와-."

죽음의 도시를 탈출하려는 무리들이 이리저리 출입구를 향해 뛰었다.

"어서 뛰어. 뒤돌아보지 말고."

천동이 율을 채근했다.

"천동이 성, 나 먼저 감저. 성도 몸 성히 갑서예."

둘은 서로를 껴안았다.

"어서 가라니까. 몸도 성치 않은데 자리를 차지해야지."

천동은 말은 그렇게 하면서도 포옹을 풀지 않았다.

"성, 나 이제랑 어린애 아니우다. 걱정 맙서."

"그래. 나 율이 믿는다. 느 어멍, 아방, 건이 형, 만날 때까지 그 마음, 그 목소리 간직해야 해."

천동은 포옹한 손으로 율의 등을 토닥이고는 팔을 풀었다.

"성, 나 감저."

율이는 어느샌가 가방에서 꺼내어 손에 들고 있던 건빵 봉지 하나를 천동의 가슴에 휙 내밀고는 뒤돌아 뛰었다. 천동이 미처 받을 준비가 되지 않았던 건빵 봉지가 바닥으로 떨어졌다.

"엇, 율아. 율아."

뒤돌아보지 않고 뛰어가던 율의 등이 무리 속에 파묻히며 천동의 시야에서 사라졌다.

"녀석."

천동은 건빵 봉지를 두 손에 쥐고 율의 자취가 사라진 쪽의 열차 출입구와 창문을 응시했다. 객실은 점점 만원으로 꽉 차갔다. 앉은 사람, 서 있는 사람.

'처얼커더억. 처얼커더억. 처얼커더억. 처얼커더억.'

열차가 서서히 움직였다. 율이는 더 이상 보이지 않았다.

'철커덕. 철커덕. 철커덕. 철커덕.'

열차 꼬리가 히로시마 역사 터를 빠져나갔다.

'빼-액. 빼-액.'

기적 소리를 뒤로 하고 열차는 어둠 속으로 사라졌다. 율이가 주고 간 건빵 봉지를 쥔 두 손을 바지춤에 늘어뜨린 차 천동은 멍하니 서 있었다. 기차의 기적 소리도 더 이상 들리지 않았다. '쿵. 쿵.' 울리던 심장의 박동 소리도 가라앉아 있었다.

율이가 탄 산요본선 기차가 떠나고 천동은 철로를 건너 시모노세키 반대방향인 고베로 가는 기차를 기다렸다. 시모노세키행 기차가 지나가자 폐허를 뒤덮었던 인파의 절반 이상이 줄어들었다. 사람들의 열기가 빠져나간 황량한 역사터에 엥코 강의 밤바람이 불어왔다. 천동은 무릎을 세우고 앉아 몸을 웅크렸다. 꼭 붙어 앉아있던 율이가 떠난 빈자리의 썰렁한 기운이 옆구리를 엄습했다. 천동은 깃을 곧추세우고 어깨를 움츠렸다.
'으윽. 으윽.'
열차 안에서 사람들과 몸을 비비대며 어깨의 통증을 호소하는 율의 신음소리가 천동의 귓전을 맴돌았다.
'아차. 율이에게 빠뜨리고 해주지 못한 말이 하나 있었네.'
천동은 무릎을 탁 치며 입맛을 다셨다.
'서일본 커다란 항구도시 어느 곳이든 시장에 가면 조선인들이 있다는데. 후쿠오카. 기타큐슈. 아마 시모노세키에도 항구 근처에 시장이 있을 것이고, 그 시장을 찾아가면 조선인 식당이나 식품가게, 잡화점이 있을 텐데. 그깟 〈고향의 봄〉 콧노래가 뭐라고. 아무리 불러봐야 알아듣는 이 나타나지 않으면 기운만 더 빠질 테고. 섬에 살다 이 먼 곳으로 끌려와서 다람쥐 쳇바퀴 돌듯이 기숙사와 공장만

왔다 갔다 하다가 이 난리를 만났으니. 말 설고 물 설은 곳에 가서 분명 고생할 텐데.'

천동은 자책감에 손으로 자신의 머리를 쳤다.

'성, 나 이제랑 어린애 아니우다. 걱정 맙서.'

　　유채꽃 너럭바위 올레길 따라
　　물허벅진 울 어멍 걸엉감저예

천동은 나직하게 〈애월 고향의 봄〉을 불렀다. 옷고름으로 눈을 훔치던 어머니 모습이 떠올랐다.

'그래. 맞아. 이렇게 큰 난리를 경험했는데 어린애로 남아있으면 안 되지. 그런데. 에이, 그래도 그렇지. 하루 이틀 사이의 각성만으로 헤쳐나갈 수 있는 상황이 아닌데. 어떻게든 설득해서 오사카로 데리고 갔어야 하는 건데.'

"어우 추워."

냉기를 머금은 강바람이 점점 살 속 깊이 파고들었다. 사람들이 조금씩 늘어나고 있었다. 허기가 몰려왔다. 천동은 율이가 주고 간 건빵 봉지를 뜯었다.

'철컥. 철컥. 철컥. 철컥.'

시모노세키행 산요본선 기차가 움직이기 시작했다. 좌석은 물론 통로까지 피란객들로 꽉 들어앉아 만원이었다. 율은 다행히도 좌석이 설치되어 있지 않은 객실 입구 빈 공간 바닥에 자리를 잡을 수 있었다. 객실 벽에 등을 대고 가부좌로 앉아 가방은 끈을 목에 걸고 무릎 위에 올려놓았다. 어깻죽지가 쑤셔왔다.

'철컥철컥철컥철컥'

기차의 움직임이 점점 빨라졌다. 실내등이 꺼졌다. 여기저기서 코고는 소리가 들려왔다. 좌석에 앉은 자들이나 통로에 앉은 자들이나 저마다 고개를 수그리고 젖히고 이리 비틀고 저리 비틀고 입을 헤벌린 채 빈 보릿자루 벽에 기대놓은 것처럼 구겨져 있었다. '드르렁 드르렁 푸-' 그들의 코고는 소리가 규칙적인 기차 바퀴 소리와 엇박자 불협화음을 내고 있었다.

'똑닮은 일본사름이라 해도 전범덜이 이신가 하민 자이덜처럼 불쌍한 사름덜도 이신 법이다.'

'철컥철컥철컥철컥'

졸음이 몰려왔다.

히로시마역에 남아 고베로 가는 기차를 기다리고 있을 천동의 얼굴이 떠올랐다.

서연병장에 남아 혹시 살아남아 있을지 모를 조선인을 찾으며 구호활동에 참여하고 있을 부길의 늠름한 어깨도 떠올랐다.

'율아, 밥 마이 무웃나?'

영미의 음성이 들려왔다.

철커덕 철커덕 철커더억 철커더억

기차바퀴 소리가 멀어져갔다.

스스르 눈꺼풀이 내려앉았다.

'건아. 율아.'

한길에 퍼지는 자욱한 먼지 너머로 어멍의 울부짖는 소리가 들려왔다

강제 징용된 청년들을 태운 트럭이 신엄 중산간지대 윗마을을 향해 달렸다

'거-언아. 유-울아.'

어멍의 절규 소리가 멀어져갔다.

잠에 빠져드는 율의 목이 점점 옆으로 기울어졌다

영미의 골분이 바람을 타고 오타강 어둠속으로 사라졌다.

강물 위에 비친 별빛들도 흐물흐물거리며 어둠 속으로 흘러갔다.

열차는 세토내해 연안을 따라 서쪽을 향해 밤새 달렸다.

'빼-액'

한 시간쯤 지나서 고베행 산요본선 기차가 히로시마 역사 터에 들어섰다. 그새 폐허의 역사 터를 꽉 들어찬 인파들이 차량 출입구로 몰려들었다. 역시 히로시마 피란민들을 싣기 위해 달려온, 객실이 텅 빈 임시 비상 열차였다. 천동은 건빵 봉지를 손에 꽉 쥐고 열차 승강계단을 올라갔다.

'철컥. 철컥. 철컥. 철컥.'

기차가 움직이기 시작했다. 좌석은 물론 통로까지 피란객들로 꽉 들어앉아 만원이었다. 천동은 다행히도 좌석이 설치되어 있지 않은 객실 입구의 빈 공간 바닥에 자리를 잡을 수 있었다. 객실 벽에 등을 대고 가부좌로 앉았다. 어깻죽지가 쑤셔왔다.

'철컥철컥철컥철컥'

기차의 움직임이 점점 빨라졌다. 실내등이 꺼졌다. 여기저기서 코고는 소리가 들려왔다. 좌석에 앉은 자들이나 통로에 앉은 자들이나 저마다 고개를 수그리그 젖히고 이리 비틀고 저리 비틀고 입을 헤벌린 채 빈 보릿자루를에 기대놓은 것처럼 구겨져 있었다. '드르렁 드르렁 푸-' 그들의 코고는 소리가 규칙적인 기차 바퀴 소리와 엇박자 불협화음을 내고 있었다.

'불쌍한 사람들. 율이는 잘 가고 있을까. 지금쯤 저들처럼 잠들었을까? 잠든 동안만큼은 어깻죽지의 아픔을 잊고 있겠지.'

'철컥철컥철컥철컥'

졸음이 몰려왔다.

서연병장에 남아 혹시 살아남아 있을지 모를 조선인을 찾으며 구호활동에 참여하고 있을 부길의 늠름한 어깨가 떠올랐다.

'엄마, 뜨거버. 엄마, 배고파. 수박 먹고 싶데이.'

영미의 음성이 들려왔다.

철커덕 철커덕 철커더억 철커더억

기차바퀴 소리가 멀어져갔다.

스스르 눈꺼풀이 내려앉았다.

어머니,

나오지 마세요.

역이라고 하야 누우면 발가락 닿을 덴데요.

천동아,

네.

방금 '어머니'라고 불렀어?

언제 다시 만날까 339

네.

아-. 이제 네가 정말로 이 에미 품을 떠나는구나.

다 컸구나. 내 아들. 장하다. 내 막내아들.

다 필요 없고 네 몸만 건사하면 된다.

꼭 건강한 몸으로 돌아오거라.

네. 걱정마세요. 어머니.

천동은 만초천 염초다리를 건넜다.

칠패로로 들어서서는 뒤를 돌아보았다.

약현성당 비탈 아래 하얀저고리 검정치마를 입은 어머니가 그곳에 서 계셨다.

아들은 손을 흔들었다.

함께 손을 흔들던 어머니가 고개를 숙이고는 저고리 고름을 잡아 눈가로 가져갔다. 아들은 고개를 돌려 앞을 보고 칠패로를 저벅저벅 걸어갔다.

칠패로 끝에 서자 멀리 남대문이 보였다.

아들은 우측으로 돌아 경성역으로 향했다.

'철컥. 철컥. 철컥. 철컥.'

경성역으로 가는 의주로길 벼랑 아래 철로를 따라 북쪽을 향해 기차가 지나갔다.

영미의 골분이 바람을 타고 오타강 어둠 속으로 사라졌다.

강물 위에 비친 별빛들도 흐물흐물거리며 어둠 속으로 흘러갔다.

열차는 세토내해 연안을 따라 동쪽을 향해 밤새 달렸다.

'… 시모노세키 … 시모노세키 … 시모노세키 …'

확성기에서 '시모노세키'라는 일본말이 섞인 안내 방송이 반복되어 흘러나와 율의 귓전을 맴돌았다. 율이 잠에서 깨었다. 실내등은 켜져 있었다. 탑승객들 모두 잠에서 깨어나 고개들을 곧추세우고는 옆에 앉아있는 사람들고 무언가 두런두런 이야기를 나누고 있었다.

'철커덕. 철커덕. 철커더억. 철커더-억.'

기차가 멈추어 섰다. 출입구 가까이에 앉아있던 율은 주변 사람들이 하는 대로 따라 일어섰다. 창문에 비친 바깥은 아직 어둠이 걷히지 않은 새벽이었다. 출입구 승강계단에서 플랫폼으로 쿵 하며 내려설 때 어깻죽지에 뻐근함이 전해왔다. 열차에서 내린 사람들이 불빛 비치는 대합실을 향해 어둑한 플랫폼을 걸어갔다. 비록 부상을 입은 포로들이나 상거지떼들 행색을 한 행렬이었으나 지옥 탈출에 성공했다는 안도감에 총총걸음으로 속속 대합실을 거쳐 역사를 빠져나갔다. 율은 역사 밖으로 나가는 출입구 가까이에 있는 긴 나무의자에 앉았다.

    내가 살던 애월에 봄이 오면은
    넘실넘실 보리밭에 보름불어왕
    유채꽃 너럭바위 올레길 따라
    물허벅진 울 어멍 걸엉감저예

율은 콧노래를 불렀다. 천천히 불렀다. 사람들은 앞만 보며 지나갔다. 더러는 율의 콧노래 소리를 들었는지 힐끔 쳐다보며 지나가는 사람도 있었으나 걸음을 멈추고 다가오는 사람은 없었다. 하차한 승객들이 모두 역사를 빠져나갈 때까지 율은 콧노래를 부르고 또 불렀다. 천천히 천천히. 홀로 남은 대합실은 정적에 싸였다.

'철커덕. 철커덕. 철커덕. 철커덕.'

시모노세키역에서 정차했던 임시 열차가 산요본선 종점인 기타큐슈 모지역을 향해 움직이는 소리가 들려왔다.

'쓰윽 쓰윽 쓰윽 쓰윽'

청소부가 나타나 빗자루질하며 율이 쪽으로 향해 다가오고 있었다.

율은 뻘쭘함에 마치 열차를 기다리고 있는 것처럼 플랫폼 쪽 출입구를 향해 돌아앉았다. 그리고는 혹시 무슨 말이라도 걸어올까 저어하여 눈을 감아버렸다.

'날이 밝으민 어드레 가카? 천동이 성이 골아낫지. 전쟁이 끝나기 전에는 배를 탈 수가 없다고. 전쟁이 곧 끝나기는 끝날 거 닮은디. 끝난다민 끝낫덴 건 어떵 알아지카? 한 달이 지나고 두 달이 지나도 전쟁이 끝나지 않는다민 나는 어떵 뒈카? 과연 나는 살아지카?'

사람들이 역사 안으로 하나둘 들어와서는 매표소에서 표를 구하고 긴 의자에 앉기 시작했다. 어디론가로 가는 기차 도착이 임박했는지 시간이 지날수록 점점 많은 사람이 대합실을 채워갔다. 썰렁했던 대합실의 새벽기운이 사람들의 체온이 뿜어내는 온기로 훈훈해지기 시작했다.

'방법은 하나뿐이다. 죽기 아니면 살기다. 버티는 거다. 버티려민? 버티려민? 기. 그거다. 외로워하지 않기. 의기소침해하지 않기. 뻘쭘해하지 않기. 창피해하지않기다. 고향의 봄 콧노래? 부르지 말자.

마음만 약해지니까. 옷이 거지꼴인들 어때? 일본말얼 모른들 어때? 기. 지금부터 나는 걸타시(거지)다. 지금부터 나는 버버리*다. 지금부터 나는 난 귀막쉬**다. 주머니에 가진 든은 한 푼도 쓰지 않는다. 전쟁이 끝날 때까장, 전쟁이 끝낫덴 걸 알아질(알게 될) 때까장, 조선인을 만날 때까장 나 자신과의 전쟁이다. 하루하루 살다보면 살암지는(살게 되는) 전쟁.'

율은 두 주먹을 불끈 쥐고 대합실 출입문을 나섰다. 역 광장에 어느덧 햇살이 비치고 있었다.

'걸바시질얼 하더라드 사름 하영 모이는 곳에 강 해사 해. 역 근처이난게 주변을 다니다 보민 사름도 봐지고 돈 냄새도 맡게 될 거다. 슬슬 구경이나 다녀볼카.'

짠맛이 묻어 있는 바람이 불어왔다.

'이듸도 바당(바다)에서 가까운 곳인가 보다.'

 내가 살던 애월에 봄이 오면은
 넘실넘실 보리밭에 보름불어왕
 유채꽃 너럭바위 올레길 따라
 물허벅진 울 어멍 돌엉감저예

주변에 지나가는 사람이 없었는데도 율은 콧노래를 불렀다. 율은

---

*   벙어리. 언어장애인의 옛 표현.
** 귀머거리. 청각장애인의 옛 표현.

언제 다시 만날까

사람들이 제일 많이 오가는 방향을 따라 역사 광장을 벗어나기 시작했다.

'浜吉弁当' '鉄道旅館'

2층짜리와 3층짜리가 한 건물이 되어 붙어 있는 멋진 기와 목조건물이 나타난다.

하나는 '吉' 말고는 도대체 알아먹을 수 없는 한자이고, 다른 하나는 '철도여관'이다.

'흥. 나는 오늘부터 너네보다 더 큰 데서 잘켜(잘 거다). 시모노세키 역사가 나의 집이노난. 경해도 근사한 건물이긴 허다.'

철도여관에서 나오던 자들이 율의 허름한 옷차림을 쳐다보며 눈길을 떼지 않는다.

율은 눈을 마주치지 않으려고 시선을 정면으로 고정하고 곧장 걸어가면서도 그들의 시선을 느꼈다.

'멀 봄시? 걸바시 첨 보나?'

'下関警察署'

철도여관을 지나자 사층짜리 콘크리트 건물 입구 기둥에 세로로 '하관경찰서'라고 새겨져 있다. 아마 시모노세키경찰서일 거다. 율은 시모노세키를 '下関'이라 쓰는 걸 거라고 눈치로 어림짐작했다.

'재수 엇네. 아무튼 동냥질허고 노숙질허며 버티려민 경찰서로부터는 멀리 떨어진 곳일수록 좋은디. 순사넘덜하고는 조크트레(가까이) 잇어봐사 돈이 안 뒈난.'

율은 후다닥 길을 건넜다.

'山陽ホテル'(산양호텔)

1층이 매우 높은 3층짜리 상아색 화강암 건물이다. 아름답긴 했어도 나는 저보다 더 큰 역사에서 잘 거라 생각하니 부러울 거야 없다. 하지만, 저 속에 따뜻한 이불과 밥이 있을 거라 생각하니 배가 고프기도 하고 아프기도 했다.
  "에잇."
  율은 의도적으로 외면하며 '山陽ホテル' 뒷골목으로 쏙 들어가버렸다.

집

"1941번! 나오씨오."

형무관이 부르는 소리에 도슨은 잠에서 깨었다. 쪽잠이 깊이 들었었는지 방문이 열리는 소리도 듣지 못한 것이다. 일어나 앉은 채로 방문 쪽을 바라보았다. 열린 문으로 감시실 전등 빛이 쏟아져 들어오고 있었다. 순간 도슨은 눈이 부셔 방문 쪽을 응시하지 못하고 고개를 숙였다.

"나오씨요."

잠시 이마에 손등을 대고 눈을 가려 빛에 적응을 마친 도슨이 방문 쪽을 바라보았다. 입구에 형무관이 서 있었다.

"무슨 일이오?"

도슨은 시큰둥하니 앉아 일어설 생각을 하지 않았다.

"징벌 끝났소. 사동으로 돌아가씨요."

"아직 굶어 디지지 않았소. 여기서 송장 치우기가 겁이 나시오."

"하― 징허다 징혀. 쓰잘데기 읎넌 소리 고만 허고 싸게 나오씨요."

"난 일어날 기운도 없소. 아쉬운 사람들이 알아서 하시오."

도슨은 아예 바닥에 드러누워 버렸다. 실제로 기력이 없기도 했다.

"딜꼬 나오쇼."

문 입구에 버티고 서 있던 형무관이 뒤로 물러서자 다른 두 형무관들이 방으로 구두를 신은 채 들어왔다. 신문실에서 여기까지 계호하던 보안부서 형무관들이었다.

"어휴-. 냄새."

방안을 꽉 채우고 있는 단내와 노린내로 둘은 코를 싸쥐었다.

"나는 하나도 냄새가 안 나는데. 냄새 싫으면 도로 나가든가."

잠시 서 있던 그들은 숨을 크게 내쉬고는 각자 도슨의 두 겨드랑이에 손을 넣어 잡아 일으켰다. 억센 팔들에 이끌린 도슨의 몸은 풍선막대기같이 일으켜 세워졌다. 도슨은 가벼운 현기증을 느꼈다. 두 형무관이 끄는 대로 도슨이 발걸음을 떼는 순간 고무신이 벗겨졌다. 뚱뚱 부었던 발등에 아가리 자국을 남기기까지 했던 고무신이 이제는 뼈밖에 남지 않은 발에 헐거워진 것이다. 한 형무관이 도슨의 허리를 붙잡고 있는 동안 다른 형무관이 도슨의 발에 고무신을 끼워 넣었다. 도슨은 온 힘을 다하여 정신을 집중했다.

"날 내버려 두시오."

도슨은 두 사람의 팔을 뿌리치고 홀로 섰다. 크게 숨을 내쉬자 입에서 단내가 폭발했다.

"우윽-"

그들이 다시 자신들의 코와 입을 싸쥐며 돌아서 있는 동안 도슨은 질질 걸음을 끌며 방문을 나섰다.

"신부님, 건강하십시오."

"김 선생도 건강하시오."

철주도 막 방에서 나와 감시실 밖으로 나가려는 차에 도슨과 얼굴이 마주쳤다. 더부룩한 수염으로 안면이 초췌하였으나 백열전구 아래서 비치는 두 눈에 정기가 서려 있었다. 단식으로 광대뼈가 툭 튀어나오고, 헐렁해진 수의 밖으로 어깨뼈가 불쑥 솟아있기는 도슨의 몰골과 다를 바 없었으나 키가 커다란 장부였다.

"지금쯤 일본은 패망하고 소비에트군대가 들어왔을 겁니다. 시간문제였으니까요."

"맞소. 일본의 패망은 눈앞까지 왔을 것이오."

도슨은 철주의 의견에 절반만 동의했다. 소비에트에 대해서는 선뜻 공감하기 어려웠기 때문이었다. 그러나 만나자마자 작별하는 자리에서 철주에게 굳이 이견을 노출시킬 필요까지야 없지 않겠는가. 그는 투철한 친소 사회주의자임을 서슴없이 드러내는 호쾌한 청년이었다.

"조선 독립 만─."

대기하고 있던 형무관 하나가 그의 입을 틀어막고 다른 하나가 철주의 등을 떠다밀며 밖으로 나갔다.

"냄새가 싫으면 옆에 붙지 말고 쫓아들 오시오."

징벌 감옥 현관문을 나온 도슨은 고무신이 벗겨지지 않도록 발가락 끝에 힘을 주어 고무신 코를 세우며 주춤주춤 두 걸음에 한 계단씩을 올라갔다. 무릎을 올릴 때마다 땀에 전 바지가 허벅지에 쩍쩍 들러붙었다. 두 형무관도 답답해하며 두 걸음에 한 계단씩 따라 올라갔다. 마당으로 올라서자 해는 중천을 훌쩍 지나 서쪽으로 기울어 있었다. 징벌방에 갇힐 때의 뜨거운 지열도 폭염 시기를 지났는지 사뭇 수그러든 느낌이었다.
'끼니 거른 횟수대로 계산하자면 오늘이 8월 15일일 텐데.
도슨은 제법 여유를 부리며 마당을 둘러싼 이곳저곳을 두리번거렸다.
"어느 쪽이요? 교수형이요? 총살이요? 총살이면 멀리 갈 것도 없이 여기가 좋겠는데. 조용해서 집중하기도 좋고 조준도 잘되지 않겠소? 일발필중 십발십중일 것이요."
"허이고. 냄시가 고약혀서 골이 다 쑤셔불고 콧구녁도 못 여는 게로 집중허기넌 틀렸소 싸게 사동으로 가서 물 좀 찌끄리고 옷 좀 갈아입어사 쓰겄소잉. 쓴 내 나는 몸땡이로 디져불먼 염해줄 위인도 읎응게."
옆으로 뒤처져서 따라오던 형무관 하나가 왼손으로 코를 싸쥔 채 오른손을 위아래로 흔들어 어서 앞으로 가라는 시늉을 하며 코맹맹이 소리로 도슨에게 쏘아댔다.
"뼈밖에 없는 몰골 염해줄 사람 하나 없어도 아무 걱정 없소. 파리들한테 몸 보시하는 걸로 족하오. 빤질빤질 때깔 좋은 당신은 조-오 겠소. 일본제 비누 냄새 맡으면서 염해줄 사람들 줄 서 있을 테니."
도슨은 고무신을 질질 끄는 속도에 맞춰 느릿느릿 변죽을 울렸다. 머릿속의 관심은 온통 어디로 가는지에 쏠려 있었다.
"하이고. 되얐소, 되얏소. 사동으로 싸게 갑시다."
뒤를 쫓아오던 다른 형무관이 듣다못해 도슨의 말문을 막고 나섰다.
"어느 쪽이요?"

집 349

없던 기력에 입씨름으로 진이 빠진 도슨도 더 이상 말할 의욕이 나질 않았다. 자신의 입에서 나는 구취가 슬슬 느껴지기 때문이기도 했다.

"조짝에서 왼짝으로 돌아서 끄터리꺼정 쭈욱 가면 거그가 그짝 집인게라. 이제 잠 좋게 가드라고이."

뒤를 쫓아오던 형무관이 성큼 도슨 옆으로 다가와서는 후다닥 말을 마치고는 다시 발걸음을 늦추며 손으로 코와 입을 싸쥐었다. 도슨이 제발 더 이상 아무 말도 질문도 하지 말기를 바라는 눈치였다.

보안 형무관들은 사동 담당자에게 도슨을 인계하고 돌아갔다. 단야는 비번인지 보이질 않았다.

"신부님, 이게 워쩐 일이다요? 몸이 아조 못 쓰게 되야부렀어야. 우짜쓰까나."

인수인계 절차를 마친 도슨이 담당 형무관을 따라 고무신을 질질 끌며 자신의 독거방으로 가는 모습을 때마침 복도에 나와 있던 소지가 보게 되었다. 소지가 뛰어와서는 도슨을 부축하였다. 도슨은 그저 고개를 끄덕이는 것으로 고마움을 표시하였다.

"걸음걸이가 워째 이런다요? 다리 다쳤소?"

소지는 도슨의 걸음걸이와 보조를 맞추며 아래를 훑어보았다. 도슨은 이번에도 말없이 고개를 가로저었다.

"다리럴 안 다쳤다는 것이요, 말얼 못 헌다는 것이요? 하이고, 몸이 성한 디가 한나도 읎이 사그리 절단나부렀구만이라."

담당이 자물쇠의 빗장을 풀어 방문이 열리자 도슨이 고무신에서 발을 쑥 빼고는 안으로 들어가자마자 방에 누워버렸다.

"어라. 뭔놈으 고무신얼 그리 쉴허게 벗는다요?"

소지는 복도에 방치된 도슨의 고무신을 들고 방으로 따라 들어갔다. 도슨의 몰골을 본 감당도 사정이 매우 딱한지라 소지가 독거수의 방에 들어가는 걸 못 본 척하며 문을 살짝만 닫고 자기 자리로 돌아갔다.

"하이고. 피골이 상결해부렀어야. 빼허고 껍띠기가 아조 한나로 딱 들어붙었구만이라. 그무신이 으째 쉴허게 벗겨진다 혔더니."

도슨은 그저 말없이 눈을 감고 누워있을 뿐이었다. 천장에서 내리쏘는 백열전구의 빛을 피하려고 모로 돌아눕지도 않았다. 빛이라면 그 어떤 종류라도 반갑고 그리웠던 것인지, 아니면 모로 돌아누울 기운조차 없었던 것인지.

"먹방에 계셨소?"

소지도 소문을 들었는지 에두르지 않고 물었다. 도슨은 눈을 크게 끔벅거리는 것으로 대답을 대신했다.

"밥은 때맞춰 자셨소?"

도슨은 코로 숨만 내쉬며 고개를 살짝 가로저었다.

"입도 뻥긋 안함시롱 코로 숨만 쉬는데도 이리 징허게 냄시가 나는 걸 봉께 곡기럴 끊어분거시네. 단식투쟁혔소?"

도슨은 이번에도 눈만 끔벅거렸다.

"신부가 머헌다고 단식이여 단식은. 단식투쟁언 독립투사덜이 허는 것이제. 죽어불자헌 것이오?"

도슨은 소지가 하는 말이 정겹기도 하고 우습기도 하다 보니 기운이 돌아오며 가벼운 미소를 지었다.

집 351

"그려도 웅응께로 맘이 놓이요. 잠 기다리씨요이. 죽 잠 쑤어 올랑게. 옷도 갈아입어사 허고."

소지는 도슨의 목에 베개를 받쳐주고 도슨의 몸을 이리 굴렸다 저리 굴렸다 하며 담요를 깔아주고 덮어주고 하더니 문을 살짝 열어둔 채 밖으로 나갔다.

'거그가 그짝 집인게라.'

보안 형무관이 하던 말이 떠올랐다. 징벌방에서 고초를 겪고, 형무관들과 입씨름을 벌이다 반죽음 상태로 사동으로 돌아와 소지에게 위안도 받고 하다 보니 그 형무관의 표현이 전혀 틀린 말이 아닌 것 같다는 생각이 들며 그만 피식 웃음이 나왔다. 영혼이 하느님의 집에 거하는 사제로서 심신이 따로 논다는 생각이 들기도 했다.

'주 하느님이 징벌방에 거하시거든 그곳 또한 나의 집이 아니랴. 나로 하여금 더욱 강한 자로 거듭나게 하기 위하여 시련을 주시는 것이리라.'

한여름 오후에 담요를 깔고 덮고 하고 있는데도 덥다기보다는 몸에 따스한 기운이 올라오고 있음을 느꼈다.

"신부님, 살살 일어나서 요것 잠 자셔보씨요."

그새 시간이 얼마간 지나갔는지 소지가 돌아왔다. 그는 도슨의 목 아래로 팔을 넣어 도슨을 일으켜 앉히고는 담요를 한쪽으로 치웠다.

"보리죽 쒀왓응게 천천히 잡솨보씨요."

소지는 배식판을 가져다 도슨이 앉은 자리 옆에 펴고 그 위에 죽사발과 수저를 올려놓았다. 위에 간장을 살짝 뿌린 보리죽에는 콩나물 대가리를 잘게 으깬 조각들이 얹혀 있었다. 어깨와 턱이 축 쳐진 도슨은 마냥 앉아있기만 했다.

"기운 읎으면 나가 한 숟갈썩 떠묵여드릴까나?"

소지는 죽사발과 숟갈을 들어서 도슨의 입가로 가져갔다.

"아니. 내가 먹겠소."

도슨은 배식판 쪽으로 돌아앉았다.

"그려. 기운얼 채려 두어야 써. 어여 드씨요."

도슨이 한 숟갈 죽을 떠서 입에 넣자 소지는 아기 입에 밥숟갈을 넣어주는 에미처럼 같이 입을 아 하고 벌렸다.

"돼얐네. 돼얐어. 신브님, 나넌 저녁 배식 준비하러 나가봐야헝게 천천히 다 드씨요잉. 한꺼번에 다 못자시겄으면 두 번 시 번 노놔 잡서. 요놈 다 자씨고 방구가 씨언하게 나와야헌당게라. 방구 안 나오면 창사구가 고장나불어 죽는다요. 감옥에넌 병원도 읎지라. 나 배식 끝내고 따순 죽 한 그럭 더 쒀 올게라이."

소지는 안심이 덜 되었는지 방을 나가서도 창굼으로 다시 방안을 들여다보았다. 그는 도슨의 입으로 숟갈이 들어가고 있는지를 재차 확인하고 나서야 자리를 떴다.

"配食準備。"(배식 준비!)

오랜만에 배식 준비를 알리는 소지의 목소리가 복도에 울려 퍼지는 소리를 들으며 도슨은 이게 바로 내 '집'의 일상이 되었었구나 하는 생각이 들며 또 한 번 피식 웃었다. 소지는 도슨의 방 앞을 지나가며 다시 한번 죽사발과 숟갈의 상태를 확인하고 지나갔다. 방문은 닫혀 있었으나 자물쇠의 빗장은 계속 걸려 있지 않았다.

"죽 잠 자셨소?"

배식을 마친 소지가 서두르듯이 기민한 움직임으로 들어왔다. 그의 손에는 징역보따리*와 양동이가 들려 있었다.

"아주 아주 고맙게 잘 먹었소."

양동이를 방구석에 가져다놓고 도슨 앞에 와서 앉은 소지는 징역보따리의 아가리를 벌렸다.

"이제 말씀도 허시는구만이라. 앉아 있기도 허시고. 속에 머시가 들어간께로 냄시도 덜 나고. 옷만 갈아입으먼 되겄네. 요놈 덧버선이요. 발에 살이 올라올 때꺼정 덧버선을 신으씨요. 고무신 수월케 안 벗어질 것인게 발바닥 질질 안 끌어도 되고. 글고 요거 새 옷이요. 수선공장 아그덜헌티 부탁혀서 재봉틀로다가 수번도 박아왔소. 1941번. 번호도 기가 막히시. 새 옷 입었다고 여그서 오래 계실 생각언 허덜 마시고이."

둘둘 말은 옷을 펼치자 그 속에서 뚜껑을 덮은 죽 냄비가 나왔다. 소지의 설명이 이어졌다.

"죽 한 그럭을 다 자셨응게 요놈언 뒀다가 조금썩 노나 잡숴. 내일 아침 또 한 그럭 가져올 때꺼정. 한 사오 일은 죽만 드셔야 헐게라. 급허게 보리밥 묵으먼 창사구 절단나분게. 글고 따순 물 가져왔응게 수건에 물 적셔 깨까시 씻고 옷 갈아입으면 쓰겄네요."

"고맙소. 소지 선생."

"워따야- 소지 선생이라고라? 보리밥 짠밥 3년에 이럼 말 첨 들었어야. 허기사 도둑질로 치면 선상은 선상이시."

---

* 홀치기주머니의 속어.

"허허. 누가 뭐라 해도 나에게는 선생이오."

"딴 사람덜헌티 가서 자랑혀도 된당가요? 신부님이 나한테 선생이라 불렀다고."

"선생이 아니라 하느님이라 불렀다고 해도 괜찮소."

"하느님이라고라? 하느님이 배꼽 잡고 웃어자빠져불것소. 하느님이 배꼽이 있을랑가 우짤랑가 모르겄지만. 가만 있자. 글고봉께 하느님이 자신의 형상얼 빌어 사람얼 맹글었다고 혀든디, 그라믄 하느님도 배꼽이 있단 얘기치라잉."

"……"

"어째 대답이 읎이 웃고만 있소? 있으면 있다, 읎으면 읎다, 머시당가요?"

"사람은 엄마 배 속에서 태어날 때 탯줄을 지니고 태어났으니, 배꼽이 있는 것이오. 아담과 이브는 엄마 배 속에서 태어난 것이 아니니 배꼽이 없소. 하느님 형상을 빌어 만들어진 사람이 바로 배꼽 없는 아담과 이브이니 하느님도 배꼽이 없는 것이오. 나도 직접 보지는 못했소."

뱃속에서 꼬르륵 꼬르륵거리며 생리작용이 일어나고 소지와의 대화에 편안함을 느끼자 도손은 한결 느긋한 마음으로 자못 긴 말들을 이어갔다.

"에이고-. 이해가 될 듯 말 듯 헴시롱 또 에려워지기 시작해부요. 아 참. 하느님허니께 생각이 났는디요. 신부님 방구 나왔소? 신부님 한티넌 시방 방구가 하느님이요. 신부님 사냐 마냐는 방구에 달렸응게로."

소지의 눈과 낮은 진지하고도 걱정스러운 표정이었다.

"허허허허."

'뿌-웅'

소지의 재미있는 사투리와 기지 넘치는 언변에 도슨의 웃음이 터지는 순간에 중간에서 배꼽이 흔들리고, 아래서도 호응이 일어났다.

"잉, 이 머시냐? 크-. 아-꼬숩다 꼬숴. 하느님 냄시가 아조 꼬숩구만이라. 히히히히."

"허허허허. 하느님께서 세례를 준 것이요."

"꼬꼬꼬꼭"

도슨은 한 치도 방심하지 않고 긴장을 풀지 않으며 바깥 전황과 징벌의 뜻하지 않은 해제가 어떤 관련이 있는 것이지를 파악하는 데 집중하려 했지만 소지의 거듭되는 해학에 웃음이 터지고 유쾌한 분위기에 기꺼이 동참해 갔다.

"신부님, 인자 나 집으로 들어갈 시간이라 얼른 야그 잠 혀야겄소."

소지는 한결 편안하고도 진지한 얼굴로 돌아갔다.

"담달 15일, 긍게 9월 15일이 되면 나는 출소요, 만기출소. 오늘이 8월 15일인게 딱 한 달 남았는디, 나 나가불면 으쩐다요?"

"멀 으쩌는데?"

"신부님, 따순 물 누가 갖다줄랑가 걱정 되부요."

"이가 없으면 잇몸으로 살게 되는 법이니 나 걱정 말고 나가서 씩씩하게 살아가시오. 그동안 고마웠소."

"그것도 그렇고, 나 신부님 보고잡을 텐디."

"피골이 상접한 몸에 수염도 제대로 못 깎는 얼굴 보고 싶을 게 뭐가 있겠소?"

"나넌 천주교가 뭔지는 몰라도 신부님 보면 심이 나지라, 심이. 형무관 성님이 신부님 훌륭한 분이라든디. 나가 봐도 그렇게 보이요."

"겉만 보고 어떻게 사람을 알 수 있겠소?"

"에이, 신부님도. 비록 도둑질 허고 여그 들어오긴 했지만 나도 사람 보는 눈은 있다니께요."

"착한 사람 눈에는 누구나 다 착해 보이는 법이요. 그런데 형무관 성님은 누굴 말하는 게요?"

"이 깜방서 성님이라던 목단야 성님밖에 더 있겠소?"

"원래 알던 사이였소?"

"그건 아니지라. 사람도 좋고 나한티 잘해 주고 허니께 나가 성님, 성님 허는 것이제. 성님도 좋고 신부님도 보고잡고 헌디 또 들어와불끄나?"

"밤에도 불이 켜 있는 닭장집 같은 곳으로 또 들어온다고?"

"하나하나 따져 보면 좋은 것도 있고 나쁜 것도 있지만 결국 배깥이나 여그나 벨 차이 읎소. 나가봐사 농새질 땅도 읎고, 묵자것도 읎고. 아부이 어무이 성제덜도 모다 뿔뿔이 흩어져불고. 먹넝만 아니면 여그도 살만허요. 신부님 앞에서 이런 야그 혀도 될랑가 모르겄다만, 거 머시냐, 여자가 읎응게 쪼까 옆구리가 허전한 거 빼놓고넌."

"그게 제일 중요하지. 더구나 부모도 형제도 곁에 없을 떠는 짝이 최고요. 여기 다시 들어올 생각 하지 말고 짝 찾아서 잘 사시오."

집 357

"글먼 신부님언 왜 짝이 읎소?"

"내 짝은 하느님이요."

"하느님이 여자요?"

"하느님은 엄마도 되고 아빠도 되고, 선생님도 되고, 동무도 되는 것이니 나는 외롭지 않소."

"글먼 신부님은 하느님 있응께 여자 생각 안 나요?"

"여자가 뭐간디?"

"히히히. 여그 말 은제 배왔소?"

"여그 와 배왔소."

"히히히. 신부님 형무소 짠밥 3년에 꽝주 사람 다 되야불었네. 글먼 시험 본다 치고 성경에 있넌 말씀 하나 골라 여그 말로 한번 혀보드라고잉. 나가 점수 매겨볼랑게요."

"주는 나의 목자시니 내게 부족함이 없으리로다 라넌 구절이 있지라잉. 주넌 나으 목자신게로 나가 읎이 살 일이 한나도 읎어부러야-."

도섭은 전라도 사투리를 틀리지 않게 제대로 하려고 한마디 한마디를 이어갈 때마다 입 모양을 부지런히 바꾸고 머리를 까딱까딱하며 오른손 검지를 위아래로 휘저었다.

"크크크큭. 돼얐소, 돼얐소. 거참 신기허시. 똑곁은 남잔디."

"머시가?"

"긍게 주넌 나으 목자신게로 나가 여자 읎이 살아도 아쉬울 거 한나도 읎어부러야-. 그 말 아니라고라?"

"워따- 여자럴 거그다 붙여부러야. 허허허."

'뿌-웅'

소지의 재기 넘치는 대꾸에 긴장이 완전히 풀어진 도슨의 웃음이 터지며 다시 한번 방구가 나왔다.

"크-. 히히히히. 나드 그 구절 시방 외와부렀소. 앞으로 써묵어야 쓰것네."

발자국 소리가 들려왔다.

"늦었는디 고만 들어가그라."

형무관이 창문으로 방을 들여다보며 소지의 퇴창을 재촉했다.

"네. 신부님이 아직 죽얼 다 못잡솨서 딱 1분만 더 있다 나가것소."

형무관은 씽긋 웃으며 제자리로 돌아갔다. 소지는 창가로 가서 창틀에 귀를 대고 형무관의 구두 발자국 소리가 멀어져 가는 것을 확인하고는 돌아와서는 선 채로 허리를 구부려 낮지 속삭였다.

"신부님, 밖에 누구헌티든 전할 말 있으면 나가 담 달에 나가서 전할팅게 나 출소하기 젼에 잘 생각혀 뒀다가 기별 전할 말허고 주소 갤켜주씨요. 여그 꽝주허고 나주 목포 화순언 나가 어디든 다 아요. 나도 배깥에 나가면 동무덜이 많구만이라. 모다 도둑넘덜이긴 허지만서도. 에고-. 따순 믈 다 식었것네. 수건에 물 적셔 깨가시 씻고 옷 갈아입으시고, 죽도 찬찬히 드시고 주무씨요. 나 가요잉."

소지는 총총 걸음으로 방문을 나섰다.

"오늘이 8월 15일이라. 끼니 거른 횟수 열흘 동안과 딱 맞아떨어지는구나."

참으로 오랜만에 길고도 유쾌한 대화를 나누고 나니 시장기가 느껴졌다. 도슨은 뻥끼통 앞의 가림막을 쳤다. 옷을 벗고 양동이와 수건을 들고는 그 뒤로 들어갔다.

집

오키나와의 포로들

1945년 6월이 되면서 두 달 넘게 끌어온 오키나와전투는 끝나가고 있었다. 무더위가 시작되면서 한낮에 땡볕으로 나가면 가만히 서 있기만 해도 몸이 축축 늘어졌다.

포로는 수치다. 투항하느니 죽음을. 이미 기울어진 전투였지만 일본군들은 한사코 항복을 거부했다. 그들은 죽어가면서도 '덴노헤이카 반자이!'(천황 폐하 만세!)를 외쳤다. 전투력이 없는 섬 주민들에게도 자결할 것을 강요했다. 오키나와도 일본이 통치하는 일본이니 오키나와인도 일본인이고 천황폐하의 신민이다. 비굴하게 살아서 투항하고 적에게 정보를 넘겨주느니 자결을 택하라. 스스로 자결할 수 없는 자들은 서로 죽고 죽임을 도와라. 오키나와 섬 주민들은, 가족들은 서로 칼로 찌르고 돌멩이로 찍었다. 그렇게 해서 죽어가는 자들도 '덴노헤이카 반자이!'를 외쳤다. 일본병사 십만 명이 죽고, 징병 끌려온 조선인 학도병과 위안부 1만 명도 죽어 나갔다. 간첩 혐의로 몰린 조선인 노무자들도 '덴노헤이카 반자이!'를 외치며 일본군에 의해 총살되었다.

석 달째 이어지는 공습과 굶주림과 잔혹한 학살의 전장터에 미공군기에서 뿌려대는 삐라가 휘날렸다.

'이 삐라를 소지하고 백기를 흔드는 자들은 투항 의사로 받아들인다. 쌀과 자유를 찾아오는 자들을 미국은 환영한다.'

위와 같은 문구와 함께 삐라에는 훈도시 차림으로 백기를 흔드는 빡빡머리 일본군의 그림이 그려져 있었다. 일왕이 하사했다는 군인 칙유의 정신주의는 급격히 무너져갔다. 삐라의 그림과 똑같이 훈도시 차림으로 백기를 흔들고 투항하는 장교를 따라 벌거벗은 채 줄줄이 포로수용소로 걸어가는 일본군들이 속출했다. 앞장 선 자는 속옷을 찢어 대나무에 묶은 백기를 들고 그 뒤를 따르는 자들은 삼지창 모양으로 두 팔을 들었다. 어떤 자는 삐라를 손에 들고, 어떤 자는 삐라를 훈도시 앞춤에 꽂고 있었다. 그들은 더이상 '덴노헤이카 반자이!'를 외치지 않았다.

'의(義)는 산악보다 무겁고 죽음은 새의 깃털보다 가벼운 것임을 명심하라'는 일왕의 신성한 명령은 새의 깃털보다 가볍게 산산이 날아가고 부서졌다. 투항 대열에는 조선인 출신 학도병 일본군들이 섞여 있었다.

전문학교 재학생 신분으로 징병되어 일본어가 능통하고, 약간의 영어가 가능했던 김견은 야카(屋嘉) 포로수용소에서 통역으로 차출되었다. 처음에는 미군이 일본군 포로 장교들을 신문하는 병과에 배속되었다. 날이면 날마다 포로들이 밀려들어오면서 부상병들도 함께 실려 왔다. 포로수용소 철조망 울타리 정문을 마주 보는 쪽에 대형 천막으로 설치된 부상병동과 동굴병원은 지옥행과 천국행이 갈리는 패잔병들의 고통스러운 연옥이었다.

오키나와의 포로들

동굴병원에는 여느 포로들과 다를 바 없이 머리를 빡빡 밀은 의사가 하나 있었다. 오키나와인 포로였다. 아마도 징병되기 전의 직업이 의사였거나 의학전문학생이었을 것이다. 그는 건처럼 일본어가 가능했고 약간의 영어실력도 갖추고 있었다. 그는 포로로 잡힐 때 입고 있었던 다갈색 일본군복을 그대로 입고 있었다. 깃에 달았던 계급장은 제거되고 등에는 POW 포로 표식이 찍혀 있었다. 왼쪽 팔뚝에 찬 적십자 완장이 없었다면 외관상으로 여느 다른 포로들과 다를 바 없었을 것이다. 하루 종일 동굴병원 응급실과 부상병포로병동 막사를 오가는 그의 소매부리며 섶이며 바지 앞 춤은 항상 핏물에 절어 있었다.

"담배를 안 피우지 않습니까? 담배는 어디서 나서?"

부상병 허벅지에 깊이 박힌 총탄 제거 수술을 마친 오키나와인 포로의사 오(翁)가 푸른색 수술복 차림으로 동굴병원 입구 나무 그늘에 앉아 담배에 불을 붙이는 모습을 보고 지나가던 건이 말을 걸었다.

"미군들한테 얻었소. 한 대만 얻읍시다 했더니 이 한 갑을 통째로 주었소. 긴 상 필요하면 이거 다 갖으시오. 나는 한 달에 한 번이나 담배 생각날까 말까 하니 필요 없어서."

오(翁)는 수술복 가슴주머니에서 담배갑을 꺼내 건에게 권했다. 그는 건을 처음 만났을 때 자신의 성이 오(翁)라고만 소개했다. 뒤에 붙는 이름은 길기도 한데다가 일본식 이름도 섞여 있어 소개할 기분이 안 난다고 하며 그냥 오라고 부르던가 오 상이라고 부르면 된다고 했다.

"나도 담배는 안 먹습니다. 두고두고 이 년 동안 피우시지요. 똥도 정작 약에 쓰려면 구하기 어렵다고 안 합니까?"

건은 모처럼 담배를 권하는 오의 청을 반만 받아들여 담배는 사양하였으나 그의 곁에 앉았다.

"긴 상, 일본 포로놈들이 저들끼리 하는 소리를 들었소. 긴 상이 원주인을 배신하고 새 주인을 섬기는 개라고."

"미친개 눈에는 모든 게 개로 보일 겁니다. 개가 짖는다그 반응할 필요 있겠습니까?"

"허긴 그렇소. 더구나 일본군 소속 포로로서 기군의 지시에 따라 움직이는 나도 마찬가지니까."

"오 상, 앞으로는 나를 긴 상이라 부르지 말고 김건이라 불러주십시오. 나보다도 연배가 위이니 그냥 건이라 불러도 됩니다. 조선에서는 격의 없는 아랫사람에게는 성은 빼고 이름을 부릅니다."

"그러지요. 부럽습니다. 짧으면서도 부르기 좋은 조선식 이름. 오키나와인들은 이름이 너무 길어요. 이름 속에 일본식 이름이 섞여 들어가 있기도 하고."

동굴병원은 조선인 오키나와인 일본포로 부상병들로 넘쳤다. 마침 오키나와 여학생들로 구성된 종군간호부대, 히메유리부대까지 섞이며 그야말로 북새통을 이루었다. 히메유리부대 역시 일본군에 의해 강제로 동원되어 대부분이 전장터에서 죽고 겨우 살아남은 여학생들이었다. 건의 주요 일과는 미군들과 일본군 포로들과의 소통을 통역하는 일뿐만 아니라 미군장교들과 오키나와인 의사, 그리고 조선인 부상자들과 오키나와인 의사 간의 소통을 책임지는 통역으로 바뀌었다. 누가 시키는 건 아니었지만 때로는 수술 보조, 간호 보조 일까지도 해야 했다.

히메유리부대 간호사들은 오키나와인들에게 투항 대신 집단 자결을 강요했던 일본군포로들에 대한 적의를 품고 있었다. 조선인 부상자들을 대할 때와는 다르게 일본인 부상자들을 치료할 때면 신심이 우러나오지 않는지 가벼운 미소조차 사라지고 표정도 굳고 어두워졌다. 일본군 부상병들에 대한 내키지 않는 간호로 인해 과로로 지친 간호사들의 신경은 더욱 날카로워져갔다.

건도 오키나와인 의사도 이중 삼중의 과중한 임무로 인해 지쳐가기는 마찬가지였다. 그들은 날마다 자정이 넘어서야 막사로 돌아가 잠에 곯아떨어지기 일쑤였다. 건이 동굴병원 통역 일을 시작한 지 며칠이 지난 어느 날 밤 각자의 막사로 돌아가기 전에 오가 건에게 말을 걸어왔다. 그때까지만 해도 부상자 치료와 관련된 대화 이외에는 그 어떤 화제도 오가지 않았었다.

"건, 나는 본시 부처님을 모시는 승려요. 사람은 물론이려니와 짐승조차도 죽여서는 아니 되는 화상이 저 침략자들에 의해 강제로 징집되어 전장터로 끌려와서는 총까지 들게 된 것이오. 승려가 되기 전에 한때 의술을 접할 기회가 있었소. 그때 배워둔 것이 이렇게 긴하게 소용이 될 줄은 몰랐소만, 내가 하늘로부터 받은 소명이 승려인 만큼 내 본연의 일을 하고 싶소. 아침저녁으로 재를 올리고 싶소. 오키나와에, 이 지구상에 더 이상의 증오와 전쟁과 살인이 사라지고 평화로운 세상이 오기를 기도하고 싶소. 여기서 죽어 나가는 자들의 명복도 빌어주고 싶소. 미군 장교들에게 부탁해서 나의 바람이 이루어질 수 있도록 잘 이야기하여 주시오. 간소한 제단, 향과 향로, 초와 촛대, 목탁, 그리고 내가 몸에 두를 노란 가사용 천이 필요합니다."

그때 비로소 건은 의사를, 아니 승려의 얼굴을 가까이에서 찬찬히 볼 수 있었다. 그간 건의 눈에 비친 의사의 행색은 항상 지치고 충혈된 눈, 땀에 전 얼굴, 부상병에게서 흘러나온 핏물 배인 옷, 왼쪽 팔뚝에 찬 적십자 완장, 웃옷 등 뒤에 찍혀 있는 포로 표식 POW가 전부였다. 삭발한 머리, 계란형 얼굴, 햇볕에 그을린 까무잡잡한 낯, 번듯한 이마, 갈매기가 날갯짓하며 날아가는 듯한 눈썹, 음식을 충분히 섭취하지 못하여 움푹 들어간 볼과 툭 튀어나온 광대뼈, 그 사이로 크지도 작지도 않게 오뚝 선 콧날, 맑게 빛나는 눈빛, 호리호리한 몸매, 만일 숱 많고 검고 긴 머릿결이 어깨까지 흘러내렸다면 잘생기고 키가 큰 여성의 단정한 모습이었을 것이다.

다행히도 미군 장교들은 다음날 의사의, 승려의 청을 곧바로 들어주었다. 사무실에서 사용하던 기다란 탁자가 제단용으로 제공되고 불구들과 장삼용 노란 천과 가사용 갈색 천이 외부에서 조달되었다. 제단은 포로수용소를 둘러싼 울타리와 부상병포로병동 막사, 동굴병원 사이의 빈터 가장자리에 놓여졌다. 제단 가운데 향로와 향이, 그 앞에 목탁과 노란 천이, 그리고 가장자리 양쪽에 촛대와 초가 놓였다. 고된 하루가 지나가고 자정 무렵이 되어 그는 제단 앞으로 나가 합장을 하였다. 그가 세 차례 고개를 숙일 때마다 등 POW 표식도 세 번 굽혀졌다가 펴지기를 반복했다. 승려는 노란 천을 두 손으로 가슴에 안고 포로수용소 오키나와인 막사로 돌아갔다. 건도 조선인 막사로 돌아와 잠자리에 들었다.

아침 일찍 기상나팔 소리가 울리기도 전에 목탁 소리가 들려왔다. 건은 서둘러 수용소 밖으로 나왔다. 승려는 가슴부터 발까지 몸에 노란 천을 두르고 흘러내리지 않도록 왼쪽 어깨 위로 매듭을 지었다. 노란 가사, 땀기가 가신 정수리와 얼굴, 맨살을 드러낸 오른쪽 어깨가 잿빛 수용소 한복판에서 아침 햇살에 눈부시게 빛을 발했다. 해가 뜨기 전에 일어나 목욕재계를 한 몸에 가사를 두르고 나온 정갈한 승려의 모습이었다.

오키나와 땅과 지구상에서 전투기 비행 소리와 전차 바퀴 소리, 폭격 소리와 포격 소리, 아비규환의 비명 소리가 영원히 종식되기를 바라는 목탁 소리가 수용소 막사로 울려 나가면서 듣는 이들의 가슴속으로 젖어 들어갔다. 어느 샌가 철조망 울타리마다 포로들이 다닥다닥 붙어 서서 목탁 소리를 들으며 오키나와인 포로의사, 포로승려가 재를 올리는 광경을 지켜보았다. 재를 올리는 의식이 끝나자 승려는 합장을 하고는 그의 막사로 돌아갔다. 포로들은 이미 모두 기상을 한 상태였지만 기상나팔 소리가 어김없이 규칙대로 울렸다. 아침 식사시간이 지나고 승려는 포로복장 차림으로 그의 막사를 나와 동굴병원으로 향했다.

여느 날과 마찬가지로 승려는 의사로 돌아왔다. 그의 정수리와 낯은 땀으로 절었고, 푸른 수술복은 피로 물들었다. 밤이 되고 자정 무렵이 되어 지친 하루 일과가 끝나자 그는 노란 가사로 갈아입고는 다시 승려가 되어 재를 올렸다. 오키나와 전투에서 죽은 넋들, 집단 자결을 강요당하여 떼죽음을 당한 넋들, 중상을 입고 포로수용소에서 치료를 받다 끝내 죽어나가는 넋들을 위로하는 재였다. 수용소 감시망루 탐조등에서 내쏘는 불빛 사이로 강렬하게 타들어가는 향불에서 연기가 모락모락 피어올랐다. 동굴병원에서 풍겨 나오는 피 냄새가 향내에 휘감기며 선들거리는 바람을 타고 밤하늘 저편으로 멀리멀리 날아갔다.

8월 15일이 지나면서 항전을 지속하던 일본군들이 일왕의 항복 소식을 듣고 도처의 전선에서 속속 투항해 수용소로 들어왔다. 포로수용소가 시끄러워지기 시작했다. 뒤늦게 들어온 일본군 사병 포로들이 아침에 일어나자마자 철조망 앞에까지 나와 일제히 일본 열도를 향하여 집단 요배를 하고는 두 팔을 들어 '덴노헤이카 반자이!'를 외쳤다. 그들은 아침을 먹자마자 일본군 포로장교막사동으로 우르르 몰려가 장교들을 하나씩 붙들고는 행패를 부렸다. '너는 왜 투항을 하였느냐?' '황군의 투항은 천황의 수치다.' '투항하려거든 죽음을 택하라고 우리들에게 요구하지 않았었느냐?' '우리는 천황의 종전선언 소식을 듣고 천황의 뜻을 받들어 투항한 거다. 너는 왜 천황의 지시가 있기도 전에 투항을 했느냐?' '천황을 배신하고 일본 정신을 배신한 자' '군인칙유는 어디다 버렸느냐?'며 포로 장교들을 을러멨다. 피차 계급장이 없는 프로수용소에서의 하극상이었다. 매번 사병들은 다수였고 장교는 혼자였다. 그들은 장교를 무릎 꿇리고 벌을 주는가 하면 노래를 시켰다. 그들의 요구에 순순히 응하지 않는 포로장교는 천막 밖으로 들려 나와 집단 구타를 당하기도 했다. 그들이 아침마다 철조망 앞으로 나와 일제히 두 팔을 들어올리며 '덴노헤이

카 반자이!'를 외칠 때마다 미군 초병이나 관리자들은 철조망 안을 향하여 '東條くそくらえ!'(도조 꾸쏘꾸라에! 도조 똥이나 처먹어라!)*라고 내뱉으며 비웃었다. 조선인 포로동과 오끼나와인 포로동에서도 그들을 향하여 일제히 '도조 꾸쏘꾸라에!'를 외쳐대며 야유했다.

한 철조망 울타리 안에 있던 포로동들 사이에는 어떤 장애물이나 울타리도 없었다. 어느 날 일본에 대한 증오와 원한으로 사무친 조선인 포로들이 날마다 소란을 피워대는 일본군 포로들을 향해 돌진하는 사태까지 벌어졌다. 조선인 포로들이 8월 15일 이후에 입소한 일본군 포로동으로 진입했다. 숫자는 일본군 포로들보다 훨씬 적었으나, 먼저 들어와 건강을 먼저 회복하고 적개심으로 똘똘 뭉친 조선인 포로들에게 삐삐 마른 갈빗대를 녹슨 기타줄처럼 팽팽하게 드러낸 일본군포로들은 적수가 되지 못했다. 그들의 기세는 일본군포로들을 압도하여 막사들을 휘젓고 다니며 유린했다. 힘의 균형이 무너진 상태에서 커다란 불상사는 없었으나 간혹 몸싸움이 일어나며 대규모 충돌 직전까지 가기도 했다. 그 후 수용소는 팽팽한 긴장감으로 살기가 번뜩였다. 일본군 포로들의 소란은 광기가 꺾이기는 하였으나 산발적으로 계속되었다. 장교들에 대한 행패도 계속되었다.

또 며칠이 지났다. 아침식사가 끝나자 8.15 이후에 입소한 일본군 사병들이 한 일본인 장교를 장교막사 밖으로 끌어냈다. 집단 구타가 시작되었다. 패는 자들이나 맞는 자나 웃통을 벗은 채였다. 처음에

---

* 도조 히데키(東條英機)는 당시 일본 총리대신 겸 육군 장관으로서 종전 후 A급 전범으로 분류되어 도쿄전범재판에서 사형을 선고받고 교수형에 처해졌다.

는 가격 부위가 엉덩이 허벅지 정강이로 집중되었다. 장교가 고통을 견디지 못하고 무릎을 꿇자 이내 가슴과 등과 안면을 향한 발길질이 이어졌다. 아무도 장교를 구하려 하지 않았다. 그는 몰매를 맞다가 옆으로 픽 쓰러졌다. 가해자 무리 중에서 하나가 튀어나와 그를 억지로 일으켜서는 다시 무릎을 꿇게 했다. 안면은 피범벅이 되었고 코에서 줄줄 흘러나온 피가 인중으로 턱으로 목으로 흘러내렸다. 혼미해져 가는 정신과 고통을 못 이긴 그가 상반신을 앞으로 구부려 두 손을 바닥에 짚자 그를 에워싼 무리 중 누군가의 발길이 옆구리를 걷어찼다. 그는 다시 쓰러졌다가는 비틀거리며 일어나 무릎을 꿇고 살려달라며 손을 빌었다. 재차 발길이 그의 등을 찍었다. 사지를 쭉 뻗은 채로 땅 위에 엎어져 있던 그가 다시 천천히 일어서는가 싶더니 에워싼 무리들의 틈을 뚫고 달리기 시작했다. 그는 도와달라고 부르짖으며 철조망 울타리 정문을 향해 달음박질을 쳤다. 그는 정문 가까운 곳에 이르러 이내 뒤쫓아온 무리들에게 잡혔다. 그 자리에서 다시 무차별적인 구타가 진행되었다. 무리들은 쓰러져 있는 자의 몸을 발길질로 짓이겼다. 장교의 몸뚱아리가 불그스레 피곤죽이 되어 더이상 움직이지 않았다. 그가 의식을 잃고 몸이 늘어지자 그제서야 무리들의 구타가 중단되었다. 철조망 밖에서 이를 지켜보던 미군 보초들과 감시원들은 '도조 くそくらえ!'(도조 꾸쏘꾸라에!)라고 야유할 뿐 그 사태를 방치할 뿐이었다. 수용소 내의 모든 포로들이 쏟아져 나와 그 현장을 목도하고 있었다.

정문 앞에 오키나와인 포로의사 오(翁)가 나타났다. 피어 전 포로 복장이었다. 그의 옆에 건이 있었다. 오의 요구를 받아들인 미군 감시원들이 정문 자물쇠를 풀고 문을 열었다. 그가 천천히 걸어 들어갔다. 패악질을 해댔던 무리들의 눈이 이글거렸다. 오는 무리들 틈을 지나 쓰러져 있는 장교를 일으켜 어깨를 부축했다. 오는 무게 중심을 잡으려 안간힘을 쓰며 비틀거렸다. 호리호리한 몸매에 과로로 지친 나날을 보내온 그로서는 감당할 수 없는 위태로운 광경이었다. 오는 갖은 힘을 다하여 서너 걸음을 옮기다가는 결국 늘어진 장교 육체의 무게를 이기지 못하고 그 자리에 고꾸라지고 말았다. 늘어진 장교의 몸이 고꾸라져 엎어지는 오의 몸 위로 떨어지며 포개졌다.

이번에는 건이 정문 안으로 뛰어들었다. 그 역시 무리들 사이를 지나 엎어지고 포개진 두 육신들로 향했다. 건은 오를 부축하여 일으켜 세우고는 장교를 어깨에 둘러멨다. 늘어진 몸뚱아리를 둘러멘 건과 오가 나란히 걷기 시작했다. 그들은 눈빛 사나운 야수의 무리들을 지나치며 정문으로 걸어나왔다.

오는 사력을 다해 장교를 응급처치했다. 히메유리부대 간호사들이 오에게 볼멘 소리로 물었다.

"의사 선생님, 저 자는 우리 오키나와인들을 괴롭히고 죽인 원수, 일본군입니다. 게다가 사병들에게 오키나와인들의 자결을 강제하라는 명령을 내리던 장교 아닙니까? 당신은 왜 저런 원수를 위해 위험을 무릅쓰고 철조망 안으로 들어가서 구해오는 겁니까? 저 자를 이렇게까지 극진하게 치료해줄 필요가 있습니까?"

"여기는 전쟁터가 아닙니다. 저 자는 벌거숭이가 되어 들어온 자요. 총도 들지 않았소. 그는 누구도 해칠 수 없는 처지에 있는 자요. 저 장교의 고향집에도 저 사람이 살아서 돌아올 날을 기다리고 있는 부모와 형제가 있을 것이오. 그가 지은 죄가 있다면 재판을 통하여 가려질 겁니다. 자, 시간을 아껴야 하오. 치료에 집중합시다."

오의 답변에 히메유리부대 간호사들은 더 이상 입을 열지 않았다. 오의 지극한 응급처치와 치료에도 불구하고 장교는 그날 자정을 넘기지 못하고 숨을 거두고 말았다. 장교의 주검을 확인한 오는 합장을 하고 묵념을 하였다. 그는 곧바로 승려로 돌아왔다. 오는 고통스러운 표정으로 죽은 장교의 눈을 감겨주고는, 옷을 벗기고 피 묻은 시신을 닦았다. 고통을 이겨내려고 숨이 끊어지는 순간까지 몸부림 치다 비틀린 채 멈춰버린 시신의 팔과 손, 다리와 발을 가지런하게 펴주고는 하얀 천으로 덮어주었다. 오는 그의 노란 가사의 한쪽을 잘라 하얀 천을 덮어주었다.

자정 무렵 시신이 수용소 밖으로 옮겨져 화장되는 동안 승려 오는 재를 올렸다. 아마도 넋굿일 것이었다. 고향으로부터 이역만리 떨어진 오키나와 섬의 지상에서 영욕과 고통과 신음의 흔적을 남기고 허공으로 떠나가는 시신의 살이 타들어 가는 동안 오는 염불을 외면서 쉬지 않고 목탁을 쳤다. 목탁을 칠 때마다 노란 가사의 잘려나간 부분에서 풀린 실밥들이 비틀거리며 허우적대다 쓰러지던 망자의 팔처럼, 투항하는 백기의 속옷 조각처럼 처연하게 흔들렸다. 장교의 육신이 검은 연기로 타오르는 동안 그의 넋은 푸르고도 붉은 향불로 타오르다 희푸른 연기가 되어 제단 위로 피어올랐다. 지상을 떠나기가 아쉬운 듯 연기는 제단 위를 맴돌았다. 선들바람이 불어왔다. 붉었던 영혼의 희푸름이 이승에 재를 남긴 채 흐느적흐느적 자취를 잃

오키나와의 포로들 371

으며 허공으로 올랐다. 향불에 타고 바람에 흩날리는 애잔한 영혼의 자취가 감시망루의 탐조등이 어둠을 뚫고 투사하는 빛의 공간을 잠시 지나 검은 밤하늘로 사라져갔다. 천수를 다하지 못한 청춘의 한이 일본인에 의해 핍박받던 오키나와 승려의 염불 소리와 목탁 소리로 위로받고 있었다.

"조선인 포로들이 하와이 수용소로 이송된다고 합니다."
"그게 무슨 뜻입니까?"
건이 전하는 소식에 오(翁)는 표정이나 음성에 이렇다 할 변화가 없이 차분했다. 날이면 날마다 시시각각으로 산전수전을 다 겪으며 전장터와 수용소에서 동분서주해온 터이다 보니 오는 웬만한 소식에는 하등 놀라는 기색이 없었다.
"조선인 포로들과 일본군 포로들 사이에 충돌이 거듭되니 불미스러운 일의 발생을 사전에 막자는 것이겠지요."
"그대도 이송되는 겁니까?"
"나도 조선인 포로니까요."
건은 당연하다는 듯이 담담하게 말했다.
"우리 힘으로 이룩한 승전이 아니다 보니 우리는 아직도 일본군 소속 포로인 것이오. 전범 재판을 받게 될 겁니다."
여승처럼 고운 포로의사 승려의 얼굴에서 비감함이 배어나왔다.
"일본군한테 업신여김을 받으면서 일본군으로 전범 재판을 받게 된다니 기가 막힙니다. 약한 나라, 약한 군대에는 우군도 없습니다."
"우리 오키나와도 마찬가지입니다. 사방이 침략자들입니다. 육지에서는 이리떼가 쳐들어오고 바다에서는 상어떼가 쳐들어와 서로 차지하려고 설쳐댑니다. 설쳐대다 독식이 안 되면 나눠 갖지요. 큰 먹이를 향해 달려들며 서로 싸우던 강한 군대들이 때로는 작은 먹이를 놓고 서로 나눠먹기도 하는 겁니다. 약한 나라에는 애시 당초 우군이란 없습니다."

"맞습니다. 조선과 오키나와는 같은 시대에 같은 운명을 겪으면서도 강한 침략자들에 의해 각개격파를 당해왔습니다."

"일본이 망해가도 오키나와나 조선이나 스스로의 힘을 키우지 않는 한 앞으로도 외지인, 그리고 외지인과 결탁한 매국노들이 민중 위에서 군림하고 지배하며 주인 행세하려 들 겁니다. 심지어 일본조차 슬그머니 다시 살아나서 주인 행세하려 할 날을 호시탐탐 엿보려 할 겁니다. 한번 사람 고기 맛을 본 자들은 절대로 그 고기 맛을 잊지 못하기 때문이지요."

건과 오가 주거니 받거니 동병상련의 괴로운 심사를 토로하였다.

호리호리한 몸매, 곱상한 얼굴에서 나오는 자상한 언행은 깊이만큼이나 오의 짙은 흙갈색 눈동자는 땅 속 깊고 깊은 곳에서 바위를 뚫고 용솟음쳐 솟아나오는 샘물처럼 맑게 빛났다.

"스님, 우리 생애에 오키나와나 조선에서 극락정토 세상이 이루어질까요?"

건은 오(翁)에게 처음으로 스님이라 불렀다.

"석가모니 부처께서는 깨달음 없이는, 깨달음으로 모든 이의 마음이 고요함을 얻음이 없기는 극락정토에 도달하지 못할 것이라고 말씀하셨습니다. 만고의 진리이지요. 한때 거짓과 탐욕으로 악행을 일삼았던 자들이라 할지라도 깨달음을 얻어 잘못을 뉘우치는 자들이라면 그들을 용서하고 더불어 고요한 극락정토에서 살아갈 수 있을 것입니다. 그러나 부처께서 이 시대에 오키나와나 조선에서 태어나셨다면 단지 그 말씀에 그치지만은 아니하셨을 겁니다. 칼을 들어라. 너의 밭과 너의 가축과 너의 이웃과 너의 누이를 탐하는 자들에게 대적하여 싸워라. 총을 들어라. 너의 신체를 해하고 너의 영혼을 유린하는 자들에게 대적하여 싸워라. 그들이 똘똘 뭉친 만큼이나, 아니 그 이상으로 너와 동무들이 똘똘 뭉쳐 그들의 간교한 혀에서 나오는 기만에 속지 말라. 그들보다 단련된 언어와 강한 무기로 싸워라. 그들 혀의 침이 말라붙고, 그들 목과 어깨의 힘이 다해 무기를 내려놓을 때까지. 그들의 날선 눈빛에서 광기가 사라지고, 눈을 깔고 두 손 모아 잘못을 뉘우칠 때까지. 남을 속이기 위한 혀와 남을 지배하기 위한 무기가 이 세상에서 없어지는 날까지 고요함은 결코 찾아오지 않을 것이다. 이런 가르침을 덧붙이셨을 겁니다. 우리의 마음속에 살아 있는 부처는 돌부처가 아니라 오키나와에서 조선에서 스스로 거듭나는 부처니까요."

"스님, 나는 불교 신자가 아니다 보니 부처의 말씀과 생애에 대해서는 아는 바가 없으나 오늘 스님의 말씀은 가슴 속에 깊이 새기겠습니다."

"나의 말을 진심으로 받아주니 고맙습니다. 어둠이 걷히고 날이 밝아 창을 여니 바다가 보이듯이 고난 끝에 진실한 벗을 만난 것 같습니다. 그대도 일단 하와이로 이송되기는 하나 머지않아 조선으로 귀환하게 되겠지요. 조선으로 돌아가서도 마음속에 부처를 품으시기 바랍니다. 가난한 사람들과 함께 울고 함께 웃는 부처, 고난이 찾아오면 손에 등불을 들고 입에 칼을 문 부처를 말입니다."

"그리하겠습니다."

"건, 이 세상 어디에 살건 우리 이 날들을 잊지 맙시다."

건의 요청에 따라 건이라고 부르는 오(翁)의 말투는 건이 자신보다 손아랫사람이라고 의식해서라기보다는 가깝게 느껴지는 격의 없음의 표시였다.

"그래야겠지요. 스님, 부탁이 있습니다."

"건과 나 사이에 부탁이라니요?"

"이곳에서 죽어간 조선인들의 영혼을 위로하여 주십시오. 학도병들, 노무자들, 위안부들. 혹시 그들의 시신을 수습하게 되거든 그들의 머리가 정북쪽 방향 조선으로 향하게 하여주십시오. 그들의 영혼이 스님의 목탁 소리와 염불 소리를 들으며 향불 연기에 실려 바다를 건너게 하여 주십시오. 일본 군복을 입고 '덴노 헤이카 반자이'를 외치며 죽어갔던 조선인들의 영혼도 빠뜨리지 말아 주십시오."

"반드시 그리하겠습니다. 조선의 언어로 염불을 외지 못함이 안타까울 뿐이겠지요."

다음날 미군 해군 함정에 실려 하와이 포로수용소로 이승되는 조선인 일본 군속 포로들이 오키나와 카데나항을 출항했다. 그들은 카데나항을 떠나며 아리랑을 불렀다.

아리랑 아리랑 아라리요

오키나와의 프로들　375

아리랑 바다를 건너가네
나를 버리고 가시는 님은
십리도 못 가서 발병 난다

아리랑 아리랑 부산에서 시모노세키로
아리랑 아리랑 시모노세키에서 기타큐슈 모지항으로
아리랑 아리랑 모지에서 가고시마 아마미로
아리랑 아리랑 아마미에서 도쿠노시마로
아리랑 아리랑 도쿠노시마에서 오키나와 나하로
아리랑 아리랑 카데나에서 하와이로
아리랑 아리랑 아라리요
아리랑 바다를 건너가네

(2권으로 계속)

제주어 찾기

ㄱ
가라 가거라
가시아방 장인
가정 가라 가지그 가거라
강 가서
강왐시냐 갔다오는 거냐
거들젠 거들려는
거역헤지쿠꽈 ㄱ 역할 수 있겠습니까
건줌 거의
걸바시 거지
것 그것
것도 그것도
것이 그게
게믄 경허지 그럼 그렇지
경 그렇게, 그리
경 호구정 호연 그렇게 하그 싶지만
경헌 그런
경헌디 하지만
고치 같이
고치 그릅서 같이 가요
고팡 광
곧을 말할
골아라 말하더라
골아보라 얘기해 주게
골은 대로 말한 대로
골을 건 뭐라고 말할 게
골읍서 말하시으
괸당덜신디 어른들한테
괸당 어른
구들 방
굴묵낭 느티나무
귓것덜 귀신이 잡아갈 것들
그릅서 갑시다
그믄새 띠풀
글라 가자
기꽝 그래
기여 그래
기영 그렇게
까장 까지
깎영 깎이어
꽝 뼈
끌고감시네 끌고가고 있네

ㄴ
나영 가이영 나와 걔가
놀암신 쉬고 있는
놈 남
놈의 남의

ㄷ
닮으긴 같으면
닮은ㄱ 같던데
대맹기 대가리

제주어 찾기 377

더레 으로
도새기 돼지
도새기막 노천 돼지우리
동펜더레 동쪽으로
뒈난 되니까
뒈신디 되었는데
뒈연 되어서
뒌덴 된다는
들어가사켜 들어가야겠다
들어갑서 들어갑시다
들어완 들어왔는데
들엉글라 들어가자
들여싸불 마실
들여싸불엉 마시고
듸라 곳이라
또시 또
똘 딸
뚜레닮은 바보 같은

ㅁ
마우다 안 돼
말 마을
말 골아줍서 이야기해 주십시오
먹돌밧 먹돌밭
멜 멸치
모르켜마는 모르겠다만
몬딱 모두
무사 경 상 이수과 왜 그렇게 서 있습
니까
무사 경 상 이시니 왜 그렇게 서 있는
거냐
무슨 일이꽈 무슨 일이오
뭐허젠 햄시 뭐 할려고

ㅂ
바당 바다
밖거리 바깥채
밧티 밭에
보름 바람
불러사 허키여 불러야 하겠지
비키게 비키거라
뽕그랭이 부르게

ㅅ
사름 사람
살아지난게 살게 되니까
살암시난 살아가니
살암지는 살게 되는
상방 마루
서두르라 서둘러
섞여그네 섞여서
성제 형제
소나이덜 사내들
속앗수다 수고했소
쉐막 외양간
식개 제사

신디 한테
신엄지서더레 신엄지서로
싯게 있게
싯고 있고
싯곡 있고

ㅇ
아돌 아들
아며도 아무래도
아명 아무리
아시 동생
아척 아침
안거리 안채
안거리 구들 안방
안 햄시냐 않느냐
알아질 알게 될
알앗저 알았다
암신 알고 있는
앞장서낫어사 앞장섰어야
애 배시냐 애가 섰나
어느제 언제
어떵 수습허젠 햄수과 어떻게 수습하
　려 합니까
어떵허여 어떤가
어서시민 없었으면
어신디 없는데
역부로 일부러
영헌 이런

오끗 그만
오널 오늘
오라 오거라
와이시난 와있으니
와져냐 왔구먼
완 와서
왕 와서
욜안 열어
욜앙 놔두라 열어두거라
우영팟 텃밭
웃말더레 윗마을로
원셍이도 낭에서 떨어질 때 싯나더니
　원숭이도 나무에서 떨어질 때가 있
　다더니
웨고 외우고
이듸가 이곳은
이듸 와보라 이리 오너라
이제랑 이제는
이제 바로 동원햄이네 지금 바로 동원
　하는 것이네
입꼬망 입구멍

ㅈ
자이덜이 저들이
잘도 매우
잘롿 잘리고
잘켜 잘 거다
재기재기 빨리빨리

제주어 찾기 379

저슬 겨울
저슬지 말고 걱정 말고
저영 저렇게
저영허난 저러니
저치덜신디 저것들한테
저펜 저쪽
전하젠 전하려고
정낭 정문
정지 부엌
조크트레 가까이
좋코 좋지
죽엇뎐 햄저 돌아가셨다네
지슬 감자
질 제일
집의 집에

하영 많이
해사헐크메 해야 할 테니
해신들 했다한들
해신디 했는데
해주젠 해주려고
헐거꽈 할 겁니까
호꼼 좀
호나 하나
혼저 어서
혼저 옵서 어서 오세요
혼 한
흘러신디 흘렀는데

ㅊ
촐령 차려

ㅌ
통시 재래식 변소
트염쩌 트이네

ㅍ
폭낭 팽나무
폭삭 속아낫저 무척 수고들 했었네

ㅎ

폭낭의 기억 1
떠나간 사람들

초판인쇄일 | 2020년 12월 21일
초판발행일 | 2020년 12월 31일
지은이 | 박 산
펴낸곳 | 간디서원
펴낸이 | 김강욱
주　소 | (06996) 서울 동작구 동작대로33길56(사당동)
전　화 | 02)3477-7008
팩　스 | 02)3477-7066
등　록 | 제382-2010-000006호
E_mail | gandhib@naver.com
ISBN | 978-89-97533-39-8 (04810)
　　　　978-89-97533-38-1 (세트)

* 잘못된 책은 바꾸어 드립니다.